La Consolante

ANNA
GAVALDA

幸福，需要等待

[法] 安娜·戈华达 ／ 著　陈蓁美 ／ 译

湖南文艺出版社
HUNAN LITERATURE AND ART PUBLISHING HOUSE　博集天卷
CS-BOOKY

图书在版编目（CIP）数据

幸福需要等待 /（法）安娜·戈华达（Anna Gavalda）著；陈蓁美译.
—长沙：湖南文艺出版社，2017.2
ISBN 978-7-5404-7870-4

Ⅰ.①幸… Ⅱ.①安…②陈… Ⅲ.①长篇小说—法国—现代 Ⅳ.①I565.45

中国版本图书馆CIP数据核字（2016）第289481号

著作权合同登记号：图字 18-2016-211

La Consolante
© LE DILETTANTE, 2008
Simplified Chinese language edition published by arrangement with
Éditions Le Dilettante, through The Grayhawk Agency.
本简体中文版翻译由台湾木马文化事业股份有限公司授权。

上架建议：畅销外国文学

XINGFU XUYAO DENGDAI
幸福需要等待

著　　者：[法]安娜·戈华达（Anna Gavalda）
译　　者：陈蓁美
出 版 人：曾赛丰
责任编辑：薛　健　刘诗哲
监　　制：蔡明菲　潘　良
策划编辑：马冬冬　刘宁远
特约编辑：蔡文婷
版权支持：辛　艳
营销支持：张锦涵　李　群
版式设计：李　洁
内文排版：大汉方圆
封面设计：棱角视觉
出版发行：湖南文艺出版社
　　　　　（长沙市雨花区东二环一段508号　邮编：410014）
网　　址：www.hnwy.net
印　　刷：北京嘉业印刷厂
经　　销：新华书店
开　　本：875mm×1270mm　1/32
字　　数：430千字
印　　张：14
版　　次：2017年2月第1版
印　　次：2017年2月第1次印刷
书　　号：ISBN 978-7-5404-7870-4
定　　价：39.80元

质量监督电话：010-59096394
团购电话：010-59320018

似乎很自私也很虚幻，

夏尔，仅以此书献给你。

目

录

楔 子 / 001

楔子

他老是独自站在一旁，离铁门远远的，和我们保持一段距离。他的目光急切，两只臂膀交叉在胸前，其实不是交叉，而是紧紧缠绕、勾着，仿佛很冷或是肚子痛，似乎想抓牢自己，免得摔倒。

他直盯着我们瞧，但其实视线没有落在谁的身上，只想寻觅一个小男孩的踪影。他的手里拎着一个纸袋，揪在胸前。

我知道他那个袋子里装了一块巧克力面包。我每次都在想，面包这样不就被压扁了，因为……

是的，他紧紧揪着不放的就是这些：放学的钟声、别人的蔑视、绕远路到面包店、领口油渍斑斑，仿佛挂满勋章。真教人受不了。

教人受不了……

但是，当时的我怎能明白呢？

那时候，我好怕他啊。他的鞋头太尖，指甲太长，食指太黄，嘴唇太红。还有，外套太短，也太贴身。

眼影太深，声音太怪。

他终于看见我们，张开双臂，笑了起来。他不发一语弯下腰，抚摩我朋友的头发、肩膀、脸颊。妈妈硬生生把我拉开时，我还在看他搁在我朋友脸上的手。他的指环让人瞧得入迷，我甚至重新数了一遍。

他每一根手指上都套着一个戒指，而且货真价实，美丽又贵重，就像我那些姑妈、姨婆的……总是在这个时候，妈妈就会惊慌地转过身；而我，我趁机挣开她的手。

我的朋友亚历克斯却不曾逃跑。他把书包递给他，一边吃着点心，一边往集市广场走去。

亚历克斯因为身边有这个鞋跟细细、像外星人似的人，这个马戏团怪胎，这个俗气的小丑，所以比我更有安全感，比我更受疼爱。

我这么以为。

有一天我忍不住问他：

"嗯……他……他到底是先生还是女士啊？"

"你说的是谁啊？"

"那……那个每天傍晚来接你的人？"

他耸耸肩。

当然是先生啊。不过亚历克斯叫他"奴努"，就是奶妈的意思。他这位奶妈，说好带个什么东西来，跟我交换弹珠，要是我愿意的话。咦……今天我的奶妈迟到了……希望"她"没搞丢钥匙……因为"她"经常丢三落四的，你知道……"她"常说，总有一天"她"会把脑袋留在理发厅或超市，忘了带走，随后"她"又大笑说，幸好"她"还有一双脚。

"当然是先生啊，你没长眼睛啊。"

我想不起他的名字，然而那个名字其实很另类。

那是歌舞演员才会有的名字，他们总披着松松垮垮的天鹅绒，嚼着冷冰冰的烟草，类似"奇奇·拉牧尔"或"奇诺·切鲁比尼"或"卢比斯·多骆罗萨"，或是……

我怎么也想不起来，因此感到懊恼。现在我正搭飞机飞向世界另一端，我应该小睡一会儿，我必须睡觉。我吃了药准备入睡，我不得不这么做，不然我会累垮。我已经好久没合过眼……我……

我会累垮。

不过没有用。化学药物，心情烦闷，筋疲力尽，都起不了作用。我身处三万英尺高空中的客机里，像个呆瓜似的，拨弄尚未完全熄灭的往事余烬。我越是吹气，越是觉得眼睛灼痛，我越是看不清楚，身体蹲得越低。

邻座的女士三番两次请我关掉小灯。对不起。没关系。是因为四十年前，太太……四十年，您能够了解吗？我需要一些灯光，才能从记忆中寻回那个老人妖的名字。我会把那么另类的名字忘得一干二净，也是情有可原，因为我一样管他叫"奴努"，我超爱叫他"奴努"，他们家每个人都说"我超爱"。

在他们生命陷入谷底之际，有天晚上，"奶妈"出现在医院。

这位"奶妈"宠坏我们，喂饱我们，抚慰我们，帮我们捉虱子，催眠我们，使我们着魔一千次，旋即又解除魔法一千次。陪我们鼓掌吆喝，为我们算命占卜，预言我们有帝王命，一辈子坐拥金银珠宝不愁吃穿，经历绝美的爱情故事。而某天早上，"奶妈"却戏剧性地结束了生命。

戏剧性，就好像歌舞演员命该如此，好像他一定会落到这种下场，好像和他们有关的人都命该如此。

不过我……以后我会把这些情节交代得更清楚。现在，我没有力气，也没有兴致。我不想失去这些回忆。

我需要睡眠，我也需要打开小灯，我需要那些掉落在旅途中的东西，我需要所有他们给了我又拿回去的东西。

以及后来摧毁殆尽的……

因为，在他们的世界里就是这么回事，这是他们的游戏规则、他们的信念。他们的生活里没有宗教信仰，他们只管痴心热爱，相互碰撞，号啕大哭，彻夜热舞，烧毁一切。

一切。

什么也没有残留下来，什么也没有，从来就不曾有过，完全没有。双唇苦涩、干皱、皲裂、扭曲，床铺，烟灰，蓬头垢面，哭哭啼啼数个小时，孤家寡人数年，不过没有回忆，特别是回忆，万万不可。那是别人的玩意儿。

是给那些怕冷的、爱算旧账的。

"我的小宝贝，最美丽的派对，你们看吧，隔天一早就被忘得一干二净啦，"他说，"最美丽的派对，是在派对里。到了早晨，派对结束，我们搭乘第一班地铁，再度回到世界。"

　　而她（知道是谁吗？），她老是不停地提到死亡，不停地……为了与它对抗，为了战胜这个下流胚。因为她很清楚，我们都逃不过死亡的魔掌，她对此已有深切的感受，所以我们更应当相互抚摩，相亲相爱，喝酒，咬食，享乐，忘掉一切烦忧。

　　"小不点，升火，烧了这些东西。"

　　是她的声音，我……依稀听见她的声音。

　　那些狂野不羁的人。

ৎ১ ৎ১

　　他不能关灯也无法合眼。他即将发疯，不，其实他正在发疯。他知道。浮现在黝黑舷窗里的倒影吓了他一跳……

　　"先生……您还好吗？"

　　空中小姐把手轻轻搭在他的肩上。

　　你们为什么抛弃我？

　　"您不舒服吗？"

　　他很想回答他很好，谢谢关心，不过他不能，他开始哭泣。

　　终于哭出来了。

第一部分

我别有用心的微笑，却换来一场误会。
有生以来第一次。
不过，是个美丽的误会……

1

初冬。周六清晨，巴黎戴高乐机场，2E 航站大厦入境。

乳白色的太阳，煤油的气味，极度疲劳。

"您没有行李吗？"出租车司机问我时，手轻轻搭在后备厢上。

"有的。"

"那还藏得真好哩！"

他哈哈大笑起来，我转过身说："不会吧……我忘了去行李提领区……"

"快去，我等你！"

"算了，我太累了，算我活该吧。"

司机收起笑容。

"嘿！您该不会打算把行李留在机场吧？"

"改天再拿……反正我后天还会来……机场已经变成我的家，我……我不拿了，走吧……无所谓，我现在不想折回去。"

出租车司机的标致 407 弥漫着爵士歌声，椅背上贴着他的执业证照。

喂，你啊，（啪、啪，）我的上帝，就是你，我乘着热气球奔向你！

哦耶，是啊，乘着热气球！

他对着后视镜呼唤我："您该不会排斥圣歌吧？"

喂，你啊，（啪、啪，）我的上帝，就是你，我乘着喷射火箭奔向你！

听了这首赞美歌，我们不至于年纪轻轻就丧失信仰，不是吗？

哦，会的……

"不会，不会，谢谢您，我很爱听。"

"您从哪儿回来的呀？"

"俄罗斯。"

"哎哟，俄罗斯啊！那里不是很冷吗？"

"非常冷。"

四海之内皆兄弟，我本该热情地表达手足之情，不过……我举双手投降，没错，这是我的专长，举双手投降，我就是没办法。

那是我要命的缺点。

我有时差问题，又太疲惫、太脏乱、太干涸，无法与他进行心灵沟通。

再开一会儿就可以上高速公路了。

"您的生活里有上帝存在吗？"

他妈的，主耶稣，怎么偏偏给我碰着……

"不存在。"

"您知道吗？我一眼就看出来了。面对一个扔下行李一走了之的男人，我告诉自己：上帝不在他身上。"

他重复最后一句话，同时拍打方向盘。

"上帝——不——在。"

"嗳，是不在，没错。"我坦白说。

"其实他在。他无处不在，指引我们……"

"不，不，"我打断他，"在我抵达的目的地和我的出发地，他并不在那里，我跟您打包票。"

"怎么说？"

"穷得一塌糊涂啊……"

"就算是穷得一塌糊涂，上帝还是在啊！上帝创造奇迹，您知道吗？"

瞄了一眼速度表，时速九十公里，不能打开车门，否则跳车算了。

"比方拿我来说吧……以前，我……我什么也不是！"他开始兴奋起来，"我喝酒，赌博，到处睡女人！以前的我不是男子汉，我什么也不是！后来天主接纳了我，他把我当成一朵小花儿收留了我，并告诉我：'克劳迪，你……'"

我昏昏睡去，不知道上帝那个老狐狸是怎么把他骗到手的。

抵达公寓门口时，司机轻轻按了一下我的膝盖。

他在收据背面写下天堂的地址：欧贝维利耶教堂，圣德尼路四六—四八号，上午十点到下午一点。

"这个周日一定要来，好吗？您要对自己说：我坐上这辆出租车绝不是偶然，因为偶然……并不存在。"他说话时，眼睛瞪得又圆又大。

他摇下后座的车窗，我弯下腰和我的好牧人告别："所以……嗯……您……您都不跟……女人睡觉了吗？"

他笑得很灿烂。

"只跟天主派来的女人……"

"您怎么知道她们是天主派来的？"

他笑得更加灿烂。

"她们都是最美丽的姑娘……"

♚ ♛

这些道理都是胡说八道。我一边暗忖，一边推开大门。我记得，我唯一真心真意的时刻，是当我不断反复地说："我不配接受你。"

是的，确实如此，我也真心相信。

我奋力爬到四楼，发觉自己满脑子都是这段恐怖的副歌：乘着出租车，是的，我乘着出租车。

大门从里面反锁，让我有家却进不了门，我开始发飙。从那么遥远的俄罗斯跋涉归来，历经沧桑，飞机延误了数个小时。上帝太敏感了吧？我开始火冒三丈。

"是我啦！开门！"

我一面嘶喊一面撞门。

"快开门啊，该死！"

缝隙中冒出史努比的狗鼻子。

"喂，好啦……别生气……别生气……"

玛蒂尔德拉开门闩，旋即不见人影，等到我跨过门槛，她已经转过身背对我。

"你好!"我说。

她只是抬起手,有气无力地晃动手指头。

她 T 恤的背后大剌剌地印着"享乐"两个字。算了,有短暂的一瞬间,我差点儿忍不住想要拉扯她的头发,折断她的脖子,逼她转过身看着我,字正腔圆地说出那几个老掉牙的字:你好吗。但是,唉……算了。再说,她的房门已经啪地关上。

我这个星期都不在家,再过两天又将离开,所以……打不打招呼,又有什么要紧呢……

嗯?有什么要紧呢?在这个家,我只是一个过客,不是吗?

我走进卧房,那是劳伦斯的房间,也应该是我的。床铺打理得整齐有致,被褥平滑,枕头鼓鼓的,高高在上。一切流露着悲伤的气息。我贴着墙壁走过去,小心地将屁股放在床缘,不想弄皱床铺。

我盯着鞋子看,注视了好一会儿,然后望向窗外,注视着外面的屋顶和远方的圣宠谷军医院,接着把目光投向她挂在椅背上的衣服……

她的书籍、矿泉水、笔记本、眼镜、耳环……这一切应该有什么特殊的含义,不过我实在看不出它们具有什么意义,我……我再也无法了解……

我把玩着床头柜上的药罐子。

Nux Vomica 9 CH,用乔木植物马钱子制成的药物,治疗睡眠障碍。

没错,现在问题就出在这儿。我站起来咬着牙说。

马钱子。

每次都一样,而且越来越严重。糟糕,好牧人已经走远了,谁能帮助我……

喂,够了!我咒骂自己。你累了,一点儿芝麻小事就可以把你折腾成这副德行,停止!

热水滚烫,嘴巴张开,双眼紧闭,我安静地任热水洗涤坏死的鳞片状肌肤,驱走俄国的寒气、白雪、阳光不足、大塞车,以及跟那个俄罗斯浑蛋帕夫洛维奇无止无休的讨论,未开打就宣告失败的战争,那些依然盘桓在我脑海里的目光。

那个前天晚上把工地安全帽朝我脸上扔的家伙,那些我听不懂却不难理解的言语，那些不管从哪方面看来都不由我做主的工地……

　　但是，我怎么会走到这步田地呢？此时此刻，我甚至没法从劳伦斯这一大堆保养品中找到我的刮胡刀！橘皮肌肤，舒缓经痛，增加光泽，腹部结实，皮脂漏，头发断裂。

　　这堆东西要干吗？它们有何意义？

　　保养好的皮肤要给谁抚摩？

　　我刮破脸了。一股脑儿将这堆东西扔到垃圾桶。

　　"我想我该为你煮杯咖啡，你觉得呢？"

　　玛蒂尔德交叉双臂，微微扭摆臀部倚靠着浴室门。

　　"好主意。"

　　她瞪着垃圾桶。

　　"哦，是这样子的……嗯……我丢掉两三样东西……我会……你别担……"

　　"我才不担心呢，你每次都背着我们干好事。"

　　"啊？"

　　她摇摇头。

　　"这星期过得好吗？"她问。

　　"……"

　　"去吧，帮我煮杯咖啡。"

　　玛蒂尔德……我煞费苦心，却还是无法驯服的小女孩……煞费苦心……瞧她长得多大了，我的天。

　　幸好还有我们养的小狗史努比……

　　"好点没？"

　　"好多了。"我往杯子里吹气，"谢谢，我终于有降落到地面的感觉……你今天没课吗？"

　　"哎哟……"

　　"劳伦斯一整天都要上班吗？"

　　"她会直接到奶奶家跟我们会合……哦，不会吧……别说你忘了……你知道今天晚上要为她庆生的……"

我忘了。我不仅忘了明天是她的生日，也忘了今天晚上要为她举行温馨的小型庆生派对，也就是名正言顺的家庭聚餐。我一直很喜欢家庭聚餐，真的，我正有此需要。

"我没准备礼物。"

"我就知道……所以我没去蕾亚家过夜，我早就料到你会需要我……"

哦，少女情怀……晴时多云偶阵雨，真累人。

"玛蒂尔德，你知道吗？你这样忽冷忽热的，我到现在还是吃不消……"

我站起来，又倒了一杯咖啡。

"好歹我让某个人吃不消……"

"好啦……"我用手轻轻掠过她的背，"一起享乐吧。"

她生气了。一点点。

跟她妈一样。

我们决定用走的。我丢出的问题似乎一个比一个更令她难受，走过几条寂静的街道后，她掏出 iPad，戴上耳机。

好吧，好吧，好吧……我想我应该养只狗才对，这样我从老远的地方回到家，才能保证会受到热烈的欢迎，受到疼爱……即使是机器狗也好，闪着温柔的大眼睛，通过巧妙的设计，抚摩它的头，尾巴就自动摇摆起来。

哦，我开始喜欢它了……

"你在生闷气？"

她在听耳机，我不得不喊得比平常更大声，有个路人还转过头看。

她叹了一口气，闭上眼，又叹了一口气，拿下左耳机，塞进我的右耳。

"来吧……我给你一些适合你这把年纪的玩意儿，让你振作起来……"

这一刻，四周尽是塞车的喧闹声，一条短线接通遥远的童年，彼端响起了吉他声。

几个音符，无懈可击的嗓音，沙哑、慵懒，是加拿大诗人歌手伦纳德·科恩。

苏珊带你回家，离小河不远。

听得见船只流过，

你躺在她身旁过夜，

你知道，她有点疯狂……①

"好点没？"

我点点头，像个任性的小男孩。

"好多了。"

她很高兴。

春天还早呢，不过太阳已经回暖，慵懒地在巴黎万神殿的圆形屋顶上伸展。这位"血缘上不是我女儿，但关系也不能说不是我女儿"的女儿挽着我的手臂听音乐。我们身在巴黎，置身于世界上最美丽的城市。我因为离开它而不得不承认这个事实。

在我如此钟爱的第六区闲逛，背对埋葬在万神殿永垂不朽的伟人，我们父女两个平凡人淹没在周末悠闲的人潮里，没人理会我们，我们大可放松心情，解除武装，跟随科恩的音乐节奏，因为他的心思深深触动了我们。

"奇怪啊，"我摇摇头，"你也听这首歌啊？"

"是啊……"

"三十年前，我也曾哼着这首歌走在这条路上……瞧，这家店……"

我用下巴示意，那是一家位于苏夫洛街上的美术颜料专卖店。

"你不知道我对着他们的橱窗流了多少口水……我梦想拥有店里的每一样东西，每一样。画纸、画笔、林布兰油画颜料……有一天，我甚至看见普鲁维从店里走出来②，让·普鲁维，你能想象吗！啊呀，那一天我应该一边摇头晃脑，一边低吟着科恩的歌。这是一定的……普鲁维……当我想到这段往事……"

"普鲁维是谁？"

"一个天才，而且不只如此，他更是发明家、工艺家，一个不可思议的家伙……我会给你看他的书……不过呢，先回到我们这个无忧无虑的歌手科恩身上吧……我最爱他的《著名的蓝雨衣》，你有没有这一首？"

"没有。"

"啊！你们在学校到底有没有学到东西呀？我以前疯狂地爱上了这首

歌，疯狂！因为不断倒带，我甚至把那卷卡带听烂了……"

"为什么这么喜欢那首歌？"

"哦，我记不得了……得重新听才知道，不过我记得歌词描述有个人写信给他的朋友……这个朋友抢了他的老婆，他告诉这个朋友他已经尽释前嫌……我记得也有提到头发。哦，那个时候，我没有女朋友，是个标准的大呆鹅，笨拙又烦闷，我觉得这个故事非常感人，简直赚人热泪。老实说，好像是为我而写的……"

我笑了。

"我甚至还可以跟你说……我跟我爸吵着要他把那件博柏利古董风衣给我，然后我把它染成蓝色，让它看起来破破旧旧的，好像一坨鹅大便，丑不拉几的，你无法想象……"

她笑了。

"你以为我会把它扔到一旁吗？才怪。我把它穿在身上，竖起领子，松开后腰带，两手插在已经破得满是坑坑洞洞的口袋里，大摇大摆轧马路……"

我对着她装出以前的愚蠢模样。

"我迈开大步，在人群中开出一条路，流露出神秘兮兮、令人无法捉摸的样子，又要小心翼翼不理会别人的目光，不过说实话，根本没人看我一眼，啊！和伟大的禅宗大师一起隐居在天涯海角的科恩老爹，应该也会觉得我很可笑吧。"

"后来怎么了？"

"哦……据我所知他还没死……"

"不是啦，我是说那件大衣……"

"啊，残骸早就不见了……不过今天晚上你问问克莱尔，或许她还记得放在哪儿。"

"好的……我要下载这首歌……"

我拉下脸。

"嗳，我们别又为了这件事翻脸……他赚得够多了……下载也没关系。"

"问题不在钱，你很清楚……问题比钱更严重……"

"别说了，我知道，你跟我说过不下一千次，有一天艺术家消失不见，我们都会死光光，等等。"

"完全正确，即便我们活着，也是行尸走肉，哦，既然路过……"

我们来到吉贝尔书店。

"进去吧，我送你那件美丽的蓝外套。"

在收银台前，我蹙着眉头。科恩的其他三张 CD 也奇迹般地被放在柜台上。

"嘿！"她一副命中注定的样子，"我刚好也想下载这几张……"

我付了钱，她凑近我的脸颊，匆匆碰了一下。

我们又淹没在圣米歇尔大道的人群里，我鼓起勇气开口："玛蒂尔德？"

"嗯。"

"可不可以问你一个敏感问题？"

"不行。"

走了数米后，她用手遮着脸说："问吧。"

"我们之间怎么会变成这样？变得这么……"

默不作声。

"怎样？"她在风帽底下开口了。

"我不知道……都在意料之中……变成金钱交易的关系……既然我刷卡付钱，我就有权利获得温柔的回报，也就是说温柔的……表示吧……你一个吻值多少钱呢？"

我打开皮夹，看一眼收据。

"五十五欧元又六十分，好吧。"

默不作声。

我把收据扔进下水道。

"这也跟钱无关，我很高兴送你礼物。不过……我多么希望刚才回到家时你可以说声'你好'，我……多么……"

"我有跟你说'你好'啊。"

我拉住她的袖子，好让她看着我。我举起手，模仿她软趴趴、看似胆小懦弱的手指。

她猛地抽回手臂。

"而且不只跟我这样，"我继续说，"我知道你对你妈也是……每次我打电话给她，我离家那么远，我多么需要……而她只会数落你的不是，抱怨你们的争执，你不断地敲诈……一些现金换来一点温柔，老是这样，还有……"

我停下脚步，再度抓住她。

"回答我，为什么我们之间会变成这样？我们到底做了什么？我们对你做了什么，得到这种报应？我知道……这就是青少年，不知感恩图报的年纪，不过……你，玛蒂尔德，我以为你比别人聪明……这些话并不适用于你，你聪明过人，不在他们的统计数据里……"

"那你就错了。"

"我知道。"

"'以前'我煞费苦心却还是无法驯服……"刚刚喝咖啡的时候我怎么白痴地加了"以前"两个字呢？只因为她费了很大的力气把咖啡粉放进机器，按下绿色的按钮？

嘿……我真是糊涂。

然而……

那个时候她有多大年纪啊……七岁或八岁，她养的迷你马刚输了决赛……我记得她往水沟里丢石头，垂着头冲向我，也没有叫我小心，像头愤怒的公羊，我得紧紧抓住电线杆，才没掉进水沟。

我又是感动，又是心慌，呼吸急促，笨手笨脚，最后只好顺一顺罩在她身上的大衣下摆，她则扑在我身上用尽全身力气号啕大哭，我的衬衫上全是她的眼泪鼻涕。

我们可以形容这个动作是"把某人抱在怀里"吗？可以，我想是可以的，那是我们的第一次。

第一次……当我说那是八岁的事，我一定搞错了，我对岁数记不太清楚。或许是八岁以后的事……该死，那可是许多年前的事呢，嗯？

不过，她就在那里，她就在那里，整个人罩在我大衣的衬里之下，我保持这种姿势，一动也不动，任凭脚冻僵，大腿酸痛，戳在这里，享受眼前这一刻，把她藏住不让别人瞧见，自顾自地傻笑。

稍后在车里。她坐在后座，蜷缩成一颗圆球。

"你以前那匹迷你马叫什么来着？瑞士巧克力？"

没有回音。

"焦糖？"

石沉大海。

"啊，我想起来了！小泡芙！"

"……"

"嘿？这么一匹又丑又蠢的迷你马，名字还叫作小泡芙，你怎能期望它大放异彩……嗯，说实在的，这匹痴肥的小泡芙能闯进决赛，应该是它有生的第一次也是最后一次，我说的准没错！"

我好坏，念出一串名字后还是想不起哪一个才对，但是仔细再想想，记起它叫花生米……

也罢，她已经撇过头了。

我一边调整后视镜，一边咬牙切齿。

我们一大早就起床。我又累又冷，匆匆忙忙，晚上还得赶回事务所熬夜加班。况且，我一直都很怕马，迷你马我也怕，甚至更怕迷你马……唉呀呀……塞车时心情特别沉重。沉重。正当我在驾驶座自怨自艾，神经紧绷，准备做个了断之际，突然听见："有的时候，我真希望你是我的父亲……"

我没搭腔，生怕毁掉这一刻。我不是你的父亲，或者我就像你父亲，或者我比你的父亲对你更好，哦不，我想说，我是……算了……我想沉默胜过任何回应。

不过今天……今天的生活变得如此……如此什么？在我们一百平米的公寓里，生活变得如此沉重不堪，易怒易爆。如今，劳伦斯和我，我们几乎不再做爱了。如今，我每天都更加幻灭，在工地待上一天，让我有耗掉一整年生命的幻觉。如今，跟史努比说话有如对着空气，我得按对密码才能获得爱，我很后悔这些无名火……

当然，我应该是生火之人。

我应该转到紧急停车道，这名称取得多好，在黑夜里走出车子，打开她的车门，抓住她的脚，把她拉出车外，轮到我让她喘不过气。

我得付出什么代价？却什么也没有得到。

什么也没有得到，因为我没有其他的话要说。反正……我是如此想象那次尴尬的场面：沉默，无疾而终，因为言语，可恶，言语……我从来都不知道该怎么说话。我从不曾掌握"言语"这个武器……

不曾。

我们来到医学院前。我转过身面对她，发觉她绷着脸，简直可说是丑陋，只因为一个小问题，一个我从不曾提起的小问题。我忖度着，认为自己应该闭上大嘴巴。

她走在前面，低着头，迈出大步。

"而你……就……很……好吗？"我听见她口齿不清地说。

"你说什么？"

绷着脸。

"你们就处得很好吗？"

火冒三丈。

"你以为你们就处得很好？哼！你以为你们就相亲相爱？你们就不在意料之中？"

"谁？我们？"

"还有谁？当然是你们啦！你们！妈妈和你！我倒很想知道你们被归纳为哪一类的统计数字？感情破裂的夫妻，那些人……"

鸦雀无声。

"那些人又怎样？"我问了一个蠢问题。

"你自己很清楚……"她咕哝说。

是的，我十分清楚，这也是为什么我们再也不说一句话。

此时此刻，我真羡慕她有耳机可以塞住耳朵，而我，塞满我的只有内心的混乱。

我早年的卡带和大衣，都被蛀虫啃得精光。

到了塞夫尔路，高级精品百货店矗立在眼前，我突然丧失走进去的勇气，转而走向一家咖啡店。

"可以吗？投入战场前，我需要一杯咖啡……"

她跟随我的脚步，满脸不悦。

我啜饮滚烫的咖啡，她则开始取出家当。

"夏尔？"

"嗯。"

"你愿不愿意告诉我他唱了些什么……因为我有些听不懂……"

"没问题。"

我们再度分享音乐，她听杜比，我听立体，各自塞了一只耳机。

不过，开头的钢琴声立刻被烹煮咖啡的噼啪声淹没。

"等一下……"

她拉着我走到柜台的另一端。

"准备好了吗？"

我点点头。

传出男人的歌声，较为温暖。

我开始同步翻译："如果你是大路，我将……等一下，可能是大路也可能是小路，得视上下文而定，你想要比较诗意的译法，还是逐字直译？"

"哦……"她一面切掉音源一面嚷嚷，"真是啰唆……我不想上英文课啦，你告诉我他唱些什么就好了。"

我把她的耳机拿过来，两只手掩住耳朵，而她透过眼角注视着我，神情激动的样子。

我仿佛被人一棒打昏，情势远超过我的想象，也超越我的期盼，我……头晕目眩。

他妈的要命的情歌……每次都如此阴险狡黠……短短四分钟就能使我们完全跪倒，并对着我们斤斤计较的心射出该死的一箭。

"很棒，对吗？"

"谁唱的？"

"尼尔·翰侬③，爱尔兰歌手……好，这次可以开始了吧？"

"好，来吧。"

"别中断，好吗？"

"别担心，甜心，一切包在我身上。"我模仿美国西部牛仔咬文嚼字。

她再度微微一笑。说得好，做得妙，夏尔……

我从刚刚停下来的歌词"小路"开始，是小路没错，毫无疑问。

"如果你是小路，我将沿着你走到尽头……如果你是黑夜，我将整日睡觉……如果你是白昼，我将彻夜哭泣……（现在她紧紧贴着我听，不愿遗漏任何一个字……）因为你是小路，是真理也是光明。如果你是树儿，我将伸开双手环抱你……而你……你将不能抱怨。如果你是树儿，我将把我的名字镌刻在你的树干上，你将不会呻吟，因为树不会呻吟……（这个地方我稍微自由发挥，原本的歌词是'因为树木不会哭泣'，尼尔，你就包容我吧！现在有个饱受压力的青春少女正坐在耳机线的另一端）如果你是男人，我……我还是会爱你……如果你是一杯饮料，我将满心愉悦地啜饮，如果你受攻击，我将为你杀人放火……如果你的名字换成杰克，我将为你改作女儿名……如果你是马儿，我将在马厩为你清洗粪便，没有怨言……如果你是马儿，我将骑着你穿越田野……从黎明起一直骑到太阳下山。（哎呀……没时间修饰了）我将把你唱进歌里，（这首歌也不怎么样……不过她好像无所谓，我感觉她贴在我脸颊上的秀发，还有她的香水，从她少女破烂的双肘散发出来的珍奇香水的味道）如果你是我的女儿，我将难以让你展翅高飞……如果你是我的妹妹，我……嗯……find it doubly，随便译吧，我会觉得有分身，如果……如果你是我的狗儿，我将直接用餐桌上的食物喂你，抱歉，惹火我的老婆也无所谓……如果你是我的狗儿，他唱得越来越大声，我相信你比较爱吃这样的食物，你将成为我忠实的四条腿好友，你再也不需要思考，他快要呐喊起来……现在又开始咆哮，不过似乎很悲伤，我们将长相厮守直到世界末日。其实是直到世界末末末末……日，不过我们可以感觉到他并未赢得爱人的芳心……完全没有……"

我默不吭声，把她的耳机还给她，点了我不想喝的第二杯咖啡，让她听完尾奏，重新适应光线，稍微抖动身子。

"我好喜欢这首歌啊……"她感叹地说。

"为什么？"

"我也说不上来，因为……因为树儿不会呻吟吧。"

"你在谈恋爱吗？"我战战兢兢地说出这句话。

轻轻噘嘴。

"没有啦，"她承认，"没有。我想如果谈恋爱就不需要听这类歌曲了。"

我若有所思地搅拌杯底的咖啡渣。顷刻后，她说："回到你刚才说的玩意儿……"

她抬起头，两眼飘向我刚才提出的问题。

我不懂她的意思。

"嗯……我想我们应该把各自的立场守住就好……我们不需要对彼此太过好奇，你知道我的意思吧？"

"嗯……不是很清楚……"

"好……你呢，你可以依赖我帮你买礼物送给妈；我呢，我可以依赖你帮我翻译我喜爱的歌词……就是这么回事啊。"

"只有这样？"我温和地抗议，"这就是你想说的？"

她又戴上风帽。

"没错，以目前来说，就是这样，不过呢，已经很多了。是啊，已经很多了。"

我看着她。

"你干吗笑？"

"因为，"我一面为她开门一面回答，"因为，如果你是我的狗，我会喂你吃剩菜剩饭，你会成为我最忠实的好朋友。"

"哈哈！好诈！"

我们站在人行道边等候川流不息的车潮经过，她抬起大腿，佯装在我的裤管上撒尿。

她很诚实。搭乘电扶梯时，我决定以其人之道，还治其人之身。

"玛蒂尔德，你知道……"

"什么？"她的语气像是在表达"你还要说什么啊"。

"我们都是可以用钱买通的……"

"我知道。"她迅速接话。

她果断的反应让我措手不及。

她走开一步。

"嘿，我们现在别再谈这些沉重的事情，好吗？"

"好吧。"

"我们要买什么礼物给妈?"

"随你高兴。"我回答。

脸上浮现一抹阴影。

"我,我的礼物已经买好了。"她咬紧牙根说,"现在是你要买礼物。"

"没错,没错,"我吃力地嬉皮笑脸说,"让我找找看,瞧……"

所以,现在的十四岁少女是这么回事?既看透这个卑微的世界,知道任何事都可以妥协,同时又一派天真,愿意把双手交给两个成年人,站在他们中间,不再活蹦乱跳,但仍紧紧铐着他们,好让他们待在一起,无论如何。

已经很了不起了,不是吗?

即便是美丽的歌曲,也是沉重的负担……

我和她一样大的时候,是什么模样?很不成熟,我可以想象……

走到楼上时我跌了一个跟跄,噼啪……不打紧,无所谓,一点也不。

反正我什么也记不得了。

赶快,小宝贝,我受不了了,我了解到这一点,同时抓着栏杆。我们四处寻觅,终于找到,打包,闪人。

又一个手提包……这已经是第十五个了……

"如果贵夫人不喜欢这个款式,可以回来更换。"售货员奉承地说。

我知道,我知道。谢谢。太太很爱换,所以我不再花费气力找礼物了……不过我不吭声,只管付钱,付钱就是。

一走出商店,玛蒂尔德又人间蒸发,我独自待在卖报亭前,像个傻瓜,对着新闻标题视而不见。

我饿了吗?不饿。我想散步吗?不想。我是不是该上床睡觉?是,不过不行,我这一睡的话就起不来了。

我……有个家伙为了拿起一份杂志,推了我一把,道歉的却是我。

在万头攒动的人群中与同伴走失,孤零零的,想象力尽失。我举起手拦下出租车,把公司的地址给了司机。

我到了办公室,这是目前我唯一能做的。看他们趁我出国勘查正在建造的愚蠢工程时,又做了哪些蠢事……这大致就是我这几年的工作内容……巨大的裂痕、荒谬的刀子以及过度粉刷。

　　指日可待的建筑师蜕变成步步高升的小石工，操着英文做些小事，不再绘图，大量累积航空公司的飞行里程，躺在旅馆房间里太大的床铺上，听着CNN（美国有线电视新闻网）新闻台里传出轰隆隆的炮火声入睡……

　　天气阴霾。我把额头贴在沁凉的车窗上，比较塞纳河和莫斯科河的水色，膝盖上放着我一点儿也不感兴趣的礼物。

　　上帝真的存在吗？

　　难说。

---

① 这首歌是伦纳德·科恩（Leonard Cohen，一九三四—二〇一六）发表于一九六七年的歌曲《苏珊》（*Suzanne*）。

② 让·普鲁维（Jean Prouvé，一九〇一—一九八四），法国建筑师与设计师。

③ 尼尔·翰侬（Neil Hannon，一九七〇—　），"神曲"（The Divine Comedy）乐团主唱。文中引用的歌曲为《如果……》（*If...*），出自一九九七年的专辑《关于爱的小辑》（*A Short Album About Love*）。

2

他们都来了，全员到齐。

我们将依照出场顺序逐一介绍他们，会比较简单。

有个人为我们开门，对着玛蒂尔德说："哦，她长大了，已经是位成年的女士了。"这是我的大姐夫。我还有另一个姐夫，他才是我最喜欢的那个。"怎么，你又掉头发了？"他又加了一句，同时拨弄我的头发，"这次，你总该想到带点伏特加吧？哎呀，你窝在俄罗斯干吗？为了跳康查柴克土风舞吗？"

我能跟你们说什么呢？他人很不错的，不是吗？无可挑剔。好，来吧，我们轻轻推开他。有位先生把身子挺得很直，那是我爸爸亨利·巴兰达。而他，他话不多，他早就选择沉默是金。他告诉我，左手边的小桌子上有我的信。我立刻亲吻他。会寄到我父母家的邮件通常是退伍军人的物品、同学会的通知、报纸的订阅广告。但是二十年来我早就已经不再阅读这些报纸了。也可能是研讨会的邀请函，而我不曾现身。

"很好。"我回答他，眼睛开始寻找放信的纸篓，但看到的那个其实不是。待会儿我的母亲会皱着眉头对我大声嚷嚷："那是雨伞筒呀，我再提醒你一次。"这一幕每次都会引来笑声。

我的母亲站在走廊尽头，在厨房里，我只看见她的背影，系着围裙，给烤肉调味。

现在她转过身，亲吻玛蒂尔德，说她长大了，变成美少女了！我等着和另一位姐姐打招呼，不是那个高个儿的老婆。坐在那边的瘦高个儿，他则属于另一种典型，他是"冠军超市"的经理……我先说到这儿。回头我们还会从他身上获得许多乐趣。

他的老婆叫伊迪丝，我们也会听到她的声音，她将提到学生沉重的书包以及家长会；她一面拒绝第二块蛋糕，一面说："真不可思议，今天的人都吝于付出，譬如今年年终园游会，我负责'钓鸭子游戏'的摊位，谁愿意和我轮班？没人！如果家长都不愿意亲自动手，请问，我们能要求小孩吗？"好，不能怪她，她的丈夫是"冠军超市"的经理，而他能证明自家超市有如大型卖场般辽阔，所以这种需要爱心服务的活动并非她熟悉的领域。所以，不，我们不会责怪她。只是她令人讨厌，经常更换正在播放的音乐；对了，她也常换发型……我们跟随她的脚步来到客厅，另一号人物等着我们：我大姐芳丝瓦兹，她才是旷世奇葩啊。如果你们没有跟上来或逗留在厨房里，她才是康查柴克土风舞太太本尊。她呀她，经常变换发型，不过比二姐容易捉摸，除此之外，乏善可陈，只消复诵她第一句话："哎哟，夏尔，你的脸色怎么那么难看……还有，你……你变胖了吗？"好啦，干脆多奉上几句吧，不然我可能有断章取义之嫌："真的，你比上次长肥不少，我跟你打赌！也不得不说你一句，你老是穿得邋里邋遢……"

不，不用同情我，三小时后，她们将在我的生命中烟消云散。运气不太差的话，至少圣诞节以前都不会再见到她们。她们进我房间前一定要敲门，当她们打算刺探军情时，我已经远走高飞了……

好酒沉瓮底，这一位我们不见其人但闻其声的女孩，正在楼上和一屋子的小朋友一起哈哈大笑，就让我们追随这波愉快的笑声，先暂时不啃腰果了……

∽✿∾

"不会吧，我不敢相信！"我的小妹克莱尔对我说，同时轻轻碰触我脑神经上的头皮，"你知道这群可恶的萝卜头在聊什么吗？"

快速亲两下。

"看看他们，夏尔，每一个都长得多么年轻俊俏……瞧瞧这些贝齿，好好欣赏这股蓬勃的青春气息！千百万公斤的荷尔蒙向四面八方流窜！你知道他们在聊什么吗？"

"不知道。"我说，终于有了放松的感觉。

"他们硬盘的容量，妈的……他们凑在一起把玩这些放音乐的玩意儿，比较谁的容量大……真叫人无力，不是吗？每当我想到我们的退休金得靠这些东西，不如狠狠拧我一把啊。接下来，你们是不是要比较手机的月租费？"

"已经比过了。"玛蒂尔德酷酷地说。

"哎呀，说正经的，我真替你们感到难过，你们这些小鬼……这个时候应该为爱而死！写诗！发动革命！背上背包！远走高飞！改变世界！而这些内存容量什么的……呸……你们或许可以顺便比些别的啊！"

"那你呢？"另一个孩子一派天真地问克莱尔，"你在我们这个年纪的时候都和夏尔聊些什么？"

我的小妹转身注视着我。

"嗯，我们啊……我们这个时候已经上床睡觉了，"轮到我嘟哝着说，"要不然，我们就是在写作业，对吧？"

"没错，你可能正在教我写伏尔泰的文章？"

"很有可能。或者预习下星期的功课……你还记得，我们最喜欢把几何公式背得滚瓜烂熟了……"

"没错！"他们敬爱的阿姨感叹地叫出来，"或者是方程……"

她被一个枕头击中，来不及把话说完。

她大声叫喊并立即反击。又丢出一个抱枕，接着是一只匡威帆布鞋，叫嚣声此起彼落，一只卷成圆球的袜子，一个……

克莱尔拉着我的衣袖。

"走吧，这里的气氛已经炒热，我们把战场移到楼下吧……"

"那会是个艰辛的任务……"

"简单……只需跟那个笨蛋说吉安超市的好话，战火一触即发……"

她在楼梯中转过身子，一脸严肃地说："譬如吉安超市依旧免费提供塑料购物袋！但是冠军超市什么也没有！"

她扑哧笑了出来。

这就是克莱尔，这类鸡毛蒜皮的小事就够我们大感宽慰。总之，总是让我大感宽慰……

"你们在楼上干什么啊?"我的母亲忧心探问,同时一直翻弄围裙,"怎么这样尖声怪叫的?"

我的小妹亮出两手的手心,自我辩解。

"不是我哦,是数学家毕达哥拉斯啊。"

这时劳伦斯到了。她坐在沙发的一端,妨碍了我们原本要整理佐料区的伟大计划。

也罢,今天晚上要庆祝她的生日,她是派对的主角,她已经上了一天班,不过……我们已经有一个星期没碰面了……难道她没有要找我的意思?或站起来?或给我一个微笑?或起码看着我?

我轻轻走到她的背后。

"不,不,在番茄酱里加点番茄汁是好主意,你做得没错……"

这是我把手放在她肩上所激发的灵感。

好好享受这样的家庭聚会。

当我们移驾到饭厅,劳伦斯终于开始耍心机了。

"出差还顺利吗?"

"非常顺利,谢谢关心。"

"你没带礼物回来为我庆祝二十岁的生日?"她抓着我的手撒娇说,"譬如俄国的法贝热首饰呀?"①

这女人的确爱讨礼物。

"我带了俄罗斯娃娃。"我咕哝说,"你知道的,一个美女,你越是对她感兴趣,越是会察觉她的渺小……"

"你是因为我才这么说吗?"她揶揄道,同时逐渐走远。

不,是因为我自己。

她揶揄。

她嘲讽。同时越走越远。

我是阴差阳错才爱上她的。多年前有一天,当她的老公一面跟我解释我身为建筑师,要帮他这个案子做什么事,一面用雪茄拨弄指环,而她的小脚丫却沿着我的大腿勾抚攀爬。在这张纯白无辜的脸庞之下,她的动作来来去去，当时的我觉得……不太得体。

是的……因为别的女人应该比较容易预料，且更具攻击性。"你是因为我才这么说吗？"她原本应该仅止于嘲弄，稍微咬牙切齿，或者一笑置之，或者挖苦吹牛，或者射出恶毒的眼光，或者使出其他比较不残酷的手段，不过这样的话就不是她了，不，那不是她的作风，不是我们美丽的劳伦斯·韦尔纳……

有一个冬天，我到第八区一家豪华餐厅和他们开会，一起喝咖啡，他特地这么强调，嘿，当然啰……只喝咖啡哦。我只是一个商人，并非他们的客人。

充其量，只能算是一个优雅的商人。

于是我亲自赴会。

我衣衫不整，体积庞大，上气不接下气，一手提着工地安全帽，一手抱着设计图。我身后紧跟着一位戒慎恐惧、奉承哈腰的服务生，他手忙脚乱地为我褪去衣物，同时在我行经的路上忙进忙出。他带走我那件肮脏的外套，一面告退还一面检视苍白的地毯。我不难想见，他发现了许多污渍、泥巴和类似粪便的东西。

那一幕仅维持数秒，不过她已经虏获我的心。

我坐在那儿，大家对话的时候，跟着虚应一应故事，偶尔嘲讽挖苦一番。我解开长围巾，同时打了最后一个哆嗦，就在那个时刻，我的目光与她的眼神不期而遇。

她或许相信，或许知道，或许希望我是特别为她展露微笑，然而，这个笑容却诞生于一个荒谬的情境，起源于一个愚昧的世界，也就是她的世界，但它能让我不愁吃穿，尽管违背我的意愿（那个时候，对我来说，给一个靠皮革发财的家伙呈报预算表，而此人甚至希望我翻修他的双拼公寓，但别更动既有的大理石，很没格调……不过酬劳，我的天哪，酬劳之高，足以扼杀建筑大师柯比意的才华。从此以后我变了，因为经常大宴小酌，我越来越瘦，因为短视近利铤而走险，仗着自己有远见，就拼命地干，而且还使用大理石……）。我想，这与我的意愿背道而驰。她并没有挑逗我，却请我坐在油渍斑斑的桌巾前。

我别有用心的微笑，却换来一场误会。

有生以来第一次。

不过，是个美丽的误会……

美丽，但已经有误上贼船的感觉，因为她的泰然自若，她的频送秋波、寡廉鲜耻、谄媚逢迎，哎呀，我还算挺快就察觉到了。我们之所以会在一起，香槟的催化恐怕比我个人单薄的魅力更具决定性。不过，得了吧……我感觉到她的大脚趾徘徊在我的膝盖窝，当时我正试着专心思考她老公所提出的要求。

他问我卧房的相关细节。"打造出既宽敞又亲密的感觉。"他不断地重复这句话，同时微微倾斜上半身。

"不是吗？亲爱的，你赞成吗？"

"赞成什么？"

"卧房！"他吐出一个超大的螺旋状烟圈，"听一下我们谈些什么嘛……"

她同意。不过她美丽的脚迷了路。

我爱上她的时候就知道个中原因，却搞不懂，自己今天怎会因为她离去时一边揶揄我，而开始怨怼……

到现场监工的是她。我们的见面越来越频繁。然而，随着工程的进展，我的目标却越来越模糊，她的手腕越来越没劲，支撑整个房间的墙垣渐渐不再盘踞我的心思，工人越来越碍手碍脚。

终于有个晚上，她借口木质地板的颜色太暗沉还是太明亮，不知如何抉择，需要马上见到我。

于是，我们启用了那间壮丽的新房……在油漆布上，广阔又亲密，而且散布着烟蒂和干洗油罐……

不过，沉默无声地穿上衣服后，她踱了几步，打开一扇门，随即关上，转身走回来，来到我的身边，抚平裙子，说了一句话："我永远也不会住在这里。"

这一次不带骄纵的语气，没半点儿尖酸刻薄，也没有挑衅的意味。她永远也不会住在这里……

"我有个小女儿，你知道吗？"她在楼梯间这么告诉我。当我敲打管理员的窗玻璃想交还钥匙时，我轻声告诉她，只让她听见："我想，你的小女儿值得更好的。"

啊！桌位安排表！一直都是家庭聚餐最美妙的一刻……"那么，劳伦斯……你坐在我的右手边，"我的老爸宣布，"接下来，你们，吉仔（可怜虫，坐在高个儿姐夫旁边，简直像坐在超市冷藏区……），你，玛多，接下来克莱尔，然后……"

"不对啦！"我妈不太高兴，从他手中抢过小抄，"我们说好了，夏尔坐那儿，芳丝瓦兹坐这儿……啊，行不通……我们少了一个男人……"

要是没有桌位安排表，世界会变得更美丽吗？

克莱尔看着我。她知道是她少了一个男人……我给她一个微笑，她耸耸肩，一副无所谓的样子，想赶走我的善解人意，她并不领情。

她马上拉出面前的椅子，摊开餐巾，招呼我们最可爱的杂货商："来啊！坐啊，我亲爱的吉仔！坐到我旁边，跟我再解释一遍，如果集满三点可以有什么优惠？"

母亲叹了一口气，决定放弃。

"哦……既然这样，你们爱怎么坐就怎么坐吧……"

真有一套。我心想。

真有一套……

克莱尔这位妙不可言的女孩聪颖绝伦，能在短短数秒内把桌位表摧毁殆尽，让家庭聚餐变得稍微足以忍受，激励那些萎靡不振的小萝卜头却又不会让他们的自尊心受伤，连劳伦斯这种女人都喜欢她（劳伦斯不曾跟我另外两位姐姐有往来，对于这点，我倒挺高兴……）。克莱尔颇受她法律界同行的推崇，某天我还在一份专业城市规划杂志看到对她的评语，写着"案件一旦被她围剿就没好下场，案件一经她辩护即胜诉在望"；然而她的机智遇到感情问题就没辙了。

今天晚上缺席的那个男人，事实上已经缺席了好几年。这号人物确实存在，只是他现在也正在和家人一起聚餐，在他老婆那儿（就像她所说的"在妈妈家"，一脸苦笑，看得出口是心非）。

好个女英雄。

那个肥胖的混账东西还差点儿害我们兄妹感情破裂……"不，夏尔，你不能这么说，他又不胖……"看吧，那个时候我还像堂吉诃德般自不量力地奋战到底，想让她别再自怨自艾，她竟丢给我这类少根筋的回答。后来我不管她了，我彻底放弃。要是一个男人，就算瘦干巴，能够对像她这样的女人心平气和地说"再等一会儿，等我女儿长大，我就离婚"而没发笑，那他连堂吉诃德那匹瘦马的干草都不如。

他罪该万死。

"你为什么不离开他？"我不断追问她。

"我不知道，大概是因为他不要我吧……"是的……她……我们可爱的美人蕉，驰骋法院的铁娘子律师，只能回以这句答辩……

教人气绝。

不过我早就放弃了。因为疲惫，也因为公平起见，我连自己的事都管不好了。

我也不够铁腕，当不了厉害的律师。

然后，太多的牺牲和放弃，太多幽暗的区域和危险的地方，即便对我这个如知己的兄长亦然。于是我们绝口不再提这档事，她关掉手机。耸耸肩膀，这就是命吧，她一笑置之，拼命干活，将心思转移到别的事情，成为部门的第一把交椅。

晚餐的后续发展就恕不奉告了。

小型宴会，家教良好的家庭的周六晚餐，人人勇于演奏自己的乐章，发挥婚姻的功能。丑陋的腊肠狗形置餐刀架，掉落的玻璃杯，倒在桌巾上的盐巴；针对电视辩论的议题进行辩论，一周上班三十五小时，竞争力下降的法国；我们缴的税金，不知雷达侦测器藏在哪里；坏心眼的人说阿拉伯人生太多小孩，好心点的反唇相讥不该以偏概全，女主人为了获得被人反驳的乐趣坚称肉煮得太老，男主人则担心葡萄酒是否达到室温状态。

算了，我就为你们省下这些细节，这些温暖又经常教人沮丧的家庭聚会……

唯一能让这一切起死回生的，是楼上孩子们的欢笑声，而其中笑得最响亮的是玛蒂尔德。因为她的咯咯笑声，我们又回到美丽的敞廊前，回到我那位业主老板娘的内心告白，而她刚在脏乱的油漆布上一举攻占我的心灵与肉体。

我永远也不会知道这个女人躲开了什么灾难，也不知道她应得什么奖赏，不过我很清楚地知道她让这件事变得简单许多……经过这次的"工地野合"后，她音信全无。她不到工地了，我联络不上她，更糟的是，她似乎再也不可能出现，我最后的暗示都石沉大海。

然而我满脑子都是她的情影，在我脑海里盘旋不去。因为她对我而言实在美得过火，我得用对计谋。

于是我想出了结案计划，我始终没有勇气画上句点，那是我身为伴侣的杰作，是我留校罚站所编织的奇想，是我投入井底的小石头……

我越是不想再看到她，就越是精心策划努力投入这个计划。我给圣安托尼区首屈一指的师傅出难题，我走遍各大模型玩具店，甚至利用到伦敦出差的机会，和一位令人惊叹的老祖母的猫儿们打滚，她能在一只裁缝用来保护手指的小小顶针上，打造出整座白金汉宫。我在她身上花了大把钞票。对了，她还卖给我一套铜质蛋糕模子，只比瓢虫大一点。"实在是娃娃屋厨房不可缺少的基本配备。"她一边保证一边开账单……数字异常庞大。接下来有一天，我不得不承认：已经没啥好修饰的了，我必须找到她。

我知道她在香奈儿上班，我双手捧着勇气，缠绕成两个 C，分别代表了"征服"（Conquête）和"情欲"（Concupiscence）。哦不是啦，我这个吹牛大王，应该是"恐惧"（Chocottes）和"丘比特"（Cupidon）。推开康邦路精品店的大门，我修了胡子，甚至刮出几道疤痕，不过领门干净无瑕，而且系了全新的鞋带。

有人去叫她。她看起来很震惊，不停把玩悬在胸前的珍珠项链，她看起来很迷人，落落大方……哦，真是无情呀……不过我力持镇定，邀请她周六到事务所一趟。

当她的小女儿打开我的礼物，也就是她的礼物时，我告诉她如何点亮世上最美丽的娃娃屋，我知道大功告成了。

当劳伦斯得知娃娃屋各种惊奇的功能后，跪倒在地，久久不起……

首先是心醉神迷，接着骚动难安、噤若寒蝉，自忖要为如此巨细靡遗的工程和期许付出多少代价。发射最后一发子弹的时候到了，于是我说："看，"

同时弯下腰，靠近她的颈背，"这儿还有大理石呢……"

她微笑了，并让我爱她。

于是她微笑了，并爱我。她应该崩盘得更厉害，是吧？应该更浓烈、更浪漫，不过我不敢……因为我从来不知道，我想……而如今我冷眼观察她，看她坐在桌子的另一端，神情愉悦的样子，对待我家人的态度温和亲切、宽宏大方，始终娇艳迷人，自始至终……不，我真的从不知道……在那家咖啡馆的地毯和酒精的催化之后，玛蒂尔德或许是我们故事里的第三个误会……

我这般头昏眼花，还是头一遭；这般自我反省，绕着我俩提出于事无补的问题，很不像我。或许因为旅行太过频繁？太多的时差？太多的旅馆天花板和太多无眠的夜？或是太多的谎言，太多的叹息？当我默默出现，有太多突然挂掉的电话，太常摆架子和太多次的翻脸，或者，其实是太多的什么也没有。

劳伦斯让我戴绿帽也不是头一遭了，而且到目前为止，我也没什么大不了的损失。倒不是因为我喜欢戴绿帽，而是像我之前说的，我是自己把绿帽子找上门，还极力讨绿帽子的欢心。很快我就发现，自己弄出了一个很难处理的情况：她一直不愿意嫁给我，不想要小孩；此外，我太忙碌，经常出差……于是我拱起背蜷缩起来，睁只眼闭只眼，但为了我的自尊心，我故意发怒，她以为我真的在乎。

而且我适应得不错。我甚至以为，我们在晚上暂时停止亲热，这种停机状态有助于改善我们的伴侣关系。总之我们因而获得更多的睡眠。

她招蜂引蝶，接着紧紧攀牢，又感到厌倦，再回头吃窝边草。

她在黑暗中回来，跟我说话。掀开床单，稍微挺起身子，抚摩我的背脊、我的肩膀、我的脸孔，良久，良久，无限温柔，最后总是轻声说："还是你最好，你知道的……"或是"没有人比得上你……"我噤若寒蝉，纹丝不动，不愿打断她。

因为，虽然她抚摩的是我的皮肤，但我还是觉得，那些委曲求全之夜，她试着轻抚安慰的，是她自身的伤口。

然而，此情此景已成过往云烟……今天，她把睡眠问题交给顺势疗法，即使在黑暗中，她也不愿让我瞧见她美丽的乳房底下颤动的和崩裂的心。

谁的错？怪玛蒂尔德长得太快，就像梦游仙境的爱丽丝，她不仅溢出小房子，还把房子弄得粉身碎骨？她早就不需要我帮她托住马蹬，再过不久英文也会说得比我更流利……

该怪她这个父亲粗心大意。这些粗心大意原本罪大恶极，但随着时光消逝变得几近可笑。嘲讽取代了尖酸，这倒是好现象，不过我不太能接受这种比较，即便我从不曾弄错学校的放假日，我……

该怪时间没有善尽职责？当时我比她年纪还轻一点，还是她的"年轻小伙子"呢，接着我后来居上，后来超越她。

有些时候，我觉得自己真糙老。

真糙老。

都怪这份要命的工作，我无时无刻不在战斗，战胜，再战斗！时间并不能累积什么，眼看着就要进入五十大关，我觉得自己还是那个猛灌咖啡、恍恍惚惚的建筑系学生，对着那些愿意听他抱怨的人咕哝"我忙翻了，我忙爆了"，我落败，继续向第 N 个评审团提出第 N 个计划，然而却逐渐丧失安全感。

没错，目前的问题不再是分数或顺利升级，而和钱有关，而且牵涉到很多很多的钱。金钱、权力、狂妄。

还没提到政治呢。不，甭提了。

或许爱情才是罪魁祸首？应该怪它。

"你呢，夏尔，你觉得如何？"

"什么？"

"你觉得原始艺术博物馆如何？"

"哦，我好久没去了……我曾参观过几次工地，不过……"

"反正，"我的姐姐芳丝瓦兹接着说，"若是为了撒泡尿，我可敬谢不敏……我是不知道这栋玩意儿到底花了多少纳税人的钱，不过我告诉你们，他们在厕所方面的标示倒是省了不少钱！"

我不由得想到，如果努维尔和他的建筑团队在场，会有什么反应……

"哟，那是故意的啦，"她的老公接着说，"你以为原始人会为了脱裤子感到难为情？只要有一片灌木丛就行啦。"

好吧，好吧，他们还是不在场的好。

"两亿三千五百万。"另一个不太好笑的人说了,同样紧紧抓住他的餐巾。

由于全场鸦雀无声,他继续说:"想当然是欧元啰。这栋玩意儿,我亲爱的芳丝瓦兹,你形容得真是恰当,花了法国纳税人一点儿小意思……(他取出眼镜和手机,轻轻按了几下,闭上双眼),十五亿四千万法郎。"

"旧法郎吗?"母亲说话的声调,像是喉头被人掐住了。

"不……"他反击道,一副若无其事的样子。"新法郎!"他满心喜悦地说。这一次大家都上钩了,全场闹哄哄的。

我搜寻劳伦斯的眼神,她回以淡淡的苦笑。有些地方她还是和我站在同一线上。我又继续吃。

大家又讨论得兴致盎然,取笑这些工程,时而举证历历,时而插科打诨。数年前话题绕着巴黎新歌剧院或国家图书馆打转,如今,他们换汤不换药,批评的内容了无新意。

坐在身旁的克莱尔弯着身体向我凑过来:"俄罗斯那边,还顺利吗?"

"别列津纳河。[②]"我边微笑边承认。

"少来了……"

"没有,我说真的,我还在等河水融化,计算死亡人数……"

"妈的。"

"没错。"

"严重吗?"

"唉……对事务所来说并不严重,但对我……"

"对你?"

"我不知道……我不能成为好样的拿破仑……我想,我缺乏他的……视野。"

"或是他的疯狂……"

"哦,疯狂呀,那是迟早的事啦!"

"你在开玩笑吧?"她忧心忡忡地说。

"当然啰!"我向她保证,同时把手伸进衬衫两颗纽扣之间。

"你什么时候回去?"

"星期一……"

"不会吧？"

"没错。"

"干吗那么快？"

"根据最新的消息……我该准备接招……起重机不见了……一夜间，嗖，长了翅膀飞了。"

"不可能。"

"你说得没错……它们应该需要更多的时间展开巨大的翅膀……尤其它们也偷走了其他机器……输送机、混凝土搅拌机、凿孔机……所有一切。"

"你爱说笑……"

"一点儿也不。"

"所以呢？你打算怎么办？"

"我打算怎么办？这是个好问题。首先，我会雇用新的保安公司监督我们现有的保安公司，等到这家新的保安公司也开始贪污，我……"

"你会怎样？"

"我不知道……我就到哈萨克斯坦搬救兵！"

"够衰的……"

"没错。"

"这笔混账，你应付得来吗？"

"一点儿也不，我没有一件事应付得来，不过，你想知道我怎么办？"

"喝酒！"

"不只这样，我又读了一遍《战争与和平》，三十年后，我再度爱上女主角娜塔莎，好像第一天……这就是我所做的。"

"真可悲……他们难道不给你几位美女轻松一下？"

"那倒是没有……"

"骗人……"

"你呢？你在前线有什么斩获？"

"哦，我啊……"她叹了一口气，又抓起酒杯，"我啊，我为了拯救这个星球才投入目前的工作，但是我现在却忙着帮那些搞基因改造农作物的家伙擦屁股。除此之外，一切还算顺利。"

她干笑几声。

"你手上的水坝案呢？"我接着问。

"对方败诉了，他们没能得逞。"

"你看吧……"

"呸……"

"干吗'呸'？这算一桩好事呀……好好享受胜利！"

"夏尔？"

"嗯……"

"我们应该合作，你知道的。"

"做什么？"

"建立一个理想国。"

"我的美人儿，我们已经在理想国里了，你知道的……"

"哦，但是，"她微微噘着嘴说，"至少需要几家冠军超市，不是吗？"
才刚刚提到冠军，丁零，在超市工作的姐夫立刻接腔。

"什么？"

"没事，没事……我们提到你最近做的鱼子酱促销……"

"什么？"

对他微笑。他耸耸肩膀，重回他最爱的话题：我们的税到底缴到哪儿
去了？

哦……一时间我觉得好累……累，累，累。我接过奶酪拼盘时没碰一下
就递给旁人，想让晚餐早点结束。

我看着父亲，他还是那么谦逊有礼，而且周到优雅……我看着劳伦斯和
伊迪丝，她们正在谈论冷酷专制的老师和笨手笨脚的女佣，或者情况倒过来。
我看着餐室的装饰，五十年来没有任何改变，我看着……

"开礼物的时间到了没？"

孩子们冲下楼来看礼物。感谢他们，我很快就可以去睡觉了。

"换上干净的餐盘，然后到厨房来。"他们的外祖母下了命令。

我的姐妹们离座去拿礼物。玛蒂尔德对我使了一个眼色，告诉我"我们"
的包包在哪儿，二姐夫结束他的论坛，擦拭着嘴角说："不管如何，我们都

会一败涂地！"

够啦，结束了。通常他还要来杯咖啡，不过今天，大概因为前列腺的问题，他提早结束。够啦……现在给我闭嘴。

对不起，我好累。

芳丝瓦兹拿着相机回来了，劳伦斯低调地整理头发，小孩子划开火柴。

"门口的灯还亮着！"有人说。

我走过去关灯。

就在寻找开关的当口，我瞥见那沓信最上面的一封。

那是一个白色长信封，我其实认识信封上的黑色笔迹，却没能意会过来，陌生的邮戳，不知名的寄件城市和邮政编码，我不知道在法国哪里，不过笔迹却……

"夏尔！你还在干什么？"他们开始抱怨，蛋糕的倒影摇曳在窗玻璃上。

我关了灯，回到原位。

不过我的心不在了。

我看不见劳伦斯映着烛光的容颜，我没有跟着大家唱生日快乐歌，也没有鼓掌。我……我好像《追忆似水年华》那个吃了玛德莲娜糕饼的傻子，只不过我的情况恰恰相反。我退缩不前，不愿让往事浮现，我感觉被遗忘的世界一隅在脚下开启，地毯下变空了，而我戳在那儿不动，本能地找寻能倚靠的门柱或椅背。因为，是的，我认得这个笔迹，而且我感觉有什么不对劲。我的体内有某种东西在抗拒着、害怕着，我寻找，我的脑袋猛力摇动发出叮当声，掩盖外面的喧哗。我听不见他们的叫声，也听不到他们叫我开灯。

"小夏尔！"

抱歉。

劳伦斯开始拆礼物，克莱尔递给我蛋糕铲，说道："嘿，怎么了，你站着吃？"

我坐下来，盛了一块蛋糕，将小汤匙戳得很深……站起身。

我用钥匙小心翼翼地把信封拆开而没撕破。信纸折了三次。我摊开第一折，听见自己的心跳，接着第二折。然后停顿下来。

上面写了五个字。

没有署名，什么也没有。

就五个字。

咔嚓一声，仿佛断头台的铡刀落下。

铡刀又迅速升起。

抬起头，瞥见小桌子上方镜子里自己的影子。你知道……

你知道，不是吗？

他找不到话回答。

他定定地看着镜中的影子，由于影子没有反应，他只好咕哝着说几句话。但是影子看着他的嘴唇嚅动，好像在说：留下来，你，留在她身边；我，我要走，我身不由己，你了解的，不过你，留下来，我保证一切都没问题。

他仿佛回到当年的草莓园，听见声响、说话声、笑声，接住别人递给他的香槟杯，笑吟吟地举起酒杯，与别人的杯子碰撞，那个和他共度多年时光的女人绕着桌子，亲吻每一个人。她也亲吻他。她跟他说，包包很漂亮，谢谢。为了抗拒这股温柔的袭击，他坦白说包包是玛蒂尔德选的，但是玛蒂尔德强烈抗议，好像他做了背信弃义的事。不过他闻到她的香水味，他想握住她的手，但是她已经走远，亲吻别人去了。他再度举起酒杯，不过酒瓶已经见底，他起身找酒。他开得太急，喷出许多泡沫。他为自己倒酒，一饮而尽，再倒一杯。

"还好吧？"他的邻座问了。

"……"

"怎么了？你一脸惨白，好像见鬼了……"

他继续喝。

"夏尔……"克莱尔嘟哝道。

他崩裂，裂开，龟裂，他不想这样。

仿佛裂釉，脱链，螺栓松脱。

他不想这样，他反抗。喝酒。

他的大姐斜眼瞪他。他为她干了一杯，她继续瞪他。他笑着告诉她，抑扬顿挫说得清清楚楚："芳丝瓦兹……只要一次就好，你这辈子至少就这么一次……别来烦我……"

她的目光投向老公，盼望他能捍卫她，他既像勇敢的骑士，又像只蠢驴，对她惊慌失措的比手画脚不甚了解。她开始瓦解，还好，嗒嗒嗒……另有其人赶到！

伊迪丝说："夏尔……"

他也为她干了一杯，正想开口时，一只手搁在他的手腕上，他转过头看着手的主人。那只手很坚定，他平静了下来。

屋子里又闹哄哄，手仍然搁在那儿，他看着它。

他问道："你有烟吗？"

"嗯，我提醒你，你五年前就戒了。"

"你有吗？"

他的声音令她害怕，她收回手臂。

❧ ❧

他俩把手肘撑在露天平台的栏杆上，背对着灯光和其他人。

他们面对着儿时的花园。一样的跷跷板，一样的花坛，而且被整理得无懈可击，一样的落叶焚化炉，一样的景致，一样的狭隘，无法一望无际。

克莱尔从口袋里掏出烟盒，把它放在石头上，他抓住烟盒，但是她没松开手，开口说："你还记得最初几个月多么难熬吗？你还记得你吃了多少苦头才戒掉？"

他紧紧握住她的手，简直要握痛她了。他告诉她："阿努克死了。"

---

① 法贝热（Karl Fabergé，一八六一——一九二〇），俄国御用珠宝首饰设计师，擅于制造彩蛋、花卉、钟摆、盒子等，曾为亚历山大三世和尼古拉二世制作精美珠宝。
② 作者在此处借拿破仑在白俄罗斯别列津纳河战役独自脱困回到巴黎的史实，对照夏尔类似的处境。

3

一根烟可以维持多久呢？

五分钟？

那么他们有五分钟的时间没有说话。

是她先沉不住气的，她所说的话沉甸甸地压着他，他害怕这些话，因为……

"所以，你有亚历克斯的消息？"

"就知道你会问我这个问题。"他很疲惫地吐出这几个字，"我甚至可以剁掉双手向你保证，这个问题让我多么……"

"多么怎样？"

"让我多么错乱……多么失望……多么愤怒。我以为你会问我'怎么死的'或者'什么时候的事'或其他类似的问题，我不知道，但是绝对不是问他，他妈的……不，不是他……也绝非如此直截了当……他不配。"再度沉默下来。

"她怎么死的？"

他从上衣内袋里掏出信。

"你自己看……但千万别告诉我'是他的笔迹'，不然我会把你给杀了。"

她打开信纸又折好，喃喃自语："没错，是他的笔迹……"

他转头看她。

他有一堆事情想跟她倾诉，温柔的事，可怕的事，尖锐的话语，温和的辞令，愚蠢的话，战袍之间的真心话，姐妹淘的掏心话，或是摇一摇她，对她拳打脚踢，一刀把她劈成两半，不过，他只是呻吟："克莱尔……"

而她这个骗子竟只回以微笑，不过他很了解她，他只好摊牌，抓住她的手肘，把她拉到花园边。

她在沙砾中扭动双脚，而他，他在黑暗中自顾自说话。

为了她，为了自己，为了焚化炉或为了天上的星星，他说："我全说完了，结束。"

他撕掉信纸，扔到厨房的垃圾桶，抬起脚放开踏板，垃圾桶的盖子旋又盖上，他觉得自己及时封住了潘多拉的盒子。既然他站在洗碗台前，便用清水洗了把脸，同时呻吟起来。

回到人群中，回到生活里。觉得好多了。完毕。

꧁꧂

疲惫的脸庞被冷水浇灌后的清爽感能维持多久？

二十秒？

时间到了。他的眼光搜寻自己的酒杯，一口饮尽，又倒满一杯。

他走到沙发坐下，倚着他的伴侣，她则抚平被他压皱的上衣下摆。

"你呀，你……要对我好点，你呀……"他警告她，"因为我现在可是一塌糊涂哦，你知道的……"

而她，她一点儿也不觉得好玩，她的衣服和心情都被弄皱，头发也被弄乱。一时间她酒醒了。

他弯下腰，把手搁在她的膝盖上，注视着她："你知道有一天你也会死？你知道吗，我的美人儿？你也会翘辫子！"

"你真是喝太多了！"她很生气但勉强挤出笑容，接着说，"起来，拜托，你弄痛我了。"

方糖盒上弥漫着尴尬的气氛，玛多对她的幺女投出询问的目光，女儿暗示她继续喝咖啡，当作什么事也没发生。搅啊，拌呀，妈妈，我再跟你解释。康查柴克土风舞太太开了一个玩笑，但没有引起回响。

"好，"伊迪丝叹息道，"我们走吧……贝纳，你去叫孩子们……"

"好主意！"夏尔说，"把他们通通搬到你的四轮驱动休旅车上，嗯，我的冠军。你有一辆美丽的四轮驱动，我刚刚看到了……窗玻璃特意染色，所有的……"

"夏尔，别再说了，你讲的话越来越不好笑……"

"伊迪丝，我一直都不好笑，你很清楚……"

他站起来，站在楼梯底下，大喊："玛蒂尔德！我的好狗，到我脚边！"接着转身面对目瞪口呆的一家人。

"别惊慌，这是我们之间的暗号。"

尴尬的缄默，突然被激烈的尖叫声打破。

"看吧……"

他抓着楼梯杆上的黄铜球旋转，一边责怪劳伦斯这个"派对之后"："的确，你这个小女儿真是难搞，不过你知道吗？她是你送给我最美丽的礼物。"

"走，我们回家吧。"劳伦斯终于说话了，"把钥匙给我，你喝成这副德行，我不会让你开车。"

"说得好！"

他扣上外套，弯着腰。

"晚安，各位。我累死了。"

4

"为什么？"玛多立刻问。

"我也不知道……"克莱尔回答，在最后一批人告别离去后，她留下来帮忙清理餐桌。

她的父亲抱着一摞脏盘子到厨房和她们会合。

"这家人，简直是从疯人院来的。到底又发生什么事了？"他叹息道。

"我们以前的邻居过世了……"

"这次是谁？维尔迪耶的母亲？"

"不，是阿努克。"

"不会吧，阿努克。"

哦，餐盘突然变得好沉重……他把盘子搁在餐桌上，在桌子的一端坐下。

"什么时候？"

"不知道……"

"她发生了意外吗？"

"我们不知道呀，已经跟你说了！"他的妻子不悦地重述一遍。

沉默。

"但是她还年轻呀，她有……"

"六十三岁。"她的丈夫喃喃自语。

"哦，不可能的，不会是她，她……她太有生命力了，是不会死的……"

"或许得了癌症？"克莱尔说。

"或是……"

她的母亲用眼角余光望向空酒瓶。

"玛多……"他眉头紧蹙。

"玛多？玛多？阿努克有酗酒的毛病，你也很清楚！"

"她搬离这里很久了，我们并不知道她后来发生了什么事……"

"你老是替她说话，哼？"

她突然发飙。克莱尔猜想她应该漏了某些细节，但没料到今天晚上他们还会为此动气……

她、夏尔，现在再加上她的父亲，足以组成阵容强大的队伍了……

哦，都是年代久远的事了。但是，夏尔已经撑不住了，而你，爸爸……我从不曾看到你如此苍老，特别是在这盏灯光的照射下。

阿努克……阿努克和亚历克斯·勒芒，你们何时才会放过我们？看着我，你们俩……自从你们走后，地上再也长不出青草……

她突然好想大哭一场，紧咬着嘴唇，站起身，把餐盘丢进洗碗机里。走开，滚远一点儿。

没有人会对正在养病的人开枪，一般人不会这样落井下石。

"妈，把杯子递给我。"

"我还是难以相信啊。"

"算了吧，人都死了。"

"不，她不会死。"

"什么跟什么，她不会死？"

"像她这种人是死不了的。"

"不！事实摆在眼前……赶快，帮个忙，我得走了……"

沉默。只剩洗碗机的隆隆声。

"她疯了。"

"我要去睡了。"她的父亲说。

"这是真的，亨利！她疯了！"

他转过身，疲惫不堪地说："我只是说我要去睡了，玛多……"

"哦，我知道你心里在想什么！"

她沉默了半晌，望着窗外，注视远方早已不在的人影，语气平淡地说，不在乎有没有人听见："我依稀记得，有一天，那是刚开始的时候……我还不太认识她，我送她一株植物……还是一盆花，我记不太清楚了，应该是为了感谢她招待夏尔到她家玩。哦，没什么特别的，嗯，一棵从市集买来、很普通的植物……但是过了几天，当我把这事忘得一干二净时，她按了门铃。她非常激动，硬要将礼物还给我，非得交到我的手上才肯罢休。

"'怎么了？'我有点儿担心，'哪里不对劲吗？''我不能收这个，'她嗫嚅道，'它……它会死掉……'她说话时一脸惨白。'你为什么这么说？这棵植物很健康呀！''不，瞧，有些叶子变黄了……'她颤抖着。'唉，'我笑道，'这很正常，摘掉这些叶子不就得了？'这件往事历历在目，恍如昨日。她开始啜泣，推开我，把植物放在我的脚边。

"我说什么也没法让她平静下来。

"'对不起，对不起，我没办法，'她哽咽地说，'我没办法，您了解的，我没半点儿力气……我没半点儿力气。对人，有的；对小婴儿，有的，而且我很喜欢。不过，当我看见这棵植物也会死掉时，我……'她泪流如注，简直像是喷泉，'我没办法了……您不能这样对我，因为……这没那么重要，您了解的……这终究没那么要紧吧？'

"她让我害怕。我甚至忘了请她喝杯咖啡，或是进来坐一会儿。我看着她用衣袖揩鼻涕，两颗眼珠子突出，我暗自思忖：这个女人疯了，她的精神有问题……"

"后来呢？"克莱尔忧心地问。

"后来，没怎样。我还能怎样呢，只好收回植物，放在客厅里，跟其他植物放在一起，我好像养了好几年！"

克莱尔正在和垃圾袋奋战。

"如果你是我的话，你会怎么做？"

"不知……"她咕哝说。

那封信……她犹豫了半秒后，将餐盘残余的菜汁、肥肉块和咖啡渣倒在亚历克斯的笔迹上，墨水直淌，用尽全力把垃圾袋绑好，绳子断裂，该死，她嘀咕着，同时把它丢到配膳间。该死。

"不过，你还记得她吧？"她母亲继续追问。

"当然。让开一点儿，我擦一下……"

"你都没觉得她疯了？"她母亲又问，同时把手放在她的手上，强迫她停下来。

克莱尔起身，对着一旁吹气，把垂到眼前刺到眼睛的一绺头发吹开，看着她母亲，以前母亲为了道德问题教训她时，就会看到这种眼神。

"不曾。"

然后，她专心看着木头的纹路，同时说："不曾，我从没想过，你知道的。"

"啊？"语气有些失望。

"我只是觉得……"

"觉得什么？"

"她真漂亮。"

挫败的皱纹。

"当然，她很漂亮，不过我并不是要跟你说这些，哎呀，我要说的是'她'，她的行为。"

我完全了解。克莱尔暗忖。

她清洗百洁布，冲洗双手，突然觉得年华老去。或是再度变成小孩，变回那位最小的女儿。

其实是同一回事。

她亲吻母亲消瘦的额头，然后站起来拿大衣。

接着站到门口，对爸爸喊了一声晚安，她知道，他听得见她的声音，然后把门从背后带上。

一坐到车里，她就打开手机，没有留言，想当然。打开灯，往后视镜看了一眼，发动车子，却瞥见下嘴唇肿成两倍，而且淌着血。

可怜的笨蛋，她粗暴地自残，继续轻轻咬着伤口，感觉疼痛真是舒爽呀。可怜的黑色小洋装，足以容纳数百万立方米的水，让你扛起一座大水坝，不过却无法挡下三滴眼泪。不久后她情绪失控，淹没在可笑的悲伤里。

上床睡觉。

5

劳伦斯到浴室找他。

"录音机有法航柜台的留言，他们有你的行李……"

他一面漱口一面模糊地说了三个字，她又说："你知道了？"

"什么？"

"你故意把行李留在机场？"

他点点头，两人在镜中的影子令她心灰意冷。她转过身，解开衬衫的纽扣。

她继续说："可以告诉我为什么吗？"

"行李太重了……"

沉寂。

"所以……你就留在那里？"

"这件胸罩是新的吗？"

"你可以告诉我发生了什么事吗？"

场景发生在镜子里。两尊半身像。一个差劲的木偶剧场。他们面面相觑，离得很近，却把对方当成空气，就这样过了片刻。

"可以告诉我发生了什么事吗？"她又问一遍。

"我很累。"

"你很累所以有权到处伤人？"

"……"

"为什么你要这么说，夏尔？"

"是什么材质？丝质的？"

她感觉快要爆发了……然后忍住。她关了灯走出浴室。

当他坐在椅子上脱鞋子时，她从床上爬起，他松了一口气。如果她不卸妆就睡觉，就表示情况非常严重，而现在还不到这个地步。

从不曾走到这个地步。或许洪水大作，不过，之后，眼影晕开，大地震动，不过，还是会清洗。

还是会清洗。

他坐在床沿，自觉臃肿。

应该是沉重。沉重。

阿努克……他一面躺下来一面叹息，阿努克。

如今她对他会有什么看法？她还认得他吗？这间公寓……怎么了？亚历克斯人在远方做些什么？为何不寄正式的邀请卡？灰色绲边的信封，确切的日期、地点、家属姓名，为什么？这是什么意思？惩罚吗？虐待吗？只有一则简单的信息：我妈死了。或者他想借着这封信击出最后一棒：如果没有我的大慈大悲，同时慷慨地花掉几分欧币通知你，你永远也不会知道我妈死了。

今天的亚历克斯变成了什么模样？她什么时候去世的？他没想到留意邮戳上的日期。这封信什么时候寄到他父母家的？蛆蛀蚕食到什么地步了？她还剩下哪些地方？他是否将她的器官捐赠出去，就像她经常要他答应她的？

"发誓。"她说，"对着我的心发誓。"

他发了誓。

阿努克……原谅我。我……你为什么死呢？为什么你没有等我？为什么我不曾回到你身边？是的，我知道原因，阿努克，你……劳伦斯的叹息声中断了他的思绪，再见。

"你说什么？"

"没什么。抱歉……我……"

他张开手臂伸向她，找到她的臀部，把手搁在那儿，她停止呼吸。

"抱歉。"

"你们对我太严厉了。"她喃喃细语。

"……"

"玛蒂尔德和你……你们都……我觉得自己好像跟两个青少年住在

一起……你们让我好累,让我变老,夏尔……今天我在你们的面前成了什么?那个打开钱包的老太太?她的人生呢?掀开床单,献出身体?她到底成了什么?我办不到了……你了解吗?"

"……"

"你听见我的话了吗?"

"……"

"你睡着了?"

"不,我请你原谅……我喝多了,而且……"

"而且什么?"

他能跟她说什么?她能了解吗?为什么他从不曾对她提起?再说,有什么好说的?过了这么多年,还剩下什么?什么也不剩。只剩下一封信。

一封没有署名的信,而且被撕烂,扔进了他父母家的垃圾桶里。

"我刚得知某人去世的消息。"

"谁的?"

"小时候同伴的母亲。"

"皮埃尔?"

"不是,是别人。你不认识。我们……我们没有联络了……"

她叹息了一声。她对同学合照、涂满奶油的面包和星空下的寻宝游戏都不感兴趣。乡愁只会惹得她一肚子气。

"你莫名其妙变得猪头,只为了一个你四十年没见过面的家伙的母亲去世,是这样吗?"

是这样没错。她擅于归纳、摘要、汇总、贴标签、编目以及遗忘。他曾经很喜欢她这些长处……她的知情达理、生气蓬勃,她很有天赋,能够撇开事情的细节,洞悉其缘由。这些年来他已经习以为常,生活也过得相当舒适,而且大概会延年益寿。

他再度紧紧抱住她,坚决地、使劲地,他移动双手,顺着大腿抚摩下去。

"转过来。"他无声地央求她,"转过来,帮我一下。"

她纹丝不动。

他把枕头挪近她的枕头套,然后枕着她的颈背,他的手继续卷绕着她的睡衣。

而劳伦斯全身软趴趴的。有点儿反应，求求你。

"这位女士有什么特别的？"她开玩笑说，"她很会做蛋糕吗？"

拨开丝质绉褶。

"没。"

"她有丰满的乳房？还是她将你抱在大腿上？"

"都没。"

"她……"

"嘘……"他打断她，同时拨开她的头发，"嘘，别说了，不，她没什么特别的。她死了，就这样。"

劳伦斯转过身，他很温柔，很体贴，她喜欢这样，真恐怖。

"嗯，人死了可以让你变得这么硬呀。"她最后呻吟道，并拉上棉被。

这句话让他天翻地覆，短短一瞬间，他以为他会……不，没什么大不了。咬紧牙关，赶走这个念头，然后看着她。

别再想了。

她睡着了。他走下床。

☙ ☙

夏尔从袋子里拿出电脑时，发现克莱尔打过几通电话。他皱了眉头。

煮了咖啡，在厨房里坐着喝。

他按了几下鼠标，锁定光标，晕眩。

十个数字构成的号码。

分隔他们的只是一组号码，而他却极度痛苦，白天，黑夜，越陷越深。

生命真是爱开玩笑……一组十个数字的号码只为了一个拨号音。拿起电话听筒。

挂上电话。

他颤抖着身体，借口身体受寒，去拿外套，接着又以外套披在肩上为托词，取出行事历。寻找空白的页数，譬如八月，大致记下这条不太可能成行的路线。

是的……或许八月？或许……他再看看……

同样在半梦半醒间记下他的地址，或许哪天晚上夏尔会给他捎个信，写下五个字？

像他一样。

并看看断头台还管不管用……

不过，他有勇气这么做吗？他想做吗？还是他会心软？希望没有。

合上行事历。

他的手机又响了，他不想接听，站起身，冲洗杯子，回座，看见她留了言，犹豫，叹息，让步，听取留言，咕哝，责骂，发火，诅咒她，沉没在黑暗中，拿起外套，躺在沙发上。

"再过三个月他就十九岁了。"

更糟的是，克莱尔很平静地说出这几个字，没错很平静，好像若无其事，夜深人静，哗声之后。

如何平静地对着机器说出这几个字？

想着这些？

怡然自得？

他突然火冒三丈，喂，嘿，这种该死的八点档通俗剧，还要演到什么时候？

切掉，老太婆，切掉。

他回电打算把她臭骂一顿。

她接了电话。你真可笑。"我知道。"她如此响应。

"我知道。"

她温柔的声音仿佛能割断他脚底下的青草。

"夏尔，你想对我说什么，我都知道了……你甚至没必要鼓励我或者嘲笑我。我自己知道怎么做，不过除了你，我还有谁可以倾诉？如果我有个姐妹淘，我会吵醒她……但你是我最要好的姐妹淘呀……"

"你没把我吵醒……"

沉默。

"告诉我为什么。"她喃喃地说。

"因为夜。"语毕，他清清嗓子。

"夜晚的焦虑……她说得好极了，你还记得吗？那些人如何颓废，举止怪诞，淹没在酒杯里……明天会更好，现在应该睡觉。"冗长的沉默。

"你……"

"我……"

"你记得那天在医院对面那家悲惨的咖啡馆，你跟我说了什么？"

"……"

"你告诉我'你还会生孩子……'。"

"克莱尔……"

"对不起，我要挂电话了。"

他挺直背脊。

"不行！这样太便宜你了！我不会让你就这样逃走，好好想一想，好歹替你自己着想一次。不，你不知道怎么做，不然把你自己想成一件复杂的案子。看着我的眼睛，当着我的面说：你后悔这……这个决定？你真的后悔吗？说实话，大律师……"

"我快四……"

"住口，我不在乎，我只要你回答我'后悔'或'不后悔'。"

"……四十一岁了，"她继续说，"我爱一个家伙爱得半死，后来我为了忘记他而拼命工作，我因为太卖命，逐渐迷失自己。"

她冷笑。

"真蠢，嗯？"

"这家伙不是个好东西。"

"……"

"他正常对待你的唯一一次，是当他跟你说他不想看到你大肚子……"

"……"

"克莱尔，我故意说'大肚子'，是为了避开……因为这并没什么，没什么，只是……"

"别说了。"她说，"你不知道自己在说什么。"

"你也不知道。"

她挂了电话。

打她的手机。

转接语音信箱。打到她家里。响了第九声后，她终于接了。

她换了武器，留言的声音很活泼，大概因为职业的关系。为了打赢官司必须戴上面具。

"关怀生命专线，晚安……我是马莎，很高兴为您服务……"

黑暗中轻轻一笑。

他从心底喜欢这个女孩。

"不放心，是吧？"她说。

"不……"

"要是以前，我们会和你的同学去夜店，喝到不省人事，才不会说这些蠢话。然后，你知道吗？我们还能睡得又香又甜，至少中午才醒过来。"

"或者下午两点。"

"说得对，两点，两点多，然后，肚子咕咕叫……"

"但是，没半点儿东西可吃。"

"是啊，更糟的是，那个时候还没有冠军超市。"她唉声叹气。

想象她在房间里笑得花枝乱颤，床脚堆了好几摞卷宗，烟蒂浸泡在杯底残余的花草茶里，身上穿着那件丑陋的绒布睡衣，她称之为老处女的家居服，而且，他听过她用它来擤鼻涕。

"真是命运不公，不是吗？"

"命运真不公。"我同意。

"我怎么会那么傻啊？"她自怜地说。

"我想是你的基因不好，聪明的基因都被你姐姐用掉了。"

想象她笑逐颜开，露出酒窝的模样。

"好……我要挂了。"她开始收线，"不过你也是，好好照顾自己，夏尔……"

"哦，我啊。"夏尔用疲倦的手势在自己面前挥了挥。

"没错，你，你什么都不说，把事全搁在心里。"

"说得好。"

"哎，别忘记，我做这一行的嘛！我要挂电话啦……晚安……"

"等等，还有一件事。"

"什么事？"

"我不太确定自己高不高兴成为你的姐妹淘，好吧，算我倒霉，不过也让我像个闺中好友和你谈心，好吗？"

"……"

"离开他，克莱尔，离开这个男人。"

"……"

"不是你的年纪，也不是亚历克斯，更不是过去，而是他，是他在伤害你。我记得有一天，我们提到你的工作，你说：'正义是不可能伸张的，因为正义并不存在。不过，我们可以打击不公不义，因为它显而易见，这么一来，一切都变得很清楚了。'我才不在乎这个家伙哩，不管他算哪根葱，不管他有几两重，我只知道，他是你生命里的不公不义，叫他滚蛋。"

"……"

"你还在吗？"

"你说得对，我先来个健康饮食计划，然后把烟戒掉，再来，甩掉他。"

"这就对啦！"

"速速解决。"

"睡吧，做个美梦，梦见好男孩。"

"拥有四轮驱动的大型休旅车。"她叹息说。

"超大容量电脑。"

"液晶屏幕……"

"当然。去睡吧。我爱你。"

"我……也是啊……"

"你真是麻烦，我听到你在哭……"

"嗯，不过，我很好，"她抽搐着，"我很好，我流的是快乐肥大的泪珠子，而且都是因为你，笨蛋。"

她挂了。

他抓了一个抱枕，和着外套睡去。

周六晚间的悲喜剧终于落幕。

◎ ◎

如果身高一米八，体重七十八公斤，光着脚子，裤子松垮，腰带解开，两只臂膀弯曲压在胸膛底下，鼻子埋在蓝色旧枕头里的夏尔·巴兰达终于沉沉睡去的话，那么这个故事也就画上了句号。

他是我们故事的主人公，再过几个月就满四十七岁，虽然年纪老大不小，但生活经验却如此匮乏，如此匮乏……生活不是他的专长，他应该以为最灿烂的时光已经远去，他对未来不再引领企盼。您说，最灿烂的？最灿烂的什么？为了什么？算了，不重要，他累坏了。我们已经词穷了，对他对我都是。他的负担太重，我不太想帮他扛，我了解他的感受。

我了解。

不过。

还有一小句话揪着他的心，像块吸满水的海绵压在他的脸上，他蜷缩在一角，奄奄一息。

奄奄一息，被打败。

被打败，满不在乎。胜利的果实微乎其微，手套太紧，令人窒息，人生太容易预料。

再过三个月。

她这么说的，不是吗？

教他最难过的是这五个字。所以说，她一开始就很在意？从第一次停经起？不会吧……不可能……

所有这些省略号，这些悲伤的心算，这些星期，这些月份，这些空虚度过的年岁，逼得他不得不回过头。

不管怎样，他感到窒息。

他双眼圆睁，就为了她的一句话：**再过三个月。**他心想：现在是四月……机器重新启动，他也在心里掐指一算。

所以是七月啰，也就是说是九月（怀孕），因为这样算起来就有两个月了，是的没错……他现在回想起来了……

夏天步入尾声，他刚结束在瓦尔梅事务所的实习工作，打算到希腊度假，出发前夕，他们为他饯行，她刚好经过。

"你来得正好，"他很高兴，"进来，我为你介绍……"当他转身挽着她的肩膀时，发现她……

是。他想起来了。因为他想起来了，他更觉得难受。这个令人无法承受的信息，好似毛线团没缠好，线头跑出来，他伸出双手，张开九根手指，所以是二十岁啊。在黑暗中，他开了一枪。

也罢，也罢，他睡不着了，故事从未结束。他很诚实，还能坦白承认这三个月只是一个借口，如果她没提到，他也会找到别的托词。故事从未结束。钟声刚刚敲响，他应该起床。

重回拳击场，继续挨揍。

阿努克死了。那天晚上，克莱尔并非恰巧路过。

6

夏尔跟着克莱尔来到大街上，那是一个美好的夜晚，闲适、暖和、快活。巴黎的碎石路上散发着芬芳的气息，露天咖啡座座无虚席，他几度问她肚子饿不饿，不过，她走在他前面，越走越远。

"好吧，"他开始恼火，"我肚子好饿，受不了了，我不想继续走了。"

她走回来，从包里掏出一张纸，放在菜单上。

"明天五点见。"

一个郊区的地址，一个不太可能存在的地方。

"明天五点，我已经坐在飞机上了。"他笑着对她说。

不过笑容没持续太久。

面对这样的脸孔怎么笑得出来？

৩ ৩

她弯着腰走进咖啡馆，好像试图抓住刚失去的东西。他站起来，勾住她的脖子，任她趴在身上号啕大哭。她身后的老板一脸忧虑地注视着他，他勉强举起另一只手响应，同时安抚周遭慌乱的气氛。后来，他留下一大笔小费，为引起尴尬的场面道歉，然后带她去看海。

很愚蠢，但是他还能怎么做？

他刚关上厕所门，套了一件毛衣，然后又躺在沙发上缩成一团。

他还能怎么做？

他们走了很多路，喝了很多酒，抽了各式各样有趣的烟草，甚至跳了几支舞。不过，大部分时候，他们什么也不做。

坐着发呆，瞪着阳光，夏尔画画，做梦，到港口买鱼，下厨，而他妹妹把她带来的小说的第一页重读了不知多少次，然后合上眼。

可是她从没睡着。如果他随便丢给她问题，她应该听得见并能回答。

不过他没问。

他们一起长大，在一栋小公寓共同生活了三年，两人从一开始就认识亚历克斯，什么也阻挡不了他们。

在这片陡峭的平台上没有丝毫阴影。

没有丝毫阴影。

第二天晚上，他们到餐厅用餐。喝第二瓶希腊白酒，那时，他抓住她的手腕说：“你还好吗？”

“还好。”

“确定？”

她从上往下点头。

“你搬回老家来住吗？”

从左向右摇。

“你要住哪儿？”

“一个朋友家……大学女友家。”

“好吧。”

他把椅子挪到她身旁，一起观赏街头的景色。

“反正你有钥匙。”

“你呢？”

“我，什么？”

“你从不透露你的感情世界，”她扮了鬼脸，“也就是，爱情……故事嘛……”

“没什么好说的。”

“你那位土地丈量小姐呢？”

“已经另谋出路。”

她笑了。

即便晒黑了，她的脸蛋仍显得异常憔悴。他又斟满酒，硬要她一起为美好的未来干杯。

许久以后，她卷了一根烟。

"夏尔？"

"在！"

"你不会告诉他吧？"

"我能跟他说什么呢？"他冷笑道，"把事实一五一十地告诉他？"

纸撕开了，他从她手里接过烟盒，小心翼翼地把烟草放在一张卷纸上，然后带到嘴边舔。

"我是说阿努克……"

愣住。

"不会，"他一面说一面吐出烟草屑，"不会，当然不会。"

他把烟递给她，挪动身体，面向大海。

"你……你和她还有联络吗？"

"很少。"

他戴上墨镜，她不再追问。

 တ ၇

巴黎下着雨。两人一起搭出租车，在戈布兰地铁站分道扬镳。

"谢谢你，"她在他的耳边轻声说道，"一切都过去了，我跟你保证。一切都会很好的。"他看着她快步跑下阶梯。

她大概感觉到了他的目光，因为她跑到一半转过头，用拇指和食指圈成"O"，同时眨眨眼。

这个小手势是要他放心，一切没问题。

他相信了，并且带着轻松的心情离开。

他当时太年轻太天真，对手势、符号信以为真……

一切恍如昨日，但再过几个星期就满十九年了。

她把他给骗了。

7

他沉沉睡去。当他清醒过来时，史努比正静静地看着他。这是过去的史努比，脸蛋因为睡了一觉变得浑圆肿胀，而且正用前爪搓着耳朵。

黎明轻轻敲打窗子，他思忖了半晌是不是在做梦。墙壁被日出映得粉红。

"你昨晚睡在沙发上？"她悲伤地问他。

悲惨啊，不会吧，真是命运多舛，一个崭新的回合又开始了。

"几点了？"他打着哈欠问。

她转过身，走回房。

"玛蒂尔德……"

她停下脚步。

"不是你想的那样……"

"我什么也不想。"她回道。

并且消失。

六点十二分。他拖着脚走到咖啡壶前，煮了双倍浓缩的咖啡。今天会是漫长的一天。

全身冻僵，关在浴室里。

屁股坐在浴缸边缘，抱拳顶着下颌，任凭思绪飘忽在滚烫的热水和温暖的蒸汽里。现在他满脑子只有几个字：夏尔·巴兰达，你烦不烦啊，别这个样子，振作起来。

到目前为止，你无须大费周章就能找到解决的方法，不必现在才开始绞尽脑汁。你不嫌迟了点儿吗？你年纪不小了，禁不起这种折磨。她死了，他们都死了。拉下帘幕，照顾活着的人。玛蒂尔德故意要酷，其实伤透了心。她不该年纪轻轻就……关掉这个该死的水龙头，拔掉她的耳机一分钟。

轻轻敲门，然后坐在地上，离她的脚边不远，背靠着床柱。

"不是你想的那样……"

"……"

"我最忠实的朋友，你到哪儿去啦？"他咕哝道，"你睡着了？你躲在被子里听悲伤的歌曲，还是纳闷这个老夏尔干吗又来烦你？"

"……"

"我睡在沙发上是因为我睡不着，我不想把你妈吵醒。"

听见她翻过身子，她身体的某个部分，大概是膝盖吧，碰到他的肩膀。

"不过，跟你说这些话的时候，我发觉我错了。我不需要对你解释自己的行为。这一切都不关你的事，或者应该说，这些都和你没啥瓜葛，都是大人的事，或者应该说是成人的事。"

夏尔抬起头在昏暗中仔细端详墙壁。他好久不曾好好欣赏她的小天地，以前他很喜欢看她的照片、涂鸦、海报、小东西、她的人生、她的回忆……

对正在成长的小孩来说，墙壁是一堂趣味盎然的民族学课。数米见方的面积里不停跳动、更新，用万用黏土贴上各种东西。她今天变成谁了？和哪些女生朋友到快速拍照亭拍搞笑照片？她收集了什么护身符？那个最好变成树木，好被她紧紧拥抱而不会发出怨言的人，他的脸藏在哪儿？

他很惊讶地发现一张劳伦斯和他的照片。他并不知道有这张照片，是玛蒂尔德小时候替他们俩拍的；那个时候玛蒂尔德拍的照片，天空的一角总会出现她的食指。他们看起来很幸福，在他们灿烂的笑容后可以瞥见圣·维克多山。一颗胶囊装在透明的纸袋里，纸袋上写着"摇身变成明星"，一张大格子纹路的纸上抄着法国诗人普莱维尔的诗：

公园在巴黎

巴黎是地上一座城

地球是天上一颗星

还有金发丰唇的女星照片、啤酒纸板上写下的几个网址、钥匙圈、愚蠢的玩偶、演唱会的精美宣传单、缎带编成的手环、算命仙G先生的广告宣传单，

G 先生可以让爱人回心转意，保证考试顺利过关，且展露出漫画人物柯多·马提斯的浅浅微笑[1]。还有过季的滑雪行程，甚至还有维纳斯雕像的明信片。这是他们有次发生争执后，他想修好关系而寄给她的，那次是他们之间的首度大吵。

大吵的原因，是她穿着暴露，露出肚皮，使他觉得很生气。

"你要染发、要文身、要穿洞，都随你。"他大呼小叫，"你甚至可以把羽毛插在屁股上，如果这样做会让你开心的话！但是千万别露出你的肚子，玛蒂尔德，别露……"去上学前会叫她先高举双手，如果 T 恤跑到肚脐眼上方就把她赶回房换衣服。

接下来好几个星期她的脸都很臭，不过他坚持不让步，这是他有生以来第一次没向她屈服，也是他第一次执意扮演好老顽固的角色。

但是不能露出肚子，绝对不行。

"女人的腹部，按照你那些白痴杂志的说法，是世上最神秘、最教人感动、最美丽，或者说是最性感的地方。"在劳伦斯高傲的眼神下，他对玛蒂尔德唠叨着，"不准裸露，遮住它，别让别人瞧见……我并不想当道貌岸然的父亲，也不希望你成为冰清玉洁的圣女，玛蒂尔德，我说的是爱啊。一定会有一堆家伙猜得出你臀部的大小或胸部的形状，这都很平常，不过你的肚子，要留给你爱的人，你……你了解我的意思吗？"

"有完没完啊，我想我们都听得一清二楚了。"她母亲严峻地下结论，因为她想转换话题了，"女儿，穿上你的粗布长袍算了。"他一边看着她一边摇头，然后闭上嘴巴。第二天，他去卢浮宫的纪念品店，买了这张明信片寄给玛蒂尔德，背面写着："看吧，因为你看不见，所以才如此美丽。"

少女的脸孔和衣服都拉长了，不过她不曾提过这张明信片，他甚至以为她把它撕了，其实不然，明信片就贴在一名穿着丁字裤的饶舌女歌手和半裸的凯特·摩丝之间。

"你喜欢查特·贝克？"他很惊讶地问[2]。

"他是谁？"她低声吼道。

"唔，他啊……"

"我根本不知道他是谁，我只是觉得他帅呆了。"

那是一张黑白照，他年轻时很像詹姆斯·狄恩。但是比较柔弱，比较聪明，比较消瘦。他全身软趴趴地倚着墙，手撑着椅背，以免垂得更低。

小喇叭搁在膝盖上，眼神迷蒙。

她是对的。

他简直帅呆了。

"有意思。"

"什么？"

她的气息掠过他的颈背。

"我在你这个年纪的时候……不，比你稍微大一点儿的时候，有个朋友很迷他，狂恋，痴迷，昏了头。他应该也穿了同样的白色 T 恤，而且很熟悉这张照片。而且就是因为他，我才会在沙发上过夜，屁股冻僵……"

"为什么？"

"为什么屁股冻僵吗？"

"不是啦，为什么他那么喜欢他？"

"因为他是查特·贝克呀，很伟大的音乐家！他能用小喇叭诉说各种语言和各种情感，他的声音也是。我再借你他的 CD，让你了解为什么你会觉得他那么帅……"

"你这个朋友是谁？"

夏尔叹息了一声，微微一笑。他找不出话回答……总之一时间找不到，他得再想一会儿。

"他叫亚历克斯，很会吹奏小喇叭，不仅如此，他会演奏各种乐器：钢琴、口琴、夏威夷四弦琴……他以前是……"

"干吗说'以前'？他死了吗？"

他其实就像死掉了啊。

"他没死，但是我不清楚他的近况，也不知道他是否继续玩音乐。"

"你们闹翻了？"

"是的，严重到我以为自己把他忘得一干二净……我以为他不存在了，而且……"

"什么？"

"没什么，其实他一直都……昨晚我收到他的信，所以我在客厅过夜……"

"他写了什么？"

"你真的想知道？"

"嗯。"

"他通知我他的母亲过世了。"

"哎哟……真是愉快的消息……"她嘟哝道。

"就像你说的。"

"哈喽，夏尔……"

"嘿，玛蒂尔德？"

"我明天得交一份超难的物理作业。"

"好极了！"他说得很兴奋，"好消息！我正有此需要，超级难的物理作业加上查特·贝克和盖瑞·穆里根的音乐③，周日余兴节目的黄金搭档！去吧，再睡一会儿，多躺几个小时，我的小宝贝。"

当她正要离去，就在握住门把的当口，她又说："你们为什么翻脸？"

"因为……就是因为他把自己当成查特·贝克……因为他想尽办法变成他，用尽一切手段，所以也做了许多糊涂事。"

"譬如？"

"譬如嗑药……"

"然后呢？"

"好了，我的小朋友，"他咕哝道，双手叉腰，模仿《晚安小朋友》里的小胖熊④，"'卖沙人'来了，我现在要回云上去了，明天再和你说故事。嘟噜砰咚。"

他在收音机闹钟微蓝的反光上瞥见自己的笑容。

接着，他又走回浴室放洗澡水，整个人没入热水中，头发和思绪也是，然后浮出水面，闭上双眼。

～～

出乎意料，那是冬季结束前最美好的一天。

充满滑轮和惯性定律的一天。聆听爵士歌曲《我可爱的情人》和《月亮有多高》的一天。完全不理会物理作业的一天。

因为书桌上摆满了东西，他实在看不出个所以然，所以他用脚在小书桌底下做长度记号。他手里握着二十厘米的量尺，当她答错时，随着音乐的节奏敲打她的头。

几个小时里，他忘掉疲倦和工作。忘掉他的合伙人、俄罗斯不翼而飞的起重机、落后的工程。

可惜，玛蒂尔德电脑的喇叭效果不太好，专辑的歌名显示在屏幕上，他觉得仿佛是在针对他。

针对他和劳伦斯。

《爱的心情》《我的老情人》《这些疯狂的事物》《我愚昧的心》《小姐是个浪荡女》《我以前从未爱过》《除了你再也没有别人》《如果今天你能来看我》《我痴痴地等你》以及《我或许错了》……

他心想，这些都是用短短几分钟就会让人心慌意乱的音乐，而且……或许……好像是蛮恰当的祷辞，不是吗？

得要够天真，才会以为这些陈腔滥调说的是自己，而且由于经常使用，重复使用，粗枝大叶地断章取义，可以套用在这个星球的任何一个大傻瓜身上。不过，算他活该，他确实是个天真的傻瓜。他很高兴从这些音乐或曲目里找回从前的自己。重新变成那个瘦竹竿，随着别人的心情起伏。

一个吹小喇叭的家伙，就这样。

他不太喜欢浪荡女的说法，语意暧昧，应该换成"流浪女"或是"居无定所的女人"比较恰当，除此之外，他觉得还可以。牛顿恐怕会被他"愚昧的心"惹得不太高兴。

《九月之歌》。这首歌，他们曾经一起聆听……

那是好久以前的事了……在巴黎第十区的新晨爵士音乐厅，不是吗？当时的他依然非常俊美……

惊人的俊美……

不过后来面目全非。他变得消瘦、干瘪、缺牙，因为酗酒变得萎靡不堪。颤颤巍巍地走路，五官扭成一团，好像刚刚才被人毒打一顿。

演唱会后，他们为此大吵一架……亚历克斯坐不住，精神恍惚，闭上眼睛敲敲打打。他"听见"音乐，也"看见"音乐，他读乐谱就像有些人看广告传单一样轻松自如，但是他并不喜欢读乐谱。相反地，夏尔心情烦闷地走出会场。那个家伙的脸看起来饱受折磨，历经沧桑。他没办法专心听他演奏，因为沉默地注视着他，这实在太可怕了。

"真恐怖……才华洋溢却自暴自弃……"

他的朋友掐住他的脖子，同时破口大骂花钱请他来听演唱会的朋友。

"你不会懂的……"亚历克斯最后迸出这句话，幽幽地苦笑起来。

"不……"

夏尔扣上外套的纽扣："我确实是不懂。"

夜已深沉。翌日他得早起，赶去上班。

"反正你什么也不懂。"

"没错，"他话中的炮火削弱了，"我知道，我是越来越不能了解了，不过，他在你这个年纪已经成就辉煌，他……"

他说得很小声，亚历克斯应该听不见，再说，亚历克斯已经转过身背对他了。不过他还是听到了，这个笨蛋的听力异常敏锐，但是也没什么大碍，他正坐在柜台上举起酒杯……

他弯下身子捡起玛蒂尔德的橡皮擦，再站直之后，就知道自己会打电话给亚历克斯了。

那场音乐会结束几年后，查特·贝克在某家饭店跳楼。来往的行人跨过他的遗体，以为他只是某个烂醉的酒鬼，睡倒在阿姆斯特丹的人行道上。

她呢？

他很想知道，起码了解一次。

了解。

"夏尔？"

"……"

"喂！喂！听得到我的声音吗？"

"对不起，好……所以呢？什么跟运动物体的重量成反比？"

"不是啦！"

"什么？"

"我受不了你的音乐啦……"

他一面微笑一面切掉音源。他已经得到他想要的东西了。即兴表演结束。他会打电话。

ை ை

劳伦斯和她的朋友慕德做完SPA回到家，夏尔带着这个小家庭去街角的比萨店，他们又为她庆生，店里播放的音乐是意大利老歌《犹如往昔》。

她点的提拉米苏上插了一根蜡烛，她把座椅挪近他的身边。

为了拍照留念。

为了让玛蒂尔德高兴。

为了和大家一起对着他手机上的迷你屏幕开口微笑。

由于他得搭翌日七点的班机，他把闹钟调到五点，同时轻轻摩擦自己的脸庞。

睡得很少也睡得不好。

没人知道他是心甘情愿从这扇窗户跳下还是不小心坠落。

当然，桌上留下可卡因，不过当我们检视他骨瘦如柴的躯体时，他的手里还抓着窗户的把手……

四点半时关掉闹钟。刮胡子。轻轻关好大门。没有在厨房的餐桌上留言。

阿努克为什么死？她也为了一个该死的窗户把手气愤不平，为了一个他们都不知道的原因？

她曾目睹这么多的人死去……多一个窗子坏掉或挫折也没什么大不了。特别是那个时候……新晨爵士音乐厅最风光的时候是一九八〇年初期，当时艾滋病狂扫各地，许多年轻人因而丧命。

在那段阴霾的日子里，他们一起吃晚餐，他第一次看见阿努克的怀疑，她说："最难过的是，我们必须跟他们说……"

她开始哽咽。

"……因为有传染的危险，你了解吗……我们必须跟他们说，他们将会像狗一样死掉，而我们完全帮不了他们，我们甚至一开始就告诉他们这些，要他们小心，别害死身边的人。没错，你就要死了，不过，别拖延……赶快告诉你所爱的人，让他们尽快知道他们也会经历这些，去吧！快！我们下个月见！你看，这是第一次发生这种事，第一次，我们每个人都同病相怜，不论你是阿猫还是阿狗，他妈的，人人都会中奖。哎呀，艾滋病这个浑球，它击倒我们，没有人能幸免，没有人能抗拒……所有的医生都束手无策，我眼不见为净，直到如今，唉，这就是命啊。是的，当然，你知道我这个人，当人死了被搬到停尸间，我还是咬着牙，请看护过来，一起整理房间。我们为新病人换上干净的床单，然后等待，等新病人到来，我们照顾他。我们对他微笑、照顾他。我们照顾他，你听见了吗？我们正是为了这个才选择护士这份烂工作……但是如今，我们又能怎样？"

她抽了夏尔的烟。

"我有生以来第一次变成艺术家，夏尔，我第一次看到死神，你知道的，你们老师最爱出的法文作业，叫什么来着？"

"拟人化。"

"不是，更有格调一点儿……"

"寓意？"

"对啦！我赋予它寓意，我看见它到处游荡，它光秃秃的头颅，我看见它，感觉它的存在。我当班时，闻得到它的气味飘散在走廊间。我甚至经常听见它跟在我背后，我吓得转过身……"

她的双眼闪闪发光。

"你以为我疯了？你也觉得我失去理智了吗？"

"不。"

"而这种病更吓人，更教人难受的是……可耻。这是一种见不得人的病。得病不是因为同性性行为就是因为吸毒，所以会非常孤独地死去。家人不曾出现，对那些常常探访小孩病床的愚蠢父母，我们说些复杂难懂的言语，让他们更加困惑：是的，太太，是肺部感染。不能，太太，这种病没法医。没错，先生，您说得对，其他的器官也会被感染……真有远见啊，多少次我想大声呐喊，抓住他们的衣襟，用力摇醒他们，摇掉他们的狗屁成见，让它们掉到脚边变成碎片……然而是什么东西的脚边？他们的小孩残余的躯体……它甚至没有名字……在这些床脚边，他们甚至再也没有力气闭上眼，以便不再被迫忍受这些痛苦。"

她垂下头。

"干吗制造小孩呢？如果他们长大后没法与你倾吐爱情，嗯？"

她把餐盘推到一旁。

"嗯？那么还剩下什么呢？我们还有什么，如果我们不互相倾诉爱情或欢愉？只剩下薪水明细表？气象报告？"

激动失控。

"小孩就是生命哪，该死！因为与我们相干他们才来到世上，是吧？我们才不管对方身份证的性别栏怎么写！两个男人，两个女人，三个男人，一个妓女，一个洋娃娃，两条鞭子，三副手铐，一千个性幻想，问题出在哪里？在哪儿？在于夜晚，是吧？夜晚一切漆黑！夜是神圣的！要是大白天，也，也很好……"

她微微一笑，并在每个问句之间为自己倒酒。

"你看，我从事这个行业这么多年，现在我竟然一点儿用处都没有，这还是头一遭……"

我轻轻触碰她的手肘。我真想把她拥入怀中，我……

"别这么说。我，要是我死在医院里，我会很希望身边有……"

她立即打断我的话。就在我毁掉一切之前，一如往常。

"别说了。我们说的不是同一回事。你，你看见的是高大苍白的年轻人向那个该死的寓意伸出手。而我，我指的是拉稀、疱疹、坏死。我刚刚跟你说像狗一样，事实上情况更糟。当狗太难过时，我们给它针。"

邻座的客人向她投来诡异的眼神。我已经习以为常了。二十年来都是如此。阿努克总是说得太大声，笑得太快，唱得太高亢，跳得太急，或……阿努克老是表现得太过火，惹得旁人注意她，说些难听的悄悄话。也罢。一般情况下，她会高举酒杯，把他们骂一顿。"敬爱情！"她眨一眨眼，对着那位已为人父的人说。或"操你的屁股"或更难听的话，就看她在此之前举起多少杯。然而今天晚上，她还没举起杯子。今天晚上，医院赢了，健康的人不能引起她的兴趣，不能拯救她了。

我不知道该说什么。我想到亚历克斯，她已经好几个月没看到他。想到他身上到处可见的针孔，总是放大的瞳孔。想到她这个儿子，怪她把他生成白人，却一心想变成黑人爵士名乐手。

他疲倦不堪，他毫无力气、捶胸顿足，他到处寻找自我，到头来却只能躺在床上。

笼罩在白天的光线里，眨着眼睛。

她看得出我在想什么吗？

"对那些毒瘾者来说，又是另一回事……不是不见半个人影，就是让父母太伤心，也落到生病的下场。而那些待在病人身边，一直待在那里的人，你知道他们跟我们说了什么吗？"

我摇头。

"都是我们的错。"

我们一起吃晚餐的那个年代……是一九八五或一九八六年……亚历克斯还算干净。我想他以抽烟草为主……我记不太清楚了，不过他应该还没绑止血带，不需穿长袖，不然，我应该记得我怎么回答的。那个时候，她提到别人的父母亲，我安静地点头。别人的……

我也依稀记得，我成功转移话题，谈些比较轻松的事，我的学业、我们甜点的味道、我上个周末看的电影，她的笑容突然定格。

"我呢，我这个周日值班。"她接着说，"有这么一个孩子……不比你大多少，是一名舞者，他给我看照片……一名舞者，夏尔，好美丽的身体……"

她对着天花板把头往后仰，奋力压抑，抑制口水、鼻涕以及让视线变得模糊的东西，然后又恢复镇静，托着我的脸颊。

"……这个周日，我用加了樟脑的水替他擦身体，也就是说我并没做什么，我根本不在乎他的想法，我扶着他弯腰，活络他的背脊，你能想到我的手底下发生了什么事吗？"

她伸出手：

"在这只手底下……在这只二十多年来包扎过成千上万的病人的合格护

士的手底下？”

我没有搭腔。

“在……”她没有说下去，一口喝光杯子里的酒。她的鼻孔微微颤动，“他脊柱的皮肤都……”

我把自己的餐巾递给她。

“……碎裂开来……”

ೲ ೱ

他刚领回行李，走向登机柜台。他的四周充斥着俄语，三位女孩咯咯笑着，相互比较血拼的成果。

她们都露出肚皮。

真想喝杯咖啡。

并抽根烟。

取出书本时，用来当书签的机票存根掉到地上，别惊慌，再走几米，他们会给他全新的。

第三十三章

一八一二年，法俄在博罗季诺展开激战，战役的主要战场位于博罗季诺和俄国将军贝格拉兴王子所领导的左翼要塞之间长约两公里的空间里。在这个区域之外，将近午时，乌瓦洛夫的骑兵开始进攻，另一方面，法军将领庞尼亚陶斯基王子在乌提沙山后方与……

没有半扇窗户……

他经常头晕目眩……

……与图柴科夫狭路相逢，不过，跟中心战场相比，这些都是无足轻重的零星战事……

他有读没有懂。

手机振动了，是事务所。这么早？

不，是昨晚的留言，菲利普留的，俄罗斯那边的人传来噩耗。得重做第二道防水层。账务也有问题。俄国工人在施工的西区发现一具尸体。当然，找不出这个家伙的身份，警察还会回来。

哎呀，为什么这个死者不消失得干脆一点儿？

是没有水泥了吗？

他长长吸了一口气，然后吐出怒气，寻找空位，合上书，把俄、法两大皇帝和双方分别死掉五十万人的故事收到公文包里，取出公事档案。看一下手表，拨快两小时，接到语音信箱，开始讲英文骂脏话，该死，他尽情谩骂，反正这个干你娘的杂种不会听完。

突然，一切豁然开朗：亚历克斯的卑鄙无情、克莱尔、爱琴海上斯科贝罗岛的小教堂、劳伦斯的情绪、玛蒂尔德的臭脸、他的回忆、他们的未来……这些流沙。来吧，通通删掉，这个工地开始令他火大，晚点儿再回到自己的生活。

对不起，现在他没有时间。

夏尔·巴兰达、桥梁与道路学院、建筑学大师、美丽城出口、专业建筑师执照、骑士团成员、工作狂、数不清的优胜与奖章；任何我们极欲赢得的荣耀，没错，所有你想要的，任何事物，只要能放在名片上往脸上贴金，或是能够取代令人厌烦的头衔。

啊啊……感觉好多了。

每个人都责怪他把工作看得太认真；他的未婚妻、他的同业、他的合伙人、他的顾客、夜间清洁员，连医生也责备过他一次。宅心仁厚的人会说他一丝不苟，有些人说他做牛做马，更离谱的说他像个小学生孜孜不倦，不过他从不知道该如何为自己辩护。

为什么这些年来他如此卖力工作？

这些无法成眠的夜晚意味着什么？这个被化分成百分之一的人生？这对不太速配的夫妻？颈背变得僵硬？需要建一堵墙？

提前丧失魄力？

不……他从来就不知道该如何自我辩护，寻求宽恕，也从不需要说实话，不过，他此刻有这个需要。

那个早晨，他站得挺直，取出护照，讶异行李的重量，同时听到广播："搭乘法国航空 1644 班机七时十分飞往莫斯科机场的旅客请至十六号登机门。"

他得到答案了：是为了呼吸。

呼吸。

前几个小时，前几件小事，前一个深渊，可以暗示我们，该怎么说呢……某些疑虑，能高瞻远瞩并发动反击是件好事吗？算了……还是让他怀疑吧。让他抵达十六号登机门之前尽情呼吸新鲜的空气。

---

① 该漫画的原作者是雨果·普拉特（Hugo Pratt，一九二七—一九九五），意大利漫画家，曾在当时意大利殖民地埃塞俄比亚当兵，后又到阿根廷继续漫画事业，晚年定居瑞士。

② 切特·贝克（Chet Baker，一九二九—一九八八），美国爵士小喇叭手，二十世纪五十年代西岸酷派爵士乐的代表人物。

③ 盖瑞·穆里根（Gerry Mulligan，一九二七—一九九六），美国爵士乐手，以低音萨克斯风的精湛演出受人称颂，他与切特·贝克的无钢琴伴奏的四重奏直到今日仍被视为二十世纪五十年代美国西岸"冷爵士乐"的代表作。

④ 法国电视卡通片《晚安小朋友》，描述"卖沙人"和熊"奴奴斯"每晚都会关心一对小兄妹是否乖乖上床睡觉。

8

飞机以每小时九百公里的速度前进，他刚启动电脑，机长已经宣布地面温度只有二摄氏度，他敬祝全机旅客有个愉快的旅程，并说了跟其他航空公司一模一样的花言巧语。

他又见到维克多，他那位笑得极其温柔、露出牙齿蛀洞的俄国司机。塞车十多个小时之后（夏尔不曾在别的国家花如此多的时间坐车。刚开始困惑不解，接着担忧，然后愤怒，再来发狂，后来……认命，啊！所以这就是所谓的俄罗斯宿命论？透过雾蒙蒙的车窗看出去，看着美好的意志力消失在混乱的环境中？），他终于了解到，这位司机前世是音响工程师。

他很健谈，述说一箩筐神奇的故事，但乘客听得茫茫然，他从精美的盒子里取出香烟开始抽，发出呛人的味道。

当夏尔的手机响起，他挺直身体接听时，司机维克多为了谨慎起见，赶紧把音量转到最大，不是俄罗斯三角琴乐，而是当地的摇滚乐，足以让人七窍流血。

要命。

有一天晚上，他脱下衬衫，展示他的人生阅历，人生中的每个阶段都在他的身上打颤，化为刺青。在汽油水泵前，他张开双臂，像芭蕾舞女一样旋转，夏尔看得目瞪口呆。

很……惊人……

他和法国同事、德国同事以及俄罗斯同事会合，马不停蹄地开了好几场会议，怨声载道，笑骂嘲讽，屁话连篇，冗长的午餐，然后戴上工地安全帽，穿上靴子。他们跟他叽叽喳喳地说了一堆，把他搞得晕头转向，拍打他的背部，他最后和那些来自汉堡的家伙笑成一团（那些人特别到此地安装空调，但是……要装在哪儿？）。

没错，他最后也哈哈笑了起来，一手叉腰，一手搁在眉宇之间，就像两脚踩在粪堆里，真是麻烦大了。

他接着走向主管的临时办公室，有两个家伙在里面等他，他们简直是美国经典的兄弟档喜剧演员，二流的西部牛仔模样，脾气火暴，紧张兮兮，脸色苍白，浮躁不安，摩拳擦掌，跃跃欲试……

"米粒馅（俄语'警察'之意）。"他们说。

想必如此。

其他人都被叫到警察局了，其中工人占了绝大多数，他们只会说俄语。夏尔惊讶地发现平时的翻译不在。他打电话到帕夫洛维奇的办公室，对方要他放心，已经有个年轻人在路上，他的法语很流利。说曹操曹操到，他正在敲门，满脸通红，上气不接下气。

会议开始，应该说"拷问大会"比较恰当。

然而，轮到他辩护时，他很快就发现刚才那两个家伙诡异地挤眉弄眼，他俩还真像警匪动作剧《警网双雄》中的主角。

他转向翻译人员。

"他们了解您所说的吗？"

"不了解，"对方用难以理解的法文说出这段难以理解的话，"他们说塔吉克斯坦人酒不喝。"

嗯……

"不是，但是我刚刚跟您说了……关于柯洛列夫先生的合约……"

他点点头，重说一遍，警网双雄四只眼睛瞪得又圆又大。

所以？

"他们说，您保证人。"又是语法错误的法文。

"恕我冒昧请教您一个问题……您学法文学了多久？"

"在'哥海诺尔包'（发音不正确，应该是哥赫诺堡）……"他回答，同时挤出天使般的笑容。

哦，要命……

夏尔揉一揉眼睛。

"西加雷特（香烟）？"他问那两个探长中较年轻的一位，同时食指和中指轻碰嘴唇。

"斯帕西巴（俄语'感谢'之意）。"

深深吐气，吐出一大口一氧化碳和品质精纯的垂头丧气，两眼瞪着天花板，天花板上垂下一盏裂开的霓虹灯，夹在两支飞镖之间。

此时此刻，他想起稍早又读到的几个章节，天才军师拿破仑因为感冒而没能打赢博罗季诺会战。

不知为何，突然觉得自己与拿破仑惺惺相惜。不会的，我的老兄，我们不会怪你……其实这场战争在开打前已经注定失败……这些俄罗斯家伙太厉害。

实在太厉害……

帕夫洛维奇终于来了，乘着豪华菲亚特驾到，伴随一名官员，据说是卢日可夫最得力的助手的丈母娘的姐姐的姐夫的朋友，反正大概是这么回事。

"卢日可夫？"夏尔很诧异，"你是说……莫斯科……市长？"

帕夫洛维奇忙着介绍，懒得理他。

夏尔走了出去。在这种情况下，他总是走出去，每个人也为此感谢他。

那位蹩脚的翻译人员跟随他的脚步，一副善尽职责的样子。

"所以，你去过哥赫诺堡？"

"不，不，"他纠正他，"我，我每天都住在这里！"

好吧。

太阳西下，机器安静下来，有些工人停下脚步和他告别，而后面的工人则你推我挤，希望前面的人走快点儿。维克多送他回饭店。

继续千篇一律的俄文课。

卢布是 roubli，欧元是 yévra，美元是……同样叫作美元，"快……前进啦……"，是 kaziol，"让我过去啦，你这个笨蛋！"是 moudak，"移动你的屁股！"是 Cheveli zadam。以及其他……

夏尔心不在焉地复习，看着绵延数十公里、数百公里、数千公里的"鸡笼"住宅区觉得昏昏欲睡。他第一次到东欧旅行时还是个学生，当时让他印象最深刻的就是这些"鸡笼"，仿佛法国市郊最丑陋的景致，最萧条的低租金住宅区，不断地扩散、蔓延，一望无际。

俄罗斯的建筑却是那么……的确，俄罗斯的建筑令人赞叹……

我们都知道历史……美丽的建筑因为美丽，因为资产阶级革命而被摧毁。然后普罗大众都被放到……放到"鸡笼"里，而那些所剩无几的美丽建筑物则被共产党的精英分子所占有。

没错，我们都很清楚。你不需要坐在皮革制成的、比外面的楼梯间高二十摄氏度的奔驰汽车后座，波澜不惊地宣扬俄罗斯的穷困潦倒。

嗯，夏尔？

没错，不过？

算了，算了……Cheveli zadam（"移动你的屁股！"）。

❧ ❧

放洗澡水的同时，他打电话给事务所，跟菲利普简单报告当天的状况，他的所有合伙人之中，菲利普跟这件工程的关系最为密切。查阅转寄给他的电子邮件，他必须尽速阅读、给予指示。此外，他也得打电话到考察顾问公司。

"为什么？"

"唉……关于重做防水层的事……你干吗冷笑？"巴黎那一端忧心地问。

"对不起，因为紧张的关系。"

他们也谈到其他工地，其他预算，其他盈余，其他烫手山芋，其他决定，他们小圈子里的流言蜚语。挂电话前，菲利普告诉他，是凯恩和他的团队获得了新加坡的案子。

啊？

他不知道该感到难过还是高兴。

新加坡……一万公里之远，时差七小时……

突然间，他想起自己筋疲力尽，很久没有好好睡一觉，有……好几个月，好几年之久了。他的洗澡水快要溢出来了。

他并没有洗澡，而是寻找电源插座，给各种电池充电。把外套扔到床上，解开衬衫头几个纽扣，蹲下身子，笼罩在小冰箱清冷的灯光里，不知所措了好一会儿，又回到床上坐在衣服旁。

取出行事历。

佯装对翌日的约会深感兴趣。

把它收好前，故意翻阅几页。

若无其事，就像当我们的心越是飞得老远，越爱把玩属于自己的物品。

然后，咦……

刚好翻到亚历克斯·勒芒的电话号码。

不会吧……

他的手机平躺在床头柜上。

若有所思地瞪着它。

他才按下两个号码，肚子就……关掉手机，冲向厕所。

抬起头时，跟镜子里的影子撞个正着。

裤子褪到脚踝，两只惨白的小腿肚，内八字，两只手臂紧紧环抱，脸孔紧绷，悲惨的眼神。

一个老头子……

合上眼。

清空肠胃。

洗澡水似乎变冷了。他打起哆嗦。他可以打给谁？西尔维？她唯一真正的朋友，他却不认识她……不过……怎么找到她？她姓什么来着？布黑芒？布黑蒙？她们还有往来吗？起码在她生命最后的时光？她可以解答他的疑惑吗？

而……他想知道吗？

她死了。

死了。

他再也听不到她的声音。

她的声音。

也听不到她的笑声。

看不到她发飙。

看不到她的嘴唇噘着，打哆嗦，或永远平静地闭着，再也看不到她的双手、她的黑眼圈，再也不会知道在她疲倦的笑容或愚蠢的鬼脸背后隐藏了什么，掩饰得如此缜密，如此粗心，如此遥远，他不能再悄悄地凝视她，不能再出其不意地挽着她的臂膀，不能再……

若这一切被死亡的原因取代还有什么意义？他能得到什么？一个日期？一些细节？一个病名？卡住的窗子？错误的最后一步？

会不会得不偿失？

夏尔·巴兰达换上干净的衣服，绑好鞋带，磨咬臼齿。

他很清楚。他害怕知道真相。

他体内狂妄自负的那个家伙把手搭在他肩上，对他甜言蜜语：得了吧，算了，和你的回忆安分地待在一块儿，把你所认识的她的模样保存在心底……别搞砸……这是你能向她致上的最高敬意，你很清楚……以这种生动鲜活的方式记得她。

然而懦弱的那个家伙沉甸甸地压在他的颈背上，同时在他耳畔轻声细语：嗯，你早就料到她会走得像她的人生一样？

独自一个人，独自一个人，而且一片混乱。

被这个对她来说太过狭小的世界彻底遗弃，是这个原因杀了她？但是不难猜测，她的烟灰缸，或是这些从来无法抚慰她的酒精，或是这张她再也不会打开的床，或……你呢？你现在提着香炉来干吗？之前你人在哪儿？如果你早点儿来的话，现在就无须穿着丧服哀悼。

得了吧，保留一点儿尊严，小男孩，知道她会怎么对待你的同情心吗？

"闭嘴，"他愤恨地说，"闭上你们的大嘴巴。"

他该说什么？"夏尔·巴兰达在线上"或"我是夏尔"，或者"是我"？

当电话响了第三声时，他感到湿答答的衬衫贴在背脊上，第四声，他闭上嘴巴，制造一些口水，第五声……

第五声，听到答录机的嘀嘀声，一个女性声音，像在啾啾叫："您好，这里是科琳娜·勒芒与亚历克斯·勒芒的家，请您留下姓名电话，我们会尽快与您联络……"

清一清喉咙，沉默了几秒钟，答录机录下他人在千里之外的呼吸声，然后他挂上电话。

亚历克斯……

穿上风衣。

结婚了……

关上门。

和一个女人……

按下电梯。

她名叫科琳娜……

没入电梯间。

他们住在一栋房子里……

下降六楼。

房子里有一台答录机……

穿过大厅。

和……

迎着穿堂的风走去。

和……许多拖鞋?

"劳驾,先生!"

他转过身,门房在柜台上摇晃着某种东西,他回过神,轻拍额头,掏出一串钥匙,并把房间的钥匙交给他。

等候他的是另一位司机,少了异国风情,开的是法国车。很友善的邀约,不过夏尔不再怀抱幻想,勇敢的小士兵回到战场。当他们穿越大使馆的铁门后,他才放下手机。

他吃得少,这一次也没大力赞赏伊谷诺夫府邸超凡的低俗品位,他回答别人的问题,散播别人想听的逸事,把他的角色扮演得完美无瑕,挺直腰杆,抓好刀叉,争取发言权,回以玩笑话和隐喻,必要时耸耸肩,发表意见,甚至笑几声,不过静静地分解、龟裂,变成碎屑。

看着他的手指弯曲,紧紧捏着酒杯。

酒杯破了,他或许流了血,离开餐桌……

恍惚之间,阿努克回来了,她重新入座,占满整个席位,一如往常,向来如此。

不论她人在何处,不管她来自何方,她注视着他,温和地取笑他,议论他邻座宾客的举止，这些人的傲慢，那些女士的珠宝，这一切有什么道理，问他待在这群人之间做什么。

"你在这里做什么，夏尔？"

"我在工作啊。"

"是吗？"

"没错。"

"……"

"阿努克，拜托……"

"你记得我的名字？"

"我什么都记得。"

她的脸色沉下来。

"不，别这么说……有些事……有些时刻，我……我希望你忘掉……"

"不，我没有忘记，不过……"

"不过？"

"或许我们说的是不同的事。"

"希望如此。"她笑道。

"你……"

"我……"

"你还是那么美丽。"

"别说了，傻瓜，站起来，看……他们都回去沙龙了。"

"阿努克？"

"我的大宝贝？"

"你在哪儿？"

"我在哪儿？但这个问题，应该由你回答我……去吧，去和他们会合，大家都在等你。"

"还好吗？"他的女主人问他，同时请他坐在一把扶手椅上。

"还好，谢谢。"

"确定吗？"

"我累了。"

得啦。

疲倦是推卸责任的最佳理由，他拿疲倦当挡箭牌多久了，以便让自己隐藏在模糊不清的懦弱之中？表面上，这个借口是如此得体，如此方便……

真的，疲倦挺时髦的，像通往美好职业的一条犁沟，甚至是一种恭维，也是挂在懒散心上的美丽勋章。

他上床睡觉时，还在想着她，同时感到震惊，因为，看似平凡无奇的话竟能如此切中要害。棺木钉牢了，已经盖棺入土，才后悔莫及地吐出："我没时间跟她说再见……"或"早知道，我会跟她好好地道别……"或"我还有那么多的话想向她倾诉……"

我甚至没跟你说再见。

这一次并不期待获得回音。现在是夜晚，夜晚她不在，不是上班，就是自顾自地说故事，或者描述她庞大的战斗计划，并由尊尼获加威士忌和彼德·史蒂文森香烟负责切换主题，调度轻骑兵，直到她忘掉自己，举旗投降，并沉沉入睡。

我的阿努克……

如果真的有天堂，你会忙着勾引圣彼得……

没错。

我看见你。

我看见你为他梳理胡子，梳得闪闪发光，手里拿着他的钥匙，摩擦腰胯，使它熠熠生辉。

当你神清气爽的时候，无人能抗拒你的魅力，当我们还是孩童的时候，只要你愿意，你可以带我们飞上天。

你的微笑曾撞开多少心扉？欺骗了多少男人？白吃白喝走了多远？在路标前兜了几圈？甚至捣碎指标？

"好家伙，把手给我，"你发动阴谋，"别担心……"当时我们还在吮吸大拇指，而你叫我们"好家伙"，让我们听了很高兴。你对我们发动攻势，把我们打得落花流水，打碎我们的手指，我们很害怕，有几次甚至受了伤，但是我们愿意跟随你到世界的尽头。

我们把你破旧的菲亚特当作船、飞毯、马车。你叫嚣着："嘿！快跑！！"同时鼓励你的小汽车，你奔驰在郊区的马路上，把鞭子甩得噼啪响，你咀嚼烟草，只为了瞧瞧我们看到你往窗外吐出烟草时，兴奋到跳起来的模样。

和你一起，我们疲于奔命，不过，一切都有无限的可能。

任何一切。

只要不挣脱你的手……

当万宝路广告取代雀巢广告时，你又对我们发了一次飙，你还记得吗？我们刚离开卡洛琳的婚宴，正在回家的路上，大概正在后座做美梦，你慌张的叫声把我们惊醒。

"喂，喂，你们听得见我吗？"

我们一边咕哝抱怨一边抬起头，赫然发现置身于荒野之中，车灯熄灭，而你就着车顶小灯的微弱光线，对着点烟器说话："您听得到我吗？"你哀求道，"我们的战舰抛锚了，我的绝地武士睡着了，又遭遇盟友叛变……我该怎么办，欧比王肯诺比？"

亚历克斯受不了了，在瞠目结舌的母牛的注目下，吐出一句含糊不清的"他妈的"，不过你笑得太大声没听见。"为什么你们带我去看那么白痴的电影？"然后，我们回到现实的世界，我看着后视镜里的你，微笑了好一会儿。

我看见那名小女孩，你曾经应该是这个模样，或者如果别人允许你恶作剧，你一定会是这个模样。

坐在你的后方，我看着你的颈背，暗中思忖因为你有一个悲惨的童年，所以极力让我们有一个快乐的童年？

而我发觉自己正在衰老，我老了……

好几次，我轻轻碰触你的肩膀，要让自己放心你并未睡着，后来你的手压着我的手，到了收费站才放开。不过，在那个夜里，我们的战舰四周只有繁星点点，嗯？

只有繁星点点。

是的，如果有天堂，你应该有本事把那里搞得乱七八糟……

但是……怎么个乱七八糟？

你走了之后剩下什么？

双手平贴着身躯入睡。光着身子，脏兮兮，独自一人，在俄罗斯莫斯科斯摩棱斯克街，在这个变得穷极无聊的小星球上，这是他最后有意识的念头。

9

他起床，返回工地，又把自己关在烟雾袅绕的临时办公室里。出示证件，搭乘飞机，取回行李，坐上出租车，后视镜上悬挂着一个幸运符，又回到不再爱他的女人，以及尚不知爱惜自己的少女身边，亲吻她们。赶赴约会，和克莱尔一起吃午餐，几乎没碰餐盘，向她保证一切顺利。当他们的对话远离森林保护区和因为中央分权而建的行政大楼的维修措施时，他采取迂回策略。当他看着她消失在街角，便认识到裂缝越来越明显，他的心几乎掉到地上。摇摇头，企图在意大利人的大道上解剖自己，沉默地钻凿，分析该地的质量，厘清自己的感受，他轻蔑自己，挞伐自己。

掉头走人，一只脚前一只脚后，重新开始，更换座右铭，重新抽烟，少喝酒，变瘦。赢得免费的通话时数，不常刮胡子，感觉脸孔脱皮，洗头后不再查看排水口，话更少，跟眼科医生预约看诊，越来越晚回家，经常步行，受失眠之苦，尽可能走路，走在人行道边缘，走在斑马线之外，低着头走过塞纳河畔，不再欣赏巴黎美景。不再碰劳伦斯，发觉她在被罩底下凿了一条排水沟，分隔他们俩的躯体，如果她先上床睡觉。有生以来第一次看电视，晴天霹雳，当玛蒂尔德向他宣布物理成绩时，他好不容易挤出笑容，当他不小心撞见她上网下载音乐时，没有反应，对盗版行为满不在乎。半夜起床，坐在冰冷的瓷砖上喝了好几公升的水，重拾书本，最后还是放弃《战争与和平》里面俄国将领库图佐夫和他留在红村的军队。

回答别人提出的问题，当劳伦斯要挟他一起促膝长谈时，回答"不"。当她问是否出于懦弱，他重复回答"不"，勒紧皮带，为他那些高档皮鞋更换鞋底，接受多伦多研讨会的邀请，探讨建筑工程环境，但他对这个主题一点儿也不感兴趣。对一位实习生发飙，最后拔掉他的电脑线，随便抓起一支铅笔，放到他的手里，来呀，他急促地说，画些东西给我看。开动尼斯附近的休闲旅游复合中心的计划，在外套袖子上留下一个香烟孔，在电影院里睡着，遗失他新配的眼镜，找到让·普鲁维的书，回想起他的承诺……有天晚上轻叩玛蒂尔德的房门，跟她高声朗读："我还记得我的父亲告诉我：'你看这根刺如何挂在玫瑰的茎干上？'说这句话的时候，他张开手掌，用一只手指在玫瑰四周绕了一圈，'看吧……就像我们的拇指挂在手掌上。万物被造得既完美又牢固，总之，又柔又韧。'我一直记得这席话，你们可以从我所做的一些家具，发现类似的设计……"发觉她根本没在听，倒退着走出房间，随手把书放回架上，倚着书架，看着他的拇指，握拳，叹息，睡觉，起床。回到工地，又关在烟雾袅绕的临时办公室，出示证件，搭乘飞机……

如此这般过了数周，可能数月或数年。

因为到头来都是那些说大话的人赢得设计案。

很合逻辑……说大话的人不是总能获胜吗？

将近二十年前，他在她附近生活，却从不去看她，为什么今天"阿努克死了"这区区五个字就让他怵动难安？而这五个字甚至没有优雅地表达出来。是，是亚历克斯的笔迹没错，但是……那又怎样？这个亚历克斯算哪根葱？

他只是个小偷，一个背叛朋友的家伙，还让女朋友自个儿跑到偏远的小地方堕胎。

一个无情无义的人，一个小白人，也许是才华洋溢的小白人，不过是个孬种……

那是好多年前的事了，那个时候他有……不，是她有……不，在那个时候，生命抛弃了他们。夏尔难过地体会到，这个别人称之为"存在"的计划，他实在看不出有什么价值。当它的基底满布洞孔，他实在看不出它如何能屹立不倒，他甚至扪心自问，是否从一开始就搞错了……他？凭这堆瓦砾？建造东西？真是天大的笑话。他骗人，迎合别人，但违背自己的本性，因为他别无选择，哦，天哪，你真是啰里啰唆。

接着有一个早晨，他抖抖身体，低声埋怨，重新产生了食欲、情趣以及对工作的热情。他年轻有才华，大家都这么告诉他。他忍不住重新相信，强迫自己像别人一样堆砌砖头。

他不愿承认它的存在。更糟的是，他把它的重要性减至最低。

缩减规模。

总之，他就这样过日子……直到有一个周日午后，他在他父母家不小心看到一份杂志。他撕下那篇文章，站在地铁里再读一遍，另一只手则抱着剩菜。

白纸黑字，写得明明白白，在温泉疗养中心的广告和读者来信之间。

并不是启示，而是一种慰藉。所以，应该是他想象出这种玩意儿？幻想器官症候群？尽管被截肢，但脑袋仍不相信，继续传达信息。尽管什么也没了，因为什么也没了，这一点倒是千真万确，他持续感觉到真切的感受。"冷、热、刺痒、发麻、抽筋，甚至偶有疼痛……"文章写得很清楚。

是。

的确。

他有这些感觉。

但是说不出在身体的哪里。

他用剩菜做了肉串，给和他同居的人夹了几片冷肉，把台灯调低，把桌子调正。他富有笛卡儿的精神，需要事实证据才会走下一步。他被说服了，也获得平静。

二十年后为什么该有所改变？

他爱的是这个鬼魂，而鬼魂，唉，都是死不了的……

他忍受上述列举的例子，但未承受多大的苦楚。他瘦了？这倒是个好现象。更忙碌？没人看到其中的变化。又开始抽烟？他会再戒烟。撞到行人？人家会原谅他。劳伦斯不知所措了？现在轮到她了。玛蒂尔德喜欢看无聊的连续剧？算她倒霉。

这些都没啥大不了，不过是断臂再挨一拳，痛苦忍一忍就过去了。

但是或许。

或许他应该这样得过且过，而且轻松一点儿，或许他应该放弃所有的逗号，干脆忙着另起一行。

是的，或许他将跟我们再次使出屏住呼吸的玩意儿……

但他还是让步了。

因为她苦苦哀求，因为她善意要挟，因为她把电话线扭来绞去，嗓音颤抖着。

好吧，他叹了一口气，好吧。

他回父母家吃午餐。

他故意忽略入口处堆满东西的小桌子和镜子，转身挂好风衣，然后走到厨房找他们。

他们三人的举止恰如其分，一口一口细嚼慢咽，避而不谈让他们聚首一堂的话题，然而端上咖啡的时候，玛多一副"哎呀，我竟然糊涂到忘了提起那档子事"的神情，接着终于忍不住对她的儿子说，目光却飘过他的肩头。

"对了，听说阿努克·勒芒葬在德朗西附近。"

他力图镇定，语气跟平常没什么两样："是吗？我以为她葬在菲尼斯泰尔……你怎么知道的？"

"她以前房东的女儿告诉我的……"

不再接腔。

"所以，你们最后还是把那棵樱桃树给砍了？"

"不得已呀……因为邻居的抱怨。你猜我们花了多少钱？"

逃过一劫！

他至少这么以为。不过，当他站起身时，她把手放在他的膝盖上：

"再坐一会儿……"

她欠欠身子，从矮桌上拿起一个牛皮纸大信封袋。

"前几天我整理了一下，发现几张照片，可能会让你高兴……"

夏尔全身僵硬。

"时间过得真快，"她喃喃自语，"看看这张，你们两个真是可爱……"

亚历克斯和他，两人搭着肩，像两个快乐的大力水手卜派，抽着雪茄，同时挤出迷你二头肌。

"你记得，那个老爱替你们打扮的怪叔叔……"

不记得，他压根也不想回忆。

"好啦，"他打断她，"我得走了。"

"你应该把这些相片留在身边。"

"不要啦，我留着它们干吗？"

正在找钥匙的当口，亨利走到他的跟前。

"救命啊，"他开玩笑说，"别告诉我她把那个甜派打包给我了！"

夏尔看着那个信封袋在他父亲的手中微微颤抖，看着他背心凸出的纹路、破旧的纽扣、白衬衫、这条每天必系的领带、六十年来如一日坚挺的领子，看着他白皙的皮肤、几绺忘了刮掉的银白色毛发，最后，他看着这个眼神。

那是一种特有的眼神，属于和老爱发号施令的女人生活了一辈子，且谨言慎行的男人，但是他并未完全让步。

不，不完全。

"拿去吧。"

他遵命。

因为父亲纹丝不动地戳在车边，他无法打开车门。

"爸爸，请你……"

"……"

"嘿！你回去吧！"

两人面面相觑。

"还好吗？"

老先生没听见儿子的问话，一面走开，一面告白："我，没那么……"

一辆卡车经过。

随着车子越开越远，夏尔看着父亲的身影在后方的水平线上越变越小。他到底在喃喃些什么？

我们永远也不会知道。他的儿子应该猜得到，不过在下一个红绿灯，他已经不再思考这件事，而把全部心力都放在他的郊区指南上。

德朗西。

有人对他按喇叭。他停止不动。

10

他预定搭晚间七时的班机飞往加拿大，现在他距离机场数公里远。吃午饭的时候，他离开事务所。

于是带着沉重的心，斜斜挂在肩上，往目的地出发。

没有吃东西，激动又焦虑，仿佛第一次约会。

荒谬可笑。

而且不完全正确。

他并非前往舞会，而是赶去墓园。斜斜挂着的其实是一块残缺不全的肌肉。

因为它在里面活蹦乱跳，没错，不过乱了拍子。它乱撞，仿佛她还活着，仿佛她守在紫杉树下窥伺他的到来，她会开口骂他。啊，终于来了！你花的时间真多啊！你还带了那么丑的花？把花搁在一旁，我们赶紧离开这里吧。你真会出主意，竟然想到这样一个约会地点……你是脑袋坏掉了还是？

一如往常，她夸大其词……匆忙看她一眼，这些花很好……

这些点缀内衣的小花。

嘿，夏尔……

我知道，我知道……让我安静地……

走完这几公里的路，刽子手先生……

৵ ৻

在郊区的一个小墓园。没有紫杉，只有锻铁栅门，地下墓穴的窗子上有圣灵的图像，墙垣上爬满常春藤。这是一个堂区教堂的墓园，水龙头都生锈了，还有镀锌浇花器。他很快逛了一圈。最后抵达的，都是最丑陋的坟墓，大约建于一九八○年。

把他的疑惑告诉同一时间来此凭吊的年轻女士。

"您想找的应该是梅夫赫兹墓园……现在，死人都葬在那里……而我家族在这里拥有一块墓地……即便如此，我们也得极力争取，因为……"

"离这里远吗？"

"您开车吗？"

"是的。"

"这样的话，您可以走国道经由乐华梅兰……您知道它在哪儿吗？"

"我不知道。"夏尔响应时，才发现自己带来的花笨重又难看，不过，"嗯……您继续说，我会找到的。"

"要不然，您也可以走过乐客来超市……"

"啊？"

"没错，您从它的前面经过，然后从铁轨底下穿过，经过垃圾焚化场后，墓园就在您的右手边。"

这是哪门子路线？

他向她道谢后，背诵着路线走远。

他还没松开安全带即已崩溃。

跟她描述的一模一样：过了乐华梅兰和乐客来超市之后，出现一个好像厂首待领场的地方，在上方呼啸而过的，是巴黎郊区铁路以及巨无霸客机。

分类垃圾箱矗立在停车场上，灌木丛上悬挂着塑料袋，有一堵混凝土墙壁，是当地涂鸦艺术家的公共小便池。

不，他摇摇头，不。

然而他并不是一本正经的人。他的工作本来就是察看房地产商人如何搞出低劣的建筑物，但是，这个地方实在糟糕透顶。

他的母亲应该听错了，或者是告诉她的人搞错了。那位前房东的女儿，我才不相信，一定是你爱说笑。她跟我妈胡说八道……要欺负一个年轻女孩不难，而且她独力扶养儿子，下班回到家已经筋疲力尽，而这个时候那个臭女人才带着她的捕鼠狗到花园广场拉屎。对了，他想起来，她叫福黛尔太太……她是世上少数几个能让阿努克不敢吭声的人……房租……福黛尔太太的房租……

我会莫名其妙地跑到这个停车场，是因为那个放高利贷的福黛尔太太最后使出的卑鄙手段。一场恶作剧，错误的传言，搞错地址。阿努克和这个地方根本无关。

夏尔的手僵硬地搁在钥匙上方良久，而钥匙仍然插在点火开关里。

好吧，迅速绕一圈。

把花留下。

可怜的死人……

这些品位低俗的坟墓沉重得叫人无法消受。

有些大理石棺盖闪闪发亮有如厨房设备常见的"富美家"材质，塑料花，敞开的瓷质书本，上面布满精致的裂痕，发黄的亚克力板嵌着难看的相片，足球，三张 A 的扑克牌，活蹦乱跳的白斑狗鱼，毫无意义的省略号，汩汩流泻的懊悔，这一切都为了永恒而刻下。

一尊镀金狼狗像。

我的主人请安息，我会守在您身边。

这尊雕像没那么差劲，至少比较温馨，不过这个主人铁了心痛恨所有人。在人间也好，天上也罢。

这个沙文主义的棋盘式墓园宛如一座美国城市。每条路都标示号码，一座座矩形床铺，B23 的灵魂和 H175 的安息有箭头标志，依照年代顺序排列整齐，冷的在前，温的在后，磨得细碎的砾石，有垃圾回收的标示，另外也有标示，回收粗劣物品，还有这些该死的火车一而再地驶过他们的梦乡，发出轰隆声。

这时，那位建筑师起而反抗，该有为死人考虑的建筑法规，不是吗？至少有最基本的规定！起码一点点的宁静，对不起，不过这不包含在法规里。

他们活着的时候也好不到哪儿去，他们被放在低租金住宅区的丑陋笼子里，还得支付比成本高三倍的价钱，分二十年摊还，所以当他们两脚一蹬后，为什么要有所改变？他们花掉多少钞票才拥有垃圾焚化场的景观，而且永永远远？

哦……无论如何，这是他们的问题……不过他的美人儿，如果他在这个垃圾场找到她，他……

说啊，说完你的句子。你会怎么做，你这个笨蛋？难不成你会挖开坟墓，把她弄出来？你会为她拍掉裙子上的尘土，把她抱在怀里？

没有用的，反正他听不见我们。一辆送货卡车提起超市的袋子，在远一点儿的地方挂好，就像把从前超市的老顾客埋在远处。

〽〽

不是菲亚特了，应该是在她红色雷诺五号的大时代，那是她第一部新车，那件事大概发生在他们十岁那年，或许是十一岁……他们已经上中学了？他记不清了……阿努克和往常不太一样，打扮得很漂亮，不再嘻嘻哈哈，烟一根又一根地抽，忘了关掉雨刷，完全听不懂多多的故事，每五分钟就重复一次：要为她争光。

两个男孩回答说一定会，但不明白为她争光的含义。而多多喝光啤酒，然后在他父亲的杯子里尿尿……

她带他们回她多年不曾再回去的父母家，她带着夏尔一起历险。也许是为了亚历克斯，为了保护他不受她的影响，她变得焦躁不安，也因为当她听到他们在后座开多多的玩笑时，会觉得比较坚强。

"到了外婆家后，别提多多，好吗？"

"好哇。"

那是雷恩的郊区，是一个新兴规划区，夏尔记得很清楚。她在找路，开得很慢，嘟哝抱怨，一直说她认不得路了。而他，仿佛三十五年后在俄罗斯，无法将视线从这些崭新大楼的栏杆上移开，那个时候，他已经觉得悲哀……

没有树木，没有商店，看不见天空，窗户狭小，阳台堆满杂物。他不敢说话，不过有点儿难过有一部分的她来自这个地方。他一直以为她来自海上……乘着贝壳……就像伊迪丝非常喜欢的那幅有关春天的图画。

她带了很多礼物，强迫他们把衬衫塞进裤腰，还在停车场内替他们梳整头发，这个时候他们终于明白，为她争光表示要和平时不一样，突然间，他们不敢为了抢按电梯钮吵架，他们看着她脸色发白，一直到达顶层。

她连声音都变了……她把礼物拿给他们，她的母亲把礼物放到隔壁的房间。

后来发生什么事，夏尔记不太清楚。只记得食物太多，他吃到肚子痛，味道很奇怪，话说得很大声，电视一直开着，阿努克拿钱给她怀孕的小妹和弟弟们，也给她的父亲药物，没人向她道谢。

后来，亚历克斯和他下楼到大楼旁边的空地玩耍。当他一个人回到屋里上厕所时，他问这个不太友善的胖女人："太太，打扰了，阿努克去哪儿了？"

"你在说谁？"她反问。

"嗯……阿努克……"

"不认识。"

她不太高兴地咕哝，同时转身走向水槽。

不过夏尔真的肚子很痛。

"亚历克斯的妈妈……"

"啊呀！你说的是阿妮克？"

她露出和善的微笑，但是不怀好意……

"我女儿叫阿'妮'克，没人叫她阿努克！那是给你这种巴黎佬叫的，而且她觉得很可耻，你懂吗？在我们家，她叫阿妮克，把这个名字放进你的小脑袋吧，小老弟。为什么你扭成这个样子？"

她的大女儿终于出现，告诉他厕所在哪儿。当他出来时，她正在收拾物品。

"我没跟他们说再见。"亚历克斯不安地说。

"没关系。"

她弄乱他的头发。

"来吧，我的小王子们……我们离开这里……"

有很长一段时间，他们不敢说半个字。

"你在哭吗？"

"没有。"

沉默。

然后她擦擦鼻子。

"好，嗯……多多告诉他的老师：'老师！老师！您知道圣诞的球长了毛？'老师回他：'不，我的小多多，你错了，它们没有长毛……'而多多呢，他转向他的朋友，并跟他说：'喂，诺埃尔！把你那两粒球秀给老师看！'"①她笑到飙泪。

开上高速公路时，亚历克斯已经睡着了。

"夏尔？"

"什么事？"

"你知道，我现在叫作阿'努'克，那是……是因为我觉得这个名字比较美丽……"

他没有马上回答她，因为他绞尽脑汁想找到一个超级美妙的回答。

"你懂吗？"

她调整后视镜，想捕捉他的眼神。

哎呀，实在想不出好答案，他只好笑着摇摇头。

"你的肚子好点儿没？"

"好多了。"

"我也是，你知道，"她压低嗓音继续说，"我经常肚子疼，当我……"

她没说下去。

夏尔以为这些往事都已经烟消云散，现在为何又突然出现在眼前？那些装饰圣诞树的圆球，被遗忘的礼物，桌上的百元钞票，散发残羹剩菜味和呛鼻妒忌味的公寓？

因为……

因为在位于 J93 的公墓上，在日期的上方标示着：阿妮克·勒芒。

"可恶……"他只说了这两个字，以示追思。

快步走回车子，打开后备厢，在一堆杂物里翻找。

找到一个荧光喷漆器，摇一摇，蹲在她的身边，开始思索如何把"妮"改成"努"，经过一番努力，他决定全部划掉，还原她的真面目。

好极了！掌声鼓励！勇气可嘉！

多么壮烈的致敬！

对不起。

对不起。

在隔壁扫墓的老奶奶皱眉瞪着他，他把喷漆器的盖盖好，站起身。

"您是她的亲属吗？"

"是。"他冷淡地回答。

"不是呀，我会这么问您……"她的嘴唇扭曲了，"是因为……这里有个警卫，不过……"

她被夏尔瞧得很尴尬，稍微清理一下之后就与他道别了。

她应该是莫利斯·乐梅尔的老婆。

莫利斯·乐梅尔有一块美丽的墓牌，应该是朋友的馈赠，上面还有猎枪的浮雕。

一位求之不得的邻居，是吗，我亲爱的阿努克？不过告诉我……你在这里过得很惬意吧……

当他离开时，看见她口中的"有个警卫，不过……"。

是个黑人。

啊，原来如此。

真相大白。

他坐进车里，被花的气味熏得很难受，于是一股脑儿丢进垃圾桶，又看了一下手表。

好，上飞机前还有时间打电话给那个笨蛋。

助理打了好几通电话给他，他不想接，最后关掉手机。

眼光盯着前方，手指深深掐在方向盘里，感觉天旋地转。折回去，假装车祸，谎称没赶上飞机，并强调他只迟到了一会儿。绕过巴黎市区，重新上高速公路，在"某某城"下匝道，瞄准"某某镇"，找到"某某路"，推开八号的大门。

最后找到他。

往他的脸上揍一拳。

反正二十年前就该揍的……不过他并不懊悔。这期间，他至少胖了十公斤，累积更多的怨怼。他的下巴会感受到。

但是并非如此，身穿粗呢上衣的小洛基打出方向灯，转到左线道。他已经答应人家，他将到多伦多凯悦酒店众多沙龙的其中一间，无聊地打发时间，然后满脑子昏昏沉沉，带着建筑技术的最新发展信息回来。只不过，这些还是唤不回他的起重机和信念。

是的……而现在，突然冒出一个疑云重重的死亡通知。建筑师，您说呢？

啊？我记不得了……真可笑，像一只被蒙住眼睛的驴子，在水井周围跌跌撞撞。

阿努克·勒芒一直在他这些纷乱的职业和生命里留下踪迹、印记……

因为，是的，她动摇了，是的，她往手心吐口水，抚平头发。是的，她把大包小包的东西通通扔进后备厢，关好。是的，她突然对他们很严厉地说话，然而，她还是转过头，目光追随着这个天生头发就很柔顺的小男孩的忐忑不安。她也抬起头，等候他，当他长得和她一样高时，认真地跟他说："夏尔，你画得这么好，等你长大成人，很可能会变成建筑师，你要想想法子，阻止他们这么做……"

当那个俄罗斯浑球帕夫洛维奇把信纸揉成一团时，这个很会画图的小男孩，也只能含蓄地垂下眼睛。他经常搭商务舱旅行，现在他即将参加一场昂贵又无聊的研讨会，住在五星级的连锁大饭店，依照节目单的介绍，他可以享受附有瀑布和湍流的按摩池，而且他八成会在酒足饭饱后戴着耳机昏昏欲睡。是的，这个可怜虫错过通往第二航站楼的便道，坐在汽车的铁皮笼子里咆哮。

咆哮。

他气炸了。

好吧，再绕一大圈。

---

① 法国的圣诞节称为"诺埃尔"，"诺埃尔"也是男子名，此处装饰圣诞树的"圣诞球"被多多解读成"诺埃尔的睾丸"。

11

"喂？"

"很不幸，不是他。"

"嗯……这里是亚历克斯·勒芒家吗？"

"是呀……"小鬼的声音。

乱了方寸。

"我能和他说话吗？"

"爸爸！电话！"

爸爸？

他万万没料到。

而他花了将近一小时准备的台词，在停车场，升降梯，在人群里，在巨大的落地窗前，该如何自我介绍，第一句话该讲什么，如何展开攻势，他的伤口，愤恨，悲伤，全都瞬间化为乌有。

经过了这么多年的阴霾，他只能对他抛出一句话："你有小孩了？"

"请问您是谁？"他冷淡地问。

真是要命，他万万没想到事情会演变到这种地步……

"夏尔，是你？"

"是。"

他的语气比预期来得温柔。

哎呀……太温柔了。

"我一直在等你的电话。"

长长的沉默。

"你收到我的信了？"

伤口裂得更大，而且速度很快。站起身，走到墙角，缩成一团，额头贴着墙壁，闭上眼。周遭的世界变得……炙热。

没什么大碍，一会儿就会过去了，疲倦，紧张。

"你还在吗？"

"在，在……对不起……我在机场。"

他觉得丢脸。真丢脸。抬起头。

"我还好，我还好……我还在线上。"

"我想问你是否接到……"

"当然，不然我干吗打电话给你？"

"我怎么会知道！或许你只是一时兴起，突然想知道我的近况，或想……"

"别再说了。"

好了，以前的感觉又回来了。又听见他快活的语调，尤其是当他对周遭的世界感到不满时。他突然怒火中烧，回到挂在心上的事。

"你不能把她留在那儿……"

"你想说什么？"

"让她待在那个脏兮兮的坟墓。"

亚历克斯笑了起来，他的笑声听起来很可怕。

"哈，哈，你还是没变，一直还是英俊的白马王子，嗯？你还是这么趾高气扬？夏尔·巴兰达！"

接着他的声音有了一百八十度的转变："不过老实说……你来得有点儿晚了。"

"……"

"我不能把她留在那里，我不能把她留在那里，"他嘶吼，"她已经死了，我的老兄！她已经去世了！不论葬在那里或埋在别处，我能跟你说什么？我相信她都无所谓……"

他当然很清楚这一点，他是他们两人之中较为理性者。他素来讲究方法论、几何学，他是好学生，纽扣一直扣到颈部，他是好班代，负责做酒精浓度测试的人。不过今天他失去理性，今天他全身热血奔腾，为了自卫，他却只能重复：

"你不能把她留在那里，她一直很讨厌那种地方，荒凉的新兴整治区、低租金住宅区、种族主义，这都是她一辈子努力摆脱的……"

"你好端端干吗提起种族主义？"

"他的邻居……"

"什么邻居？"

"就是相邻的坟墓嘛……"

夏尔突然有点儿狼狈，沉默不语。

"等一下，你真的是夏尔·巴兰达本人吗？玛多和亨利·巴兰的儿子？"

"亚历克斯，别闹了。"

"不，你到底想说什么？喂，说正经的，你的头脑还正常吧？没被撞坏？你该不会偶尔忘了戴上安全帽？"

"……"

"喂？"

"而且旁边竟然是垃圾掩埋场！"

"我这就来了！"他对着电话筒外叫道，"别等我，你们先吃！哪里的垃圾掩埋场？戴高乐的？"

"没错。"

"这么多年过去了，我必须坦白告诉你几件很重要的事……"

"我洗耳恭听。"

他清一清喉咙。

夏尔用手盖住另一只耳朵。

"你知道的，人死后什么也看不见。"

可恶的浑球。假装要表露心事，却趁机揶揄他，这正是他的作风！

挂了电话。

还没走到舷梯，已经感到两只脚踩空：忘了问他最重要的问题。

～ ∞ ～

空姐为他倒了一杯香槟，他趁机吞了一颗半的安眠药。他很清楚，不该喝这种鸡尾酒，不过，现在多干一件蠢事也无所谓了。

几个星期以来，他的生活只是一连串讨人厌的副作用，身体机器尚能运作，所以呢，最佳状况，几分钟内不支倒地，最糟的情况，他会跪在马桶前。

是的，全部吐光光，这也不错呀。

再开一瓶。

掏出文件夹时，他父母给他的信封袋掉到座椅底下，很好，就让它待在那里，他受够了，爬不起来，他倒也能接受自己的荒诞可笑，好吧，不过还是有那么一刻，他觉得起来行动比较有益健康。他再也无法忍受自己逐渐变成逆来顺受、善于迎合的男人。

来吧、来吧，踩扁它们：往事、懦弱。他需要新鲜的空气！

解开领带，松开领子。

没有用。

因为他不知道，机舱里的空气都被加压过。

当他醒过来时，发现上衣肩膀一带全都湿透，因为流了许多口水。他看了一眼手表，不相信自己吃过安眠药，因为他只睡了一小时十五分钟。

七十五分钟的休息……这就是他应得的。

邻座的女人戴了眼罩，他打开自己这一侧的小灯，扭曲身子，捡起座椅底下的信封袋。看到他们手臂上的水手刺青，他笑了起来，暗自思忖是谁帮他们画上去的，闭上眼……这个男人，染了头发……寻觅他的脸庞、他的名字、他的声音，重新看到他站在学校的铁门前，回到原点。

我们也是。

第二部分

那个晚上我睡得很安稳，那是许多年来第一次，我知道他会回来，我知道他会照顾我们，我不知道为什么，但我有信心。他……他会爱我们，我很确定，你看，我生平第一次没看走眼……

1

"是坐在 6A 的那个男人吗？"

"是的。"

"怎么了？"

"我不知道，大概神经太紧张吧……你还有冰块吗？"空服员对站在推车另一侧的同事说。

在大西洋上空，这名乘客解开了安全带。双手掩面，号啕大哭。

"你还好吧？"邻座的女士忧心地探问。

他完全淹没在自己内心狂乱的思绪里。站起身，跨过他的邻居，扶着椅背支撑身体，慢慢走到帘幕的另一侧，在一排空荡荡的座位上倒下。

离开了商务舱。

他的脸孔贴着舷窗，窗上漫布着水汽。

一名空服员走向他。

"先生，您需要看医生吗？"

夏尔抬起头，试图挤出微笑，使出他那个了无新意的招数："我只是有点儿疲倦……"

空服员放心了，留他一个人平静。

这种说法不怎么恰当。

平静？他什么时候平静了？

上一次可以追溯到他六岁半的时候，他和刚认识的朋友走在贝特洛路上。

他是夏尔的同班同学，姓勒芒，也是他的新邻居。从第一天起，就因为脖子上挂着家里的钥匙而引起他的注意。

当时的孩子在脖子上挂着家里的钥匙，这是很罕见的情况，可以让你在自由活动的时间摇身一变成为大人。

亚历克斯在夏尔家吃了好几次点心。有一天轮到亚历克斯邀请夏尔到家里做客，进屋时他一边脱掉鞋子一边说："小声点，我妈在睡觉。"

"啊？"夏尔很惊讶。哪个妈妈会在下午睡觉？"她生病了吗？"他小声问道。

"不，她是护士，每天很早就出门，她经常睡午觉……看吧，她的房门关着，这是我们的密语……"

在他的眼里，这一切都好浪漫。这是一种游戏，也有一种特殊的玩法。两个孩子在家里玩赛车，但避免车子相撞发出噪声；彼此互扯衣袖，轻声细语地交谈，自己动手切蛋糕。

在这个世界上只有他们俩，连柠檬汽水轻柔的沙沙声都足以吓他们一跳。

没错，他变得不太平静了，因为每次经过那扇房门，他的心像小鹿乱撞。

轻轻地摇撞。里头仿佛住了一位睡美人，或是一位筋疲力尽的公主，被人囚禁，或许容颜被毁了？躲起来……他踮着脚走路，屏住气，缓缓走向他朋友的房间，每一步都沉稳地踏在木质地板上，以免摔倒。

这条走廊仿佛是一座桥，而桥下到处是鳄鱼。

他又去了亚历克斯家几次，这扇紧闭的房门深深地吸引着他。

他暗自思忖：她会不会其实死了。亚历克斯也许是在跟他撒谎，也许他一直都是自己照顾自己，靠吃蛋糕维持生命……也许她长得很像他们历史教科书上的女神雕像？头上披着浆得坚挺的面纱，双脚露在外面。

但事实和他想象的不一样，因为厨房的餐桌老是乱七八糟的，散落着三三两两的咖啡杯、写到一半的填字游戏、夹着几根发丝的发卡、柳橙皮、撕开的信封、面包屑……

夏尔看着亚历克斯自己动手清理餐桌，仿佛清理他的烟灰缸、收拾他妈的粗毛线衣等是世上最稀松平常的事。

这个时候，他这个朋友不再是数个钟头前被老师叫到墙角罚站的淘气顽童，而是……

　　真是奇怪，连五官都变得不太一样了，他的腰杆挺得比较直，一面皱着眉头一面清点烟蒂。

　　这一天他摇摇头，打破沉默："哎哟……好恶心啊。"原来是三个烟蒂深深插在几乎还没吃过的优格里。"如果你想玩的话，"他接着说，有点儿尴尬的样子，"我新买了一颗大弹珠，长毛象图案的，在我的床头柜……"

　　夏尔脱掉鞋子，往目的地床头柜出发。

　　哟，哟……那扇房门开着……去的时候目光直视走道，不过回来的时候，情不自禁地往里面瞥了一眼。

　　床单掉到地上，她露出双肩，甚至半个背部。他无法动弹，她的肌肤如此洁白，头发如此长……

　　他应该走开，他必须走开。当她睁开眼时，他正要走开。

　　她是如此美丽，美丽得有如基督教义理课程中所描述的绝世美女，沉静无语，纹丝不动，但是身体四周散发出一层光晕。

　　"嘿……你好啊！"她一面打招呼一面微微挺起身子，将手掌枕着颈背。

　　"你就是夏尔，对吧？"

　　他无法回答，因为他看到她身体的一部分，也就是她的乳……

　　他没有搭腔，然后跑开。

　　"怎么回事？你要走了？"

　　"是的。"夏尔吞吞吐吐地说，他的舌头打结，"我得回家做功课。"

　　"嘿！"亚历克斯叫道，"不过今天是星期三呀！"

　　大门已经啪一声关上。

2

不管是令人狂喜还是命中注定，让我们暂且忘掉这个和"平静"有关的故事吧。要坦白承认需要太大的决心，所以不可能坦诚以对。当然，一旦出来到了马路上，夏尔马上跪下来，重新系好鞋带，然后快步走回家。

他现在回想起来不由得微微一笑：当时竟然叫她圣母玛利亚啊……他觉得很有趣，他那个时候被她的美丽所启蒙、所感动，不过同时又感到困惑不已。没错，困惑不已。他虽然和一群女人住在同一个屋檐下，但是从来不曾想象过女人身上的那个部位，靠近尖端的地方，颜色会不一样……

不，他没有失去平静，而是添加了一种不安的形式，一种骚动，伴随着他一起成长，也陪着他裤裆下的那一根变长，掩饰他的伤痕，缠紧他的腰胯处，越往底部越宽。他母亲的熨斗铲平它，他父亲的优雅非难它，后来使它变得松散破碎，缩成一团，布满斑点。然后熟成，质量优良，形成一道无懈可击的褶子，而且饰有卷边，需要干洗才行，最后却在寒伧的坟场碎石子路上被搓揉得皱巴巴的。

放低椅背，仰望天空。

最后还是很庆幸自己能坐在飞机上，飞得高高的，醉得一塌糊涂，不吃东西，很庆幸自己这辈子曾经和亚历克斯这些人相识，而且回想起奴努的香水味；认识过他们，受他们疼爱，但永远无法抚平伤痛。

那个时候，他以为她是有点儿年纪的太太，不过今天他很清楚，当时她的年纪不算大。今天的他知道她当时应该有二十五六岁，年纪这个问题一直困扰他，最后却证明他是对的：年纪一点儿也不重要。

　　阿努克没有年龄。你无法把她放进任何一个框格里，因为她会死命挣扎，不让自己被定型。

　　她的行为举止时常像个小孩子：倒在他和亚历克斯的积木玩具人之间，整个人缩成一团，然后呼呼大睡。到了写作业的时间，她开始赌气，模仿儿子的签名；又会乞求道歉，好几天一声也不吭；随随便便坠入情网；有时连续几个夜晚啥事也不做，只是瞪着电话看，等着它响起；她会不断询问他们觉得她美不美丽，最后使得这两个孩子火冒三丈，不，的确……真的很漂亮。最后她还会对他们咆哮，因为家里没有东西可吃。

　　然而以前并非如此。以前，她救人，而且不仅在医院而已，奴努和许多人都把她奉为最坚强的偶像。

　　天不怕，地不怕。就算天塌下来，只需往旁边靠一步就没事。挨揍、开骂、愤怒。她眨一眨眼睛、握紧拳头或是伸出中指，看敌人是谁而定。最后发现电话线路已经切断，她才挂上电话，耸耸肩，补了妆，带他们两个孩子下馆子去了。

　　没错，夏尔这位好学生唯一解决不了的数字就是年龄或年龄的差距，它们是待在栏外的不等式，含有太多的未知数……然而他依稀记得，最后一次她的脸孔留给他多么深刻的印象。不过，令他发窘的不是她的皱纹或她斑白的发根……而是她的"弃械投降"。

　　某些事物，某个人，或者说生命吧，熄了灯。

　　空服员问他要不要喝咖啡，不过其实是一种加了太多水的恶心液体，他还是满心愉悦地接受了。啜饮着塑料杯内热腾腾的饮料，额头紧紧贴着舷窗，注视着震荡的机翼，试着在夜空中区分飞机的灯火和星光。将腕表的时针往后转，继续在黑夜里心碎。

☜☞

　　第二张相片，是他拍的……他会记得这件事，是因为那时皮埃尔舅舅刚送了他一台柯达傻瓜相机，他早就希望拥有这种柯达相机。他卷起袖子，准备正式启用。

他和亚历克斯两人刚做完初领圣体的弥撒，大伙儿齐聚在花园里，就在上个星期才被砍掉的樱花树下。皮埃尔舅舅一直在啰唆，把他弄得很烦，不断要他先将使用说明书看一遍，确定光线、电池都没问题……你洗过手了吧？不过夏尔不理他，因为阿努克已经摆好姿势。

她把一绺头发固定在鼻子和上嘴唇之间，好像是蓄了髭须。她扮了一个鬼脸，并且在她的草帽底下对着他抛出个飞吻。

要是当时的他知道多年后他会对着这张照片看得那么着迷，他当时会更用心听取皮埃尔舅舅的建议。蓄了髭须这张相片的镜头角度取得差劲，对焦不准，算了！反正照片上的人的确是她，如果影像模糊，那是因为她故意搞笑。

没错，她故意做滑稽相。不单单在镜头面前，不单单为了让夏尔逃脱四眼田鸡皮埃尔舅舅的魔掌。不仅这样而已。也因为天气晴朗，她在这个迷上自己的观景窗前很安心。她哈哈大笑，舔舐溢出杯子的泡沫，往他们身上抛糖果，甚至利用焦糖杏仁酥制造吸血鬼的獠牙，不过她这么做是为了……开玩笑，以便能够忘记她的人生，特别是让他们每个人都忘记。那个时候她唯一的亲人，日后她唯一可以跟他们说"当然是啊……那是我小儿子的领圣体弥撒，你知道的……"这种话的人，只有一位女同事和一位打扮得花枝招展的三流老演员，在教区登记簿上签名时，他们来了段即兴表演，饰演教父、教母……

啊，这不就是他吗？风华绝代的奴努，被两个小天使簇拥着，一副神气活现的样子，即便脚蹬高跟鞋，顶着层层堆砌的波浪头，也只比他们稍微高一点。

"哎哟，我的小宝贝，小心你们手上的蜡烛！千万别碰到我头上的发胶，不然我会被炸得粉身碎骨！你们摸摸看……"

他们摸了，老实说，跟宝塔蛋糕上的焦糖一模一样。

"相信了吧。好，来，笑一个！"

于是他们在这张照片上微笑，他们微笑并轻轻抓着奴努，用他那羊驼质料的衣袖擦抹手指。

羊驼……那是夏尔生平第一次听到的字眼。他们聚拢在教堂前的广场上，被头顶上的钟声震得头昏脑涨，眼睛紧紧盯着远处，手里扭着束腰绳。奴努迟到了。

玛多开始叨念起来，正当他们打算放弃，准备离开时，却瞥见奴努从一辆出租车上走出来，宛如在戛纳十字大道上的豪华房车。

阿努克扑哧一笑："我的奴努，哎呀，你真是明艳动人啊！"

"拜托，"他回道，不太高兴的样子，"只不过是一件寻常的羊驼西装罢了，当年还不是为了欧兰达·马莎的巡回表演才定制的。"

"她是谁？"当大家往教堂移动时，夏尔问道。

沉重的叹息声，扇子一敲，花瓶碎了。①

"哦，她是我的好朋友，不过一直苦无机会崭露头角。巡回表演被取消了……因为她太自以为是。"

接着，他亲吻自己的食指，然后轻触他们的额头（他的红唇印是最棒的圣油）："去吧，我的小耶稣。如果你们看到亮光，我这可不开玩笑的哦，低下头，好吗？"

但是夏尔全程睁大眼珠子念完主祷文，并看着阿努克笑得花枝乱颤，紧紧握着旁人的手。

当时，他有点儿不高兴。但是现在不会了。暂停。她该不会又号啕大哭起来了吧？不过今天，这份在天上的激动，不论他的名字是否变得圣洁，他的意志力是否变得坚定，那是她唯一的儿子的初领圣体的大典，是充满上帝恩泽的一天，她终于可以在艰辛的生活里获得正式的休憩。她唯一的过去，她唯一的肩膀，当管风琴咿呀作响时，她唯一可以揪住的手指，是欧兰达·马莎的老朋友，他踩着闪闪发光的高级皮鞋，身穿帕尔马西装，念珠链子交叉呈 X 形挂在胸前……

这些都不算什么。

然而却包含了很多。

而且乱七八糟。

那是她的人生。

奴努送给他一支笔，并说这支笔曾经属于莫里斯·切瓦力亚②，不过没人打得开笔盖。

"怎么样？你的心有没有兴奋地怦怦跳？"他说，同时定睛注视着夏尔尴尬的微笑。

"嗯，有……"

当小孩走远之后，阿努克脸色有异，奴努觉得有必要跟她说清楚："你干吗用这种表情看着我？"

"我被搞糊涂了。上一次你告诉我那支该死的笔是提诺·罗西的……"

"亲爱的宝贝……"

羊驼的主人有点儿疲倦。

"重要的是要有梦想，你也很清楚。再说，我觉得莫里斯·切瓦力亚比较适合领圣体的场合。"

"你说得对，提诺·罗西好像比较适合圣诞节。"

"你在寻我开心？"

她扑哧笑出来，他则不太高兴地咕哝。

"哦，我的奴努，要是没有你，我不知道会变成怎样的人？"

奴努脸颊绯红。

夏尔把相片重新放在小桌子上。原本应该可以继续追忆，但是现在这个老小丑一如往常，变成全场注目的焦点，这点当然不能怪他，舞台、表演、娱乐是他生存的意义，就像他所说的……

"所以，来吧！"他想道，紧接着"套着衣领的小狗之后"③，在打开灯光前，女士们、先生们，今晚特别实况转播他即将登陆新世界前的精彩巡回表演，现在站在各位眼前的正是我们伟大的、神奇的、绝美的、令人难忘的奴努……

❧ ❧

一九六六年一月的某个晚上，有个老太太因心脏病去世，就是住在上面三个楼层的那位，或者也可以说距离"国家级护理人员"阿努克·勒芒亿万光年的一位病人终于"解除了休克"（许多年后，健忘的阿努克跟他提起这件事，却提到了另外一场不相关的意外：前一天有架波音客机坠毁于白朗峰……）。夏尔故意用这些术语，因为她正是这么说的，不过必须了解的是"急救"这件事。雅奴克是急救护理人员，这个职业很适合她。

是的，有个老太太死了，为什么阿努克会知道？没有一个单位比医院更自扫门前雪、彼此隔绝的了。每个部门都有它自己的好运、荣耀以及不幸，但这些并不包括走廊上、咖啡机旁的小道消息。那一天有一位同事跟她抱怨有个奇怪的家伙把楼上的同事惹得不太高兴，因为他天天抱着鲜花来探望死去的母亲，而且很惊讶自己的探视遭到拒绝。这位同事最后笑了起来，询问在场是否有人可以签署文件，把这个家伙关进精神病院。

当时，她并没有太大的反应。她的心就像还握在手里、尚未丢进垃圾桶的纸杯一样被揉得皱巴巴的。已经命中注定。

一直到警卫室开始介入，禁止那个奇怪的家伙走进医院，他才走进她的人生。不论白天晚上，不管什么时候，当她上班或下班，总会看到他坐在接待大厅里，在盆栽植物和会计柜台间，看起来失魂落魄，被穿堂的风与来往的人折腾得筋疲力尽，他找到空位就坐下来，头老是探向电梯。

即便如此，她还是把目光投向别处。她的命，她的苦，她逃脱桎梏的肉体，她淘气的小鬼，酒后吐出的秽物，保姆的负担，经济的问题，孤独。她……她还是把目光投向别处。

后来有个晚上，不知为何，或许因为星期天的关系，星期天是世上最不公平的日子，或许因为她结束值班，或许因为亚历克斯在友善的邻居家里找到庇护，或许因为太疲惫但感觉不到倦意，或许因为天气冷冽，或许因为她的车子抛锚，想到她还得走到公车站牌，她已经难过地提不起劲。或许因为他可能会这样死去，她停住脚步，一动也不动，并没有从工作人员专用出口走出医院，反而走向明亮的灯光，低垂双眼，在他身边坐下。

沉默无语，如此过了许久，她绞尽脑汁想找出一个法子，既能让他松开手中的鲜花却又不会把他撕成碎片，但是怎么也想不出来。而她其实也累得脖子快断成两截，最后只好承认她也自顾不暇，帮不了谁。

"所以呢？"夏尔问。

"嗯……我问他有没有打火机……"

他捧腹大笑起来："哈！这真是最有创意的开场白！"

阿努克微微一笑。她不曾跟任何人提起这件事，并对自己记得如此清楚很惊喜，她通常连前一晚自己叫什么都忘得一干二净。

"然后呢？你问他，他怎么会有如此美丽的眼睛吗？"

"没有。然后我走出去抽了几根烟，帮助自己鼓起勇气。我回到他身边，告诉他真相，我像第一次跟人吐露心事般跟他说话。每当我回想起来，我就觉得他好可怜……"

"你跟他说了些什么？"

"我说，我知道他为什么待在那里，我帮他打听过，他的母亲已经平静地离开人世，我希望自己也能这样。她母亲有他陪在身边很福气，我的同事告诉我他天天到医院来，握着他母亲的手，直到最后一刻。我很羡慕他们的母子关系，而我有好几年没见过我的母亲了。我有一个六岁的儿子，我母亲不曾抱过他。我寄了卡片，告诉她我有了宝宝，她寄了一件女婴洋装作为贺礼。她这么做并非出于恶意，不过原因可能更令人难过。我的大半辈子都在抚慰别人，却没人照顾我一下。我很累，睡不好，一个人住，晚上偶尔会喝几杯，为了让自己睡着，因为一想到隔壁房间里的小男孩的人生得依靠我的人生时，我就担心得要命……我没有他父亲的消息，而我还对他有点儿幻想。

"我跟那个男人道歉，因为我这样向他掏心挖肺；他自己现在也得承受丧母之痛，不过他不应该回医院来，因为他早已埋葬她，很久以前就埋了……不是吗？既然他身体无恙，就不该跑到这种地方游荡，不然会对生病的病人造成妨碍。不过既然他回来，表示他有时间，如果果真如此，嗯……他愿不愿意改成来我家？"

"搬来之前，我在另一家医院当夜间护士，那个时候，我住在不同的友人家，他们可以帮我照顾我的儿子。不过后来的两年，我一个人住，我为了做好母亲的责任把自己折腾得不成人形。因为我的儿子开始上学，学会阅读，我换成更累人的上班时间，好让他下课回到家时可以看到我。他小不隆咚的，但是每天早晨自己起床，我一直很担忧，不知道他是否乖乖吃完早餐……我从不告诉别人这些，我很羞愧……他还那么小……是的，我很羞愧。下个月起我必须上白天班，我的上司没给我别的选择，我还不敢跟儿子说。我的保姆不愿腾出时间帮他检查功课，或是陪他读书，反正我能雇用的保姆是不会这样做的……我当然愿意付钱！他是个好孩子，会自个儿乖乖玩耍。我家不太漂亮，不过再怎么说还是比这里稍微温暖一点儿，还有……"

"还有？"

"可是，我没再说什么。他没搭腔，我暗自思忖他该不会是聋子或……我不知道……我有点儿太天真了，你看……"

"然后？"

"时间过得可真慢，我的天！真像坐在巴黎十四区的精神病院'圣安娜'里面一样！我把我们两人放在同一个篮子里，处境都是一摊烂泥，两个傻瓜坐在一起……哦，现在回想起来，我当时一定是绝望到极点。我原本想伸出援手才走近他，现在却是我哀求他救我一命……真可悲呀，夏尔，真可悲呀！"

她笑了起来。

"可恶，"她继续说，"我心想，根本行不通的……我请他来我家，但不是马上，也不是永远。救命呀，我表面装得很神气，但其实内里提心吊胆……我想象自己把他交给警察……您好，警察先生，这位是无依无靠、没有爸妈的小鸡，它把我当成它妈，跟着我的屁股到处闲逛。我……我做了什么？一时间，我不敢正眼看他，我整个人在披巾下缩成一团，而他却目不转睛地盯着我瞧，好尴尬。过了一会儿，他对我说：'您的手……''对不起，您说什么？''伸出您的手……不，不是这只，是左手……'"

"他想干吗？"

"我不知道，也许想看我的履历表吧，因为我说的句句属实，所以很放心。他仔细看我的手掌，并说：'您的小孩……他叫什么名字？''亚历克斯。''啊？'停了一会儿，'跟斯维贾克一样。'看到我没有反应，他又说：'亚历克斯·斯维贾克，他是史上最伟大的掷刀人……'这个时候，不管你相不相信，我暗自忖测我又遇人不淑了……他的头上系着老太婆才会用的围巾，疯疯的模样……没错，我责怪自己，是我自找的，嗯？我一面教训自己，一面看着自己的指甲。该死，是你自己的小孩啊！现在你又替我们找到什么？从马戏团里冒出来的玛丽·波平斯④？！"

"是因为他化了妆吗？"

"不，比化妆更难说得清，好像一个老婴儿……脸红通通的，果冻般的眼睛，鹿皮手套，奇怪的领子，很恐怖，没骗你。"

"他真的跟着你回家？"

"他想知道我住在哪里，不过不愿意上楼坐一会儿，尽管我用了各种方式邀请他，不过，完全没办法说服他。"

"然后呢？"

"然后我跟他道别，我说我很抱歉打扰他，对他吐了一堆苦水，不过他随时可以过来，我的小儿子一定很高兴听到斯维贾克的故事，不过最要紧的是，他不该再去医院。一言为定，好吗？

"我一边走回家，一边掏出钥匙，突然听见他在背后说：'你知道吗？宝贝，我是个艺术家。'

"真爱说笑，鬼才会相信！我转过头跟他道最后一次别。"

"'我是歌舞演员。'

"'啊？'

"这一刻，我的夏尔，请试着想象一下那个场景……夜幕低垂，他的身影，奇特的嗓音，天寒地冻，路旁的垃圾桶……老实说，我有点儿怕，我已经看到自己将登上第二天报纸的社会新闻版。

"'你不相信？'他又说，'看！'

"他把手伸到小外套的领口，你猜，他掏出什么？"

"一张相片？"

"不，一只白鸽。"

"太妙了！"

"就像你说的……我们看过他的许多表演，不是吗？不过对我来说，那是最美丽的表演，愚蠢、落伍又诗意，这就是奴努。你应该看看他的表情，我忍不住笑了，而且一发不可收拾。我喝了咖啡，刷了牙，上床睡觉。你知道吗？"

"什么？"

"那个晚上我睡得很安稳，那是许多年来第一次，我知道他会回来，我知道他会照顾我们，我不知道为什么，但我有信心。他都看到了，我的幸运线比感情线来得短，他叫我宝贝，抚摩着小鸟的头，他的牙齿都腐烂了，他……他会爱我们，我很确定，你看，我生平第一次没看走眼……奴努照顾我们的日子是我生命中最美丽的岁月，至少最不辛苦。对我来说，两年后灿烂的烟火撩起的根本不是混乱，这就是他，他是烟火制造者，是我人生的革命家，哦！他带给我们多大的安慰啊。"

"嗯，请原谅我的不解风情……待在医院的那些日子，他一直把那只鸟带在身上？"

"真有趣，你也有这个疑问，因为不久后我也问了他同样的问题，但是他不愿意回答我。我感觉他不太自在，也就没追问下去。直到许多年过去了，有一天我特别难过，我大概又精神崩溃了，他捎来一封信，那是他写给我的唯一一封信，但愿我没将它搞丢就好……他写了许多温柔的话，给我许多没人说过的赞美，还有……没错，我现在回想起来，我觉得那根本就是一封情书。信的最后，他这么写道：

你是否记得那天晚上在医院里？我以为自己再也不会回家了，所以才把米丝廷盖特⑤放在口袋里，我打算把它放生，在我……之前。后来你出现了，我还是回家了。"

她的眼睛闪闪发光。

"他是什么时候回到你家的？"

"过了两天，喝下午茶的时间，他翩然来到，打扮得妖娆美丽，换了不同的发色，带了一束玫瑰，也带了一些贝壳糖果给亚历克斯。我们带他参观房子、学校、商场、你的房子……这就是我们认识的来龙去脉。接下来的故事，你都知道了。"

"是的。"

她的眼睛闪闪发光。

"那个时候唯一的问题，是你妈妈玛多。"

"我还记得，她不准我到你们家。"

"是的。然后你知道的，他最后也把她收服，放进口袋了……"

෨ ෯

那个时候，我不敢反驳我妈妈，事情没有那么单纯。

我的母亲并不是一只小白鸽，顺着羽毛抚摩就能让它满足地闭上双眼。亚历克斯一直受到家里的热情欢迎，不过我却再不许踏进二十号那栋房子里。

我听见一些新鲜字眼，一些对奴努不太友善的字眼，道德啦、风俗啦、危险啦，这些字眼对我来说都莫名其妙。什么危险？怕我们蛀牙，因为他给我们吃太多的糖果？怕我们变得娘娘腔，因为他动不动就和我们亲来亲去？怕我们成绩退步，因为他不停告诉我们，我们是王公贵侯，长大后不需靠工作为生？不过，妈妈，你又不是不知道，我们并不相信他的话；再说，他的预言没有一次成功。他跟我们打赌我们一定会中园游会乐透，获得参加二十四小时赛车的机会，但是到最后，什么也没有。

不，如果我妈妈最后会让步，那是因为我有生以来第一次坚持己见，一连十二小时不吃东西，整整九天不跟她说话！另外，一九六八年五月发生的学生运动多少刺激了她……既然这个世界迟早会灭亡，去吧，我的儿子，去，去玩弹珠……

我重新获准造访阿努克一家，不过她刚刚离职，而且背负了千叮万嘱，能配合的时间也有限，要注意手势，我的身体，他的手……还有其他我听不太懂的话语。当然，今天，我用不同的眼光看待这些事。如果我有小孩，我会不会把他交给像奴努这样的保姆？我不知道，我大概也会有些迟疑。不过，我们一点儿也不怕，总之，我们之间没有半点儿不自在。奴努的夜生活又是另一回事，不过和我们在一起时，他会变成世上最含蓄的男人，他是天使，是喷了一种叫作"闭嘴我的甜心"的香水的守护天使，而且任由我们玩战争游戏。

然后奴努变成了借口。其实真正让我老妈不爽的人是阿努克，我也可以理解。我父亲的心慌意乱一眼即知。

我可以去他们家玩弹珠，但是逐渐地，在家里我不能提起她的名字。到底发生了什么事，我不清楚；或许，我比任何人都更清楚。应该没有男人想和她一起生活，不过他们都急着在她面前夸口想和她在一起。

当她欢愉的时候，当她的晕眩还能让她保持平静，当她松开马尾，光着脚走路，当她记得自己还是软肌玉肤的时候……她像天上的太阳。不论她去哪里，不管她说什么，她都是大家注目的焦点，每个人都想从她身上分一杯羹。每个人都想把她揽在怀里，即使弄痛她也在所不惜，而且一定会弄痛她，好让她的手链别发出声响，一会儿就好，一个鬼脸或一个眼神的时间就好。沉默，毫无保留，她身上随便一样东西，真的，任何一样，每个人都只想逞一时之欲。

哦，的确……应该有许多人跟她撒谎……

我妒忌吗？是的。

也不完全是这样。

经过一番努力，我学会承认这些眼神，而且不再恐惧。我只需变老，我也努力不懈地变老，一天天过去，我有信心。

而且，我所知道的关于她的事，她所给予我的，属于我的，其他人永远也得不到。对他们来说，她的声音太尖，说得太急，笑得太狂。不过和我一起则不然，她很正常。

所以，她爱的是我。

然而我当时几岁啊？九岁？十岁？

为什么会有这种倾向？因为我的母亲，因为我的姐妹，因为学校的女老师，因为女童子军。因为我周遭的女人都教我心灰意冷。她们不仅长得难看，而且什么也不懂，她们只是担心我是否熟记九九乘法口诀，或是我换内衣了没。

当然。

当然。因为我唯一的目标就是赶快长大成人，逃离她们的魔掌。

而阿努克，正因为她没有年龄，或者因为我是世上唯一会听她倾诉，唯一知道她撒谎时绝不会欠着身体倾向我的人。无法忍受别人叫我"夏理"或"夏洛"，她觉得我的名字既温柔又优雅，我是人如其名，她总会询问我的意见，并承认我通常都是对的。

为什么鼻涕流个不停的我已经对自己这么有信心？

因为她这么告诉我!

有一次我在他们家过夜。上学前,她偷偷把点心塞到我们的书包里。到了自由活动时间,我们跟其他同学聚在一起,一手弹珠一手铝箔纸包。"哦!"亚历克斯急着剥开铝箔纸,"居然是会说话的蛋糕!"

我蹲在地上,在沙砾地上辟出一条弹道。

"'我的舌尖轻咬着你'和'你让我开怀大笑'。"他高声朗诵,然后大口吃了起来。

两手拍拍大腿,挥掉灰尘。

"你呢?你的是什么?"

"我?"我说,我发现自己只有一个,有点儿失望。

"是什么?"

"没什么……"

"没写东西?"

"没有,只写了'没什么'。"

"哦,真没意思……好吧,谁先?"

"你先吧。"我说,同时站起身把点心放进口袋里。

那一天的弹珠大赛,我输得很惨,输光了全部的猫眼石……

"嘿,你是太蠢还是怎样?"

我微微一笑。在那个当口,在尘土飞扬里,后来走在队伍里,我一直抚摩口袋,接着我把它放在书柜里,最后在床上,入睡前我又起来好几回,换了几个藏匿处,我微微一笑。

发了狂似的爱上你。

四十年如烟过去,夏尔不记得自己收过更能打动人心的一段话……

那次的比利时蜂窝饼被压成碎片,他最后扔了它。后来他长大成人,离开了又回来,她笑了,而他以为她过得好,他老了,胖了……而她死了。

就是这么一回事。

哎哟,哎哟,夏尔,不过是一块糕饼罢了。你知道今天走复古风的杂货店怎么称呼它? **好笑的蜂窝饼。** 再说,当时你只是一个小孩。

这一切都很荒谬,不是吗?

荒谬。

没错，不过……

还来不及自我辩解，已经陷入愁绪。

① 此处仿自十九世纪下半叶至二十世纪初期的法国诗人苏利·普吕多姆（Sully Prudhomme）所作的《破碎的花瓶》一诗，值得一提的是普吕多姆为诺贝尔文学奖第一位得奖人。

② 莫里斯·切瓦力亚（Maurice Chevalier，一八八八——一九七二），法国歌手与演员，经历两次世界大战，自十三岁初次登台演唱，终其一生几乎都在聚光灯下度过，二十世纪二三十年代赴好莱坞发展，曾被提名奥斯卡最佳男主角，第二次世界大战时因为曾为德国纳粹表演，被英、美、法等国家抵制。五十年代出任好莱坞歌舞片大师文森特·明奈利的经典名片《金粉世家》的男主角。切瓦力亚除了演艺成就之外，最为人称道的是他的吝啬，据说他在好莱坞拍片期间，有一次与人聊天，对方递给他一根烟，他顺手收下放入口袋，道谢后继续聊天。因为他玩世不恭的形象以及表演的歌曲，让他成为法国国外——尤其在美国——"法式情人"的代表人物。

③ 法国一代歌王查尔斯·德内（Charles Trenet）的经典名曲《我喜欢歌舞厅》中的一句歌词。

④ 玛丽·波平斯（Mary Poppins），儿童文学作品及电影《欢乐满人间》中有魔法的保姆。

⑤ 米丝廷盖特（Mistinguett，一八七五——一九五六），法国女歌星和女演员，奴努以该女星名为那只小白鸽命名。

3

机场里有一名司机，手持一块告示牌等候他。上面写了他的姓名。

饭店有个房间放了一部电视机等待他。上面打了他的姓名。

枕头上，放着巧克力和明天的气象预测。

天气多云。

另一个夜晚开始，毫无睡意。糟了，他叹了一口气，又要因为时差睡不着觉。以前他根本没有这方面的问题，然而今天他这把老骨头可吃不消。他觉得意志消沉。到楼下的酒吧，点了威士忌，看当地的报纸，过了一阵子才发现壁炉里的炉火是假的。

座椅的皮件也是。花、画、木质家具、天花板的大理石、豪华吊灯古老的色泽、架上的书籍、地板打蜡的味道，还有那位坐在吧台上的美女的笑声。有位先生体贴地及时扶了他一把，以免他从高脚椅上滑下去。还有音乐、烛光，还有……一切，一切的一切，都是赝品。这里是有钱人的迪士尼乐园，他很清楚，唯独欠缺的是米老鼠的耳朵。

走出饭店进入一片冰天雪地，走了数个小时，沿路只看到提供消费的建筑物。把塑料卡片插入四〇八房的细缝中，关掉空调，打开电视。切掉音量，切掉影像，打开窗户，谩骂一通，算了，转过身，生平第一次有上当的感觉。

凌晨三点十七分：躺在床上。

三点三十二分：沉着地。

四点十分：平静地。

四点十四分：扪心自问。

四点三十一分：他在这里……

五点零三分：干吗?

冲个澡。叫出租车。回家。

4

他不曾付过那么昂贵的机票，也不曾浪费那么多的时间。整整两天的时光在他手中溜走，无影无踪，一去不返。没有文件，没有电话，不需做决定，没有责任归属。起先，他觉得有点儿反常，逐渐地，变成致命的异国情调。

他在多伦多机场里晃来晃去，重复做在蒙特利尔转机时所做的事，购买十余份报刊、给玛蒂尔德的小礼物、一条香烟、两本侦探小说，但他把小说遗忘在柜台。

当他取回车子时已经是早晨八点。揉一揉眼睛，感觉脸颊刺刺的，面对方向盘，两臂交叉在胸前。

思索。

既然不能厘清其他的部分，他决定先找出自己在这个世界的地理位置，选择最简单的解决方法，而且为手上没有更高明的选择而感到痛心。他对自己坦承，就当前的处境而言，任何石头都可成为试金石……阅览地图，背对巴黎，没有挂着朝圣者的拐杖，胸无大志，除了想遗忘数星期以来囤积在视网膜上、脚底下的丑陋。于是动身拜访鲁瓦约蒙修道院。

当他再度出其不意地经过一连串的都市区、工业区、商业区、规划区、住宅区以及其他奇奇怪怪的形容字眼的地区时①，他回想起他得知她的死讯的那天早上，与出租车司机超现实的对话。他的生命里是否有上帝？没有，显然没有，不过他的生命里是有建筑师的，而且一直都有。

除了阿努克在这些混凝土制成的恐怖怪物底下所做的祈祷，她更因为这些怪物而永远舍弃她的家庭。他的志愿还有一大部分起因于西多会修士。更确切地说，是和青少年时期读过的一本书有关。一切恍如昨日……那个时候的他，躲在巴黎郊区的小房间里，在一栋距离新兴环城社区不远的房屋顶楼，发狂贪馋地阅读费尔南德·普永的《野石头》②。

夏尔全神贯注于这个天才修士的生活：修士随着季节交替，一再地缩衣节食，与周遭世人的怀疑与世上的沉疴搏斗，终能在干旱的土地上建造伟大的修道院。这本书带给他极大的震撼，他一直不太想重新去阅读它。他身上有一部分一直完好如初，尽管后来对人世感到幻灭。

不，他不想再去体验大师辛酸的一生里所经历的各种磨难，也不想再去体会打杂修士所必须忍受的严规，更不想再看见母驴被辕木穿肠破肚死去。然而他永远也忘不了该书的卷首语，有些时候，他甚至低声背诵，重新感受赭石的纹理、工具的握柄，以及他十五岁那年的狂喜。

封斋期的第三个星期日。

雨水渗透我们的衣裳，因为霏霜，我们粗重的修士服变硬，胡须凝结成块，四肢僵直。我们的双手、双脚以及脸庞都沾满了泥巴，全身覆盖风沙，走起路来……

"……我们骨瘦如柴的身上有许多皱纹。皱纹上结了霜，我们也不抹去。"他打开车窗让烟味消散后低声朗诵。

"让烟味消散？"嘿，夏尔……你是不是想说"为了呼吸新鲜空气"？

是的，他轻轻一笑，又吸了一口烟。真的，我们什么也骗不了你……

这个时候，他原本应该坐在唐老鸭的豪宅里，脑袋填满钢筋水泥和推销员滔滔不绝的吹嘘。不过现在，他眯着眼睛，以免错过匝道。

呼吸新鲜空气，抖一抖粗重的修士服，向光明驶去。向最终的愿望驶去，向他的天真、他少不更事的糊涂账、他体内仍然怦然心动的一部分驶去。

打了一个哆嗦。不想知道是因为欢愉、受寒还是恐惧，摇起车窗，寻找咖啡馆，期盼能找到一家供应真正的咖啡，弥漫真正的冷烟草味，墙上累积了真正的污垢，真正预测第五号马会赢，弥漫真正的谩骂，充斥真正的酒鬼，还有一个蓄了真正的胡子、心情真的很烦闷的真正的老板。

ༀ ༃

教堂雄伟，其规模足以媲美苏瓦松大教堂，拜皇室修道院的富丽堂皇与西多会建筑的朴实无华两相调和的结果……

夏尔跟随着文字神思了一会儿，又抬起头……看不出个所以然。

……不过，法国大革命结束后未久，继续注意路标，把修道院改建为纺纱厂的塔瓦雷侯爵为了获取石材，替工人兴建房舍，因此摧毁了修道院。

啊？怎么会这样？为什么没把这个家伙送上断头台？

所以今天的鲁瓦约蒙修道院里没有修士。

不过有驻村艺术家，以及一家茶馆。

好吧。

幸好，还有回廊。

手放在背后散步，倚着廊柱，仔细观察悬挂在穹形拱顶的燕窝。它们才是最伟大的建筑师……

此时此地最适宜上演最后一幕。

晚安，晚安，小燕儿，奴努不能再穿上华美的西装。出席隆重的领圣体仪式。

有一天，他没回来。翌日依然没有出现。过了一个星期还是不见人影。阿努克安抚他们："他一定是有要事缠身。"她想了一会儿说："他或许探望家人去了，他曾告诉我，他好像有个姐姐住在诺曼底……"她尝试合理化眼前的情况，"再说，如果他有问题，应该会告诉我。"然后她闭上了嘴。

她闭嘴，半夜里起床询问取出的第一瓶酒，问它是否有奴努的消息。

情况纷乱。他们都很清楚戴假睫毛的奴努的夜生活，蒙帕那斯一带的波比诺、"艺术头"、阿尔罕布拉宫等夜总会，却不知道他尊姓大名，家住何处，他们其实问过他，但是，"在那边……"他戴满戒指的手往巴黎市密密麻麻的屋顶迂回一指，他们不再追问，他也就垂下手。他所谓的"在那边"似乎远在天边。

"你们想知道我住哪儿？我住在回忆里，住在消失了很久的世界里……我告诉过你们，我以前是怎么加热卤素灯管和……"

两个男孩唉声叹气，是的，你已经说过一百万次。某某安德烈和他的粉红樱桃树和白苹果树，友友大师和他温驯通人性的夜莺，每天晚上的开场戏，双手反绑的俄罗斯人为了喝一口伏特加，不得不直接用嘴咬破酒瓶，"雅各天梯"的女老板娘将一名记者囚禁在屯放煤炭的地窖里，还有著名的舞台演员米罗尔·拉粟叶登台，或者是让诺·德弗朗德养的杂种狗爬到餐桌上，咬住娇美的女宾客的香槟杯，带去给醉醺醺的主人。有一天晚上，女歌手芭芭拉在老牌夜总会"水闸"登台，你得重新化妆，因为哭得太厉害……

面对我们的半信半疑，奴努赌气不说话，能使他停止生闷气的唯一方法，是央求他模仿女歌手菲艾尔，当然我们多少得苦苦哀求才行，最后他总是会鼓起双颊，偷雅奴克一根烟，插到两片嘴唇间，两只手往腰际一叉，扯着沙哑的嗓音：

"喂，各位哥儿们！快过来洗把脸吧！今晚小妹一个人在家！我那口子今早翘辫子啦！"

说完，他们笑得满地打滚，滚石合唱团也比不上这个精彩，他们感到心满意足。

"我不在回忆里，就是和你们在一起，你们知道的……"

好吧，但是这些日子你去哪儿了？如果你最美丽的爱情故事是我们？

阿努克去医院打听消息，找出他母亲的病历，拨电话给他提过的那位姐姐，向她表达她的忧虑，聆听他姐姐的响应，放回听筒，从座椅上跌坐在地上。同事们把她扶起来，坚持要为她量血压，最后给了她一颗糖，她和着口水吐出。

当天傍晚，小男孩看见她出现在校门口，他们明白了奴努再也不会到校门口等候他们了。

她带他们去喝巧克力。

"因为他化妆的关系，所以我们没有发现，他其实很老了。"

"他是怎么死的？"夏尔问。

"我告诉过你们了，因为年纪太大。"

"所以我们再也看不到他了？"

"你为什么会这么说？才不……我，我永远都能看见他……"

那是他们的第一个葬礼，小男孩迟疑了一会儿，才在棺木上撒下闪光片和彩纸屑。

谁是莫利斯·夏皮欧？没有人过来招呼他们。

小路逐渐变得空无人影。阿努克抓着他们的手，一起走到墓坑的边缘，喃喃自语："所以啰，我的奴努……现在可好？你终于可以和那些你不断在我们耳边念叨的神奇人物重逢了？你们在上面该不会夜夜狂欢吧？还有，告诉我们，你的卷毛狗也在那儿吗？"

后来男孩们自个儿去散步，她在他身旁坐下，就好像数年前在医院时一样，往他的头部丢了几颗小石子，为了想再看到他把眼睛往天空一抬，然后在他的陪伴下，抽完最后一根烟。

"谢谢你。"旋涡状的烟说，"谢谢你。"

回家的途中，他们缄默不语。当他们三个人应该都在纳闷，人生是否是世上最烂的歌舞表演时，亚历克斯倾身向前，调高了收音机的音量。

歌手费雷对着他们不断重复人生的无限曼妙③，好吧，不过只有他说了算，因为奴努很小就认识费雷了。他们答应相信他三分钟，也就是这首歌的长度。然后，亚历克斯关掉广播，说些别的事，重新变回五年级的小学生。

有一天晚上，阿努克实在忍不住了，决定把话说清楚："告诉我，我的小猴子……"

"说什么？"

"为什么我们一提到奴努，你就改变话题？为什么你不曾为他哭泣？他是你生命中很重要的人，不是吗？"

他低着头专心地吃通心粉，后来因为奶酪丝太长了，不得不抬起脸，因而与她四目交接。他回答说："每当打开装小号的手提箱，我都会闻到他的气味，你知道，一种老头子的味道，另外……"

"另外？"

"我吹小号，是为了他，还有……人家说我吹得好，那是因为我以为我在哭泣……"

如果她能的话，此时此刻，她会把他抱在怀里，然而她不能，他也不想。

"但是……嗯……你很难过？"

"才怪！恰恰相反，我很好！"

她笑着看他。一个小小的微笑，两条手臂、两个手掌、一个脖子，最后有两个颈背。

夏尔看了腕表一下，掉头往回开，看了小型的露德岩洞一眼，箭头标着"圣路易步道"，真是乱七八糟……最后来到一个停车场，吐出"主怒之日"。

"是的……然后，你看，他最后把她也收服了，放到口袋里……"阿努克的话语回响在空气中。

不，对于这句话，他没有试图反驳。他的母亲很快就找到别的事好忙：照料房子、家务、身份地位、花圃等。后来戴高乐重返政坛，她终于可以放轻松。

"阿努克……"

"夏尔……"

"今天你可不可以告诉我……"

"告诉你什么？"

"他是怎么死的？"

一阵沉默。

"你说他死于年老，你撒谎，你是不是欺骗了我们？"

"是。"

"他是自杀的吗？"

"不。"

又是一阵沉默。

"你不想说？"

"有时候说谎比较好，你知道，特别是和他有关的事。他极力为你们创造美梦……以及这些神奇魔法……"

"他是被车撞死的吗？"

"是被人杀死的。"

"……"

"我就知道。"她咒骂自己。"为什么我要听你的话？"

她转过身请服务生把账单送过来。

"你看，夏尔，你只有一个缺点，要命……很可惜的缺点呀：你太聪明了！不过现实生活里，相信我，很多事并不按常理出牌，没有规则可循。刚才我到达时，看见你埋头算数，我一面亲吻你一面疼惜你。我暗自思忖，你年纪轻轻却花太多时间想要战胜这个世界，我知道，我知道，你会回答我这些都是你的学业，不过……来不及了。从今天起，当你想起世上最美妙的保姆人生最后的时光，你不会把他想象成一位裹着围巾、伴着回忆沉沉入睡的老先生，不会，这样的结果也只能怪你自己，我的宝贝。你回到家后将和你的数学题目一起关在房间里，你没法专心了，因为你在 x、y 和括号的算式里所看到的，只是一个光着身子躺在公共小便池里的老头子。"

"……"

"没有假牙，没有戒指，没有证件，什么也没有……在停尸间待了三星期却无人认领。后来有个羞赧不堪的女人愿意把他领回，谢天谢地，这是她有生以来最后一次逼自己承认他们来自同一条血脉，承认这具残破的尸体是她的老弟……"

后来她送我回学校，她转过头，扑到我的怀里。

她想要压抑住的不是我，而是她对奴努的回忆。如果接下来的"课程"比她咬着牙告诉我的事情更加困窘，也不能怪这个老女人。总之他死在舞台上，不，都要怪我，因为即便我尽力让自己想象一只标签挂在冰凉的大脚趾的画面，我还是无法自制地让她感觉到我的意乱情迷，而且透过裤子的布料……唉！干吗舞文弄墨起来？她让我勃起，我觉得很不好意思，就是这样。

我们上了两个多小时的多卡涅④，囫囵吞枣微积分、几何学。她并不是因为我能够理解女教授讲课的内容而认为我聪明。该死，不是这样。相反地，她看穿了我其实是彻头彻脑地无所适从！而且，她摇着头离去。

一如往常，我等候她的电话，相约吃午餐，我还记得，我等了很久……

有关奴努死因的这段污秽、无益的供词，是因为我像个笨蛋似的苦苦哀求而得来的，但只有一个意义：因为奴努，我的童年在那一天永远死了。

∽∾

这个时间回巴黎太早，到了那儿也没人会期待他的出现，于是夏尔取出行事历，拨了他数月以来不断推托的电话。

"巴兰达，是你？我真不敢相信哪！我当然在等你的电话，毫无疑问！"

普菲利·维诺是劳伦斯的一位朋友，他炒房地产赚了一票，或者该说是靠互联网获利，或者该说是靠互联网运营的房地产？总之，这个家伙开着一辆夸张怪异的车子，他大概没什么时间看牙医，因此用潮湿的牙签不停地剔他的牙齿。

当这个家伙友善地拍打他的背脊时，夏尔不由得退却几分，并暗自思忖这只手确实强壮，不过短了点儿，不知它是否曾放在自己妻子的胸上……

这个家伙的某些眼神几乎足以教他这么相信，不过这一天午后，他看着他从仿佛铜墙铁壁的碉堡走出来，耳朵挂着耳机，并对他温柔地微笑。

不会的，夏尔自我安慰道，不，她太有品位了。

他们约在巴黎北郊的一家旧印刷厂碰面，维诺达康公司只花了几块钱就把它买下（想必如此……），计划改建成豪华阁楼，让价格加倍。早在几年前，夏尔才不会跟他打交道，他不太喜欢为个人业主工作，不然则严选能激发他灵感的案子。不过现在，他背负银行贷款，曾几何时，银行逼得他降格以求，把他的生活揉成一团。当他找到一个够稳定也够狂妄的顾客，可以帮忙他支付贷款时，他收起优雅，忍气吞声，准备吃尽苦头。

"你觉得如何？"

环境很棒，空间、采光、密度、没有回音，而且所有一切都很笔直。

"荒废了十年……"他进一步说明，同时把烟蒂踩碎在马赛克镶嵌地板上。夏尔没听他说话，他觉得现在仿佛是工厂的中午用餐时间，工人随时会回来，重新启动机器，拉开板凳，谈天说地，打开成千上万、令人惊叹的柜子，搬起堆放在这里的墨水桶，往四周镶嵌铅块的巨形时钟投一眼，这个时钟高高在上地俯瞰他们，一时间整个地方将喧嚣大作。

他信步走开，查看办公室窗户的玻璃。抽屉的把手、椅背板、章印、精装账簿，这里每一样东西都因为时光、因为被抚触而显得光滑明亮。

"好吧，现在因为到处乱七八糟，我们还看不出个所以然，不过想想看，等到全部整理干净，面积将会大得不得了，不是吗？"

夏尔正在欣赏一件工具，一个非常奇特的放大镜，他收到口袋里。

"不是吗？"豪华大轿车的钥匙叮叮当当响。

"没错，没错……面积将大得不得了，如你说的。"

"你觉得呢？你会怎么做？"

"我？"

"是，就是你……我郑重告诉你，我等你等了好几个月！而这段时期我还得缴土地税！"哈！哈！他这种声音是在笑呢！

"我，我什么也不做，我不会动任何东西。我会住在别的地方，来这里休息、阅读、思考。"

"你爱说笑？"

"没错。"夏尔谎称。

"噢，你今天怪怪的，不是吗？"

"因为时差的关系。好，你有平面图吗？"

"在车里。"

"我们走吧。"

"去哪儿？"

"回家。"

"你不绕一圈吗？"

"绕到哪里？"

"我不知道呀，譬如外面……"

"我会再回来。"

"不过，你还没问我的想法。"

"哦……"夏尔叹了口气，"我知道你想要什么。你希望粗犷得恰到好处，又舒适得恰如其分；你希望地板用混凝土，或是用有点儿粗糙的木头，譬如火车车厢的木板。你希望有条玻璃过道的长廊，打磨过的不锈钢扶杆。你想要一间高科技厨房，采用专业厨具，譬如波菲或布托普等这类品牌。你希望采光好，线条简约，材质高贵又重视环保。你想要大型办公室，特别定制的橱柜，北欧式的壁炉，而且绝对少不了专门观赏影片的放映室，对吧？至于室外，我有包君满意的造景家，他会为你设计律动式的庭院，这是他们说的，所谓律动式的庭院里面当然撒了够多的种子，又设计了灌溉系统。最好外加一座游泳池，好让整栋房屋看起来更体面。你知道的，有点儿天然的水，但又达到能够生饮的标准……"

他轻轻抚摩小柱子。

"当然还包括全自动化保安设备、警报系统、影像数字密码、自动化手机，这些自然不在话下。"

"……"

"我错了吗？"

"嗯，没有。不过你是怎么猜到的？"

"噢……"

他已经走到外面了。

"这是我的工作。"

他等待着维诺。维诺正在不耐烦地开锁（救命啊！钥匙圈更是把他试图装出的优雅彻底摧毁……），在他耳边喃喃说话，有如在斥责他的小跟班。最后把钥匙递给他："你什么时候可以完成这些玩意儿？"

"玩意儿"这两个字实在说得好。

"嗯……"

"赶在圣诞节前？"

"没问题，到时候你会有一间美丽的牲畜棚……"

他的新顾客歪着头看他。他大概正在思索夏尔到底是对一头母牛还是对一头驴子说话。

夏尔热情地握他的小手，然后走向自己的车子。而另一辆豪华大车已沿着铁门奔驰而去。

指甲缝里塞满油漆屑。

"总算保留了一些东西。"他想道，并倒退车子。

在回家的路上，一再反复思索，评比俄罗斯、汇丰银行以及这个即将合作的笨蛋，这三个案子的利益孰高孰低。幸好有东西可想，因为他卡在高峰时段的车阵里，百般无聊。

多么……

多么奇怪的人生……

过了一段时间才会意过来，原来让他难以忍受的是广播。切掉互动热线节目听众叽里呱啦的噪声，电台实在不该让他们自由发表言论。转到爵士乐电台。

"砰！砰！我的宝贝把我给毙了……"，嗓音带有慵懒磁性的女歌手哀怨地唱道。砰！砰！太容易了，他反驳道。

太容易了。

"你太聪明了……"她真正想说的到底是什么？

的确，我努力想要战胜这个世界。的确，我寻求出路。的确，当其他同学寻找干净的 T 恤，我回家。的确，我竭尽所能做出繁复的折纸，谎言总是藏在折缝里，我继续见亚历克斯，忍受他，被他利用，只为了就在她咽下一口酒并露出笑容的当口，告诉她说"他很好"。但她微笑的对象不再是我。

他很好，他偷了我的东西，他还会继续偷。他偷了我父母的东西，惹恼我的祖母，使她精神受创，让自己成为过街老鼠，不过我向你保证，他很好。

她可不太好，他几乎要了她的命。她只是一个老太太，难免沉湎于过去的记忆……

然而……他自己不也如此？一点儿惹了尘埃的小玩意儿就可以把自己弄得伤心欲绝？

那些玩意儿或许珍贵，不过如今有什么价值？

有什么价值？

砰！砰！已经到了"小教堂门"公车站，目的地已经近在眼前，但是家却离得好远，夏尔可以感觉到大算账的时候到了。

对不起，我受不了了。

不是因为疲惫，而是厌倦。

因为白费力气。

我一直替他检查作业、代缴房租，在他的素描桌上毁损视力。然而我试图相信你们，是的，我试图了解你们，跟随你们的脚步，但是，最后能走到哪儿？

卡在塞车阵里？

而你，亚历克斯，前天晚上跟我那么趾高气扬地说话，你娶了科琳娜，拥有度假小屋、小孩，但是当年我到十四区警察局把你保释出来的时候，你可没那么骄傲，嗯？

想也知道，你当然都不记得了，不过请你重新启动你的答录机，我会跟你好好描述你当时的鸟样子：我花了好几个钟头才替你穿好衣服，而且还得屏住气息，然后把你背到我的车里。背着你，你听见没？不是把你搭在肩上，而是背着你。你哭哭啼啼，而且又欺骗我，这是最糟的。你明知故犯，经过这么多年，我们孩童时立下的盟约，以绝大的力量保证，奴努、音乐、克莱尔、你妈、我妈，以及那些我再也认不得的脸孔。你摧毁了我周遭的一切，这一切的一切都过去了，你只会继续跟我撒谎。

我终于按捺不住，把你痛殴一顿，好让你闭嘴，我把你送到主宫医院的急救中心。

我第一次没待在你的身边，我责怪自己，你知道。

是的，我责怪自己那一晚没让你活活死去……

你重新振作起来。现在，你竟然强悍到能够寄出匿名信，不管自己母亲的下场，指着我的鼻子嘲笑我，这样更好，这样更好。不过你想听我的真心话吗？当我想起你的时候，我还闻得到你的尿臊味。

和你呕吐的腥臭味。

我不知道阿努克的死因，不过我依稀记得那个周日下午，我在回寝室前先来到你们家……

我应该有玛蒂尔德的年纪了，不过可惜不如她狡黠，我也不似她那么会挖苦。她还没教我别信任大人，或是当人生悄悄溜走时眯着眼睛。不，我只是个小孩，一个听话的小男孩，为你们带来家里剩余的蛋糕和我妈的问候。

我很久没看到你们了，在摁下门铃前，我松开领子上的纽扣。

我很高兴可以逃脱我那圣洁的家庭数个小时，到你们家透气。我坐在你们乱七八糟的厨房里，细数她手腕上的手链来判断她的心情指数，听她央求你为我们吹奏乐器。我知道你会拒绝，我和她说话，回答她的问题，任随她触摸我的手臂、肩膀、头发，当她说："你长大了，你变得好帅，时间过得真快……为什么？"我垂下头，一直等待的这一刻终于来到，她开始追忆起奴努，机械性地把手放在他的手腕上，要他别说话，然后又把手放在额头上，笑将起来。我知道过不了多久你会忍俊不禁，舒坦地躺在沙发上，配合我们的七嘴八舌，调节我们的沉默……你们并不知道，你们也从不知晓，当夜晚变得如此漫长，与人同居共处变得如此恼人，学校宿舍的舍监变得如此愚蠢，谁可以给我抚慰？你们。

你们才是我的生命。

不，你们是不会了解的。你们不曾服从，从来就不知道"纪律"这两个字。

或许是我高估了你们，把你们理想化了？不管如何，我这么告诉自己，承认这一点很吸引人吧……我试图说服自己，是我把你们弄糊涂了，在你们身上试验我最伟大的偶像达·芬奇的"空气远近法"⑤，擦抹我的回忆，让你们四周的轮廓变得柔和，一直等到我重新坐在餐桌一端的老位置上，小心翼翼地摊开你们破烂的桌巾，听着你们的争执时，我又一次怦然心动。

热血。

热血再度沸腾。

"你干吗笑得像个白痴似的？"亚历克斯问我。

为什么？

不为什么。随便说吧：为了坚硬的陆地。

我家和亚历克斯家只隔了两个花园，十五年来我的家人不断告诉我，人生只是一连串的义务和各式各样的受难，没有不劳而获，善有善报，恶有恶报；论功行赏变成一种大胆的观念，尤其是在这个世风日下，连死刑都被废除的社会。而你们，你们……我微笑，是因为你们家的冰箱永远是空空的，你们家的大门永远敞开，以及你们在现实人生中的悲喜剧，你们拙劣的计谋，你们的野蛮哲学；也是因为你们缺乏未雨绸缪的观念，以为幸福就在当下，别管餐盘里盛了什么菜色，要紧的是吃得津津有味。你们给了我最有力的指引。

对阿努克而言，我们两个男孩唯一的长处，是不会生老病死，其余的都不重要，所有的烦恼都会迎刃而解。吃吧，男孩们，吃吧。而你，亚历克斯，不要拿刀叉敲敲打打，让我们清静两分钟，你还有一辈子可以制造噪声。

　　不过这一天，我敲了好几次大门之后，正准备转身离开时，我听见一个声音，一个认不出来的声音："是谁？"

　　"小红帽夏尔。"

　　"……"

　　"喂！有人在家吗？"

　　"……"

　　"我带了一块奶油酥饼和一罐奶油！"

　　门打开了。

　　她背对着我，穿着家居便袍，驼着背，头发脏乱，手里拿着一包烟。

　　"阿努克？"

　　"……"

　　"怎么了？"

　　"我不敢转过身，夏尔，我……我不想让你看到我这个样子。"

　　我沉默了一下。

　　"好吧，"我只好说，"我把东西放在桌上后就……"

　　这时她转过身来。

　　尤其明显的是她的眼睛。她的眼睛吓了我一跳。

　　"你生病了？"

　　"他走了。"

　　"我不懂。"

　　"亚历克斯。"

　　于是我走到厨房里把东西放下，我已经开始后悔过来了，隐隐感觉到我的位置不在这里，整个情况将很快超出我的能力范围。

　　我还有功课要做，我再回来看你好了。

　　"他去哪儿了？"

　　"跟他父亲走了……"

　　我先前听说过，他那浪子回头的父亲在数月前驾着阿尔法罗密欧，再度出现在他们家门口。"你父亲，他这人好吗？""还好……"亚历克斯回答。

我们的对话就此打住，停止在这两个字上，麻木、无害，我这么觉得。

天啊！我应该是漏了几段情节没听到吧……我现在该做什么？打电话给我妈？

"嗯，他一定会回来的。"

"你真的这么相信？"

我没回答。

"你知道吗？他把全部的家当都带走了。"

还是没回答。

"以后他会跟你一样，只有星期天才来吃蛋糕。"

我真希望她别对我发出这个微笑。

她拿出好几个酒瓶想倒酒，结果都是空的。最后只能装满一大杯水，一口喝光，还呛着了。

好吧。我从她的身旁绕过去，回到前厅，我不想看到这些景象，我知道她酗酒，但不愿知道问题有多严重。我对她的这个部分不感兴趣，等到她改头换面，我会再回来。

不过她纹丝不动，严肃地看着我，她抚摩自己的脖子、头发，揉一揉鼻子，仿佛溺水似的，嘴巴张大又紧闭，好像掉进陷阱里的野兽，打算咬断自己的脚以求挣脱。她会死在隔壁的房间里，而我……我注视着窗外的云朵。

"你知道什么叫作一手把孩子拉扯大吗？"

我没搭腔。反正这不是问句，而是她故意打开的裂口，可以让人一个跟跄跌下去。我不是很勇敢，却也还不到完全白痴的地步。

"你的数学那么好，十五年相当于多少天呢？"

而现在她倒是问了一个问题。

"嗯……大约五千天吧。"

她放下杯子，点燃火柴，她的手微微颤抖。

"五千！五千个白天和五千个夜晚，你能想象吗？五千个白天和五千个夜晚，孤零零一个人，不断自问做得好不好，独自一个人担心，不知自己是否撑得下去，自个儿干活。含辛茹苦了五千个白天，足不出户了五千个夜晚，不曾为自己活过，一刻也没有，不曾休过一天假，没有父母，没有姐妹，没人为你照顾小孩，让你稍微喘一口气。没人提醒你，你也曾经美丽……没有人花了数百万小时问你，他为什么如此对待我们。然后有一天早晨，他突然现身，这个窝囊废，这个时候你知道你会告诉自己什么吗？你告诉自己：真后悔花了数百万小时，因为这些跟未来即将发生的事情相比，是多么微不足道……"

真想用额头撞墙壁。

"你想哩？豪华大饭店的驻店钢琴师终究比一个穷护士拉风吧？"

她开始责骂我，但我拒绝掉到她的圈套里。她搞错了。我太小，无法承担这些，就像我父亲说的，我的年纪还不到。不，不该是我告诉她应该怎么做，她应该自己想办法。

"你一句话都不说？"

"我没话好说。"

"你是对的，没什么好说的，我自己也中了圈套……我很清楚。相信我，没有比音乐家更糟糕的了……我们太糊涂，才会把他们当成莫扎特或是贝多芬，但是他们其实都是江湖骗子，当他们知道木已成舟时只是闭上双眼。你完了，他们笑着闭上眼睛，然后把你给……我恨他们……我知道自己从来就不是一个好母亲，但是做母亲是很辛苦的差事，你知道吗？亚历克斯出生时我还不到二十岁，而他父亲已经一走了之。连报户口都是助产士趁着午休时间去的，她很神气地回来，递给我一本户口簿。我忍不住又哭出来，我拿着一本户口簿干吗？我连下星期住哪儿都不知道。隔壁病床的病友不断跟我说："哎哟，别哭呀，奶会变质……"不过我没有奶，妈的！我看着这个呱呱大哭的婴儿，我……"

我咬紧牙关，真希望她发发慈悲，别再说下去。她为什么跟我说这些？这些我无法了解的女人家的事？我一直是她最忠实的朋友，但她为何此刻非要我接受不可？谁永远站在她这一边？而现在，为了和家人待在一起，我愿意付出任何代价。那些正常、生活平衡、有道德感、不会大呼小叫、不会将空酒瓶堆在洗碗台的家人；那些需要发泄情绪时也会以优雅的态度命令我们先回房的家人。

她的烟灰掉落在衣袖上。

"没有半点音信，没有信件，没有援助，没有解释，什么都没有……连想知道他儿子叫什么的好奇心都没有。他好像在阿根廷，他是这么告诉亚历克斯的，不过我不相信。阿根廷，鬼才相信，他干吗不干脆说拉斯维加斯？"

她的脸上淌着眼泪。

"他撇下我，我独自熬过最痛苦的时期，现在小孩一断奶，就听到车子的隆隆声。两句承诺，三件礼物，晚安黄脸婆。你要我说什么？他真是恶心……"

"我得走了，我快错过火车了。"

"好哇，走吧，你也跟他们没两样，撇下我一个人……"

经过她身边时，我发现自己的个头已经长得比她高了。

"求求你，留下来。"

她抓住我的手放在她腹部。我吓得挣开她，她醉了。

"对不起，"她喃喃自语，紧紧拧着衣摆，"对不起……"

当她再度叫我的时候，我已经走到公寓外面了。

"夏尔！"

"是。"

"对不起。"

我没搭腔。

"跟我说几句话……"

我转过身。

"他会回来的。"

"真的？"

车子塞在克里斯广场，动弹不得，前面是一辆八十一路公交车。虽然他和她是处在不同世纪的人，但夏尔清楚地记得她最后抬头挺胸、露出似笑非笑的面容的那个模样。那张脸庞是如此教人悸动，如此……赤裸；他也依稀记得他背后的关门声，以及当时他和活人世界相距的阶梯数：二十七。

他走下二十七级阶梯，自觉得越来越厚重。他的脚踩空了二十七次，口袋里的拳头握得越来越紧。这二十七级阶梯让他体会到，大功告成，他来到另一侧了，因为与其为她的悲伤掬一把同情之泪，与其指责亚历克斯的态度，他禁不住地沾沾自喜：她身旁的位置空出来了。

当他的母亲为了他忘记把盘子带回家而数落他时，他生平头一回顶撞回去。

他把小男孩的皮留在阶梯上。

火车上，他并没有温习功课。到了晚上他原谅了自己的右手，沉沉睡去。不管如何，是她先抓住他的这只手……他并未觉得非常羞愧，只是觉得……自己变老了。

∽ ∾

至于其他的事，我又说对了，亚历克斯果真回家来了。

"你父亲什么时候来看你？"复活节假期结束时阿努克问他。

"他永远也不会来了。"

幸亏我的母亲和她巧妙的安排，亚历克斯得以进入圣约瑟夫中学就读，我也重新回到我的位置。

我松了一口气。八成跟命运之神，甚至魔鬼打过交道的阿努克改变了生活。她不再喝酒，把头发削短，到医院工作。她不再为病人劳心伤神，只要他们睡着，她就感到心满意足。

她也决定重新粉刷公寓，那是喝完一杯咖啡，手指噼啪弹了一声中突然冒出的念头："去找夏尔！这个周末，我们粉刷厨房！"

就是当我们三个人清洗墙壁时，我们得知亚历克斯和他父亲在一起时所发生的事情。我已经有点儿忘了我们的对话如何转到他的父亲，然而阿努克和我，当时就这么停顿下来，不再拼命搓洗海绵。亚历克斯说："事实上，他需要一个搭档，不过他发觉我太小，不能登台，故事就玩完了，他对我也就没了兴趣……"

"别胡说……"阿努克叹息道。

"我跟你发誓我说的都是真的！这个猪头没计算好！'你只有十五岁？你只有十五岁？'他不停地问我，而且越来越火大：'你确定，你只有十五岁？'"

他笑得东倒西歪，我们也是，不过，该怎么说……圣马克洗衣粉很容易起泡沫，嗯？不，我这么说是因为我们过了好一会儿才能交谈，大家都忙着吐出嘴里的泡沫……

"看来我毁掉家里原本和谐的气氛了。"亚历克斯开玩笑说，"不过，一切都结束啦，我活下来了……"

相反地，他不在家的这段时间，她并没有好好活下来，我美妙的阴谋也泡汤了。她不愿意见我，我没办法，只好敲打她的大门，她不开门，我难过地跑下他们破旧的阶梯。

我错得一塌糊涂。位置从不曾空出。

不过我收到一封信。

对不起昨天没开门让你进来。我常想你。我想念你们。我爱你们。

起初我有点儿生气，我画掉"你们"两个字然后把信烧掉，反正我已经读过。她想念我，我只想知道这点。

对了，为什么我会翻出这些往事？哦，对了，因为坟墓……

的确，你现在已经成年……你的背叛都是合法的……

自从你坐上你父亲的意大利敞篷车出去溜达，她就变了一个人。莫非她的新生活运动让她变得比较……有节制？让她从此不再抓紧我们？不再把我们拥在怀里？不再跟我们厮磨？不再付出全部？我不相信。

因为不信任，笃定她会孤独终老，而导致这种突如其来的小心谨慎，这种诡奇的温柔。她不再戏谑我们，也不再咯咯笑说"嗯……茉莉打电话来……"其实是那个笨蛋皮埃尔打来的，他忘了把地理课本带回家。当你吹奏得特别好时，她却把自己锁在房间里。

她害怕。

ళు ఇ

过了圣拉扎尔车站后，车流量变小。夏尔转个弯，离开车潮，循着画家普波⑥所绘的"蒙马特淘气的顽童儿"流浪路线，等绿灯时趁机重新观赏每栋建筑的门面。特别是这个路易十六时期的花园广场，雕了装饰艺术的动物，令人叹为观止。

他就是这样引诱劳伦斯的……

他当时只是个穷小子，她则是迷倒众生的大美女，他能为她献上什么？

巴黎。

他带领她参观别人视而不见的景物，推开大门，爬上矮墙，牵着她的手，拔掉攀附在墙垣上的一小撮藤蔓。教她分辨各种怪面饰、男像柱与精雕细琢的三角楣。在"欲望巷"幽会，于"芳心归宿路"求爱。他应该显得既狡诈又愚蠢。

他爱得无法自拔。

当他向一位套着夹脚拖鞋、仿佛从摄影师杜瓦诺的相片中走出来的门房出示学生证时，她低着头盯着自己的鞋跟。他挽着她的腰际，举起食指，当她在哈普大道上新艺术风格时期的拉薇侯特夫人宅邸门前，想要寻觅拉薇侯特夫人的头像，或者在圣日耳曼奥塞尔街上寻找老鼠的造型时，他亲吻她的颈项。

"我看不到……"她很失望。

正常。他故意指错了檐槽怪兽喷口，好让香奈儿五号的味道持续得更久。

那期间，他完成生平最美丽的素描，巴黎的女神像都有她的影子：浑圆的肩膀，漂亮的鼻子和迷人的胸部。

有个家伙开车插进来，对他做了神龙摆尾的动作，而且不断摇动手臂。

穿过塞纳河，怒气才逐渐平息，想起他正朝着她驶去，心情就飞扬起来，他有两位泼妇，她以及玛蒂尔德……她们让他尝尽各种苦头。

呵呵，他倒是蛮乐意吃苦头的……有时虽然累人，但比较惬意。

---

① 这里连续出现的区名意指法国大小城镇特别设立大卖场或工厂的区域，经常位于郊区，景色单调悲伤。

② 费尔南德·普永（Fernand Pouillon，一九一二——九八六），法国建筑师与城市规划师。

③ 费雷（Léo Ferré，一九一六——九九三），法国著名歌手、诗人。

④ 多卡涅（Maurice d'Ocagne，一八六二——九三八），法国数学家，发明列线图表。

⑤ 大体而言是一种运用朦胧、渲染的笔法，让主体的轮廓变柔和，融入背景，以呈现远近的感觉。

⑥ 普波（Francisque Poulbot，一八七九——九四六），法国画家、雕刻家，以描绘第一次世界大战对蒙马特区儿童的影响而著名。

5

　　他决定为她们准备一顿丰盛的晚餐。在肉店里大排长龙时思索该做哪些菜，另外也买了鲜花和美酒。

　　放了音乐，卷起袖子，寻找干净的抹布，将蒜头、香葱头、他的软弱和四处奔波全部切丁。今天晚上挂上休战牌，他准备好了，要当倾听的一方。

　　他会好好哄她，久久爱抚她。为她轻解罗衫，顺便把她那层鬼魅的皮剥掉，舔她的同时，忘却这些日子的苦涩。他将埋葬阿努克，忘掉亚历克斯，打电话给克莱尔，告诉她生命很美好，她不屑吐出的"呸"字听起来很刺耳。明天到学校接玛蒂尔德回家，送给她妮娜·西蒙的专辑。

　　我歌唱，是为了知道自己还活着。

　　没错。

　　他，他还活着。

　　把火关小，摆好餐盘，冲澡，刮胡子，倒一杯酒，走近音响的扬声器，又想起大胖子维诺的印刷厂。

　　再怎么说，也没什么不好。他终于可以好好工作，不用顾及预算、时差等问题，也不必担心节外生枝，多么奢侈啊。

　　至少让房子充满光亮……

　　酒十分香醇，高压锅吱吱叫，他一面谛听西贝柳斯的音乐，一面守候两位巴黎美女。一切都很好。

　　第二号交响乐即将结束。沉寂。

　　他的脑袋瓜子底下寂静无声。

〜 ❦ 〜

他被寒意惊醒。呻吟，背冻僵了，花了数秒钟才恢复意识。夜晚已经逝去，晚餐已经……哦不，该死，几点了？

十点半。她们怎么了？

打电话给劳伦斯，转到语音信箱。

打给玛蒂尔德。

"你们人在哪儿？"

"夏尔？你不是在加拿大吗？"

"你们在哪儿？"

"哦，现在学校放假，我在老爸家。"

"啊？"

"妈不在家吗？"

他不太喜欢她的声音突然变得如此小声。

"等一下，我刚听到电梯的开门声，"他撒谎，"我要挂了，明天再打电话给你。"

"喂？"

"怎么了？"

"告诉她星期六没问题，她会了解的。"

"OK。"

"还有，你知道吗？我一直听你的歌。"

"什么歌？"

"就是科恩呀。"

"真的吗？"

"我好喜欢哦。"

"太好了，所以我终于可以收养你了？"

他挂上电话，想象着她在电话的另一端浅浅的微笑。

接下来的情节就比较悲哀了。

把西贝柳斯放回 CD 盒里，套件毛衣，走向厨房，掀开锅盖，挑掉烧焦的部分，叹了口气，干脆整锅倒掉。利用所剩无几的勇气将锅子泡在水里。拿起酒瓶，看了可笑的烛台最后一眼。

熄了灯，关上房门……不知该做什么。

于是什么都不做好了。

等待。

喝酒。

然后，瞪着腕表的秒针，就像前一晚在旅馆客房里所做的一样。

试着阅读。

但读不下去。

听歌剧？

太吵。

接近午夜时稍微打起精神。劳伦斯不太像是童话故事里会把玻璃鞋留在半路上的样子……

绝对不会。

今天晚上没有仙女和魔法。

凌晨两点。吃完一顿美好的晚餐之后坐上出租车，两点到家，很有可能。

不对。

打开第二瓶酒。

两点四十五分，非常忧郁。

死了。

玛蒂尔德不想说话时的口头禅。

谁死了？

没什么。

完毕。

黑暗里独饮。

活该。

谁教他事先不告知就跑回家。

取出那包照片。

既然已经到达这个地步，将利刃往肉里钻深一点儿也无妨了。

亚历克斯和他。孩童，朋友，兄弟，公园里，花园里，学校操场上，海边，环法自由车赛，他祖母家，喂农场的兔子，站在卡奴先生的牵引机后。

亚历克斯和他。手牵手。一向如此，永永远远，如胶似漆，血浓于水，一起拯救刍鸟，在布黑西的咖啡店偷走成人杂志，在公共洗衣池后边看边傻笑。不过还是觉得《小狗比夫》比较好看。最后把成人杂志送给胖子第迪耶，坐上他的小绵羊兜风去。

亚历克斯有个独奏表演。神情严肃，衬衫纽扣一路扣到脖子，领带是亨利送的礼物，小号紧紧抱在胸前。

独奏表演后的阿努克。骄傲、感动，频频拭泪，眼睛的彩妆晕开。

奴努坐在长椅的另一端，把克莱尔抱在膝上。克莱尔低垂着头，八成正在玩弄他手上的指环。

他的父亲，照片被切掉了，不予置评。

大学生的他，头发浓密，在镜头前摇晃手臂，同时挤眉弄眼。

阿努克在他父母家跳舞。

白洋装，头发梳得服服帖帖，跟第一张照片一样的微笑，就在樱桃树下，将近十五年前。

然而，再过几个钟头，她……

都不要紧了。

夏尔把头往后仰躺下，不过，这到底是怎么回事？他责备自己，你待在这里，像头猪猡关在猪圈里，沉溺于过往云烟，其实让你挺不直腰杆的是现在的你。脱轨的其实是"现在"，我的好兄弟。你知不知道，当你只穿着一条内裤哭哭啼啼的时候，尊夫人正躺在别人的怀里？

有点儿反应啊，真是要命。站起来，叫出来，捶墙壁，恨她，把自己撞得头破血流。

求求你……

至少哭出来！

我在飞机上哭过了。

那就大声说你很不快乐！

不快乐？他摇摇头，不过……不快乐是什么意思？

你喝多了，几个钟头后你就会明白。

不对，恰好相反，我的头脑从来不曾如此清晰。

夏尔……

干吗？他有点儿发火。

不快乐就是快乐的相反面嘛。

快乐是什么意思……

不，没什么，闭上双眼。

当他正试图从愁绪里抽身，到事务所上班的时候，听到钥匙转动的声响。

她从他面前走过，没看他一眼，直接走入浴室。

清洗做爱的痕迹。

进入卧房，穿好衣服，回到浴室梳妆。

打开厨房门。

由于她没有显得慌张失措的样子，他猜想她正在气头上。不过她举止合宜，煮了咖啡，然后才和他正面对抗。

好个冷静的女人，夏尔想，真是他妈的冷静。

垂下头对着咖啡杯轻轻嘘气，坐在对面的沙发椅上，在幽暗中与他四目交接。

"你要我说什么？"她问，同时盘腿而坐。

"没什么。"

"这一次你有想到把行李带回家吧？"

"有，谢谢你，而且……"

伸出手臂，抓起放在公文包旁边的塑料袋。

"看我为玛蒂尔德找到了什么……"

他把一顶印着 I ❤ Canada、四周绣了驼鹿角的鸭舌帽戴在头上。

"很有趣吧？我想我应该留给自己。"

"夏尔……"

"你闭嘴，"他打断她，"我不想听你说话。"

"事情并不是你所想象的……"

他起身，把咖啡杯放在厨房里。

"照片上的人是谁？"

他走回去从她手里取回照片，放进信封袋。

"摘掉这顶可笑的帽子。"她叹息道。

"我们怎么办？"

"什么意思？"

"我们俩该怎么办？"

"像其他人一样，我们尽力而为，向前看。"

"但是没有我。"

"你不在很久了，知道吗？"

"得了吧，"他回说，并投以温柔的微笑，"不对的是你，可别颠倒角色，红杏出墙的是你，告诉我怎样……"

"什么怎样？"

"没什么啦。"

她扭了一下屁股，刮掉裙子上的某种东西。

"对了，你是不是变瘦了？"

他收拾物品，换了衬衫，想结束这部连续剧。

"夏尔！"

她追到楼梯间。

"停一下，这没什么，你知道这并没有什么……"

"当然，这也是我想问你的问题：我们为什么还要在一起？"

"我说的是今天晚上。"

"哦，真的吗？"他哀怨道，"今天晚上不太愉快？我可怜的小宝贝。我一想到晚上替你准备了波美侯红酒……我必须承认，人生真残酷啊。"

他走下几级台阶后又说："今天晚上不必等我。我得去建筑博物馆应酬，我会……"

她拉住他的衣袖。"等一下。"她喃喃自语。

他停住不动。

"等一下……"

转过身。

"玛蒂尔德？"

"玛蒂尔德怎么了？"

"你不会阻止我探望她吧？"

出乎意外，他从这张姣好的脸庞上读出一些慌乱。

"你干吗说这些？"

"我没力气清理餐桌，劳伦斯，请你帮个忙。"

"这是什……不过你什……你是什么意思？你会怎么做？"

"我累了。"

"谢谢你的解释，这一点我已经知道了。你已经跟我说过不下一百遍，不过你为什么这么累？背后代表了什么意义？"

"我不知道，我还在寻找答案。"

"来。"她低声哀求。

"不。"

"为什么？"

"我们实在太可悲了。我们不能为了她继续耗下去，这样是行不通的。你还记得……当时也是在楼梯间……你还记得你对我说的话吗？我们在一起的第一天……"

"我又对你说过什么？"她不太耐烦。

"她配得上更好的环境。"

她没有回答。

"没有她的话"，夏尔继续说，"你早就离开我了。"

感觉她的指甲揪着他的肩膀。

"照片上的褐发女子是谁？前几天你提到有个人去世就是她吗？我忘了是谁的母亲？这几个星期我们过得愁云惨雾都是因为她吗？她到底是谁？你们到底怎么了？像跟鲁宾逊太太①的关系吗？"

"你没法了解的。"

"是吗？那就告诉我啊，"她开始咆哮，"你告诉我啊，既然我那么笨，明明白白告诉我啊！"

夏尔踌躇了一下。他确实不敢说那几个字。

不是因为她，而是因为阿努克。这是他从来都不能确定的几个字，这些年来一直卡在他的体内，最终侵蚀整个身体机器。

于是他选用别的字代替，没那么坚决，较为懦弱。

"温柔……"

"没想到我们之间的关系竟然会走到这种地步。"她反击道。

"唉！你已经够幸运了。"

"……"

"劳伦斯！"

不过她已经转过身，往上走。

短短一瞬间他差点儿心软，想要挽留她，却听见她哼着电影《毕业生》的主题曲，愿上帝保佑你，鲁宾逊太太，啦啦啦啦，于是他明白，她真的什么也不懂。

她一点儿也不想了解。

抓好扶手，继续走下楼梯。

咦，对呀，愿上帝保佑她。

上帝解雇她之后至少可以做到这一点。

劳伦斯的车子停在数米之外。他从车子的面前经过，停下脚步，折回来，撕下笔记本的一页，写了几个字，然后夹在雨刷里。

他写了些什么？懊恼？后悔？爱的宣言？永别？

不，而是："玛蒂尔德要我跟你说周六没问题。"

这就是他。

百分之一百。

夏尔·巴兰达，我们这个故事的主人公，再过一个星期即将满四十七岁，戴绿帽的妍头，对一手拉扯的小孩没半点儿权利，他心底很清楚。没有半点儿权利，不过远远不止这些。他对她呵护备至。

一边走开一边掏口袋。

他搞错了。

在飞机上并未宣泄完毕。

---

① 电影《毕业生》的女主角之一，影星达斯汀·霍夫曼饰演的主人公与女友的母亲鲁宾逊太太过从甚密，后来鲁宾逊太太甚至成为主人公的丈母娘。影片问世时因为主人公分别与母女发生性关系而喧腾一时。

6

跟同事匆匆打过招呼，重新把双手放在办公椅破旧的扶手上，无法专心。从阅读电子邮件开始好了，五十八封信，摇摇头，删除垃圾邮件，不小心打开其中一封：夏尔·巴兰达你好，你是否曾经自问阴茎够大吗？苦笑，听取别人的怨言，回以建议和鼓励；查看法弗尔小子的工作成果，皱起了眉头，抓起便笺，以迅雷不及掩耳的速度涂成黑色；切换计算机银幕，若有所思良久，赶走劳伦斯的面容，试图了解；拒接了多通电话，为了不让思绪中断；修正错误，制造新错误，查看笔记，参考奉为圣经的典著，埋头苦干，又陷入沉思，按下打印，站起来伸懒腰。

他察觉已经不知不觉三点了，戳在打印机前良久，终于回过神来是没纸了，但怎么也找不到白纸。

气急败坏。

捶打打印机，对蓄纸槽踢一脚，咒骂，咆哮，把无辜的马克骂得狗血淋头，谁叫他愣头愣脑地跑来协助，夏尔干脆把好几个月的荒谬以及戴绿帽的怨气都出在他身上。

"纸！纸！"他像个疯子大呼小叫。不想去吃午餐。走下楼在庭院抽烟，遇见楼下的邻居，对方趁机抱怨天花板漏水。

"为何跟我说这些？难道我是水管工？"

嘟嘟哝哝道歉走人，但没人听见。看到其他几个业主的工程卷宗又火冒三丈，暂时把它搁在一旁，找回原有的习性和理智，稳扎稳打度过余年。

到了下午，接到律师的来电。

"我特地向您报告官司的最新发展！"律师开玩笑。

"救命呀，不要啦！"他用相同的语气说，"我花大笔钞票请您，就是不想听到任何消息！"

经过一个多小时的对谈，律师费每分每秒增高，夏尔说出一句话，但随即反悔："您……您也承办家事案件吗？"

"不接！为何有此一问？"

"没事。好，我得继续工作，扛责任，制造新的机会让您榨干我的钱。"

"我跟你说过了，巴兰达，责任是专业能力的必然结果。"

"听好，我要向您说句真心话：下一次请换一下台词，这句话我听不下去。"

"哎呀！哎呀！其实我一直惦记着请你到米其林三星的高级餐馆吃午餐！"

"又来这一套！如果我没有银铛下狱……"

"哦，我的朋友，能让像你这样的家伙有机会关心我们的监狱，将会是法兰西共和国境内最棒的一件事！"

夏尔定定地看着自己放在电话筒上的手，看了好一会儿。

"为何有此一问？"

是呀，为什么？很荒谬，他又没半个家人。

🙰🙰

他不是最后一个离开办公室的人，这种情况极其罕见。他决定步行到当代建筑博物馆。

到了巴士底广场，听取手机留言。电话传出一个声音："我们得谈一谈。"

好奇怪的念头……令他困惑不解的并非偏离河岸的道路，而是河岸道路的变化无常。

然而，也有另一种可能，那就是取消几个约会，到远方出差，在光天化日下拉上窗帘……不过这男人沿着布登大道所幻想的事情，立刻被他体内的理智建筑师加以销毁：根据河岸两边的地势来看，在上面应该无法建筑任何东西。也该接受这个事实了。

而眼前的这栋建筑，却硬撑了十一年。

一名工头一面冷笑一面走过，这一次他负了十年的责任，没有人可以说他的不是。

尽本分，握对手，认对人。晚间十一时，孤零零站在黑夜里，面对他厌恶的韩波雕像：穿着风鞋的人截成残废，而且这个荒唐可笑的雕像底下竟然标示着"鞋底挡在脸前的人"[1]，他踌躇了一阵子。走错方向了吧？

或者，这次找对路了吗？

---

[1] 这是法国总统密特朗执政时期完成的雕像，位于巴黎的第四区。建筑者在此玩了一个文字游戏：法文的"鞋底挡在脸前的人"之发音，与"穿着风鞋的人"相同。

7

"你，你现在才下班啊？"夏尔的妹妹克莱尔故意挑衅，双手叉腰。

他顺势把她推到墙边，径自往厨房走去。

"你也太扯了吧！怎么不先打个电话就直接回来？我有可能留情人过夜啊，告诉你……"

看到她拉下脸的样子，夏尔忍不住大笑起来。

"哦，好吧，我是说'我有可能'，好吗？我是有可能……"

他亲吻她。

"来吧，请把这里当成自己的家，"她继续说，"再说，这里本来就是你家……欢迎回家，我的心肝宝贝，你怎么了？你是不是打算提高房……哟，哟，"她又说，"你看起来不太好，是不是那些俄国佬又把你搞得乌烟瘴气？"

他不知道该从何开始，甚至不确定自己有没有勇气找到适当的言语，所以选择最简单的字眼："我冷，我饿，我需要爱。"

"哦，真可怜！来吧，跟我来。我用新鲜鸡蛋和过期奶油帮你煎个荷包蛋，好吗？"

她看着他吃，开了一罐啤酒一起喝，撕下克烟贴片，抽了他的烟。

他把餐盘推到一边，不吭声地盯着她。

她站起身，打开抽油烟机的小灯，关了其他的灯，把高脚椅移到墙边，以便让背脊靠着墙。

"我们从哪里开始？"她喃喃地说。

他闭上眼。

"我不知道。"

"才怪，你从来什么都知道，你……"

"不，现在不一样了。"

"你……"

"我？"

"你知道她为什么会死？"

"不知道。"

"你没打电话给亚历克斯？"

"有，但是我忘了问。"

"啊？"

"他惹火了我，所以我挂了他的电话。"

"我明白了……要甜点吗？"

"不用了。"

"刚好我也没有甜点了。要不要……"

"劳伦斯对我不忠。"他说得斩钉截铁。

"头条新闻！"她冷笑道，"哦，对不起。"

"有那么明显吗？"

"没有啦，我开玩笑的。要咖啡吗？"

"所以真的有那么明显哦……"

"我也有青草茶，喝了能够让腹部平坦，如果你想喝的话。"

"难道是我改变了吗？克莱尔？"

"或是'夜宁茶'？这也不错，可以让你晚上睡得比较好，让你放松。想来一杯吗？"

"我撑不下去了，我受不了了。"

"嘿，你该不会正在酝酿四十多岁的危机吧？也就是许多人所说的中年危机？"

"你这么认为吗？"

"我觉得很有可能。"

"多可怕，我真希望自己有创意一点儿。我想，我让自己挺失望的……"

到了这个地步，他还能寻自己开心。

"其实也不是那么严重？"

"你是说变老？"

"不，我是说劳伦斯。对她来说，像做 SPA 一样……是……我不知道，大概跟敷脸差不多吧。这些动作无伤大雅，不像打肉毒杆菌那么危险。"

"……"

"更何况……"

"是？"

"你长年不在家，像疯子般劳碌，总是有解决不完的问题，站在她的立场来说……"

"你说得对。"

"我当然说得对！你知道为什么吗？因为我跟你一样，为了别胡思乱想拼命工作，案子越是棘手，我越是摩拳擦掌跃跃欲试。太棒了，我告诉自己，看看这些时数和……你知道我为什么工作吗？   "

"为了忘掉家里的奶油已经发臭？"

"……"

"你怎么会期望别人对我们忠实？要对谁忠实？要对什么忠实？不过，你喜欢你的工作，不是吗？"

"我已经不知道了。"

"没错，你喜欢，而且我不准你抱怨，我们能领这么高的薪水已经很幸福了。再说，你还有玛蒂尔德。"

"以前有。"

一阵沉寂之后，"嘿，"她不太高兴地说，"你不能把她看成你们夫妻的共同财产？再说，你并不打算离开她们。"

夏尔没回答。

"你离开她们了？"

"我不知道。"

"别离开。"

"为什么？"

"一个人生活太辛苦了。"

"你过得很好啊。"

她站起身，把每个柜子和冰箱都打开，里面都是空虚和悲哀，然后定定看着他的眼睛。

"你把这些叫生活？"

他把自己的茶递给她。

"我对她没有任何权利，是吗？我的意思是就法律的观点来看……"

"当然有，法律已经改了，你可以申请，提供证明文件以及……不过你并不需要，你自己很清楚。"

"怎么说？"

"因为她爱你呀，笨蛋。你大概不会相信这点。"她伸懒腰，"我明天还有工作要做……"

"我可以留下来吗？"

"随你高兴。"

她推开堆积如山的杂物，找出干净的床单、被单递给他。

就像以前伟大的时代，两人轮流使用狭小的浴室，用同一支牙刷刷牙，不过……气氛不一样了。

多年过去，他们并未信守当初彼此互许的承诺。唯一的差别是，今日的他们，比以前要多付出十倍、百倍以上的所得税。

他躺下来，怜惜他的背脊，重新听见以前学生时代失眠时常听见的声音，几乎像是那些无眠夜晚的节拍：高架地铁的轰隆声。他不禁发出微笑。

"夏尔？"

她的身影宛若皮影戏出现。

"可以问你一个问题吗？"

"甭问了，我当然会走，别担心。"

"不，不是这个。"

"我洗耳恭听……"

"阿努克和你？"

"是。"他一面说，一面换姿势。

"你们……哦，没什么啦。"

"我们怎么样？"

"……"

"你想知道我们有没有上床？"

"不是啦，其实……我不想知道这些……我的问题没那么……我的问题比较感性，我想……"

"……"

"对不起。"

她转过身。"晚安。"她补上一句。

"克莱尔？"

"就当我什么也没说，睡吧。"

黑暗中，他终于招供了："没有。"

她一手抓着门把，一手平放在门板上，以便关门时尽可能降低声响。

不过当六号地铁第五度发出隆隆声后，他又说："有。"

更晚，终于说出："没有。"

白洋装，头发梳得服服帖帖，跟第一张照片一样的微笑……

白洋装，头发梳得服服帖帖，跟第一张照片一样的微笑。

有一天晚上，他们开派对庆祝几件大事：玛多和亨利结婚三十五周年，克莱尔考上法律系，伊迪丝订婚，夏尔通过建筑竞赛。

至于到底是哪一项竞赛？他记不得了，那是他第一次带女生回家。那个女生他还有点儿印象，人不太有趣，和他挺像，很严肃，出身于良好家庭，脸蛋姣好，脚踝肥了点儿……而且，是一位新生。他们应该在隔壁房间做过爱。

哎哟，夏尔，我们已经习惯你的温文儒雅……你还没告诉我们她的芳名。

好像叫萝荷……没错，萝荷。她不太幽默，每次办事都要关灯，做完后，又精神百倍地高谈阔论。萝荷·迪佩。

他挽着她的腰，高声说话，举起酒杯，尽说蠢话，说他已经好几个月没看过白天，过着日夜颠倒的日子。他被伴侣拉着走下阶梯，踩着凌乱的舞步，庆祝自己的荣耀……

当阿努克出现时，他已经微醉了。"你不给我们介绍吗？"她微笑着说道，同时匆匆瞥了袒胸露臂的萝荷一眼。

夏尔告退，并且忍不住呕吐了出来。

"她是谁？"萝荷这个数学系女生遭到阿努克的紧迫盯人，于是开口问夏尔。

"一位邻居而已。"

"为什么她的头发湿答答的？"（像她这类女孩最爱追问这类问题）

"因为工作的关系。"

"她做什……"

"护士。"他打断她的话，"她是护士，如果你想知道她为哪个单位服务，在哪里，她资历如何，腰围，退休金，请你亲自去问她。"

她拉下脸。他径自走开。

"年轻人，你是否可以赏个脸，陪老太婆跳支舞？"当他试图从一大缸的潘趣酒底把打火机捞起来的当口，这句话从他背后传出。

他还没回过神之前，已经微笑地看着她了。

"好吧，老奶奶，请放下您的拐杖，后生这就恭敬不如从命。"

白洋装，风趣，美丽，充满动感。

也就是说她天生就有运动细胞。

她放肆地倒在她的英雄的怀里。她已经挨过辛苦的一天，与潜伏的感染对抗，最后以失败告终。这阵子一而再、再而三地失败，所以更想跳舞。

跳舞，同时触摸他。他，全身流着数以百万的白细胞，拥有百攻不破的免疫系统。他，那么羞赧，尽可能和她的身体保持距离，而她则巧笑倩兮把他拉向自己。我们才不在乎，夏尔，我们才不在乎，秋波四溢。我们活着，你懂吗？活着。

而他，在晾在一旁的女友的注视下，他放纵自己。然而，最后终究恢复理智，可惜太理智了，最后他收回了手臂，收回了与他身体同样强壮的精力，走到星空下透气。

"嘿，你这个邻居还真辣啊。"

闭嘴。

"不是啦，我的意思是以她这把年纪……"

臭婊子。

"我要回去了。"

"这么快？"他口是心非地说。

"你知道我明天还有口试。"他柔美的女友叹息道。

他忘了。

"你要送我回家吗？"

"不。"

"你说什么？"

好吧，略过这段无聊的对话。最后，他为她叫了出租车，她回家温习已经背得滚瓜烂熟的课本。

匆匆吻过她并礼貌性地给她打气后，他走回屋子，经过山梅树下，碎石路噼啪作响。

"所以你谈恋爱了？"

他差点儿回她：不，没恋爱。

"啊？真好。"

"……"

"你……你认识她多久了？"

夏尔抬起头，定定地看着她，对她微笑，垂下头。

"是。"

然后往嘈杂的方向走去。

就这样，过了好一会儿。

他坐立不安，偶尔寻觅她的身影，没看到她，喝酒，忘了自己，忘了她。

不过当他的姐妹们要求全场安静，当音乐乍歇，灯光熄灭，当一个巨无霸蛋糕送到两手合掌的母亲面前，父亲则从口袋里掏出一张小字条时，全场嘘声、哦声、啊声此起彼落，然后大家又发出嘘声，这时有人牵了他的手，把他拉出圆圈。

他跟随她的脚步走下阶梯，同时断断续续听见他父亲的演说："韶光荏苒……亲爱的孩子……含辛茹苦……信任责任……永远……"然后她随便打开一扇门，并转过身来面对他。他们就保持这样的姿势，站在黑暗里，当下他对她的了解是，她的头发不再湿漉漉的了。

她用力把他压在门上，力气之大，他可以感觉门把钻进他的腰部，但不觉疼痛。她吻了他。

互相寻觅多时后，终于倒在对方的臂弯。

撕咬彼此的脸庞，狼吞虎咽对方而且……

不曾觉得离得那么遥远……

夏尔和她发髻上的发卡搏斗的同时，她正努力解开他的腰带，他拨开她的头发之际，她褪去他的裤管，他试图扶正她的脸庞，她则不停地垂下头。他试着寻找话语，那些他重复千百次、跟着他长大蜕变的话语，而她则央求他别说话，他要她看着他，她却扑向他，咬他的耳朵。他淹没在她的颈项里，她则骚得他热血奔腾，几乎喷爆出来，他还没碰到她，她已经缠着他的大腿，坐在他的身上，呻吟起来。

他双手捧着的，是他生命的真爱、童年的女神、世间最美的女人，她是他魂牵梦系的幻想、向上攀升的动机，而她握在手心的……是不同的东西……

血的味道，酒精的作用，她的汗味，她窸窣嘶哑的喘息声，背上传来痛楚，她的狂暴，她的命令，她的指甲，这一切都跟中世纪的骑士贵妇之间讲究优雅与节制的爱情无关。比较强壮的他最后让她静止不动，安然听着他喃喃呼唤她的名字。不过几句话飘得远远的，他瞥见她的微笑。

他放弃，把她的手臂、弄弯的手环交还给她，卷着膝盖，闭上眼。

她轻触他，爱抚他，扑在他身上，把手指伸进他的嘴里，舔他的眼睑，在他耳畔轻轻吹送听不见的话语，拉扯他的下颌，让他痛得尖叫，同时逼他闭嘴，抓住他的手，在手心上吐口水，指引它，波浪似的摆荡，像不倒翁般摇晃，牵引他，几乎把他折成两半……

他该死，以前的他该死，感情该死，该死，伎俩该死，他把她推开。

他不要这些。

他却一直梦想这一刻的到来。极尽淫荡，梦想成真的性幻想，撕裂她的衣裳，她的痛苦，快感，她的哀求，他们的口沫，狂吻……所有的一切，他幻想过所有的一切，但没有这些。他太爱她了。

太好，太痛，或许太随便，反正就是"太"。

"我不行。"他呻吟着，"我不想这样。"

她突然打住，目瞪口呆了片晌，然后往前扑倒，额头贴着他的胸膛。

"对不起，"他不断地说，"对不……"

她扭腰摆臀，把洋装套回去，安静地帮他穿上衣服，系好腰带，抚平衬衫，发现好几个纽扣已经被扯掉了。然后，软玉温香，两只手臂顺着身躯平放，贴着他，任随自己被他紧紧缠绕。

对不起，对不起，他只知道重复这句话，而且甚至不知道是对她说，还是对自己说的。

不知道是对她美丽的灵魂，或是对她的两腿之间所说的。

对不起。

他紧紧抱着她，嗅闻她的颈背，抚摩她的秀发，想挽回二十年的落差和失去的十分钟。听见他的心怦怦跳，遏阻这场灾难，这个时候一阵鼓掌声传到楼上的镶木地板上。

"对不起。"

"不，该说对不起的是我，"她发出虚弱的声音。"我……"停顿下来，"我以为你长大了……"

外面有人在叫他，他们跑到花园里找他。"夏尔！来拍照！"

"去吧，和他们会合，别管我，我待会儿下去。"

"阿努克……"

"别顾虑我，我告诉你了。"

我已经长大了，他很想反驳她，不过她最后一句话的语气让他打消了念头。于是他起身走下楼，站在他姐妹和父母之间，摆出他乖乖的模样。

❧ ❧

克莱尔刚熄灯。

然后堕胎。

亚历克斯依然自暴自弃。

不过，吹奏得宛如天神，大家都说……

夏尔走了。先到葡萄牙，然后是美国。带着奖状离开麻省理工学院，英文词汇也懂得够多，足以翻译情歌并同时交到澳洲籍未婚妻。

但在回程途中失去她。

饱尝失恋之苦，非常痛苦，为其他人工作，获得他最后一纸毕业证书，加入法国国家建筑协会，挂上事务所招牌。因为某些令人难解的理由，赢得一个吃不消的竞赛，并且受苦受难。常常由于记起教训，终而学到"自由建筑师的责任没有界限，他应该对他所说、所为、所写百分百确定"。所以每次连削支铅笔都要求开立收据。和一个比他更有才华，但不如他机灵的男孩合伙，把荣耀、光彩、专访都留给他，心甘情愿待在幕后，并且松了一口气，负责最丑陋的部分，让事前的准备工作都站得住脚。

再见到阿努克，和她共进午餐，话题围绕着他的童年，觉得她还是那么漂亮，但不给她机会猜到他的想法。埋葬他的祖母，跟亚历克斯翻脸，那期间掉了前额的第一撮头发，同时拜天庭饱满之赐，赢得口碑，被贴上质量保证的卷标，类似畜牧业者口中的"产销履历"。最后一次握她的手，不再有勇气看着她继续糜烂消沉下去。第一次取消和她的午餐约会，太过忙碌。接着取消第二个、第三个。

取消了每一个。

赚足荷包，购买房子，艳遇，不再光顾令他黯然神伤的爵士酒吧。后来因为接了不开发票的小型工程，遇见非常在乎他的大理石、同时有个美貌娇娘的男人。

打造娃娃屋。

搬进去。

终于在地板上睡着，在塌陷的沙发床上，这四面墙壁见证过发生的这一切事情。说没什么。

他回到起点。第一、二个钟头依旧清醒，第三个钟头还是无法入睡，几个小时后，他将腰酸背痛得要命。

8

夏尔和玛蒂尔德同一时间回到家，星期六下午跟劳伦斯进行"沟通"，她坚持如此，而当天只有他们俩在家。其实不算沟通，更像长长的抱怨，第N次大审判，最后她甚至哭了出来，这是有史以来第一次，他很感动。为了替自己脱罪，她表示她的动情激素大概减少了，荷尔蒙失调，又说他不能谅解。而他，为了替自己脱罪，开了一瓶香槟。

"我们是要庆祝我那条干枯的阴道吗？"她一面接过香槟，一面嘲笑道。

"不，今天是我的生日。"

她拍了一下额头，走上前亲吻他。

不久后玛蒂尔德回家来，她刚和一些朋友去了跳蚤市场，一到家就把自己关在房间里，只在途中留下一声"晚安"和一双破旧的平底鞋。劳伦斯叹了一口气，觉得很挫败；也可能因为知道自己并不是唯一被忽视的人而松了一口气。

就在这个时候，玛蒂尔德这位一阵风小姐走回来，抱着一个包了报纸、绑得十分拙劣的巨大包裹。

"我的确费了一番力气，才找到这个礼物！"

她把东西递给他，笑得很灿烂。

"我每星期六都在找！"

"但是，我一直以为你和卡蜜儿一起温习功课！"她母亲反驳道。

"是啊，卡蜜儿帮我复习了啊！还有气泡酒吗？"

夏尔很喜欢这个丫头。

"你不打开吗？"

"要打开，要打开，不过，嗯……这件衣服味道怪怪的，不是吗？"

"哎呀，"她耸一耸肩，"正常嘛，老人的味道啊。"

夏尔拍拍手。

"好，女孩们，我们像平常一样？我带你们到马里欧餐厅吃饭？"

"你该不会穿这件出门吧？"劳伦斯笑得喘不过气地说。

他没听见，自顾自欣赏窗玻璃上的影子，而他的继女则喜滋滋地看着他。

"你们让我……"他们听见背后不停发牢骚。

她勾着他的胳臂，给他信心："我，我觉得这件衣服很有格调。"

他回答说他也有同感。

这是"雷诺玛服饰"一九七〇年出品的风衣，以前曾经蔚为风潮，派铲式的尖领，长及手肘的袖子。可惜少了腰带，也缺了几颗纽扣，而且有些破损，还发臭。

真的很臭。

不过……

是蓝色的。

જ ❧

今天晚上在绣花床罩底下没有水乳交融。本来理应是他今天最后一份礼物的她，却紧紧包裹在性感睡衣里面。

为了终结这个难堪的情境，夏尔干脆弓着身体侧躺。

紧接着这场哑剧之后的是颇为尴尬的沉默。为了缓解沉重的气氛，他开始说笑话，酸甜各半："大概因为有难同当吧，我的荷尔蒙似乎也不比你的正常……"

他期盼她至少应该会心一笑，然后睡着。

但他睡不着。

他的第一个障碍。

上个星期他好不容易鼓足勇气，因为该死的头发大把掉落，而去寻问专家的意见。得到的回答却是无法医治：雄性激素分泌得太旺盛了。

"把它当成男性的象征吧……"药剂师做了结论，而且笑得很可爱（他自己童山濯濯，一根头发都没有）。

啊？

又一个让他无法理解的奥秘。

总之又多一个让他抬不起头的想法。

现在停止，他心想，停止。他得抛开这些无聊的念头，抛弃虽然可爱但命苦的"卡利麦罗"小鸡①，重新站稳脚。

他没有完成任务，反而从世界另一头的国际会议临阵脱逃，浪费事务所的钱，把时间花在变成一堆废墟的修道院里面，跟鬼魂说话，使他们苏醒，为了病态的乐趣，请求他们原谅；他还捶胸顿足，摧毁打印机；然后又睡在年少时代的被窝里，折磨背脊。现在，连勃起都不行了。

"够了吧？停止！"他高声重复，以便确信自己能听见。

同时，为了证明自己保有坚定的信仰，他打开灯，伸出手，背诵政府主管机关于二〇〇四年三月二十二日颁布的《关于建筑工事产品与元素的防火规定》。

指示、决定、规章、政令、条款、委员会的决议、公共安全处处长的提议、二十五条条款以及五条附款。

背诵完毕，轻轻抚摩命根子入睡。

哦，还差一点。

这位打了败仗的将军，对他忠心不贰的老兵含蓄地拍了一下。回去吧，我的好兄弟，我们回去吧。

---

① 卡利麦罗小鸡（Calimero）原本是意大利洗衣粉广告中的漫画人物，后来日本沿用这只小鸡为主角做成卡通影片。卡利麦罗小鸡性情迷人，不过运气很背，在黄毛家族中，他与众不同，全身黑色，一半的蛋壳还留在头上。

9

说得出做得到：慧剑斩情丝。

把崔斯坦、阿贝拉尔①、普鲁斯特这群傻瓜通通赶走。

没发觉春天来了，更卖力地工作；在劳伦斯的私人物品堆中翻找，偷走几颗安眠药。躺在沙发上昏睡，等到可能发生亲密关系的危险迹象消失才回房，蓄起胡子，两位同居人先是嘲讽，然后威胁，最后漠不关心。

他的身体虽然还在这里，感觉却像早已不在。

滥用别人的耐心，欺骗别人，让人摸不清头绪。当别人对他说话时，他会表现出专心聆听的样子，等到对方走远，听不见他的声音，他才请对方详细说明。

没听见背后的闲言闲语。

不懂为何有这么多计划悬而未决，有人回答：是因为选举，啊，没错，选举……

梳开打结的头发，打了好几个小时的电话，开不完的会议，与会人士老爱引用新颖的缩写字：考稽处，防卫委员会，协调使团，研究中心，技术监督员，技术顾问、品保验证、变更CCH（通道检验处理程序）的新条款，同时对前四种类别的ERP（企业资源规划）进行不可或缺的CT（计算机断层扫描），C级建筑大楼。商业局的小职员，目中无人的市长，能力不足的专员，狂妄的立法委员，疲乏的承包商，提出警告的诊断专家，报告内容涵盖所有琐碎事务的报告专家。

有一天早上，有人告诉他，某个施工的工地一年制造三百一十吨的垃圾。

有一天晚上，另一个人，这次态度没有那么咄咄逼人，针对一个出了严重问题的计划，提交一份该计划的缺陷评量表。

他筋疲力尽，听不下去，不过在笔记本上写下几个字：缺陷评量。

"周末愉快！"

年轻的马克，背了一个大包，走过来跟他道别。由于老板没有反应，他又说："您还记得这两个字吧？"

"对不起,您说什么？"他故意用反问句,好让自己摆脱反应迟钝的窘状。

"周末，您还记得这两个字吧？一个星期的最后两天，与其他日子都不一样……"

夏尔露出一个疲乏的笑容。他很喜欢这个男孩，可以从他身上看到以前的自己：有点儿愚昧的癫狂，满足不了的好奇心，想要追随大师、透彻了解大师；读透和这些大师有关的书籍，一本也不放过，尤其是那些奥妙难解者。艰涩的理论，失传的话语，草图的复制品，译成英文的概论，发行于不知名的小地方，没人看得懂。感谢上苍，要是年轻的他也有互联网以及与马克相同的企图心，他不知道会掉进什么样的深渊。

此外，马克拥有超强的工作能力，知书达礼，进退得宜，常用"您"相称，一副气定神闲的样子，这倒是跟野心没什么关系，不过让他似乎颇有信心，以为普利兹克建筑大奖是指日可待的目标，即便浓密的长发过不了多久会变得稀疏……

"你扛着这么多东西要去哪里？"他有点儿责备他似的，"到世界的尽头？"

"没错，几乎算是，我要去外省……我父母家。"

夏尔倒是挺想让这次意想不到、默契不错的对话继续下去，譬如问他："是吗？在哪里？"或者："我一直很好奇你是哪一年的？"要不然就是："对了,你怎么会到我们公司服务的？"不过他太疲倦，没有力气趁热打铁。等到这个聪明瘦长的男生准备走开，夏尔这才发现他的袋子里露出一本书。

那是《狂妄的纽约》原文版。

"你还在叛逆阶段？"

马克吞吞吐吐，像偷吃果酱被逮个正着的小男生："是啊，没错。

我……这个家伙太吸引我了……真的,而且……"

"而且我完全了解你的感受!因为这本书,他在美国那边不需盖大楼就名满天下,受人尊敬。等一下……我和你一起走。"

他一边设定保全密码一边说:"我在你这个年龄的时候非常好奇。很幸运地,我参加过几场令人惊叹的设计说明会,不过你知道,真正让我目瞪口呆的,是他一九八九年在巴黎第五区的'朱西厄校区'图书馆进行的设计说明会……"

"是剪纸那一场吗?"

"没错。"

"啊!我真希望能目睹。"

"那次说明会真的……该如何说……很聪明,是的,我找不到其他更好的字眼。很聪明……"

"不过有人告诉我,这一招变老套了,他每次都这么做。"

"我不知道……"

他们肩并肩走下楼梯。"我知道他至少又做了一次,因为我也在场。"

"不会吧。"马克抓着背包一动也不动。

他们在路过的第一家小酒吧停下来。那一个晚上是夏尔这几个月,甚至这几年以来,第一次记起自己的职业。

描述。

一九九九年,也就是"朱西厄图书馆大震撼"结束整整十年后,因为有朋友在艾拉普工程顾问公司上班,他得以坐进西雅图音乐厅,观赏他这辈子所见识过的最精彩的表演(但奴努的歌舞秀不算)。在那座新颖壮丽的音乐厅里,没有半个音乐家,只有西雅图富豪捐赠家、名门出身的显贵以及有权有势的富人。第三大道上充斥着滔滔不绝的对讲机以及豪华房车的彩带。

西雅图中央图书馆设计案在数个月前开始竞图,连贝聿铭和诺曼·佛斯特等大家也参加。结果入选的两件作品分别出自美国建筑师史蒂芬·霍尔与荷兰名家库哈斯之手。霍尔的设计案虽然有点儿华而不实,不过他是当地人,竞争条件立刻比其他参赛者要来得好,美国人还是买自己人的账,你知道的……

不，他不是描述，而是重新体验。他站起身，张开双手，坐下，推开啤酒杯，在记事本上素描，跟马克解释史蒂芬·霍尔这个天才，以当时五十岁之龄，只比现在的他稍长几岁，如何成功赢得竞赛。霍尔用十分戏剧化的方式介绍设计案，他只带了白纸、笔以及剪刀，一下模仿他，一下折好又摊开剪过的纸，最后获得该建筑设计案，最终造价逾两亿七千万美元。

"只用一张 A 4 白纸！"

"是的，是的，我知道……五克的纸，后来价值两亿七千万美元……"

他们点了炒蛋，又点了啤酒，夏尔被他这个学生的问题追着跑，继续分析这位建筑大师；或者该说，夏尔运用他所知道的公式、言简意赅的艺术、对图表的钟爱、幽默感、敏捷的思路以及擅于嘲弄的习性，让一个极为复杂的看法变得清楚而具体。

"这是不是那栋整个建筑基地相当分散的大楼？"

"没错，在一个崇尚天空的国家大玩水平面构图……还是不得不承认他真是胆大包天。此外还有地震的考虑，复杂得要命的招标细则，那个我刚刚提到的艾拉普工程顾问公司的家伙跟我说，他们几乎快要抓狂……"

"您看到它完工吗？"

"没有，不过他所有作品中我最欣赏的不是这一件。"

"告诉我。"

"告诉你什么？"

"您最喜欢哪一栋建筑？"

数小时后，他们被老板赶出店门。他们又倚靠着马克的车子聊了许久，对照彼此的喜好、看法，以及分隔他们俩的二十年。

"好了，我得走了……我没赶上晚餐，不过希望可以吃到早餐。"

他把背包扔到后座，并提议送夏尔回家。夏尔趁机问他父母住在何处，他几岁，他为什么来上班。

"因为您。"

"因为我什么？"

"我选择到您的公司实习是因为您。"

"好奇怪的念头。"

"哦，其实也没有什么原因啦……或许我来这里是想知道怎么修理打印机吧。"笼罩在阴影底下的年轻脸庞一边微笑一边回答。

在入口处撞上玛蒂尔德的背包。

SOS，我全心珍惜与崇敬的亲爱的继父大人，我没办法搞定这份习题，明天就要交（一定得交，特别记在联络簿了，希望可以达到及格的分数，你了解我的意思……）

PS：饶了我，千万别做太多解释！直接写出答案就好。

PSS：我知道自己很过分，不过如果你的字写得端正一点儿，我会非常感激。

PSSS：谢谢。

PSSSS：晚安。

PSSSSS：我崇拜你。

【习题】

在以（O；i；j）为原点的坐标平面上设定 A（-7，1）和 B（1，7）两点。

a）请问 OA、OB、AB 的位移向量分别是什么？请证明 AOB 为等腰直角三角形。

b）假设 C 为三角形 AOB 的外接圆，请计算圆心 S 的坐标及 C 的半径。

又假设 f 为线性函数，且 f（-7）=1，f（1）=7，

a）请写出 f 的值域。

b）请绘出函数图形。

夏尔独自坐在厨房餐桌前，打开肚子空空的文具袋，看到一支铅笔被咬得不成形，咒骂了一声，取出自己的自动铅笔，开始做作业，把字母写得端端正正。依照题目作答，找出 C，确定 f，剪下一小块描图专用的透明纸，禁不住思量他现在手上正在做的事，和荷兰建筑大师库哈斯的工作相差了大概有十万八千里之多……

一想到自己：虽然继女只要求及格过关就好，但她确实是满心崇拜自己

的。这样一来，就感到非常暖心了。

睡了几个钟头，站着喝完咖啡，随意重读玛蒂尔德的留言，然后在底下写道：你少夸张了。但没有注明这句话是回应她最后一条 PS 还是她的滑头滑脑。

如果我走了，她们该怎么办？他一边暗自思忖一边穿上外套。我呢，如果我走了，我该怎么办？

一辆出租车等候着他，载他去发挥不同的功能。

"请问到哪个航站楼？"

随便啦，对我都一样。

"先生？"

"C。"他回答。

再度出发。

重新开始。

开始跳表。

---

① 阿贝拉尔（Pierre Abélard，一〇七九——一一四二），法国神学家、哲学家以及作曲家。贵族出身的阿贝拉尔与平民出身的女学生艾萝依丝相恋，并且艾萝依丝怀了阿贝拉尔的骨肉。为了安抚女方的家人，男女双方秘密成亲，稍后女方进入修道院。然而女方家人无法接受，派人对阿贝拉尔处以去势私刑。后来施私刑者遭受惩罚，艾萝依丝献身修道院，成为中世纪杰出的神学家。阿贝拉尔与艾萝依丝借由书信往返续恋情，传诵历史。今天在巴黎拉雪兹公墓可见两人合葬的坟墓。

10

俄国塞车。啊，堂吉诃……不，是陀思妥耶夫斯基式的大塞车。花了几乎四小时才走完三十多公里，沿途看到两次重大车祸，一次拖吊。

司机维克多逆向行驶，同时谩骂其他不爽的驾驶人；在人行道上驰骋，摇上车窗，以免灰尘入侵。在大得离谱的坑洞上飞奔而过，硬是钻到小型轿车的车阵里，逼迫它们体验西方国家制造的保险杆坚不坚固。

就算是必须从伤员的身上碾过去，他们也不会心软。

司机维克多向他指一指车道，然后又指一指雨刷的操纵杆，他的笑话似乎把自己逗得很开心，使得夏尔尽力试图了解他艰涩的用语。"这是为了血呀，"他大笑道，"你懂吗？血！哈哈哈。"好好笑的笑话啊。

天气沉闷，污染严重，他头痛欲裂，无法思考明天的会议。他吞掉一包药粉，用舌头舔牙肉，想让阿司匹林尽快发挥药效。最后，只能任由档案数据静静躺在脚边。

冲啊……就让他打开雨刷，结束这场纷乱。

到了旅馆。维克多在一群俄国的彪形大汉面前跟他道晚安，他没有反应。维克多觉得奇怪："你……有心事吗？"

他垂下头。

"饿吗？"

放开门把。

"我们一起去喝伏特加！"

夏尔这下铁了心，决定继续脱轨算了。后视镜里浮现出他灿烂的笑容。

他们驰骋在越来越暗淡的街道里，他们的轿车做出越来越挑衅的动作。最后他把车子交给一群亢奋的小伙子，他给了指示，做出甩耳光的夸张手势，掏出一沓钞票，立即又放回口袋里，只递给他们一包烟，要他们耐住性子等待。

夏尔喝了一杯，再喝第二杯，开始放轻松，接着喝第三……醒来时天已破晓，离工地不远。在第三杯和身旁的打呼声之间，一片空白。

阳光大剌剌地洒在他的头皮上，头发干涩，脚步蹒跚地走到水龙头旁冲洗一番，整张脸因为漱口鼓得胀胀的，然后哗啦吐掉，站起身时呕吐起来，重来一次。

他不必查阅俄法字典也知道司机维克多玩得很尽兴。

到头来维克多动了恻隐之心，又递给他一瓶酒。

"喝吧！我的朋友！好喝！"

哟……哟……他开始说起法文来了。这一夜说了好多国家的语言啊……

夏尔恭敬不如从命……"感谢，亲爱的朋友！很好喝！"恢复元气了。

数小时后，他先是把帕夫洛维奇当成浑蛋，然后又把他紧紧抱在怀里，差点没闷死他。

现在，他变成完全的俄罗斯人了。

到了飞机场才开始酒醒，于是他打算阅读……这是开会的记录吗？当菲利普打电话来骂他时，他完全清醒过来。

"嘿，我刚接获最新消息，B-1工地那边的钢筋模架又是怎么回事？他妈的，你知不知道我们一天亏损多少钱？你知不知道……"

夏尔将电话离耳朵远一点儿，同时满脸疑虑地查看。通常对任何事都满不在乎的玛蒂尔德也一再跟他强调，手机这玩意有致癌的危险。"我发誓，它跟微波炉一样可怕！"他决定用拳头把手机包好，挡住菲利普的口水。她一定是对的……

随意打开一本书阅读起来……是《战争与和平》：向一名退休的骑兵军官买了十七匹高级种马，没杀价。这名军官拥有漂亮的畜生、一个制毯工作坊、藏了一个世纪以上的陈年香甜酒以及多凯老酒，然后陪伴尼古拉·罗斯托夫参加总督府举办的舞会……钓到一位美丽丰腴的金发女子，滔滔不绝地对她献上有如神话般的恭维之词。当这位女子的夫婿出现时，他赶紧站起来。

遵从对方的命令，出示通行证，松开皮带，脱掉靴子，卸下佩剑、小礼服，把这些衣物都放在塑料长椅上。

没有理由地按铃，被带到一旁搜身。

"这些法国人果然都是一种货色……"尼奇塔·伊凡尼奇笑着说，同时捏了妻子的颈背一下。

11

断食、禁酒、把肝脏溶解在会冒泡的药片里，按摩太阳穴，揉眼皮，关上护窗板，移开电灯，这些动作都徒劳无益。这次永世难忘的酒醉还是退不掉。

穿好衣服、吃饭、喝酒、睡觉、说话、闭嘴、思考，每一件事都沉甸甸地压着他。他偶尔会想到一句脏话，只有三个音节，而这三个音节就能够围剿他，令他动弹不得……不，闭嘴，放聪明点儿，顺便减肥，从这堆粪便中抽身。反正你没时间，往前走。

前进！如果因此而丢了性命，那也得丢。往前走。

不久就是夏天，他从不觉得白天如此漫长，之前列不完的清单重新浮出台面，而且总是用简单过去时的动词（您可记得简单过去时的特质在于时间的中断性，不以时间的延续性见长，不重连续性的表达）。他以前是，他以前能，他以前该，他以前做，他以前说，他以前承认，他以前去，他以前观察，他以前当机立断。

他以前坚持。他以前获得。

他在一名诊所秘书那儿约了看诊的时间，而且是在正式看诊时段之外。

脱掉外衣。量体重。医生抚摩他的脖子，把把脉搏，听诊肺腔。问他看见什么，听见什么，请他说得更仔细，是局部？额头？枕骨？颈部？先天？流行性感冒？牙齿？剧痛？早晨？整天？

"痛得要去撞墙了。"夏尔打断他。

医生在药方上注明日期，同时感叹地说："我看不出问题所在，也许压力太大？另外，"医生抬起头，"告诉我，先生……您会不会焦虑？"

危险，危险，他赶紧把所剩无几的防卫系统部署起来，冲锋前进，照别人的话做。

"不会。"

"失眠？"

"几乎不曾。"

"听好，我开些消炎药给您，如果过了几个星期，情况不能改善，就做扫描。"

夏尔没有异议。他一边掏出支票簿，一边好奇这个机器能看到谎言吗？以及疲倦……以及回忆……

背叛的友谊；老迈的奴努在公共便池遭人杀害；铁道附近的墓园，一个女人令人羞愧的温柔，而且没人知道该如何带给她欢愉；好成绩换来两三句甜言蜜语；或是位于莫斯科、数以千吨的金属架构，大概什么也支撑不了。

不，他并不焦虑，顶多是把世事看得很透彻。

家里正呈现蠢蠢欲动的气氛。劳伦斯准备打促销战（或是新的一周的服装秀，他没听清楚），玛蒂尔德忙着打包行李，准备下个星期飞往苏格兰增强英文能力，然后南下到巴斯克区和她的表兄弟们一起度假。

"你的考试呢？"

"我在温习，我在温习。"她反驳道，同时在她的教科书周边描绘花纹，看来正在复习各种风格的图样。

"我看到了……比较像是面条风格，不是吗？"

他们应该在八月初的时候和她会合，在把她送往生父家前一起度假一周。接下来他不知道，先是说好去托斯卡纳的，不过劳伦斯闷不吭声，夏尔不敢再提起托斯卡纳和那里的柏树。

他压根儿也不想跟数周前在他小姨子的桃花心木房子遇见的那些人合租别墅共度假期。

"所以呢？你觉得他们怎样？"回家的途中她问。

"都是容易意料的人。"

"当然……"

这句"当然"充满厌烦的意味，但是除此之外，他还能说什么呢？

粗俗？

不，他不能……夜已深沉，床铺还很遥远，这样的辩论太……他不能。

或许他该说"他们都很有先见之明"？这些人高谈废除课税……是的，也许……车子里的沉默就不会如此沉重。

夏尔不喜欢假期。

又要出门，取下挂在衣架上的衬衫，合上行李箱；选择，计算，不能阅读，走数公里的路，勉为其难住进丑陋的度假屋，或是重新找回旅馆回廊的感觉以及散发工业漂白水的浴巾；懒洋洋地晒了几天大太阳，心底嘀咕着，哇，终于……尽力让自己乐在其中，终究感到百般无聊。

他真正喜欢的是偷得浮生半日闲，心血来潮出走一下，摧毁平日的循规蹈矩。譬如假借到乡下办事，实际在高速公路上奔驰，远离尘嚣。

老板有装潢奇才的白马客栈。世界各地的首都，其车站、市集、河流、历史、建筑。利用开会的空当造访杳无人迹的美术馆、尚未缔结姐妹市的村庄，没有先入为主的观点的古丘，没有露天咖啡座的咖啡馆，随意走走停停，但不当观光客。

当玛蒂尔德年纪还小的时候，度假这两个字还有那么丁点儿意义。他们三人合力赢得世界各地的沙雕比赛，他赶在潮起潮落之间堆砌巴比伦，为小螃蟹精心打造泰姬姬陵……太阳洒在他的颈背上，旁人的赞美议论，又放小贝壳与毛玻璃饰品……推开餐盘，以便在餐桌巾上素描；略施诡计催眠妈妈，而且没吵醒小女儿；懒洋洋的早餐。唯一的忧虑是不能完全捕捉她们母女俩，画在素描本上。

是的，还有水彩。但这一切都在他手中溶解、消失……而且变得遥不可及。

∽∾

"有位贝哈米奥太太在找您。"

夏尔正在拆阅当天的来信。伯根与芬克公司位于洛桑总部的设计案遭淘汰出局。千斤重担猛然落在肩头。

两行字。没有理由，对于落选，也毫无解释，礼貌性的用语比他们的轻蔻来得冗长。

把信件搁在助理的桌上。

"归档。"

"需要复印给其他人吗？"

"芭芭拉，如果您还有勇气，我，老实说……"

数百、数千小时的努力顿时化为轻烟遁入空中。而灰烬底下则是无数投入的精力、亏损、国税局、银行、财政安排、即将进行的协商、重新计算的税率、精力。

他没有精力了。

他走开一段距离后，她才说："那位女士呢？"

"对不起？"

"贝哈米奥……她有什么事？"

"不太清楚，好像为了私事……"

夏尔以一个疲惫的手势打断她的话。

"一样，归档。"

他没有下楼吃午餐。

当一个设计案泡汤，必须马上生出新的设计案，乃是这一行的最终信念。但是这个行业已经让所有其他信念变得脆弱不堪。任何东西都好，宫殿啊、动物园呀，如果再想不出，他自己的囚笼也行。不过只要有一个好创意，只要能画出神奇的一笔，你就得救了。

他正在绞尽脑汁，埋首于极为复杂的招标细则里，双手按着太阳穴，仿佛打算将迸裂的头颅焊接起来，咬着牙做笔记，芭芭拉站在门口，清了清喉咙。（他把电话听筒拿起来，不想接听电话。）

"又是她……"

"谁？"

"是今天早上我跟您提过的女人，为了私事而来……我该怎么回她？"

叹息。

"她说和您很熟的一个女人有关……"

虽然绝望透顶，但夏尔试图搞笑："哎哟！我认识那么多女人！她的声音听起来怎样，沙哑吗？"

芭芭拉没笑。

"叫阿努克，好像是……"

12

"是你在她坟上喷漆吗？"

"是的。对不起……请问您是谁？"

"我就知道，我是西尔维。夏尔，你不记得我了？我和她曾经是'怜悯医院'里面的同事……我也参加过你的初领圣体仪式啊。"

"西尔维……没错……西尔维。"

"我并不想打扰你太久，我只是想……"

她的声音沙哑了。

"向你道谢。"

夏尔闭上眼，让手沿着脸庞滑下，任凭痛苦流泻，捏紧鼻子，试着塞住自己的嘴巴。停，马上停止，这些并不算什么，不过是她一时的情绪罢了，就像那些药物，使你方寸大乱却没法疏解你的情绪，和那些完美得无可挑剔却不受青睐的、把你的档案库挤得水泄不通的平面图。挺住，该死。

"你还在吗？"

"西尔维……"

"什么事？"

"怎个哪……"他口齿不清，"她是怎么死的？"

"……"

"喂？"

"亚历克斯没跟你说吗？"

"没说。"

"自杀。"

"……"

"夏尔？"

"您家在哪儿？我想见您一面。"

"请用你称呼我，夏尔。以前你都是用'你'跟我说话的。我刚好有东西要交给你。"

"现在吗？还是今天晚上？什么时候？"

他们约在翌日上午十点见面。他跟她确认地址后继续埋首工作。

错愕，错愕。这个词还是阿努克教他的。当你承受太过剧烈的疼痛时，脑袋拒绝传递感觉。

这是悲剧和嘶喊之间的迟钝。

"就跟卡纽先生的鸭子一样？他砍了鸭子的头，而鸭子却发了疯似的狂奔？"

"不是。"她一边回答一边翻白眼，"那只是一个笑话，是为了吓阻巴黎城市佬编造的。这个笑话很蠢……我们天不怕地不怕，对吧？"

他们是在哪里说这些话的？一定是在车里，她开车时最会胡扯。

跟许多小孩一样，我们也不例外，性喜残忍，而且经常以复习自然课为由，引诱她说出她的职业最血腥的一面。我们很喜欢听伤口、脓包、截肢的故事。更爱听她巨细靡遗地描述麻风、霍乱以及狂犬病，或是患了手足抽搐症的病人如何发病、口吐白沫，还有他们的手指如何卡在连指手套里。她真的上当了？当然不，她知道我们很变态，她随时可以补充更残忍的细节；当她感觉到我们早就知晓这些事情时，她会若无其事地说："不过……有疼痛的感觉很好，你们知道的……幸好有它……疼痛就是生存，我的小伙子们。对呀，要是不疼不痛，我们大可把手放在火上，所以当我们逃过铁钉的一劫，发觉十根手指完好如初，粗话脱口而出！这些只是想告诉你们……这个家伙在干吗，是怎么开车的！敢闪我大灯吗？好，给你超车，死胖子，给你超！咦，我刚刚说到哪儿？"

"铁钉。"亚历克斯无奈地说。

"对！这些只是想告诉你们：在家里钉钉补补、烤烤肉，这些都不算什么，你们都知道……不过以后，会有其他玩意儿让你们受苦，我说的虽是'玩意儿'，但是我想到的其实是人……人、情况、感情以及……"

在后座，亚历克斯跟我打手势，暗示她疯了。

"如果我看得到信号灯，我也看得到你，小呆瓜。哎呀，我跟你们说的话很重要！我亲爱的宝贝，摆脱使你痛苦的玩意儿，逃得远远的，越快越好，你们跟我保证一定做到好吗？"

"好啦，好啦，别担心，我们会跑得跟那些无头鸭一样快。"

"夏尔？"

"什么事？"

"为了忍受痛苦你会怎么做？"

夏尔笑一笑："我会苦中作乐。"

"夏尔？"

"什么事？"

"你了解我刚刚说的话吗？"

"了解。"

"我说了什么？"

"痛苦是好的，因为它我们才能活下来，不过得想尽办法逃离它，即使没了头……"

"马马马屁精……"亚历克斯呻吟道。

13

她住在十九区罗伯特·德勃雷医院附近。夏尔提早一个多小时抵达。他沿着统帅大道闲逛，追忆这位在一九八〇年建造该医院的建筑师，一位为人正直的教授，也是他在法国国立路桥大学的城市规划老师：皮埃尔·希卜雷。

正直，英俊，聪明，话不多但句句扼要。虽然夏尔觉得他是所有教授里最亲切的一位，但从不敢跟他攀谈。他其实来自另一个区域，有碍健康的大楼，通风不良，欠缺日照，他不曾忘记。他经常提及创造美丽对社会有显著的好处。他要学生别把设计竞图看得那么严重，应该回到小工作室之间的良性竞争。他让他们第一次接触《哥德堡变奏曲》《夏尔·傅立叶颂》和恩格斯的文章，尤其是二十世纪上半叶的作家亨利·加雷。他本着对人性、灵魂的崇高信念去规划医院、大学、图书馆以及最棒的低租金住宅区。不久前他才过世，享年七十五岁，留下许多尚未完成的工程。

恰好是阿努克梦想的历程……

他转身往回走，寻找哈克索路。

走过头，推开一家酒馆的大门，脸孔扭曲了一下。点了一杯咖啡，但他并不想喝。走向酒馆的尽头，他的肠子都快松弛了。把腰带勒得更紧，已经扣到最后一格了。站在洗手台前被自己吓了一跳，这个老兄的脸色真难看……是你啊，悲哀呀，就是你自己啊。

已经两天没吃东西了，待在事务所里，摊开"大担架"，其实是一种大沙发椅，并且飘散着冷烟草味，睡得少，没刮胡子。

他的头发，啊！啊！真长。茶褐色的眼圈。他自我解嘲道："加油，耶稣……加油……来到最后一站了，两小时后，不再提起这件事。"

在柜台上留些小费。往回走。

⌘

她和他一样激动，两只手不知往哪里放，领着他走进一间纯白无瑕的房间，却连声道歉房子太乱，问他是否想喝些东西。

"有没有可口可乐？"

"哎呀，我准备了各式各样的饮料，独独落了这一样……请等一下……"

她回头朝走廊走去，打开柜子，飘出旧篮球鞋的味道："你很幸运，我的孙子没喝光。"

夏尔不敢跟她要冰块，只是大口把温温的饮料吞下肚，并用一种几乎亲切的语气问她有多少个孙子。

虽然听见她回答的声音，却心不在焉没把数字听进去。连忙回称她实在有福气。

如果是在路上遇见她，他一定认不得她。他对她的印象还停留在那个娇小褐发、体态浑圆、总是显得很快活的模样。他依稀记得她的臀部，那是当年他们最爱闲聊的话题。还有，她送给他们一张六十年代歌手米歇尔·波拿亥夫的"拉兹舞会"的唱片，阿努克疯狂地爱上了这首歌，他们却讨厌极了。

"安静，安静，听听这首歌有多美。"

"可恶，他们怎么没把这个歌手吊死？！我们受不了了，妈妈，我们受不了了。"

好奇怪的记忆力，不知道它如何做筛选……珍、阿努克以及……瞬间想起他们。

今天，她的头发发出奇异的色泽，戴着一副精雕细琢的眼镜，而且浓妆艳抹，但粉底只涂到颌下，留下一条明显的界线，眉毛用眉笔重新画过。当时，他满腹心事没有多做留意，不过等到事过境迁，再度回想起这个上午，他万万没想到自己还会想起这个上午。他明白了：一个生性活泼、爱卖弄风情的女人等着见一个三十年间没再见过面的男人，说实在的，她怎可能不精心打扮呢。

在溜滑的仿佛如防雨布的皮沙发上坐下，把杯子搁在杯垫上，就在"数独"数字方阵杂志和一个超大遥控器之间。

他们看着对方，不禁笑起来。世上最温文有礼的男人夏尔绞尽脑汁寻找赞美之词，想表示友好，想找出一句得体的话，减轻眼前所有蕾丝小桌巾压在身上的重量。不过，这个要求似乎太高了点儿。

她垂下头，转动手指上的戒指，一个戒指接着一个，然后问道："所以你是搞建筑的？"

他直起身子，张开嘴，正打算回答，却吐出这句话："告诉我事情的来龙去脉。"

她看起来好像松了一口气。她才不在乎他是搞建筑的还是卖肉的哩。她已经无法独自承受这些秘密，此外，这也是为什么她一再打电话给那位态度傲慢的秘书……她想找到旧识，一起说话，舒缓情绪，放掉洗澡水，把心中的悲哀传给别人，然后另起人生的一章。

"我们从哪儿开始？"

夏尔寻思了半晌。"我最后一次看到她，是九十年代初……通常我能说出详细的年份，不过，"他边笑边摇头，"我做了很大的努力，让自己变得不那么精确。像往年一样，为了庆祝我的生日，她请我吃饭……"

女主人鼓励他继续说下去，是那么友善地点头，却也是那么无情。这么一个小动作不正意味着"别担心，慢慢说，你知道的，没人会催你，不，今天我们有的是时间"。

"那是我最悲伤的庆生会，短短一年里她苍老了许多，她的脸孔浮肿，双手颤抖。她不希望我点酒，不停地抽烟，强打起精神。她问我问题，但不在乎我的回答。她谎称亚历克斯过得很好，托她向我问好，但我很清楚事实并非如此。她也知道我都知情。她穿着一件沾满污垢的毛衣，而且散发出……我不知道该怎么说，悲伤的味道吧……混合了冷冷的烟味和古龙水味。她的双眸透出亮光的唯一一刻，是当我提议找一天陪她去探望奴务的墓园。她一直没回去过。'好呀！这个想法太棒了！'她很快活地接腔，'你还记得他？你还记得他多么好？你还记得……'这一连串问题问出来，她已经淹没在泪水里。"

阿努克的手冰冷，当他握着这双手时，他忽然了解到，这个足以当她父亲、不爱女人的老先生曾经是她一生中唯一的真爱……

"她要我多聊奴努，跟她一起追忆往事，而且一而再、再而三地重复，包括那些她已经很娴熟的段落。我勉强自己讨她欢喜，不过当天下午我有一个重要的约会，我做出查看腕表、注意时间的样子。我不想再追忆过往，也或许，我不想和她一起回忆，不想再面对这张脸庞，它太残破，只会破坏一切……"

沉默。

"我没问她想不想吃甜点。干吗问？反正她没吃半点东西。我叫了两杯咖啡，同时跟服务生打手势，要他连账单一起送过来。最后，我陪着她走到地铁站。"

西尔维感觉到她应该介入，帮他一下："后来呢？"

"我没带她去诺曼底，我再也没给她打电话，因为懦弱，因为不想看到她自我摧残。因为想把她保存在我私人的往事博物馆里，避免产生罪恶感……因为太……但是我对她一直怀有罪恶感。每年年底寄贺卡的时节我会释放一些罪恶感，寄给她一张我事务所的贺卡……那张贺卡没有独特性，非常商业化，无趣，我以老板的身份写了一两句话，最后以'我亲吻你'做结，像一记邮戳。后来我打过两三次电话给她，我记得其中一次还是因为我的侄女不小心吃错药……然后有一天，我的父母亲已经很久没见到她，他们跟我说她搬到……布列塔尼了，我想是那里没错。"

"不是。"

"你的意思是？"

"她没搬到布列塔尼。"

"是吗？"

"她住在这附近。"

"哪里？"

"靠近博比尼的低租金住宅区。"

夏尔闭上双眼。

"怎么会?"他喃喃自语,"我的意思是为什么?那违背她的原则呀,我记得很清楚,她唯一发过的誓……不再住在这类住宅区……怎么可能?发生了什么事?"

她抬起头,定定地看着他,任由手沿着扶手椅滑落,打开话匣子。

"九十年代初,好吧,大概是那个时候吧,我记不得日期了……你应该是当时最后一个和她共进午餐的人。我该从何说起呢?我搞不清方向了,我就从亚历克斯开始吧,既然她的自我毁灭因他而起。她有好几年几乎完全没有他的消息,我记得你还是他们母子之间唯一的联结,不是吗?"

夏尔点点头。

"这件事对她打击很大,于是她拼命工作,不断值班、加班,全年无休,把医院当成家。我想那个时候她已经酗酒酗得很凶了,不过她还是被擢升为护士长,老是被派去照顾最棘手的病人。她先待在免疫病房,后来转到神经病房,我就是那个时候和她一起共事的,我很喜欢和她一起工作……不过,她并不是个好护士长,她喜爱照顾病人远甚于规划工作分配表。她不准病人死去,我还记得……她对他们大声叫骂,让他们哭泣、欢笑……总之,她老是做医院规定不准做的事。"

她微微一笑:"不过没人指责她,因为她是院里最棒的护士。她对病人无微不至的关心大大地弥补了她医学知识的不足。她不仅总是第一个发现病人最细腻的变化,最轻微的征兆,而且她具有出奇的直觉本能……她有灵敏的鼻子……你无法想象……那些医生都知道,所以他们都配合她的值班时间巡视病房。当然他们还是会倾听病人的心声,不过只要她在一旁发言,相信我,她的话绝对不会被当成耳边风。我经常在想,如果她曾经有过不一样的童年,如果她有机会求学,她一定会变成伟大的医生,善尽职责又不会忽视病人的姓名、脸孔以及他们的焦虑。"

他叹了一口气。

"那个时候她真是美妙的人儿啊。我想因为她没有自己的人生,所以把所有的生活都献给病人……她不只是照顾病人而已,她也照料病人的家属。有些年轻看护从病房里夺门而出,不敢将便盆放在这样残破的躯体下,但她愿意接触病人，拥抱他们，抚摩他们，下班后去看他们，脱掉制服，抹了点粉，给他们从没有过的拜访。她为他们说故事。她常提到你，我还记得……说你是世上最聪明的男生……她以你为荣……那个时候你们还会偶尔见面吃饭，而且你们的午餐约会可是一件超级大事。我的妈呀，当天的时间表不容随便更动，整栋医院大可搁在一边！然后是她的亚历克斯、音乐，她瞒天瞎说，什么音乐会啦，观众起立鼓掌啦，美妙的合约啦……有一天晚上，大家累得东摇西晃，却听到她的声音在走廊里传开……她又在撒谎，她只是在自欺欺人，旁人都不再上当。有一天早上，一通救护车的电话浇了她一桶冷水：她的天才儿子因为吸毒过量可能没命……

"从此以后，每况愈下。首先，她完全没料到……我也从不感到惊讶……常言道，全城鞋子穿得最破烂的是鞋匠……她满心以为他只是偶尔抽抽大麻，帮助他上台演奏。鬼才相信！而这个女人，我有生以来共事过的最伟大最专业的医护人员，这里我所指的是她的温柔，不过她也知道要适时严厉，她也知道保持距离：跟死神、事情忙不完的医生、胆小的实习医生、麻木不仁的同事、公务官僚、爱管闲事的家属、猛献殷勤的病人。任何阿猫阿狗，你懂吗？任何阿猫阿狗都抗拒不了她的魅力。我们说她的姓氏'勒芒'，就好像说'阿门'一样虔诚。她融和了温柔体贴和专业素养，结果是那么惊人、杰出，而且深孚众望……，我不知说到哪儿啦……"

"救护车……"

"对，当时，她完全手足无措，我相信她的精神受过伤害，我的意思是她受到医学上所谓的精神创伤；'身体的结构或功能受伤和受损'，因为先前几年爆发艾滋病，而且她从未恢复过来……而现在她知道她的儿子有很大的机会……不，不应该用这两个字，有很高的可能性，会像这些罹患艾滋病的不幸的人那样结束生命。这个念头把她……我不知道……截成两半儿吧，噼啪，像劈柴似的。从此以后，她不再掩饰酗酒的问题，她还是同一个人，却也不再是原来的她。像幽灵，像木头人，像一台机器，微笑、包扎、服从命令。她的名字和职员代码嵌在散发着酒味的外套上。她交回护士长专用帽，理由是她不想再处理那些无聊的文件，她想改成兼职，以便照顾亚历克斯。为了把他送进最好的戒毒中心，她到处奔波。照顾亚历克斯变成她生存的理由，就某方面来说，也救了她自己……姑且说是有益健康的缰绳吧……让她获得暂时的休憩，因为……"

她摘下眼镜，捏一捏鼻梁，过了一会儿后才继续说："因为这个家伙是个无赖。对不起，我知道他是你的朋友，不过，我找不到别的字眼……"

"不，他不……"

"什么？"

"没什么，请继续。"

"他抛弃了她。当他恢复了足够的力气，刚刚能够清楚表达意思的时候，他就平静地跟她说，他们不该见面。当时他刚结束疗程，而且，他很客气地告诉她……你能了解的，妈妈，这样对我比较好，你不该是我的母亲，然后亲吻她。他已经有好几年没亲她了，然后离开她，到围着栅栏的美丽公园与朋友相会……

"当时，她请了生平的第一次病假。我还记得，她请了四天……四天后，她回来上班，要求换成夜班。我不知道她用了什么理由搪塞，不过我很清楚背后的原因：深夜的时候，当整栋医院放慢脚步时，要喝两杯比较容易。院里的同事都对她很好，曾经是我们心目中的磐石与典范的她，变成我们最伟大的病人。我还记得有个很棒的家伙：让·居勒玛，一个穷尽毕生之力研究多发性硬化的医生，给她写了一封很长很美的信，细数他们一起共事的点滴，他得出一个结论，如果他有幸都是跟像她这样的人合作，他可能会更了解这种疾病，也会退休得比较快乐。"

她突然又说："你还好吗？或许你想再来一瓶可乐？"

夏尔吓了一跳。

"不，不用了，我……谢谢。"

"但是我呢，很抱歉，我要喝些东西……回忆这段往事，你不知道，把我弄得多么激动不平，真是可惜啊……实在太可惜了……一个好好的人生就这么毁掉了，你了解吗？"

沉默。

"不，你们都不能了解。医院是另一个世界，外面的人是不能了解的。许多像阿努克或我这样的人，我们花在病人身上的时间比在家人身上多……

我们过的人生既辛苦又安全，那是一种穿制服的人生……我不知道那些没有这个玩意儿的人是怎么办到的，今天的人把这个玩意儿看得老旧而过时，说穿了就是所谓的'志向'。不，我怎么寻找也找不到，我实在看不出来……要是没有这个玩意儿，你根本撑不下去……我不是说死亡，不，我要说的比死亡更艰难……是对生命的信心，我相信。没错，当我们得在这么沉重的部门工作时，对生命仍然怀有信心才是最大的考验，我们还得时时惦记着生命比死亡更为合法……我跟你打包票，有些夜晚，疲倦变得很邪恶……因为让人晕眩，还有……哎呀，我怎么突然变成哲学家了！"

她站起来，往厨房走去。他跟着她。

她为自己倒了一大杯气泡矿泉水。而夏尔则倚着阳台的栏杆，高高伫立在十三楼，一言不发，身体不太舒服。

"当然，同事之间的情感对她很重要，不过当时给她最多帮助的，我试着用'帮助'两个字，因为接下来的故事发展就未必是这么回事了，是保罗·杜卡的话。保罗·杜卡并不附属于任何单位，不过每个星期他会来几次，应病人的召唤来到病榻前。他是个好人，我必须承认……这么说很蠢，不过我真的有这种印象，我是说外在的印象，他做的其实是清洁人员的工作。他走进充满疫气的病房，关上门，待在里面，有时十分钟，有时一待就是两个小时，也不想预先知道病人的情况，从不跟我们说话，也不太跟我们打招呼。不过，当我们接下来照顾病人时，真是……怎么说呢……光线变了……这个家伙仿佛开了一扇窗，一扇没有握把的窗户，不曾被打开，原因很简单：窗户被封死了……

"有一天晚上，很晚了，他走进办公室。以前他从不踏进那里一步，不过那一天他好像需要白纸……阿努克在那里，手里拿着一面镜子，在阴暗的一角化妆。'抱歉，'他说，'我能开灯吗？'这下他看清楚她了。她握在另一只手上的，不是眉笔或口红，而是手术刀。"

她慢慢喝了一大口水。

"他在她身旁跪下，清洗她的伤口，那个晚上以及接下来好几个月……他静静地听她倾诉，安慰她说亚历克斯的反应完全正常，甚至比正常更好。他有生机，很健康。不管未来如何，他终究会回来的，不是吗？哦不，她不是坏母亲，从来都不是。他曾照顾许多毒瘾者，被好好爱过的人更容易脱离困境。老天爷知道他被疼爱过吧？嗯！是的，他笑着说，是的，老天爷全都知道！他甚至妒忌呢！让她的儿子维持现状也不错，他会去打探他的情况并告诉她，但是她应该像以前那样，继续给他支持，和他站在同一边，尤其重要的是保持原来的她，因为现在该由他自己去开路，这条路或许离她远了一点儿……至少将经历一段时间。'您相信我吗，阿努克？'而她相信了……先生，你看起来不太妙，你还好吗？你好苍白。"

"我想我需要吃点儿东西，不过，我……"他勉强挤出笑容来，"其实，我……您有没有面包？"

"西尔维？"他在咬嚼面包的空当叫她。

"什么事？"

"您很会说故事……"

她的眼神黯淡下来。

"原因是……自从她走后，我老是想这些：晚上，白天，片段的回忆不断回来。我睡得不好，喃喃自语，我追问她问题，试图了解……这份工作是她教我的，我职业生涯里最难忘的时刻都幸好有她，还有我们最美丽、最癫狂的笑。当我需要她的时候，她总是在我的身边，她总能找到最恰当的话，鼓舞旁人，使他们变得更坚强，更……宽容。她是我长女的教母。当我的丈夫罹患癌症后，她跟以前一样，对我，对我丈夫，对小孩都非常好。"

"他……"

"不，不，"她的脸闪亮起来，"他啊，他一直都活得好好的！不过你看不到他，他觉得让我们单独会面比较好……我继续说好吗？你还饿吗？"

"不，不，我洗耳恭听……"

"所以，她相信了。那段日子里，我看见，我真的眼睁睁地看见了'爱情的力量'。她重新振作，戒酒，变瘦，变年轻，在悲伤的外表下，她找回以前的容颜，一样的五官，一样的笑容，眼神里闪耀着一样的喜悦。你还记得她准备干蠢事是什么模样？活泼、疯癫、魅力无人能挡。就好像调皮捣蛋的中学女生，搞错床铺，但从不曾被人逮到……漂亮，夏尔……她是那么漂亮……"

夏尔记得。

"啊，因为他……这个保罗……你无法想象我有多么高兴看到她的变化。我告诉自己：终于苦尽甘来，生命知道自己亏欠她很多，生命回过头感谢她了……就在这个时候，我离职了，正是由于我的丈夫……他从鬼门关外逃过一劫，如果缩衣节食，我们不需要我这份薪水。此外，我的女儿即将有自己的孩子，阿努克也回到工作岗位，所以呢……抛下工作，照顾自己的家人的时候到了。我的孙子诞生了，名叫居庸。我重新调适过正常人的生活。没有压力，不用值班，有人跟我相约出门时，不需查看行事历，我遗忘了那些味道：餐盘、消毒水、咖啡、血块……我以前拿这些和花园广场的午后和大块的蛋糕交换……从此以后，我很少见到阿努克，不过我们不时通电话，一切都很顺利。

"有一天晚上，应该说深夜，她打电话来，我听不懂她叽里咕噜说些什么，我只知道一点，她喝了酒……第二天，我去看她。

"他给她写了一封信，但是她看不懂，要我念给她听，我，要我跟她解释。他说了什么？他说了什么？！他到底是要离开她，或者不会离开她？她……完全被击垮了。于是我读了信。"

摇一摇头。

"这封信是狗屎，充斥着莫名其妙的心理学名词……是很优雅，因为堆砌太多的花言巧语而显得很笨拙。他急欲表现得有尊严、落落大方，却恰恰流露出……懦弱无能到极点……'所以呢？所以呢？'她哀求，'你认为这封信想说什么？我现在到底走到了什么田地？'

"我能跟她说什么呢？你什么田地都不是？看清楚……你已经不存在了，他那么轻视你，甚至达到懒得跟你把话讲清楚的地步。不，我不能这样跟她说，我只是搂着她，这一刻，她明白了。

"夏尔，你看，这种事我看多了，但一直都没办法明白……为什么在工作上有如此杰出表现的人，客观上而言，那些人确实为地球做了许多好事，然而在现实生活里却下流卑鄙又窝囊？嗯？怎么会这样？归根究底，他们的人性躲到哪儿去了？于是，那一天我陪着她，害怕留她一个人。最好的情况下，她会喝得一塌糊涂，最糟的话……我央求她来家里住一段时间，我们女儿的房间空着，我们会注意她的隐私……她擤了一把鼻涕，系好头发，顺一顺眼皮，重新抬起头，对我微微一笑，那是我见过的最孱弱的笑容。

"然而老天爷才知道她是否……其实……算了。这个勇敢的笨女人，使出所有的力气张嘴微笑，一面陪我走向门口一面安慰我，叫我安心离开，她不会对我做出那种事，她见过许多大风大浪，她已经被磨得坚强，非常坚强。

"我让步，但条件是可以随时打电话给她，无论白天或深夜。她大笑起来，回答说好吧，并说她不在乎多一个烦人婆。事实上，她真的撑下来了，我不敢相信。那一阵子我比较常见到她。我窥伺任何蛛丝马迹，留意她的眼白，替她挂上大衣时偷偷嗅一嗅……什么也没有……她很节制……"

沉默。

"事过境迁再回想，我自忖，这样才更令人担心。我即将要说的事情非常恐怖。不过总之，只要她喝酒，起码意味着她还活着。而且就某方面来说，我不知道……重新活过来……至少可以这么说吧。后来，有一天她跟我宣布她打算辞职不干了。我非常讶异。我记得很清楚，我们走出茶馆，沿着杜乐丽花园散步。天气晴朗。我们手挽着手。这个时候，她告诉我：'结束了，我不干了。'我放慢脚步，沉默良久，期待她会给一个交代：'我不干是因为……'不，她没有吭声。为什么，阿努克？为什么？我最后还是问了她，你不过五十五岁……你要如何生活？你要靠什么过活？其实我特别想到的，是你要为谁或为了什么生活，不过我不敢这样问她。她没有回答。好吧。

"然后，她喃喃自语：'大家，每个人……都一个个离我而去……但是医院却没有，你听到我的话了吗？所以，必须我先走一步，不然无法从离别伤痛中恢复过来的是我。试着想象一下：我参加自己的告别酒会？'她冷笑道，'我收下礼物，跟每个人吻别，然后呢？我要去哪里？我要做什么？我什么时候死去？'我不知道如何回答，不过没关系，她已经上了公交车，走到车尾，透过车窗向我道别。"

她放下杯子，不再说话。

"然后呢？"夏尔冒险一问，"这样……就结束了？"

"不。事实上也算……结束了。"

她道歉，摘下眼镜，撕了一张纸巾，将彩妆揉得糊成一团。

夏尔站起来，走到窗边，这一次背对着她。像靠着舷墙似的靠着阳台。勉强忍住。

他很想抽烟，但不敢。这户人家有人罹患癌症，或许跟吸烟没啥关联，但谁知道？眺望远方的高楼，又想起这些人……

那些不曾爱过她的人，他们不曾唤她的真名，只遗留给她下疳、酗酒等毛病；从不曾对她施以援手，只会花她的钱，那些钱都是她辛苦挣来的，一边禁止垂死的病人死去；同一时间，亚历克斯独自准备书包，把钥匙挂在脖子上。

他深深吸了一口市郊的空气，老天，这个词真丑陋，并记录了这六个月来不断纠缠他的念头。不，不是六个月，是二十年。

"我也是其中一位。"

"其中的什么？"

"遗弃她的人……"

"是没错，不过你非常爱她……"

他转过身，她则继续说，故意开玩笑："我也不知道为什么加了'非常'两个字。"

"有那么明显吗？"这个老男孩忧心地问。

"没有啦，没有啦，你放心，其实看不太出来，跟奴努的西装差不多……"

夏尔低着头。她的微笑把他的耳朵搔得奇痒无比。

"你知道的，刚才当你提到奴努是她这一生当中唯一的真爱时，我不敢打断你。不过，前几天我去墓园，见到那几个橘红色的字母，在一片苍凉的景致之中，像烟火般向四面八方喷射开来。我曾发誓绝对不许再哭的，但我得跟你承认，我哭得……邻墓有个可怕的女人跑来发出不满的嘶嘶声。她说她看到那个没用的家伙干的好事，真是下流……我没接腔。我们怎能期望这个老太婆了解？不过我心里想：这老太婆口中的没用的家伙正是她一辈子的真爱哩。别这样看我，夏尔，我刚刚说过，我不想再掉泪。我哭得够多了；再说，她不想看到我们哭哭啼啼的。"

他递上纸巾。

"她的皮夹里有一张你的相片，她经常提到你，从不说你的不是，她常说你是世界上唯一以绅士风度对待她的男人。可怜的奴努，显而易见，他不是你的对手……她常说，幸好她遇见了你，你一个足以抵挡一百个烂男人……她还说，如果亚历克斯可以重返正途，这也要感谢你，因为你们小时候，你比她还会照顾他……你总是陪他写功课，准备试演。要不是你，他可能变得更糟……你曾是这个疯癫家庭的支柱。"

"只有一件事让她很绝望……"她又说。

"什么事？"

"就是看到你们两人翻脸。"

沉默。

"来吧，西尔维，"他终于说出口，"让我们结束这个故事吧……"

"你说得对，就要结束了……于是她没有太过声张地离开医院。她和院方达成协议，让人以为她只是去度假，不过她再也没回来上班，大家都非常失望，没有机会向她表示他们对她的敬爱，不过既然这是她的选择，那就……她收到许多信，她读了最初几封，不过后来的信，她跟我坦承她没读，因为她受不了。不过你应该看看那些信……真不可思议。后来我们之间就很少用电话联系了，讲话的时间也越来越短，起先因为她没有特别的事好说，再来是我的女儿生了一对双胞胎，我变得非常忙碌！另外她告诉我亚历克斯又回到她身边，当时，我的想法很轻率：现在轮到他了，他可以接我的棒……跟你经常得牵肠挂肚的人相处，你一定也很清楚……当他们的情况稍微改善，你因为能够喘口气而高兴……于是我像你一样，只和她保持最基本的往来：生日卡片、年节贺卡、诞生卡、明信片……时光飞逝，逐渐地，她变成我过往人生的一抹回忆，但那是多么绮丽的回忆啊。有一天，我寄去的信件被退回。我打电话给她，不过她的电话线被切了，好吧，大概是她的儿子把她接过去，一起住到外省某个地方，现在她八成正在含饴弄孙呢。说不定哪一天她会打电话给我，届时我们可以大聊孙子孙女们是怎么被宠坏的……她始终没有打电话。唉，人生就是这么回事。后来，大概是三年前吧，我在城郊火车上，看见车厢里有位腰杆挺得很直的老太太。当时我脑海闪过的第一个念头：等我到达她的年纪时，我真希望能像她一样……你知道的，就像我们常说的：'她老得真好看。'浓密的银发，不施脂粉，如修女般的肌肤，虽然布满皱纹，但依然清新，身材苗条……她为了让路给一位打算下车的乘客，整个人偏向我。这时我才满脸惊愕。

"她也认出我了，对我微微一笑，很亲切，仿佛我们前一晚才告别。我邀请她在下一个停靠站下车喝咖啡，我感觉她的意愿不高……她只是回答，如果我想喝的话……以前她是那么能言善道，那么滔滔不绝，但是那一天得由我来问她问题，她才多少说了自己的情况。是的，她付不起房租，所以搬了家。是的，她的小区不太舒适，不过大家互助合作，彼此照应，这是她从不曾体会的经验……她上午在一家诊所上班，其余的时间则当义工。有时病人到她家，有时她拜访人家，反正她并不特别需要钱……小区里大家以物易物：包扎一个伤口，可以换得一餐古斯米炖羊肉；打个针交换修马桶……她看起来出奇地平静，没有不快乐的样子。她说她从来不曾像现在这样把工作做得这么好，她觉得自己还很有用，如果有人叫她'医生'，她会很不高兴的。她在诊所偷些可卡因，或是即将过期的药物……是的，她一个人生活。'你呢？'她问我，'你呢？'

"于是我描述自己一成不变的生活。但是，过了一会儿，她没在听，说她得走了，她和人有约。

"亚历克斯好吗？哦……这个时候，她微微沉下脸……他住得很远，她感觉她的儿媳妇不太喜欢她……她一直觉得自己打扰了儿子和儿媳妇，但是还好，他们有两个可爱的小孩，老大是女生，老幺是男生，才三岁，这点最重要，他们都很好。我们回到月台上，我问她有没有你的消息。'对了，你的夏尔呢？'她微微一笑，当然要谈谈你啦，你工作繁忙，在世界各地旅行，你在北站附近开了一家事务所，你和一个美丽绝伦的女人共同生活。一个真正的巴黎女人……世上最优雅的女人。你们也有一个女儿……而且跟你简直是同一个模子刻出来的……"

夏尔觉得自己摇摇欲坠。

"她怎么知道……"

"我不知道，我以为她和你一直保持联络。"

他的脸孔痉挛了一下。

"我在下一个停靠站下车时，心情纷乱无比……我最后一次得知她的消息，则是通知我两天后去参加她的安葬仪式。并不是亚历克斯通知我的，是跟她交情好的邻居，这位邻居在她的杂物里找到了我的电话……"

她拧着毛衣的下摆。

"我们来到最后一幕……天气寒冷，场景发生在圣诞节前几天，地点位于一处凄怆的墓园。没有仪式，没人致辞，什么也没有。就连葬仪社的人也觉得尴尬。他们随意点头示意，确定是否有人想致辞，不过没人。过了一会儿，他们往前走一步靠近她的棺木，做默思状，双手交叉在裤裆前。然后，他们取回绳索，他们毕竟是领钱办事的人。

"没看到你，我很讶异。不过她跟我提过你四处旅行……

"在我前面，几乎没什么人。有一个女人，好像是她的妹妹，感到无聊透顶，不停地把玩手机。还有亚历克斯、他的太太、一对夫妇、一个年纪颇长的男人，他穿着红十字制服，哭得很伤心……就这些人。

"不过在我们后面，夏尔，后面……有五六十个人，也许更多，很多女人，一大群小孩。幼童、青少年、不知把大手往哪儿摆的愣小子、老太婆、老头子，周日的礼服、捧花、美丽的珠宝、印着大写字母的外套、一瘸一拐的、有长条疤痕的……各式各样，男女老幼，她的住宅区里的每个楼层……都是曾被她救助、获她协助减轻痛苦的人。

"这是哪个帮派呀？然而没发出任何声响，没人叫嚷，安静得不可思议。不过当掘墓人往后退时，他们开始鼓掌，很久，很久。

"那是我第一次在墓园里听见掌声，这个时候，我开始放声大哭：她获得应有的致敬……我认为神父或任何要人的胡说八道都不比他们的鼓掌说得更中肯了……

"亚历克斯认出我了，整个人倒在我的怀里。他不断哽咽，我听不出他想跟我说什么。总之，他是个坏儿子，而且直到最后一刻都没有做好儿子的角色。我把手放进口袋里，天气很冷，这是个好借口。他的老婆给我一个冷淡的笑容，把亚历克斯带开。然后，我打算离开了，因为在这里不知道要干什么。有位女士在停车场上叫我的名字，电话是她打的，她跟我说：'请跟我来，我们一起喝杯热腾腾的饮料吧。'近距离看了她的脸庞后，你马上就了解到她应该并不十分热衷热腾腾的饮料吧。此外，她点了茴香酒……

"是她告诉我阿努克最后几年的生活，以及她为这些人做了些什么！不止这些人，他们没有全员到齐，仙蒂儿子的客运汽车位子不够！其实也不是他自己的车子啦……我也就不跟你一五一十地细说了，你也很了解她……很容易猜想事情的经过……这位女士不善言辞，不过她说了一句很美的话：'我觉得这个女人的心像垃圾袋一样大，这就是我对她的看法……'"

夏尔露出了微笑。

"'她是怎么死的？'我问她。她无法再说下去，发生的这一切，让她太难过了……我感觉背后突然吹起一阵冷风，她喊道：'小让！过来跟这位女士打声招呼！她是阿努克的朋友！'

"他正是刚才在墓园里哭成泪人似的家伙，手里拿着大得像厨房里的擦碗巾的手帕，他穿了一件红十字的披风，一战时的款式，他对我轻轻微笑，同时歪歪斜斜地走过来。这时我马上明了，他应该是她最后一任心肝宝贝……这个家伙跟奴努差不多随兴，你猜不到他下一步会做什么。总之也很会打扮……幸会……他在我对面的位子坐下，而那位女士则改坐在吧台边，淹没在悲伤里。我感觉他很想找人倾诉，不过我累了，想离开，想一个人独处。于是我直接切入重点：最后发生了什么事？于是在电子弹珠和电视机的怪声怪叫下，我得知我们这位一辈子跟死神奋战的美丽的女士阿努克，最终却自行结束生命。

"为什么？小让不知道答案。不过有几个可能……

"每周两次，她到友爱面包店服务。这是专为贫民设立的社会救助商店，不必花什么钱就可以买到一些食物。一名顾客身边跟了一群孩子，她不想买肉，因为这些肉并不是按照真主阿拉规定的方式宰杀的。她不想买香蕉，因为太多黑点；她不愿意买酸奶，因为后天就要过期。你拿我就赏你一巴掌。这时，平时和气待人的阿努克开始咆哮。

'穷人会那么贫穷也很正常，因为他们都很愚蠢。当你的孩子一个比一个面黄肌瘦，你胡说那些屠宰牲畜的阿拉规则有什么意义？！你要是敢再打孩子，贱女人，再打一次，我会杀了你，你听到没？手上握着新颖的手机，每天抽掉五百元的香烟，孩子连一双冬天的袜子都没有？！这个小男生几岁了？三岁吧？死婆娘，你到底用什么打他，打出这么大块的瘀青？嗯？'

"那位顾客一边走开一边咒骂。阿努克脱掉围裙，说她不干了，她再也不会回来，她做不下去了。

"'还有另外一件插曲'，胖胖的小让嘀咕着，'那年十二月，已经十五号了，她的儿子还没邀请她共度圣诞节，她不知道是该把准备给外孙的礼物留在身边，还是邮寄给他们。这也没什么大不了的，却让她忧心忡忡……另外，还有这个小女孩，我忘了她的名字，阿努克帮了她很多忙，比方说做学校的报告等，阿努克还帮她在市政府找到实习的机会，而这个小女孩告诉她她怀孕了……十七岁……阿努克告诉她，如果她不去堕胎就不必再来看她。'

"'您希望我告诉您她为什么死？她死于绝望。这就是她的死因。发现她的是乔艾尔，'他一边说一边用下巴指着"热腾腾饮料"女士，'是乔艾尔发现她的。她家里已经空无一物，没有家具，听说她都捐给别人了，只剩一张小沙发椅和一种水不断流出的玩意儿……一种喷泉？不，是注射液？对啦！警方说她自杀身亡，医生回答说，不，她是在无痛苦的状态下自然死亡的，因为乔艾尔哭个不停，医生只好跟她说阿努克没有感到痛苦，有点儿像睡着了，但还是……'"

"您呢？您是她的朋友？"

"这么说也可以。我是她的助手，你懂我的意思吧……我和她一起去看病人。我帮忙提袋子……"

沉默。

"从现在起，会变得比较贵了……"

"什么比较贵？"

"唉，医生……"

西尔维站起来。她看了挂钟一眼，将一锅水放到炉子上煮。然后，她眼神茫然，低声说："回家的路上，陷在车潮里，我突然回想起好几百万年前她曾跟我说过的一句话，当时我们刚结束特别忙碌的一天，在更衣间里哀号：'我的宝贝，你知道吗？这个工作只有一个好处：我们可以离开人世却不需麻烦别人……'"她抬起头。

"亲爱的夏尔，现在你知道的跟我一样多了。"

她开始忙里忙外。他觉得告辞的时间到了。他不敢亲吻她。

她在楼梯口叫住他。

"等等！我有东西要给你……"

她递给他一个盒子，盒子用宽胶带封住，写了他的名字，用的是大写的英文字母。"又是这位老年人……他问我是否认识一个叫夏尔的人，然后从大衣里掏出这个玩意儿。在她家里，他继续说，有一个给她儿子的大袋子，里面装了给小孩子的礼物，另外还有这个……"

夏尔把盒子夹在腋下，行尸走肉般地往前行走。笔直往前。美丽村路、圣殿郊区路、共和广场、图尔比戈路、塞巴斯托路、勒阿尔、夏特雷、塞纳河，依照雷达指引做圣贾克朝圣之旅，不小心经过皇家港。当他觉得好多了，疲倦逐渐占了上风，赢过情感的浮动，他没有放慢脚步，掏出钥匙圈，利用最尖锐的钥匙划破胶带。

那是一个童鞋的鞋盒。他将钥匙圈放回口袋，撞到一根柱子，道了歉，掀开盒盖。

灰尘，蛀虫，或只是年代久远已够让这个东西面目全非，不过他还是认得出来，是米丝廷盖特，奴努的小白鸽……

不过？什么……

他脑子里只想着一件事：紧紧抱着盒子，尽可能地抱紧，然后，没什么。他什么也不怕了。

幸好如此。反正他实在太累了，无法继续。

---

① 夏尔·傅立叶（Charles Fourier，一七七二——八三七），法国十八到十九世纪空想社会主义者。《傅立叶颂》是超现实作家布勒东一九四七年的作品。

14

他感到双颊滚烫，闭上双眼，觉得相当舒服。

可惜，来了一群人，扰得他不得安宁。

我没看到他呀！我没看到他呀！都要怪这些新修的人行专用道！到底要丢掉多少条路人的性命才够？我跟您说过了，我没看到他呀！而且他并没有走在斑马线上？！哎哟，真是要命……我没看见他……

先生？先生？

您还好吗？

他微微一笑。

你们这些人，通通操你……

快打电话叫救护人员过来。他听到有人叫道。哎呀，千万不要。所以还是赶紧爬起来吧。

别送我去医院。

他已经受够了……

伸出一只手，倚靠着一只手臂、第二只手臂，撑直身子，抓住盒子，点头表示感谢，蹒跚起身想要踱到对面。

摆动手臂看看有没有哪里不对劲，摆动另一只……还有两条大腿。撞得比较严重的是脸部……不过撞击力……一时还看不出有无后遗症。会不会想呕吐？还是别碰他……您不希望我们叫救护人员过来吗？我可以载您去挂急诊……来吧，我们离柯申医院很近！您确定吗？别丢下他不管呀？他说什么？

他说他很确定不必去医院。

于是一群人作鸟兽散，死不了的人不太有吸引力。

然后……不想麻烦人，也不想引起混乱。不过有位好市民自告奋勇替他记下驾驶人的车号，并热心提议要为他做证。

夏尔紧紧抱着盒子，压着心房。头从右边转到左边。

不用了，谢谢您。只是有点儿受到惊吓罢了，一会儿就过去了，没问题。

唯一陪在他身旁的，是一个也坐在长椅上的流浪汉。他不太适合当流浪汉，因为他感到无聊。

夏尔问他有没有烟。

弓着上半身就着火点烟，他以为自己就要昏厥过去。尽量让身体慢慢往后倾，伸出舌头抵在嘴唇上，不想弄脏滤纸，心平气和地吐出一口长长的雾霭。过了好长一段时间，或许一小时吧，他的守护天使伸出手。

指着一家药房。

年轻娇小但胸脯伟大的药剂师助理婕哈汀看到他时惊声尖叫，老板娘急忙冲出请他坐下，并且让他承受一千种欢愉的折磨。

他的新朋友站在橱窗前，伸出大拇指鼓舞他。

他的新朋友很喜欢婕哈汀。

夏尔扭曲脸孔。他的脸，或该说所剩无几的脸蛋，被刮过、洗净、消毒、检查、评判，然后被缝合、包扎。

他站起身，撑着产品陈列柜一瘸一拐走到收银柜台前，费了一番口舌退掉药膏，并且保证会去看医生，撒了谎，道了谢，付了钱，回到街上，与世界交锋。

老朋友的踪影不见了。他拖着脚步，一拐一瘸慢慢走到一家烟草店，很惊讶自己竟能引起众人惊恐的目光。

老板还算泰然自若，他看过更糟的……

"怎么啦？"他显得一派轻松，"今天早上被公交车碾过了吗？"

夏尔忍着疼痛勉强微微一笑："是小货车啦。"

"哦，您下次还是……"

一个烟草店老板，一个具有幽默感的巴黎烟草店老板，真是绝妙呀。他点了一杯啤酒庆祝。

"请用！我特别放了一根吸管。什么？饿？妮可！给这位年轻人一份马铃薯泥！"

夏尔坐在柜台前的高脚椅上，一边用嘴尖小心进食，一边聆听妮可的先生娓娓细数所有车祸的受害者；受伤的、压扁的、残废的、跛脚的、翘辫子的以及截肢的，因为他的店面占尽地势之利，位于大型十字路口的一角，经商特别方便，二十五年来他好像瞭望水手般记载所见所闻。

"我好像一直保留着抗议设立逆向公车道的请愿书，您有兴趣吗？"

"没有。"

一步一步艰辛地往前走，一手抱着盒子，一手撑腿，他迷路了……

不在蒙日街上，而是……

他像用左轮手枪击出五发子弹似的按了劳伦斯的电话号码，然后把电话贴着太阳穴，等待。

语音信箱。

转身往回走，推开汽车出租店的大门。其实他刚才已经在店前严肃考虑了五分钟。要商家放心，没什么要紧，不过撞到落地窗而已。啊，对方松了一口气。"唉，我的同事也是……缝了三针。"夏尔耸一耸肩。三针，小意思啦。

在最后一刻，他肿胀的膝盖逼得他改变主意："等等，请给我自动排挡的车子……"

爬进车子，痛得差点儿掉下眼泪，扭绞着身子坐到方向盘后方，这是一辆小型汽车。掏出行事历，翻到正确的页面，调整后视镜，发现镜中的象人即将上路。

他会很感谢象人出奇不意的陪伴……走左线道，往奥尔良门驶去。

红灯刚刚转成绿灯。重新发动，同时往仪表板瞄一眼。

如果旅程进行得顺利，他可以到亚历克斯家吃晚餐。

忍住不笑，因为会造成剧痛，不过他的心笑呵呵呢。

第三部分

此情此景，有人轻轻微笑，有人喋喋不休，有人装模作样，都值得化为永恒。

1

刚开始还算简单，他意志坚决，吃了秤砣铁了心。

他回避市区，开车疾速飞驰，不遵守交通规则，未和其他车子保持安全距离。

虽然不知道会发生什么事，但他一点儿也不害怕。他什么也不怕了，无论是他的影子、他变形的脸孔，或者他的疲倦。这个女人意识清楚，神情严肃，找到血管后，插入长针头，小心固定好之后，再张开拳头，松开止血带，确定血液稳定流出后，坐在家徒四壁的公寓里仅有的椅子上……不，他已经变得坚强，不那么难过了。

他先联络助理，再留言给劳伦斯。

"好，我帮你取消了。另外，周一晚上七点四十五分的航班，我替你成功升级舱等……我已经拿到机票代号，您有笔可以记下来吗？"助理问他。

"我听到你的留言了，"劳伦斯终于回电，"听好，这个周末我得接待韩国客户，你知道的……（不，他并不知道）。告诉我，你没有忘记玛蒂尔德吧？你答应过星期一要送她去机场，我记得是中午过后的班机，我再和你确认……（法航的休息室已经变成他的第二个祖国）还有，给她一些零用钱，你还有英镑吗？"

不，不，他既没忘记他的大女儿，也没忘掉英镑。

夏尔从不健忘，这也是他最大的弱点……阿努克是怎么说他的？他很聪明。一点儿也不……他经常与顶尖高手共事，很清楚自己有几分能耐。这么多年来，如果他懂得说谎，正是因为他有过人的记忆力……能将所见所闻记得一清二楚。

如今，他承受了太多负荷，像被动了手脚、灌入铅的骰子。然而这些令他偏头痛的烦恼，因为掩饰在更剧烈的痛苦之下，让他暂时不必忍受，这其实并非生理问题，而是心理上的时序错乱。亚历克斯的信引发了大海啸，他的童年、回忆、我们所知关于阿努克的少许事、他告诉我们的故事、他不想公开的秘密（是为了保护她，也因为他生性含蓄），还有这些出乎意料的澎湃情感，这些事简直让他的记忆产生了神秘的变化，甚至启动扫描作用……不过这一切并未产生什么效果，应该由他本人来修复记忆档案。

所以他在收费站前放慢速度。

"你人在哪儿？"劳伦斯问。

"高速公路上……"

"要干吗？考察新工地吗？"

"是的。"他撒了谎。

也是实话。

不过，随着地平线变得越来越宽阔，这趟旅行变得不那么确切了。他离开左线道，让车身笼罩在一辆大卡车的阴影下，思索着。

每次看到下匝道的指标，他就本能地抓着操纵杆，打方向灯。

怪他记错了，他自我安慰……都是因为记性有误……车子往南方开的时候，遮阳板能派上用场。我们来聊些他的事吧。

夏尔是在偶然的情况下变成建筑师的，因为他总是很尊敬别人，使人心悦诚服，也因为他很会画平面图。当然啰，他能把眼中所见和脑中理解的事物，全都牢牢记住，也可以重新表现出来。"再现"对他来说十分容易，简直稀松平常，不管是画在白纸上，或必须利用三维空间来表现，都能做得很好。就连面对某些人落井下石的目光，他也能扭转印象，让人家对他赞许有加。然而，具备这种才华还不够，他能够画得那么好，真正的原因是擅于归纳推理，又有先见之明。

他个性冷静又有耐性，在他身上，"思考"本身就是一个优点，甚至不只是优点，而是一个游戏。许多人邀请他到大学教书，但由于抽不出时间，他一概回绝，不过在事务所里，他很喜欢和年轻人打成一片。他在拉法叶路的事务所每年都会让一些学生见习，今年是马克和宝琳，前几年有极具天分的居塞普和好友的儿子，他都予以热诚款待。

他对学生很严格，会交给他们吃重的工作，但是对每个人都很公平。你们比我年轻，比我更有活力，他不吝给他们打击，所以用行动证明，你们会怎么做？

他不疾不徐地倾听他们，点出他们的愚昧之处，但从不让他们感到屈辱。他鼓励他们模仿、绘图，即便画得拙劣，也要尽力而为。他鼓励他们去旅行、读书、听音乐、重新训练视听，参观美术馆、教堂、花园以及……

他对他们的一无所知有点儿失望，看了手表一眼，这才吓了一跳。你们都不饿吗？他们当然饿呀。那你们为什么笨到任我宰割？难道没人告诉你们，美术学院的老规矩早就落伍了？走吧……为了表示歉意，我请你们吃海鲜！然而才刚坐下，他又忍不住要求大家放下菜单，欣赏四周的装潢：南西学派、装饰艺术风格、纯粹的构图、简朴的几何线条、胶木塑料、镀铬钢，稀有的类型以及……服务生回来了。

众人松了一口气。

在这个小圈子里要诋毁他很容易。别人责怪他……怎么说呢……有点儿太过"古典"，不是吗？他年轻时就深受其苦，不过他也有自知之明。这也是为什么他决定和菲利普一起合伙，菲利普比较……主观，面对特定情况时，敢于强硬地响应，而夏尔也欣赏他不妥协的态度，还有才华与创造力。就工作而言，这个双人拍档合作无间，不过学生们想学习的对象是夏尔。

就连最爱凭空幻想、行事荒诞不经、准备饿死在圣家族大教堂之下的狂徒，都想跟随夏尔。

他做事合情合理、拿捏得宜……但很久以前就开始有脱序的迹象，情况严重时，他会尽量把自己想成是父亲的好儿子，但不太管用。例如，好几个月前的冬季早晨，他已经迟到了，只好走出在车潮里动弹不得的出租车，接着猛然发现自己站在卢浮宫的卡利庭院，他已经很久不再造访该地，于是把原本赶赴的会议抛诸脑后，放慢脚步，让心情恢复平静。

冽霜、阳光、完美的比例，气势万千却不盛气凌人，而且看得到人的神圣手迹……他以自己为轴心做了三百六十度旋转，对四周的鸽子说："嘿，是不是很古典呀？"

庭院里却矗立着一座荒谬可笑的喷泉……他重新上路，同时希望法国建筑师莱斯科、勒梅西耶以及其他建筑界的前辈能偶尔朝着喷泉①吐痰。

让我们撇开所有可能的误解吧。这些批评，而且是非常法国式的批评，正好界定一种道德观，那是一种态度，也可以说是他的工作本质。基于他的工程背景，他对细节挑剔到无以复加的地步（有时在夜里想到这件事，他会觉得这是自己的弱点和阻碍），他对结构、材料或是任何物理现象都了解得精准透彻，因此建立了良好的口碑。

只是，他陷入了爱尔兰天才工程师彼得·莱斯与作家奥登等人的理论，根据他们的说法，执行一项建筑计划期间，许多工程师不得不扛起莎翁笔下的伊阿古的龌龊差事，将他人热情但杂乱无章的冲动引到理性的轨道②。

古典？好吧，但不保守。最好的证据就是，他们得说服工业家、房屋中介商、公家机关以及社会大众，他们的概念远胜于那些装潢得低俗亮丽或卖弄古风的大楼。这也是他们的工作里最艰辛的一部分，因此受到严厉批评，最后像奥赛罗一样，变得极端困窘③。

不过，幸好扮演这个角色的时间并不长，不过……

嘿，你说到哪儿去了，老头子？他抖一抖身体，插入中央线道的车队。你又在嘀咕什么？你干吗突然聊起莱斯和威尼斯之死？

对不起，对不起，是记忆发生错乱嘛。

事实摆在眼前。

她说得对……

还记得吧。

最后一次。

刚才她到达时，看见你正在埋头算数，她一面亲吻你一面疼惜你，暗暗思忖你如此年轻就花这么多时间想战胜这个世界。她知道，她知道！你会回答她说，你是在做功课，不过……

不过？

闭嘴。他累了，不想与人争辩。决定开下匝道。

不要下匝道。

求求你。

回来。

我们一路跟随你，可不是为了到达朗布依埃之后掉头回巴黎呀。

干吗老爱钻牛角尖？干吗不暂时抛开工头的身份、别画平面图、别做模型、不建造、不计算、不评估、不预测？何必这么任劳任怨？你刚才不是说，你什么都不怕了……

我说谎。

你怕什么？

我想要……

什么？

好，放松一下嘛。欣赏四周的景色，看看云朵的形状，成群的母牛，新型奥迪车，高速公路休息站，鸳鸟鼓动翅膀飞上青天，十七公里远的无铅汽油促销……

我们小时候，他心里又开始嘀咕，经常大吵大闹……我们常吵架，因为两人的脾气都很倔强，都想博取奴努的关心，得到他的亲吻，因而吵得不可开交。奴努极力忍耐，想尽办法缓和冲突，最后只好搬出他那只做成标本的小白鸽（它因为长年放在冰箱上而蒙上一层灰），随手抓了东西往它的嘴里一塞（通常是一束香芹），然后把它带到我们的臭脸前摇来晃去："咕咕，咕咕……和平之鸽咕咕叫啰，我的小宝贝，咕咕……"

我们扑哧笑了出来，笑成一团，怒气全消……这个坐在死人位置上的鞋盒……④

我们才不管什么无铅汽油哩。出租汽车用的是柴油，不是吗？什么？再说一遍？你说什么？

挺直腰杆，系好安全带，难道……难道在这个该死的计划里没有一丝希望？她是不是再次高估了我们，想考验我们？

她溺爱我们，不曾让我们平静，而她的爱已经让我们……

啊？要 1.22 欧元……嘿，夏尔·巴兰达，我们被你的啰唆弄得好累呀……你聪明过人，说话引经据典，你的思维严谨，度过美好的学生时代，拥有极高的文化素养，又充满创造力……不过，你知道我们根本不在乎这些吗？我们只希望你给我们一句实实在在的话。

他皱着眉，点燃香烟，借由尼古丁得到释放，然后坦承内心的悲伤：我不希望她死得毫无意义。

好啦，我们得救了！走吧，没事了，深呼吸。好啦，你把心事说出来了。

嗯？你心里有计划了吗？现在开车吧，别说话，专心开车。哦，你不必不停地深呼吸，你知不知道，你有根肋骨断了。

是的，如果一切顺利，我的……

不是告诉过你别说话吗？别再说了。

因为对自己没有信心，至少对这个计划不太有信心，他打开广播。

在两个无聊的广告的空当，一个歌手用高亢的嗓音如泣如诉地唱着"放轻松"，重复了十余次。

轻轻轻轻轻轻轻——松。

好啦，好啦，我懂了。

找出太阳眼镜，戴上，摘下，太重，把仪表板旁的小置物柜关上，切掉声源。

他的手机开始振动，下场一样，切掉。

一只脏兮兮的小白鸽和一个脸孔变形的瘸子坐在一辆体形娇小，仿佛诺亚方舟的日系汽车里，然而……然而……他在满脸的绷带之下，却悄悄崩溃了。

他的车子一驶过，便洪水大作……

৩৩ ৎ৩

下匝道，离开国道，离开省道。

好几个月来，他第一次察觉到地球绕着太阳运转。没错，他住在一个四季交替的国家。

他的麻木、电灯、霓虹灯、计算机屏幕的反光，还有时差，这一切都有助于遗忘。六月底，夏天粉墨登场，敞开车窗，让今年第一股干草气息吹送进来。

另一个惊艳，法兰西。

一个面积不大的国家却包容了如此丰富的景致。五颜六色……这些缤纷的色彩随着不同的地区和建材而变化，同时各自区隔、相互衬托，变得更为醒目……砖头、扁平的褐色屋瓦、索伦涅暖和的色调。光滑的石头，刷上石灰的墙垣，溪流中呈现红棕色的细沙……接着来到卢瓦雷省，深灰色的石板屋顶，灰白色的石灰华墙面，门面上灰色与白色之间层出不穷的变迭……笼罩在白日将尽的夕照下的象牙白、米灰色……微微发蓝的屋顶被砖红色的烟囱底部烘托得更加湛蓝……门窗通常是苍白的色调，或因屋主的巧思和油漆而有耳目一新的感觉……

不久，进入另一个地区，不同的采石场，不同的石头……板岩、片石、砂岩、熔岩，甚至视房子的不同部位而偶然遇见花岗岩。不同的碎石，不同的设备、不同的砌面、不同的屋顶……这里的墙垣变成有檐槽的墙面，取代先前出现的人字墙，在北部地区，冬季更为严寒，房舍必须紧紧靠拢。另外，他们的镶框和过梁做得不那么精致，色调比较……

这里给夏尔提供了千载难逢的机会，得以宣扬法国色彩学家让·菲利普·朗克罗和他工作室的傲人成就。不过，也罢……人家已经哀求他别再啰唆，所以他决定把他的知识搁在心里，开得越来越缓慢。他皱着眉头，转向一旁，忙不迭地欣赏沿途的山景，有时给方向盘几拳，因而撞坏了人行道的边缘，穿越小村庄时引来路人侧目。

火炉上炖着汤，该是时候修剪天竺葵，并把长椅搬到仍洒满阳光的屋前。村人对着路人点头致意，在背后指指点点，直到发生更大的骚动才打住。

狗儿呢，它们连耳朵都懒得竖起，任由跳蚤和巴黎人滚开……

夏尔对大自然一无所知。林木围成的田地、篱笆、乔木林、荒野、草原、牧场、山丘、树丛、森林边缘、林荫小径，他听过这些说法，但不知道实际的地形看起来如何……他不曾涉猎城市以外的建筑，一时想不到可以参考哪本书。

总而言之，对他来说，乡村是阅读的好地方。寒冬时分坐在壁炉前，春暖花开时节依傍着树干，炎炎夏季坐在绿荫底下。而且他也曾亲身体验……当他还是小男孩的时候，在祖父母家，和亚历克斯一起遇见卡纽先生的那段伟大时光。长大后，劳伦斯拖着他到朋友们的别墅拜访……

记忆中，乡间周末倒也还算自在，不过人家老爱追问他的意见，请他对那些尚待夷平的墙面估算成本、提供建议。他恨恨地咬着牙面对这一切：丑陋的落地窗、要命的难看屋顶、不实用的泳池、套着挂锁的酒窖和盛装打扮的乡巴佬（靴子特意沾了污泥，还煞有介事地搭配同色系的羊毛衫）。

他的回答含糊其辞。很难说，得亲眼看到才知道，他对这个地区不熟。然后，他起身告辞，找寻地洞睡午觉，令在场所有人大失所望。

地洞，这字眼确是不差！我们现在不就置身在地洞里？没有广告牌，不见指示标，举目所见的村庄都杳无人迹，只见长满野草的堤道上，有群兴高采烈的野兔自告奋勇地组成护航大队。

亚历克斯跑到这种鸟地方干吗？

而且，这个家伙到底住在哪里？

他的行事历和卫星导航系统都帮不上忙，七十三号省道到底在哪儿？为什么这块麦田好像无边无际，他连路标上的名字都不会念。

阿努克……

你要把我带到哪里？

你看见我了吗？油箱和肚子空空如也，停在交叉口，不知如何是好，路标上写着八公里外有木柴店，仲夏节营火已经熄了吗？

如果你是我，你会选择哪个方向？

笔直向前，不是吗？

走吧……

他抵达村庄，摇下车窗。

迷路了。马西？马内西？或许是马杰西？村人可曾听说过？

不曾。

七十三号省道怎么走？

啊，对了！就在那边，出了村子走左边的道路，穿越河流，过了锯木厂，马上转入右边的路……

有位太太说："这位瓦兹先生，您要找的该不会是马兹雷夫妇吧？"

此时此刻，夏尔深深体会到自己完全孤立无援。

他愣了几秒钟，才对着这张无辜的脸庞傻笑，然后赶紧逃离这个绝望的困境。

首先，为何叫他瓦兹先生？大概因为他的车牌号码，当初选车时他并未特别留意。接着是马兹雷夫妇，怎么写？最后一个字不是"西"吗？他在八月九日的行事历上把"西"这个字写得格外潦草，不过这是他唯一能确定的。他重读一次，但仍然无法确定，因为除了当天的主保圣人节，其他的字都模糊不清。至于主保圣人节，哦，哦，真好笑！⑤

他绞尽脑汁，挣扎了许久后，决定"西"吧！

那些村人的问题好奇怪……

"还很远吗？"

"嗯……二十多公里吧……"

在这二十公里的路程里，他的方向盘变得滑顺无比，胸口的痛楚却越来越深。缓缓行驶二十公里后确定了一件事：他恨不得找个地洞钻进去。

当马兹雷的钟楼出现在天际时，他把车停在教堂边的空地上。

他拖着沉重的步伐，缓缓走到荆棘丛边小解，倒吸一口气，忍受疼痛，再呼气，解开衬衫纽扣，揪着领口轻轻挥舞，想让风把衣服吹干，接着用手臂拭去额头的汗水，伤口仍然疼痛，连纱布都隐隐作痛。他又倒吸一口气，天哪，真臭，于是重新扣好纽扣，穿上外套，吐了最后一口气。

肚子开始咕噜叫。他很感激它，不过基于原则，还是把它骂了一顿。该死，现在是什么时候，你还想到吃？想来一块牛排？但是你已经塞不下任何食物了，笨蛋，你变得小不隆咚，你自己很清楚……

是的……和亚历克斯一起啃肥肥的牛排……好讨他欢心……我的小男孩，吃吧，还有很多菜……

唯一的问题，是他的胃。

现在他想呕吐……

于是抽烟。

为了消除呕吐的恶心感。

他坐在温热的引擎盖上，不急着把烟抽完，却觉得更加无力和忧伤。想起以前为了戒烟吃过多少苦……他以前颇为愤世嫉俗，还说戒烟是那些吃得太好的西方人仅剩的大冒险。

　　他又开始吸烟了。

　　他觉得自己很苍老，满脑子都是死亡的念头，太过依赖尼古丁。

　　重新打开手机，不敢相信，竟然收不到信号。

---

① 这里提到的喷泉，应指莱斯科设计、让·古戎（Jean Goujon）雕塑的"纯洁喷泉"。

② 彼得·莱斯在一九九二年英国皇家建筑金质勋章的颁奖典礼上，特别提到奥登的杂文
　　"Joker in the Pack"（《用出乎意料的方式改变情势的人》）。奥登分析莎翁著名反派
　　人物伊阿古，解释他以理性的辩证摧毁奥赛罗和妻子的爱情。莱斯发现，在建筑设计
　　的过程中许多人赋予工程师类似伊阿古的角色。伊阿古是莎士比亚剧作《奥赛罗》中
　　的重要人物，为奥赛罗的旗手，长年跟在奥赛罗身边作战，因为未被奥赛罗擢升为副将，
　　怀恨在心，表面忠心耿耿，实际奸险恶毒，极尽挑拨之能事，让奥赛罗以为妻子不忠。

③ 奥赛罗直到手刃爱妻后才得知自己因妒嫉心作祟，误解妻子的清白，悲愤之下自我了断，
　　并道出自己不是猜忌，而是误入歧途，极端困窘。

④ 法文中驾驶座旁的座位被称为"死亡位置"，在第四部结尾处还会出现。

⑤ 天主教日历几乎每一天都有一位主保圣人，八月九日的主保圣人是"圣爱情"。

2

他在市政府前将行事历翻到八月十日。亚历克斯住在榆树园，他寻找了好一会儿，最后问了身旁的妇人。

"哦……再远一点儿……过了合作社的新兴住宅区……"

"新兴住宅区"，他刚开始听不太懂，但那指的是盖在一小块地皮上的通透的住宅，购屋的人都是循规蹈矩的好国民……好的开始就是成功的一半……他很喜欢这一切……狗屎建筑物的墙面涂满鬼玩意儿、活动式百叶窗、大量生产的信箱、矫揉造作的路灯。

更糟的是，这些到处是瑕疵的房子非常昂贵。

好吧，别再抱怨了。找到八号了吗？

几株崖柏、傲慢的栅栏，还有仿中世纪风格的铁门。只差没在每根支柱上装点石狮子……夏尔抚平上衣的口袋，拉开门闩。

有个金发小男孩站在落地窗后。

相隔几小步的距离。

好……

再次按下这个可恶的门铃。

出现一个女人的声音："什么事？"

不会吧？不可能？居然有对讲机？他万万没想到这种鸟地方会有对讲机，在法国最荒僻的乡野！还是自然公园的一部分！在这个由十来栋透天屋组成的新兴住宅区的第四栋房子竟然有对讲机？不会吧！

"您是哪位？"那个机器又说了一遍。

夏尔很想回答"去你的",但还是说:"夏尔,亚历克斯的老朋友……"

沉寂。

不难想象屋内掀起一阵骚动。"您确定吗?""您自己听得一清二楚。"举起双臂,制造出狂风把衣衫吹出美丽皱褶的气势,等待铁门自动敞开,就像摩西在红海开路,溅湿衣襟。

完全失算。

"他不在。"

好……拖延战术比硬碰硬来得有效。他遇到一个脾气不太好的对手。必须选好自己的立场,然后射出大炮攻击。

"您是科琳娜吗?"他故意讨好,"我经常听他提起您……我姓巴兰达,夏尔·巴兰达……"

大门敞开(门的材质是带有异国风情的木头,仿雪瓦尼堡或罗亚河城堡的风格,可自行拆卸安装,菱形格子铅条嵌在双层玻璃上,并在玻璃四周设计了防水接缝),露出一张脸孔……这张脸可就没那么俏丽了。

她伸出手递给他,他意识到,自己的脸孔吓到她了,因为他试着微笑讨好她。

还有……他几乎忘了……他的裤管破了,外套裂了,衬衫布满血迹和碘酒……

"您好……抱歉……是……其实……今天早上我摔了一跤……会不会打扰到您?"

"……"

"会不会打扰到您?"

"不,不会……他一会儿就回来……"她转向一个小男孩说,"你回屋子里去!"

"很好,我等他回来……"

通常她应该说"请进屋里坐一下"或"在他回来之前,要不要先喝点东西"这类的话,她却只是重复说着"很好",而且态度冷淡,接着转身走进石匠盖的小房子。

名副其实。

品质一流。

于是夏尔趁机做了一番研究，在榆树园闲逛。

观察那些用切歪了的花岗岩做成浮雕的空心柱子、每米不到十欧元的栏杆、长年囤积在工厂里的铺砌石、染了石头纹路的水泥石板、雄伟的烤肉架、塑料桌椅、荧光溜滑梯、保丽龙棚架、和屋舍大门一般宽敞的车库门……

真是迷人哪……

他不是愤世嫉俗，不。

他只是故作高雅。

他循着原路走回去。有辆车停在他车子的后方，他放慢脚步，感觉大腿变得很僵硬，那个金发小男孩冲出花园，跟在一个男人的身后，他应该是男孩的父亲。

这时候，只要一动脑筋思考就教人无法忍受，不过他不思考，只是观察。内心一阵激烈的冲击后，夏尔浮现出一个念头：浑蛋，他的头发竟然还是那么浓密……

令人难以忍受。

不过接下来呢？我们能想象什么画面？

小提琴大合奏？慢动作小步跑？泪眼婆娑？

"怎么了？你现在已经像个老头子走得慢吞吞的？"

我们能够想象什么画面？

夏尔不知道该如何接话，大概是太感伤了。

亚历克斯拍拍他的肩头，弄痛了他。

"什么风把你吹过来的？"

大浑球。

"这是你儿子？"

"卢卡，过来跟夏尔叔叔问好！"

弯下腰亲吻他。不疾不徐。忘了小孩的气息如此清新……

问他蜘蛛侠成天吊在他的 T 恤上不会感到无聊吗。摸摸他的头发、脖子，什么？你的袜子也有，啊……连内裤都有？人家教他如何伸出手制造"有黏性"的蜘蛛网，轮到他自己做一遍，做错，承诺他会勤加练习，然后站起来，看到亚历克斯在哭泣。

忘掉他原本抱定的决心，扯开脸上的绷带。

伤口、肿块，缝合，堤防，厚厚的药膏，全部哗啦爆开。

他们紧紧抱着对方，然而被他们抱在怀里的，其实是对阿努克的爱。

夏尔率先退后一步。疼痛、瘀血。亚历克斯抱起小男孩，轻轻咬着他的肚皮，把他逗得咯咯笑。不过，他其实想掩饰情绪，擤了一把鼻涕后，把小男孩撑在肩头上。

"你怎么了？从鹰架上摔下来了？"

"是的。"

"你见过科琳娜了？"

"对。"

"你刚好路过？"

"没错。"

夏尔停住脚步。亚历克斯转过身子，表现出大地主的狂妄，拉一拉儿子卢卡的大腿，想让肩上的负担左右平衡。至少，让眼前这个负担平衡一些。

"你是来教训我的吧？"

"不是。"

他们盯着彼此看了许久。

"你还是满脑子在想坟墓？"

❧ ❧

"不。"夏尔回答，"不，我现在已经不想了……"

"那么你在想什么？"

"你会留我吃晚餐吗？"

亚历克斯松了一口气，露出跟昔日一般快活的笑容。然而，已经太迟了，夏尔仿佛收起了童年的弹珠，不想再和他玩了。

用小白鸽米丝廷盖特交换一顿榆树园的晚餐，还得忍受低俗的品位、花费汽油、几个钟头的时光，他觉得这笔买卖还算公道。

雨过天晴，洪水退了吗？

当然，与其说冲动不如说放纵，而且为时短暂，我同意，这对你来说当然不够，不过任何一切对你来说都不够……

感觉他的口袋又装满弹珠，看起来鼓鼓的，十分确定比赛已经结束，他不会再出赛，所以也不会再输了，因为这段教人厌倦的路程，从此以后将显得过于短促，无法再跟如此拙劣的对手一较高下。霎时间，他松了一口气。

他心情愉悦，张开手掌，弯曲中指和无名指，瞄准后……扑通一声，捉到一只正在电线上跳舞的小鸟。

"不会吧！"小卢卡说，"它现在在哪儿？"

"在我车上。"

"我不相信。"

"那你就错了。"

"哦……如果是真的，你抓到那只麻雀的时候，我应该看到了。"

"才怪，你只注意了邻居家的狗。"

亚历克斯在他的车厢和美轮美奂的车库间来回穿梭，卸下全家一个星期的生活用品，而夏尔正试着说服多疑的小卢卡。

"那么为什么它会粘在木头上呢？"

"嗯……我必须提醒你，蜘蛛侠射出的网丝有黏性。"

"我们要不要拿给爸爸看？"

"不要，它惊吓过度还没恢复过来……我们先不要打扰它。"

"它死了吗？"

"不！它当然没死！我跟你说过了，它只是被吓到了！过几天我们再放开它……"

卢卡严肃地点点头，然后抬起头，灿烂地笑着问："你叫什么名字？"

"夏尔。"夏尔笑着回答。

"为什么你满脸都是绷带？"

"你猜……"

"因为你没蜘蛛侠那么厉害？"

"没错……我有时候会摔下来……"

"你想看我的房间吗？"

科琳娜不太喜欢他俩的蜘蛛侠话题，要求他们必须先走过车库，然后脱掉鞋子才能进屋（夏尔不太乐意，他不曾在房子里脱鞋，除了在日本之外）。接着她举起食指，要他们别搞得乱七八糟，最后终于转过头说："您……要留下来吃晚餐吗？"

亚历克斯刚好提着冠军超市的袋子出现（要是夏尔的高瘦姐夫看到了，一定非常高兴。多么美味啊……如果他的电话信号正常，他会发一条美妙的短信给克莱尔……）

"他当然要留下来呀！怎么了……有问题吗？"

"没什么，"她回道，不过语气听起来却像"有什么"。"只是我还没做晚餐，我要提醒你，明天学校举行节庆大会，我还没做好玛丽昂的戏服，我可不是裁缝啊。"

亚历克斯真是狂躁又天真，竟打算和她妥协。他放下袋子，抛出一句话："没问题，别担心，我来下厨吧。"

他接着转过身说："对了，玛丽昂呢？她不在家吗？她在哪儿？"

穿着溜冰鞋的女主人发出叹息："她在哪儿，她在哪儿……你很清楚她在哪儿……"

"在爱丽丝家？"

"当然啊……"

"我打电话给他们。"

"祝你好运，他们从来不接电话。我真怀疑他们装电话是干吗的……"

亚历克斯闭上眼，想着自己不到几分钟前还很快乐，接着往厨房走去。

夏尔和卢卡不敢妄动。

"她问可不可以留在爱丽丝家过夜！"亚历克斯大叫。

"不行，家里有客人。"

夏尔比手画脚，不，不，不，他不希望自己被当成一个借口。

"她说他们在排练明天的舞蹈……"

"不行，叫她回家！"

"她都求你了，"她的爸爸继续说，"她还说'跪着求你'。"

科琳娜一时找不到话说，只得使出小家子气的伎俩："不行，她没带牙套。"

"等一下，如果只是这样，我可以帮她送去……"

"是吗？你不是要负责煮饭吗？"

这个家庭真是美满呀……夏尔想透透气，于是介入与他无关的家务事："如果能帮得上忙，我愿意跑一趟……"

她看他的眼神显然说明了一切：关你屁事。

"您连她在哪里都不知道……"

"但是我知道啊！"卢卡大叫，"我可以带路。"

缄默无声。

亚历克斯觉得自己应该挺身而出，让他这个死党兼同学、老朋友、军旅战友看看谁才是一家之主。不，不过……

"好，好吧，不过你吃完早餐就回家，好吗？"

夏尔把卢卡安顿在后座，掉转回头，把榆树园抛在脑后，对着后视镜问道："现在我们要去哪儿？"

卢卡一脸灿烂地笑着，嘴里有两颗乳牙掉了。

"我们要去世界上最美丽的房子！"

"好吧……"

卢卡松开安全带，走上前，盯着马路想了两秒钟，接着高声说："直走！"

他的司机翻了白眼。

直走。

当然……

好个小呆瓜……

"你好像在哭。"后座的小卢卡忧心地问。

"没有，没有，我只是很累……"

"你为什么很累？"

"因为我没有睡好。"

"你走了很远的路来看我吗？"

"哎哟，你无法想象有多远哟……"

"你跟很恐怖的野兽打架了吗？"

"嘿，"夏尔用拇指比着自己狰狞的脸孔，"你该不会以为我自己把脸搞成这样吧？"

"那是血吗？"

"你觉得呢？"

"为什么有些斑点是深棕色，有些是淡棕色？"

他忘了世界上还有不停问"为什么"的好奇宝宝……

"嗯，那是因为咬我的猛兽不一样啊……"

"最残暴的是哪一种？"

他们驰骋于广阔的田野里，叽里呱啦讲个不停。

"喂，最美丽的房子还很遥远吗？"

"哦……我们刚才经过啦……"

"好极了！"夏尔假装责备他，"好极了，导航员！未来有新任务时，我不知道还会不会带你上路！"

沉默的抗议。

"哦，我一定会带你！来，坐到我的腿上，这样你比较好指路……"

这一次，确确实实而且也来不及反悔，他和小卢卡变成了好友。

但是坐得他好痛呀……

他们在一群棕色的母牛面前回转，行驶在温热的柏油路上，转弯，四手合力打方向盘，然后在橡树林立的小路上继续前进。

夏尔还挂念着自己身上的臭味和邋遢的打扮。

"爱丽丝住在城堡里？"

"是呀……"

"嗯，你跟这些人很熟啰？"

"哦……我跟男爵夫人和维多利亚比较熟啦。你看吧，维多利亚是全世界最老最胖的……"

他妈的……他们这下倒像极了一对到乡间贵族家拜访的乞丐和小顽童……这样一来，他这一天可真是充实呀……

"她们人好吗？"

"不好，男爵夫人很蠢，很讨人厌。"

好，好，好……从树脂涂料到城堡的突堞口。

法兰西，确实是一个兼容并蓄的国度……

小领航员乱七八糟的头发骚得他很痒，但因为气味芬芳，他又重新振作了："妈的！我的兄弟，冲啊，我在主塔里！"

问题是，并没有城堡的踪影……百年古道最后通到被割了一半的大草原。

"你应该在这里转弯……"

他们沿着一条小溪开了一百多米，有点儿残破的屋瓦从树林里蹿出来，或许是榆树？他冷笑道，而那些被愚昧的巴黎人拿来尿尿的树木他都浑然不知其名。

所以是开往古时候老百姓的聚落……

他觉得好多了。

"现在你得停下来，因为这座桥可能会崩塌。"

"啊？"

"是啊，这座桥非常危险。"他兴奋地加了一句。

"我懂了……"

他们停在一辆年代久远、布满泥巴的富豪汽车旁。后车门是敞开的，有两条狗趴在后车厢打盹。

"这条叫丑陋，另一条叫丑毙……"

它们摇着尾巴，扬起麦草絮。

"它们真的好丑，你说呢？"

"是啊，不过这是故意的。"小向导卢卡说，"他们每年都会到流浪狗收容中心，要求认养里面最丑的狗……"

"原来如此，但是为什么要这样？"

"啊呀，让它出来生活啊！"

"总共有几条？"

"我不知道……"

"我懂了，"夏尔挖苦地说，"我们绝不是在贵族府邸，而是在提倡回归自然的老嬉皮的地盘上。"

天主慈悲。

"这里也有山羊吗？"

"有。"

"我就知道！"

"男爵夫人会抽草吗？我是说大麻。"①

"哎哟……你真笨，她是吃草的啦……"

"她是母牛吗？"

"小马。"

"那个胖子维多利亚也是？"

"不，她是这里的皇后……"

救命啊。

接着夏尔闭嘴。他把所有的坏心眼念头都塞回口袋里，并铺上恶心的手帕。

这个地方真美……

而他一直都很清楚，老百姓总是比他们的庄园主更令人感动，脑海里飘过一堆例子，不过此时此刻，他不再寻觅，也不再思考，只是欣赏。

光是桥梁就让他看得乐不思蜀。石头的砌法、优雅的桥面、鹅卵石、栏杆、桥墩……

这个庭院，虽四面封闭却如此雅致，这些建筑物的比例……让人感到很安心，虽然充其量只是一堆残垣烂瓦……

有十几辆单车被遗弃在小路旁，一群母鸡站在车轮中觅食，还有鹅和一只令人侧目的鸭子，它几乎像人一样站立，仿佛踮着脚，不，该说踮着蹀走路。

"你要一起来吗？"

"这只鸭子好奇怪。"

"哪一只？它吗？你看，它走得特别快。"

"它到底是什么东西？鸭子和企鹅的混种吗？"

"我也不知道……大家都叫它'印第安'，它和家人一起出门时，总是一只接一只整齐排队，很有趣……"②

"'印第安队形'吗？"

"你要来吗？"

夏尔又吓了一跳："那它是谁？"

"除草机。"

"它应该是大羊驼啊？！"

"别摸它，不然它会黏着你，你会永远甩不掉它。"

"它会吐在人身上吗？"

"有时候会。它的呕吐物不是从嘴巴出来的，是从肚子，所以臭得要命……"

"卢卡……这到底是什么地方？马戏团吗？"

"没错！"他笑嘻嘻地说，"你也可以这么说。所以妈妈才……唉。"

"她不太希望你来。"

"不能天天来啦，你要一起来吗？"

房子的大门坍倒在一堆植物之中（夏尔对植物也所知不多），其中有葡萄藤、玫瑰，这些他倒还认识，也有形似爆竹的橘红色的攀藤植物，开着小号似的花朵，另外，还有精致无比的心形花朵，他从不曾看过，根本无法画下来，一盆盆的花处处可见……窗台边，柱子底座，老旧的水泵上，或是放在餐桌和独脚小圆桌上。

植物茂盛而拥挤，四处堆砌着，有些甚至还贴上了标签，大小不一。从古到今，从麦迪奇浇铸大花盆一直到破旧的空罐头、残缺的容器、装了种子的小盆子以及大玻璃瓶，瓶里苍白的植物根须清晰可见。

还有一些陶器，八成是小孩捏的，看起来粗糙又丑陋，十分可笑，也有比较古老的器皿，真不可思议。有个十八世纪的篮子，布满青苔，还有一尊缺了一只手的牧神像（或许是执着笛子的那只手）。

有一些装狗食的容器、几个碗盘、缺了把柄的高压锅、一个塑料气压表、没有头发的芭比娃娃、几个保龄球瓶、老一代的浇水器、脏兮兮的书包、一根啃过的骨头、一个生了锈的铁钉挂着一条掸衣鞭、一条绳索、一个旧铃铛、几个鸟巢、一个空荡荡的笼子、一把铲子、几把破损的扫把、消防车玩具、还有……在这堆零乱的杂物里，还躺着两只猫。

无动于衷。

可说是媲美谢瓦尔邮差一手建立的梦幻城堡的后院仓库……③

"你在看什么？你要一起进来吗？"

"爱丽丝的父母是古董商吗？"

"不是，他们都死了。"

"……"

"你一起来吗？"

房门半掩。夏尔轻敲门扉，把手掌平放在温暖的门上。

没有回音。

卢卡已经溜进屋子里，夏尔紧紧握住温热的门拉手，过了一会儿才敢追随他的脚步。

等到瞳孔适应屋里的光线，他的味蕾已经臣服。

仿佛回到童年。

这股味道……他忘了。他以为早就失去它了。他不在乎了。他本该鄙夷的味道，现在却再度将他融化，巧克力蛋糕正在烤的味道，在这栋房子里名副其实的厨房之中……

但他没能肆无忌惮地垂涎三尺，因为他被屋内的陈设吓到不知如何是好，就像刚才在大门口所感受到的震惊。

一切杂乱无章，令人看得叹为观止，却也予人奇异的感觉，那是一种温柔、舒惬的感受……

一排排雨靴散布在陶土泥地上，越摆越稀疏；每个窗台上仍然放了秧苗，栽种在宝丽龙或香草冰激凌的盒子里，还有一个巨无霸壁炉，是挖空整块石头制成的，里头乌黑一片。壁炉的梁柱上摆了一把琴弓、几根蜡烛、一些胡桃和鸟巢、耶稣受难十字架、布满斑点的镜子、几张照片，还有在森林里找到的东西所制成的各种物品：树皮、叶子、树枝、橡树果实、橡树果实的壳斗、青苔、羽毛、松果、栗子、浆果、小骨头、蛋壳、栗子的壳斗、涡轮的叶片、小猫咪……

夏尔深深着迷，这些是谁做的？他对着空气问道。

有个异常巨大的炉灶，天蓝色珐琅质，挺着两个凸出的大锅盖，正面有五道门，造型浑圆，柔顺而温暖，让人好想抚摩。有只狗躺在炉灶前的地毯上，看起来像只老狼，一看见他们就开始呻吟，站起来不知想迎接还是吓阻他们，不过它最后放弃了，又重新躺下，扯着嗓子尖叫了一声。

有张农庄专用的餐桌，非常巨大，四周放了不成对的椅子，似乎晚餐才刚吃过，而且尚未清理餐桌，桌上摆着银质餐具、残余酱汁的餐盘、迪士尼出品的芥末罐，还有象牙质的餐巾环扣。

碗橱很美丽，造型特殊又精致，里面摆满了砂锅、彩陶、碗盘和缺了口的茶杯。一个堆了许多锅子的黄盆子放在铁定硌手硌脚的石质洗碗槽里。天花板垂挂了一些篮子。筛网破了洞的食物储藏柜，瓷质吊灯，一个几乎跟餐桌一样长的箱子。汤匙悬荡在那里似乎好几个世代了，还有一把年代失传的苍蝇拍，那些苍蝇并不知道它们的前辈在此牺牲性命，依旧前仆后继，期望攫获几粒蛋糕屑。

粉刷已久的墙上，在不同的高度分别刻印着日期和各个小孩的名字，许多裂纹，一个静物，一声沉默的钟响，以及一个有调整时间功能的收纳架……它见证了屋主与我们生活在同一个年代，收纳架上摆着意大利面、米、麦片、面粉、芥末罐和家庭号包装的知名佐料，已经被压弯了。

还有……不过……特别是这股强度……一年中最漫长的白天的最后几道夕照，透过装饰着蜘蛛网的窗玻璃射进屋里。

金黄的阳光，渲染着琥珀色泽，沉静无声，充满了尘埃、毛发、灰烬……

夏尔转过身叫道："卢卡！"

"让我过去，我必须把它弄出去，不然它又会在屋子里乱大便……"

"这是什么东西？"

"你见过山羊吧？"

"不过它还很小呀！"

"没错，不过它很会大便……请你离开门边。"

"爱丽丝呢？"

"她不在上面……来吧，他们应该在外面……可恶，它跑掉了！"

小山羊已经爬到餐桌上了，卢卡只好认栽。"算了，也没什么大不了。就让亚辛把它的粪便装进糖果盒罐带去学校好了。"

"你确定？这只大狗好像不太同意……"

"没错，不过它没牙齿了，你要来吗？"

"走慢一点儿，我的小大人，我的腿好痛啊。"

"啊，我忘了……对不起。"

卢卡真是个令人兴奋的小家伙。夏尔很想问他是否认识他的祖母阿努克，但不太敢开口。他不敢问问题，生怕毁了两人刚建立起的关系，怕自己一时莽撞，在这个与世隔绝、完全卸除武装的世界里变得更加笨拙可笑。这个世界只以一座岌岌可危的桥梁联结外面的世界，在这个地方，父母双亡，鸭子直立行走，山羊住在面包篓里。

他把手搭在卢卡的肩上，跟着他朝夕阳的方向走去。

他们绕过房屋，穿越草地，草长得很高，只有一条路，通到趴在后车厢的狗那里。他闻到早已遗忘的燃烧荆棘味，远远看到他们，位于树林的边缘，围着火形成一个圆圈，不时叫嚣、大笑、跳跃。

"糟糕，它跟来了……"

"谁？"

"阿达客船长。"

夏尔还没有转过身，就猜出是哪只动物跟来了……

他笑了起来。

他可以跟谁说这件事？

谁会相信？

他来这里是要扑杀害虫亚历克斯，并打算将之廉价抛售，以便平静度过余生，不过现在他又踩着沉甸甸的步伐掉进去，因为嗯……大羊驼的脾气阴晴不定，不是吗？没错，他笑了，他真希望玛蒂尔德也在……哦，该死，它要吐了……它要吐了，我感觉到了。

"它还在跟？"

不过卢卡听不见他的话了。

皮影戏……

第一个人影回过头，第二个跟他们打招呼，陆续有狗跑来迎接他们，第三个用手指指着他们，第四个，小不隆咚，开始往树林的方向跑去，第五个跳过火，第六个和第七个拍手鼓掌，第八个纵身一跳，终于到了第九个，他转过身。

夏尔眯起眼睛，用手遮住阳光，但完全没用。卢卡说得没错，这里没有大人。他开始担心，仿佛闻到塑料烧焦的味道……把这些篮球鞋丢到炭火中闷烧，这不是挺危险吗?

接着他蹒跚前进了一会儿。小竹竿卢卡刚刚跑开。最后一个人影转过头，系着一个马尾，弯下腰张开双臂，卢卡投到她的怀抱里。

丁零。

一颗电动弹珠。

"哈喽，'斯拜德'先生……"

"为什么你老是说'斯拜德'，"卢卡不悦地说，"我跟你说过多少遍了，我叫'斯毕德'先生。"④

"好吧，好吧……对不起。你好，蝙蝠侠先生，日子很美妙吧? 你要参加跳越死亡火大赛吗?"

她站起身来，让他离开。

我懂了。夏尔恍然大悟，喃喃自语。那个小不点跟他开玩笑。他们的父母并没死，只是刚好不在家，那位年轻的寄宿女孩则任由这些小孩为所欲为。

年轻的寄宿女孩背着光，即便夏尔用手遮挡夕照还是看得不太清楚。她看似不太理智，但笑起来却很清新动人，虽然笑容不太完美，其中两颗门牙还叠在一起。

夏尔走到树荫下，想跟她打声招呼而不受夕照的干扰……不过他还是被余晖照得睁不开眼睛。

她看起来有过丰富的人生经验，所以应该不是寄宿在这里。孩子们围绕着她展露笑靥，正好证实了这一点。

所有一切。

她对着额前的一缕头发嘘气，想吹开遮住视线的发丝，好好看清楚他。她脱掉手上的皮手套，在长裤上擦拭双掌，再把手递给夏尔，同时在他手心沾上许多木屑。

"晚安。"

"日安。"夏尔回答，"我……夏尔……"

"幸会，查尔……"

她的"夏尔"用是英语式发音，所以听起来是"查尔"，因为发音改变，也让这两个字改头换面。

仿若变成了另一个名字，不但变得比较轻柔，抑扬顿挫也更加明显。

"我叫凯特。"她继续说。

"我陪卢卡过来，为了……"

他从口袋里掏出一包盥洗用具。

"我知道了。"她换了不同的笑容，露出更多门牙……

"所以，你是勒芒家的朋友？"

夏尔迟疑了。他虽然对一般的应对进退拿捏得颇有分寸，不过他发现实在没必要欺骗这个女孩。

"不是。"

"啊？"

"以前是……我的意思是说，我曾经是亚历克斯的朋友。也没什么啦，都是陈年往事了……"

"你认识音乐家时期的他吗？"

"是的。"

"那么我知道你想说什么。那时候，他也是我的朋友……"

"他常吹吗？"

"不常，很可惜……"

沉默。

对话又回归平常。

"高贵的女士，您来自哪里？"

"这个嘛……是的……哦不，我……"她两手一摊，"我来自这里。"

她的手势所指，包括了这把火、这群小孩、他们的笑声、这些狗、马匹、草原、树林、河流、阿达客船长、那栋屋顶坍塌的房舍、夜幕降临后初露的星光，还有那些快乐嬉戏的燕子。不过，它们已经把整个天空抛在一边，正要归巢休息了。

"这是个好地方。"他喃喃自语。

"今天晚上，是……"

她又说道："杰夫，把你的裤管卷起来，不然会着火！"

"我已经闻到烤乳猪的味道了！"冒出另一个小孩的声音。

"杰夫，烤全羊！烤全羊！"孩子们齐声高唱。

杰夫跳火之前，先跪在地上把裤管往上卷了三次。

夏尔纠正他说，要卷六次。他处于无所适从的状态，只好坚持严谨的原则，从中得到一股安心感。

好吧，六次，不过我们不必卷这么多，跳吧……

嘿，你口口声声说这地方很好，却直盯着她的胳臂看……

很自然嘛……你没注意到吗？她的胳臂肌肉结实，却又如此纤细，不得不承认，的确很令人赞叹，不是吗？

好吧，好吧。

嗯……对不起嘛，直线和曲线多少和我的职业有关……

得了吧。

一串哗啦啦的笑声赶走讨人厌的小蟋蟀。⑤

肋骨断了一根，头晕目眩。夏尔缓缓转过头，寻找这串疯狂的笑声，知道他没白跑一趟。

"阿努克。"他咕哝道。

"你说什么？"

"那边的那个小女孩……"

"是？"

"是她吗？"

"她是谁？"

"那个小女孩是亚历克斯的女儿？"

"是的。"

就是她，那个跳得最高、叫得最大声、笑得最响亮的小孩。

一样的眼神，一样的嘴唇，一样的额头，一样淘气。

一样的肤色，一样的秀发。

"她很漂亮吧？"

夏尔感到欣喜若狂，简直要飞上云端，连忙点头称是。

感动是多么幸福的事啊。

"是的，很漂亮……但是野得像只小猴子。"凯特说道，"我们的朋友亚历克斯还有的忙呢。他费尽力气，想把控制不了的东西全尘封在小号箱里，真好笑……"

"为什么你会这么说？"

"小号箱吗？"

"是。"

"我也不知道，只是一种感觉吧。"

"他真的不再吹了？"

"他还是会吹，在他每次喝醉的时候……"

"他常喝醉吗？"

"不。"

大名鼎鼎的杰夫在他们面前经过时，轻轻摸着自己的小腿肚。这一次的确闻到烧焦味了。

"你怎么认出她的？她长得不太像亚历克斯呀。"

"她的祖母……"

"阿努克？"

"是的，你……你认识她？"

"不，几乎不认识。她和亚历克斯来过一次……"

"……"

"我依稀记得，当时我们在厨房里喝咖啡，突然间，她借故把咖啡杯放到洗碗槽里，同时走到我的背后，抚摸我的脖子和背……"

"……"

"这个举动也没什么，却让我哇哇大哭起来……我干吗跟你说这些呢？"她恢复镇定，"对不起。"

夏尔央求她继续说下去。

"我请求你。"

"那段日子很难熬……我想她大概听到一些风声，知道我也有自己的困境。后来他们走了，不过车子开了几米之后又停下来，她走了回来。"

"她忘了什么东西吗？"

"'凯特，'她轻声说道，'别独自喝闷酒。'"

夏尔注视着火焰。

"是的，阿努克，我记得她……嘿，现在轮到小的跳！卢卡，从那边跳过去，不会太远的……小仙女，如果我把你变成一只烤鸡还给你母亲，那么我铁定会被打入后宫扫院子。"

"对了，"夏尔回想起来，"我们得走了，他们在等我们吃晚餐呢……"

"你已经迟到啦，"她开玩笑说，"即使你准时到达，还是会觉得让某些人等了好久……我送你们出去……"

"不用，不用……"

"要的，一定要！"

然后，她呼唤比较大的孩子："山姆！杰夫！我回去看蛋糕好了没！谁要来帮我？你们要乖乖待在火边，一直等到完全熄灭哦，而且不准任何人再跳火，好吗？"

"好的，好的。"

"我跟你回去。"一个小男孩说，他的体态浑圆，肤色暗沉，一头鬈发。

"不过，你刚才不是告诉我你很想跳火？去吧，我看你跳……"

"嗯……"

"他太胆小了！"右边的小孩取笑他，"跳啊，亚辛！跳！燃烧你的脂肪！"

他耸耸肩，然后转过身。

"你认识埃斯库罗斯吗？"

"嗯……"夏尔睁大双眼，"它是……你们养的狗吗？"

"不是啦，他是希腊人，写了许多悲剧。"

"哎呀，算我书读得不够多。"他自我揶揄道，"我对他的认识很模糊……"

"你知道他是怎么死的吗？"

"……"

"他是被老鹰杀死的。当老鹰想吃乌龟时，它们必须把乌龟从高高的天空中摔下去以便打碎乌龟。由于埃斯库罗斯是秃头，老鹰把他的头颅当成石头，将乌龟对准砸下去，啪！他就一命呜呼了。"

这个小孩干吗跟我说这个故事？我还有一点儿头发呀……

"夏尔，"凯特适时缓颊，"我来为你介绍，这位是亚辛，外号维基，也就是维基百科……如果你想知道路易十六一生到底泡了几次澡，问他就对啦……"

"多少次？"他握着亚辛的小手问。

"你好，是四十次，你的主保圣人节是哪一天？十一月四日吗？"

"你把一年的主保圣人节都背下来了？"

"不，不过十一月四日是非常重要的日子。"

"你的生日吗？"

他露出微微的、孩童式的不屑。

"其实是米和公斤的诞辰纪念日……公元一八〇〇年十一月四日法国正式统一度量衡，开始采用十进制……"

夏尔瞪着凯特。

"是挺累人的，不过我们都习惯了。走吧……内德拉呢？她去哪儿了？"

亚辛指着树林说："她好像……"

"噢，不会吧……"她显得很懊恼，"可怜的小丫头……哈蒂！过来一下！"

一个小女孩和她一起走开。她对着女孩说悄悄话，然后把她送到茂密的树林里。

夏尔用询问的眼神看着亚辛，不过他故意露出"我不知道"的表情。

她走回来，弯下腰想捡起锯。

"我来就好。"他一边说一边弯下腰。

没错，他的头发所剩无几，他的学识浅薄，不过，他绝对不允许身边的女子背负重物。

但是，他万万没料到这东西如此沉重，只好挺直腰杆，偏过头，五官扭成一团地咬紧牙根，故作轻松迈开大步。

该死……难为他大半辈子替女人拎过大包小包，那些血拼的成果、大衣、箱子、行李、图稿或是文件，不过锯，哎呀……

感觉自己快解体了……

他加快脚步，做垂死的挣扎，让自己看起来，哎呀，好歹"看起来"雄赳赳气昂昂。

"这面墙的后面是？"

"菜园。"她回答。

"那么大？"

"原来是城堡的一部分……"

"你在种菜吗？"

"当然……但那其实是勒内的地盘……他以前是这里的农夫……"

夏尔没法儿再多说，他全身痛楚。不只是因为这东西太沉重，他的背、大腿，还有失眠……

偷偷瞄身旁的女人几眼。

经历风吹日晒的黝黑肌肤，短短的指甲，混在头发里的小细枝，米开朗琪罗双手搓成的肩膀，卷在腰际的棉衫，老旧的 T 恤，胸前洇开的汗渍。跟在她的后面，自觉渺小又可卑。

"你身上散发出树林的味道……"

浅浅的微笑。

"真的？"她一边说，一边顺着身子垂下手臂，"你……真会说话。"

"对了，你知道他为什么叫勒内吗？"

好险，"儿童棋盘益智问答"是对她下战帖。

"不知道，或许你可以告诉我……"

"因为他的母亲生他之前怀了一个男孩，这个男孩出生不久后就去世了，所以他就成了勒内，René 是 re 和 né 组成的，re 是再次的意思，所以他的名字代表'再生'。"

夏尔赶在他开口前赶紧说出来，以便尽早解脱重担，却听到她轻声说："而你，我的亚辛，你知道我为什么那么喜欢你吗？"

小鸟啾啾叫。

"因为你连网络查不到的事情都知道……"

他以为自己永远也走不到目的地，还得不时换手，最艰辛的莫过于此。他汗如雨下，咬紧牙关跑完最后几米，终于可以把锯放在眼前的第一座谷仓门口。

"好极了……现在我得拆掉链子……"

啊？

天哪……

掏出手帕，掩饰痛苦的表情。

他敢打赌，他完成了史上任何大力士都无法完成的任务。好吧……现在卢卡在哪儿？

她陪他们走到对面。

夏尔有许多话想跟她倾诉，不过两人之间的沟通桥梁太脆弱，一句"很高兴认识你"似乎有失言之虞。除了她的微笑以及那一双强健有力的双手之外，他对她有何认识？没错，不过……在这种情形下，还能说些什么？他寻觅……再寻觅……却只找到车钥匙。

他打开车门，转过头。

"很高兴认识你。"她简短地说。

"我……"

"你到处都是伤口。"

"你是说？"

"你的脸。"

"是的，我……我有点儿心不在焉。"

"啊？"

"我想说，我也很高兴……"

经过第四棵橡树后，他终于能说出像样的话："卢卡？"

"嗯？"

"凯特结婚了没？"

---

① 法国二十世纪七十年代亦有嬉皮热潮，主要聚集在比利牛斯山附近。养殖山羊与抽大麻是对嬉皮的刻板印象。

② 法文"排成印第安队形"意为一个接一个排成一行。

③ 费迪南德·谢瓦尔（Ferdinand Cheval，一八三六—一九二四），法国邮差，花了三十三年的时光建造心目中的理想城堡，被视为质朴建筑的代表作，谢瓦尔城堡位于法国东南方的德龙省，目前为开放参观的历史古迹。

④ 蜘蛛侠在英语中是spiderman，法语的发音略有不同，不像英语读作"斯拜德"，而是"斯毕德"。

⑤ 迪士尼版《木偶历险记》中的一个人物，代表木偶的良心。

3

"哎呀，你们去了真久！"

"那是因为他们在草原的尽头。"小不点儿解释道。

"我不是跟你说过了嘛，"她绷着脸说，"来吧，开饭了……我，我还有三颗纽扣要缝……"

院子铺了格子瓷砖，餐巾有防止污渍附着的效果，烤肉架用瓦斯来生火。夏尔收到指令，走向一把白色的塑料椅，坐在一个花花绿绿的垫子上。

简而言之，那是一顿充满田园诗趣的晚餐。

刚开始的十五分钟如坐针毡。

科琳娜摆了一张臭脸，使亚历克斯不知所措。夏尔则迷失在自己的思绪里，注视着这张脸，他曾看着亚历克斯长大、嬉戏、受苦、爱人，见过这张脸变得更加俊美、许下承诺、欺骗、凹陷、扭曲，又消失不见。他对这张脸深深着迷。

"你干吗这样盯着我看？我变得很老吗？"

"不，正好相反，我心里正嘀咕着你都没变呢。"

亚历克斯帮他倒酒。

"我不知道该把你的话当成恭维还是……"

她叹了一口气。

"饶了我们吧，你们两个好像久别重逢的地下反抗军……"

"是的，"夏尔答话时盯着科琳娜，"你可以把这当成恭维。"然后对卢卡说："你知道吗？我认识你爸爸的时候，他比你现在的年纪还小。"

"爸爸，是真的吗？"

"真的。"

"亚历克斯，提醒你，菜烧焦了。"

她真是贤惠啊。夏尔暗自想着，他是否该跟克莱尔描述今晚的重逢。不，大概不会吧。不过，亚历克斯穿着卡其短裤，围裙上印着"我来当家"，还烫得很硬，听到这些，她或许会比较好过。

"而且他是历史上最伟大的弹珠王。"

"爸爸，是真的吗？"

"我不记得了。"

夏尔对他眨了眨眼，表示这话是千真万确。

"你们有一样的老师？"

"当然啰。"

"你也认识阿努克？"

"卢卡，"她打断他，"现在你给我吃饭，菜马上会冷掉……"

"没错，我跟她很熟，我觉得亚历克斯有她这样的妈妈很幸运。她既美丽又仁慈，当她跟我们在一起时，我们老是笑成一团……"

说出这些话后，夏尔知道他把话都说完了，他不会再说什么。为了要女主人知道并让她放心，他把头转向她，给她一个迷人的笑容，然后敷衍了一番。

"别老是提过去的事。这盘沙拉真是可口……科琳娜你呢？你是做什么的？"

她犹疑片刻，最后决定放下她的针线盒。被这么一位举止优雅，没卷起衬衫袖子，戴着漂亮的手表，而且住在巴黎的男士询问问题，她不禁感到心花怒放。

她聊着自己的事，他一边点头一边喝酒，没有节制酒量。

以便保持距离。

他听得不太专心，但还是听到她在法国电信局分公司的人力资源部上班，她的双亲也住在同一个地区，父亲自己有个小公司，专门制造大型冷冻柜和冰箱，光景不太好，因为中国人很多……

"亚历克斯，你呢？"

"我？我跟岳父共事，做业务……怎么了？我说错话了吗？"

"……"

"酒有问题吗？有软木塞的味道吗？"

"不是。不过我……你……我一直以为你是音乐老师，或者……嗯……我也不知道。"

这时，亚历克斯的表情有点儿纠结，挥着手作势赶走——蚊子吧，以及隐藏在餐桌底下的那件"我来当家"围裙，夏尔终于在这位快速冷冻公司业务员的脸上看见了二十五年的距离。

"啊，音乐……"他说。

仿佛"音乐"只是个水性杨花的女孩，代表着泛滥的爱情。

或讨厌的青春痘。

"我又说错了什么？"他着急地问，"我说错话了吗？"

夏尔放下酒杯，忘了头顶上有个遮阳棚卷筒，桌上型垃圾桶和桌巾很相衬，女主人也跟桌上型垃圾桶很般配。

"你确实说错话了，你很清楚……我们一起度过的岁月里，每当你有重要的事情要说时，我记得很清楚，你每次都会用音乐来表达。如果手边没有乐器，你就创造乐器。进入音乐学院就读后，你终于变成好学生。当你独奏时，每个人都听得目瞪口呆。悲伤时，你吹快乐的音乐；快乐时，你却让我们号啕大哭。当阿努克想高歌一曲时，你吹起百老汇名曲；当我母亲为我们做可丽饼时，你吹圣母颂。当奴努郁郁寡欢时，你……"

他没来得及把话说完。

"过去时。夏尔，你刚刚说的全是过去的事了。"

"的确。"夏尔说，语调平淡，"没错，你说得对，完全正确……谢谢你的指正。"

"嘿，你们等我和卢卡去睡觉之后，再来互揭疮疤，嗯？"

夏尔点了烟。

她马上站起身，收拾餐具。

"谁是奴努呀？"

"你没跟他们说？"夏尔大吃一惊。

"没有。不过他跟我们说了很多别的事，你知道的……你们的可丽饼、你们所谓的快乐，关于这一点，很抱歉，我不……"

"住口，"亚历克斯严厉地说，"够了。夏尔……"他的声音又变得温柔，"你错过了许多事情，你自己也很清楚，不该由我来向你解释。缺乏数据的计算只能得出不正确的结果，不是吗？"

"没错……对不起。"

沉默。

他用铝箔纸做成一个烟灰缸，接着说："冰箱呢？让你大大地发了一笔吗？"

"想得美……"

这一刻他笑得很甜，夏尔满心欢喜地回以微笑。

后来他们聊了些别的事。亚历克斯抱怨楼梯间出现裂缝。身为建筑师的夏尔答应检查一下。

卢卡跟他们道晚安。

"小鸟呢？"

"它还在睡。"

"什么时候会醒过来？"

夏尔摇摇手，表示他也不知道。

"你呢？明天还会在这里吗？"

"当然，他还在。"他的父亲向他保证，"去吧……现在乖乖上床去，妈妈在等你……"

"你会来学校看我表演吗？"

"你有一对很可爱的小孩……"

"是啊。玛丽昂……你看到她了？"

"你觉得我有可能没看到她吗……"夏尔嘟囔道。

沉默。

"亚历克斯……"

"不，什么都别说。你知道，如果科琳娜对你不太客气，别怪她……她确实一肩扛下这件龌龊的工作，而且，我可以想象，我的过去让她感到恐惧。

你了解吗？"

"我了解。"夏尔虽然不是很懂，但还是这么回答。

"要是没有她，我可能仍然……"

"仍然？"

"很难说明白。不过我觉得我得舍弃音乐才能脱离炼狱。这就好像一种契约。"

"你再也不演奏了？"

"我还是会演奏……一些小把戏吧，譬如明天的表演，我会为他们的吉他伴奏，不过真正的演奏，已经不会再有……"

"我不敢相信。"

"因为演奏会让我变得很脆弱。我不想再对音乐产生感觉，音乐会让我憧憬……"

"你有你父亲的消息吗？"

"没有。你呢，你有小孩吗？"

"没有。"

"结婚了？"

"没有。"

沉默。

"克莱尔呢？"

"她也没有。"

科琳娜端着甜点回来。

"还好吗？"

"很好。"夏尔回答，"我真的不会打扰你们吗？"

"当然不会。"

"反正我一大早就离开，我可以冲个澡吗？"

"浴室在那边。"

"可以借我一件 T 恤吗？"

"我可以借你更好的衣服。"

亚历克斯走回来，递给他一件旧的鳄鱼牌衬衫。

"你不记得了吗？"

"不。"

"我偷了你这件衬衫……"

夏尔心想，你还偷了其他东西，同时跟他道了谢。

小心别把绷带弄掉，任由自己的伤口消融，要很久才能康复。

用毛巾的一角擦拭镜子，注视自己。

嘟着嘴巴，发觉自己长得有点儿像大羊驼。

到处都是伤口。

她是这么说的。

夏尔倾着身体关窗时，看见亚历克斯握着酒杯，独自坐在院子的台阶上。

重新套上裤子，拿起香烟。

顺便抓了一瓶酒。

亚历克斯移动屁股，让一些空位给他。

"你看看天空，繁星点点……"

"……"

"再过几个小时，又是新的一天……"

沉默。

"夏尔，你为什么来找我？"

"为了哀悼。"

"我以前为奴努吹什么音乐？我想不起来了。"

"要看他打扮成什么样子，每次他穿上那件可笑的风衣……"

"我想起来了！曼西尼的《粉红豹》！"

"当他冲热水澡，露出毛茸茸的胸膛时，你吹奏英姿焕发的战士到达竞技场的音乐。"

"DO……DO——SO……"

"当他只穿一条肉色小内裤，就是裤裆上绣了流苏的那一件，我们笑得满地打滚儿时，你演奏《巴伐利亚波卡》……"

"罗曼的……"

"当他逼我们写功课时，你开始吹《桂河大桥》。"

"他很喜欢这首曲子，他每次都把棍子面包夹在腋下，听得浑然忘我……"

"当他一出手就从耳朵里拔出一根毛时，你吹《阿伊达》里面的歌。"

"没错，是《凯旋进行曲》。"

"他骂我们的时候，你就吹救护车的'哦咿哦咿'，好让他被送到疗养院。每次我们做错事，就会被关在你房间，等阿努克回来处罚我们，你透过钥匙孔演奏如泣如诉的……"

"《通往绞刑架的电梯》里的音乐？"

"没错。每次他追着我们跑，要我们洗澡时，你就会跳到桌上，大吹《剑舞》……"①

"我还差点儿笑岔气，我依稀记得，好几次都差点儿笑死。"

"当我们想跟他要糖果吃时，你为他吹法国作曲家古诺……"

"或舒伯特，看我们想吃多少糖……当他为我们表演老掉牙的戏码时，我回敬《拉德斯基进行曲》……"

"我不记得了。"

砰砰，施特劳斯。

夏尔笑了。

"不过他最爱的……"

"是这首。"亚历克斯吹起口哨。

"没错，每当这个时候，我们就可以对他予取予求，他甚至愿意模仿我爸的签名。"

"有部电影《大路》……"

"你记得吗？他带我们到汉斯路的电影院去看这部片。"

"我们一整天都在摆臭脸。"

"对，我们完全看不懂那部电影，不过他的介绍让我们以为是喜剧片《小小士兵》。"

"多么令人失望啊……"

"我们真是笨啊。"

"刚刚你看起来很惊讶，不过你希望我跟谁提起他？你又跟谁提过他了？"

"没人。"

"看吧，不太容易跟人提起奴努，"亚历克斯又说，他清一清喉咙，"必须亲身体会……"

"你知道我为什么没有通知你吗？"

"……"

"葬礼……"

"因为你是个烂人。"

"不，没错。不，因为我想单独占有她那么一次。"

"……"

"从我们认识的第一天起，夏尔，我……我就嫉妒得要命。再说我……"

"说吧，把你的心事通通掏出来……我很想知道，你为什么会因为我而吸毒吸到骨子里。你总是有正当的理由来解释你的背信忘义，关于这一点，我一直很佩服。"

"你还是没变，马上说得义正辞严。"

"真有趣，我还以为是你不知把握机会和你的母亲相处，她晚年似乎过得很孤独……"

"我给她打过电话。"

"好极了。好，我要去睡了，我累到大概要失眠了。"

"你只看到她好的一面。我们小时候，她逗你笑，而我，我得洗厕所，把她背到床上。"

"有时候是我们两人一起扫。"夏尔咕哝说。

"你的一切都是好的，你最聪明、最有天分、最有趣……"

夏尔又站起来。

"看看我这个好学生吧，亚历克斯。我是个大好人，我费尽心力帮助你升上高中，让你告诉你的小孩说，有个男女莫辨的老人模仿歌舞片演员倒在学校的下水道里，逗我们笑得前仰后合。我比你更早抛弃她，我把她看成讨人厌的东西，我没打过任何一通电话……就算你有伟大的灵魂，通知他葬礼的事，他也很可能不会参加。因为他的工作一帆风顺，因为他如此聪明有才华，他变得既忙碌又愚昧。晚安。"

亚历克斯跟在他身后。

"你知道那是什么吗？"

"什么？"

"抛弃内心深处的东西。"

"……"

"牺牲生命里的某些东西，好让自己重新振作……"

"牺牲生命里的某些东西……你这个卖冷冻柜的业务员靠的就是这种口才吗？"夏尔嘲笑道，"我们牺牲了什么！说穿了，我们只是懦弱吧。的确，懦弱这两个字没那么优美……没那么……伟大。"他靠拢拇指和食指，"只是细小的孔，嗯？很小的……很小的……"

亚历克斯摇摇头。

"自我鞭笞，你一直最喜欢这样，没错，你被慈祥的神父拉扯长大，我忘了这一点。你知道我们俩最大的不同是什么吗？"

"我知道，"夏尔说，"我知道，是痛苦，嗑药也很痛苦，记好，这类推托太容易了。你要我怎么回答？"

"我们的差别是，你被相信许多事物的人抚养长大，而我却和一个什么也不相信的女人一起长大。"

"她相信生……"

夏尔后悔说出最后这个字，但已经太迟了："当然，只消看她是怎么结束生命。"

"亚历克斯，我了解，我了解你需要把心事全说出来。这种场景曾有过好几回，我甚至暗自觉得，你是因为这样，才会在去年冬天寄给我那么热情的讣闻……你想把未能埋葬在地底下的心事全都转嫁给我……不过我并不是合适的人选，你知道吗？我自己也有满腹牢骚……我不能够帮你，并不是我不想帮，而是不能帮。你甚至比我过得更好，你有孩子。反观我，我……我要去睡了。"

"还有一件事，为什么你没遵照她生前的遗愿，把她的遗体捐给医院？"

"去他妈的医院！你不觉得她付给医院的已经够多了……"

机器突然卡住。

亚历克斯往后倒下，躺在地上。

"我做了什么，夏尔？"他啜泣起来，"告诉我，我做了什么……"

夏尔不能蹲下，更无法跪下来。

他抚摩着亚历克斯的肩膀。

"别哭了,别管我说了什么……如果她真的这么希望,自然会给你留话。"

"她的确留下了几句话。"

痛苦，信号，残留，承诺。他重新握住亚历克斯的手。

亚历克斯扭动腰部，掏出皮夹，拿出一张对折两次的白纸，抖一抖纸，再清清嗓子，开始读："我的爱……"

他旋即号啕大哭，并把字条递给夏尔。

夏尔没把眼镜带在身上，所以往房间的灯光处挪动脚步。

没有用。

他读不出别的。

深深地、长长地吐了一口气。

想转移注意力，让自己不再痛苦。

"你看，她仍然相信某些东西……你知道,"他的语调变得比较轻快,"我很想伸出援手，帮助你站起来,不过你知道吗，今天早上我被车撞了……"

"你真是讨厌,"亚历克斯嬉皮笑脸地说, "你总是有很多借口……"他抓住夏尔的衣摆，站直身子，把纸条折好，一边走远一边模仿奴努尖锐的嗓音："来吧，小鹿崽！亲一个！睡觉觉啰！"

夏尔蹒跚地走到床边，咿呀，一头栽下，想着自己度过了此生最漫长的一天……

睡着了。

---

① 亚美尼亚裔俄罗斯作曲家阿拉姆·哈恰图良的作品。

4

他身在何处？

这是哪里的床单？哪一家旅馆？

看见窗帘布上老掉牙的枝丫图案，他才猛然清醒……哦，对了，他是在榆树园……

没有半点儿声响。他看了一眼手表，还以为戴反了。

十一点十五分。

第一次睡得那么晚。

房门上贴了一张字条："我们不敢吵醒你，如果你没时间到学校（在教堂对面），请把钥匙交给绿色铁门的邻居。爱你。"

夏尔对着印了花纹的卫生纸发出赞叹，觉得那花纹和印度织印棉布上的牧羊女相得益彰，然后热了一杯咖啡，对着浴室的镜子叹气。

他一夜好眠，气色红润，有点儿微微接近绿色的漂亮的淡紫色……不过没有勇气朝自己的脸吐，借用亚历克斯的刮胡刀。

他刮了胡子太长的部分，但是很快就后悔了，因为越刮越糟。

由于自己的衣服发出恶臭，他只好重新穿上少年时代的鳄鱼牌老衬衫，同时感到一股异样的快乐。虽然衣服已经变形破旧，鳄鱼的尾巴还脱线了，看起来一副疲软的模样，不，不需要提起这些，他认得这件衣服，是伊迪丝送的，那时他们还会互赠礼物。她说，你那么中规中矩，所以替你挑了一件白衬衫。将近三十年后，他为她这个愚昧的念头感激涕零，以他今天的气色来看，其他颜色都不那么……合适。

他按了邻居家的绿色铁门的电铃好几次，但都无人应门，又不敢把钥匙圈交给别人（生怕科琳娜会发飙），于是决定绕到学校去。

他对于自己将在光天化日下再见到亚历克斯，感到有点儿懊恼，他宁愿两人的故事定格在前一夜，从此以后他继续过他的人生，但他的生命将不再有这号人物，不过他也安慰自己，如此一来便可亲吻卢卡和玛丽昂，和他们道别……

∽ ∾

没错，位于教堂对面，却是世界上最世俗的学校。

这是一所有着义务教育精神的小学，八成建造于一九三〇年，强调男女平等，用石头刻成的"法兰西共和国"字样紧紧交缠。校园内有个操场，操场边的墙壁漆成车厢般的绿色，还有几株被白垩粉染成灰白色的栗子树。地上有再也擦不掉的跳房子游戏（这就不太好玩了）和沥青的痕迹，应该是喜欢玩弹珠的孩子乐不思蜀的宝地……

那是一栋美丽的砌砖建筑物，即便当天悬挂了各式气球与彩灯，依然显得庄重、雄伟，洋溢着人民共和国的调调。

夏尔好不容易开出一条路，但得高举双手，回避东奔西撞的孩童。巧克力蛋糕和木炭的味道让他重温玛蒂尔德学校园游会的氛围，不过这里增添了乡下色彩，没有第五区的优雅淑女，只会看见戴鸭舌帽的老爷爷和萝卜腿的老奶奶。此外，这里卖的并非三明治，而是整只烤乳猪……

天气晴朗，他睡了十几小时，空气中流泻着愉悦的音乐。手机的电池没电了，于是他把手机放回口袋，倚着矮墙，沉浸在棉花糖和烤乳猪的气味里，稳如泰山地坐定，欣赏目不暇接的景致。

节庆日……

有位女士递给他一杯饮料，他好像晕头转向的外来客，说不出法文，只能点头致谢。他喝了一口，但不确定是什么，不甜腻，滋味苦涩。他把伤口暴晒在太阳底下，闭目养神，感谢邻居没应门……

热气、酒精、糖、乡音、孩子的尖叫。他轻轻摇摆……

"还在睡呀？"

不需睁开眼，就能认出这声音是他的领航员卢卡。

"我没睡，我在晒太阳。"

"那我要叫你别再晒了，因为你已经变成咖啡色了！"

"你演海盗吗？"

他绑了一条黑色头巾，点点头。

"你没有在肩膀上放一只鹦鹉？"

"没……"

"我们去找那只鸟，好不好？"

"万一它醒过来呢？"

也许因为夏尔是被奴努带大的，他觉得跟小孩子说实话比较好。奴努在教育方面并没有立下太多原则，只坚持一定要实话实说。真实并不会羁绊想象力，甚至恰恰相反。

"你知道它不会醒过来的，因为它被做成标本了。"

卢卡的海盗胡子大刺刺地往两旁咧开："我很早就知道了，不过我不想告诉你，怕你难过……"

是谁想出创造小孩这个好主意？

他完全融化，将酒杯留在砖瓦底下。

"走，我们去找它。"

"好，不过……"小不点儿卢卡嗫嚅地说道，"它不是鹦鹉啊……"

"没错，不过……"大个儿夏尔用夸张的语气说，"你也不是真的海盗……"

往回走的途中，两人停在"猎人集会所"前（那里既是杂货店、枪械店，又是农业信贷银行，另外每周四还提供理发服务），买了一捆绳子，夏尔跪在教堂前，把米丝廷盖特固定在卢卡的肩上，以便他可以顺利登台表演。

"你的爸爸妈妈呢？"

"我不知道……"

满心欢喜，却又小心翼翼地回到班上。

跟它说："你会说'可可'，可可？"

夏尔回到座位上倚着墙。等待卢卡上场，看完表演，就要返回巴黎……

有个小女孩送给他一盘热腾腾的食物。

"哦，谢谢你……你真好……"

稍远一些，刚才那个大胸脯女人坐在巨大的餐桌后方，向他挤眉弄眼，猛献殷勤。

要命，他被人家看上了……赶紧把头埋在塑料餐盘里，专心吃烤火腿，同时苦笑。

突然想起卡纽太太的晒衣场。

"我打赌那是她的胸罩。"亚历克斯说了好几次。

"你怎能……如此确定？"

"哦，看得出来嘛。"

真是……神奇。

舞台上一阵骚动。工作人员以小碎步将老阿妈送到最好的位置坐定，同一时间，扩音器传出："一、二，你们听到了吗？拉森，一、二，让·皮埃尔，拜托你，你是技术人员，立刻放下你的杯子。一、二，大家都到齐了？大家好，请坐好，提醒各位摸彩……拉森、让·皮埃尔！好，嘀……喀嚓。"

好。

妈妈们蹲在地上补妆、梳整发型，爸爸们则忙着测试录像机。夏尔正好遇见科琳娜，她正跟两位太太聊得起劲，说什么运动外套在光天化日之下被人偷走，不过钥匙圈却物归原主。

"你有记得锁门吧？"

有的，他记得。他赞美她很殷勤地待客，接着便立即闪人。闪得越远越好。

他追寻阳光，把椅子拉到操场的一角，偷偷隐身在两幅图画之间。假期已接近尾声，他开始思索工作的事情，于是取出行事历，确认一周的行程，再决定要把哪些数据带上飞机，正想打印一份……

左边一阵喝彩声使他分心了一会儿，几秒之间，视网膜和大脑皮质之间出现来来往往的优雅人影，刚好够他发现在这个小地方也有非常性感的妈咪……一份要打的电话列表，还得和菲利普一起讨论那件……

又抬起头。

她笑吟吟地看着他。

"哈喽。"

夏尔的行事历掉在地上，他一脚踩在上面，同时伸出手去捡。当他弯下腰捡起本子的时候，她走到他的身旁。其实也不尽然，他们之间隔着一张空椅。

或许是一种屏障？

"抱歉，我没认出你……"

"是因为我没穿雨靴吗？"她半开玩笑说。

"可能吧，大概是这个原因。"

她穿了一件深V领、腰际打了一个蝴蝶结的小洋装，刚好可以烘托她那双美丽的腿。当她跷起大腿或把腿平放时，瞬间拉扯灰蓝色的裙摆，任土耳其花纹流动，可以让人瞥见她的膝盖。

夏尔喜欢时尚。剪裁、质料、板型、加工。他总是认为建筑师和服装设计师从事类似的工作。他正在仔细观察这些花纹如何跨越衣袖的接合处，而能保持图案不中断。

她感觉到他的眼神。五官纠结了一下。

"我知道，我不该穿这件洋装。我胖了很多……"

"一点儿也不！"他反驳道，"一点儿也不，我是在看你的……"

"我的什么？"她让他觉得好煎熬。

"你的……衣服的图案。"

"我的图案？我的天哪……你是说你以前看过？"

夏尔低着头微微一笑。一个会拆卸锯子，身子往前倾时淡粉红色的胸罩隐约可见，又能够流利说出两种语言的女人，她独树一帜，衣服的尺寸并不重要……

糟糕，他感觉到换她盯着他瞧。

"你睡在彩虹下吗？"

"没错……而且有《绿野仙踪》女主角朱迪·加兰的陪伴……"

她的笑容真美……

"你知道我在这里最缺乏的是什么吗？"

"歌舞片？"

"不是啦，是这类无厘头的对话，因为……"她突然严肃起来，"这就是孤独。孤独不是下午五点夜幕低垂，该喂动物吃饭，小孩整天吵架，而是朱迪·加兰……"

"老实说，目前的我比较像《绿野仙踪》里的另一个角色'锡人'。"夏尔用英文说。

"我知道你必须说英文。"

"但说得不够好，没法儿抓住你的……图案，真可惜。"

回到法文：

"幸好如此……"

"但是你呢？"他又说，"哪一种语言才是你的母语？"

"我的母语是法语，因为我的母亲在南特出生。祖国的语言是英语，因为我父亲的关系……"

"你是在哪里长大的？"

夏尔听不见她的回答，因为活动的超级 DJ 又回到岗位了："再一次感谢大家踊跃参加，表演即将开始，的确，的确……孩子们都很紧张……我再次提醒大家，还能继续购买摸彩券，参加我们的大型摸彩活动，今年准备的奖品非常丰富！首奖，夏眠芝湖三星度假小屋浪漫周末双人行，附设……请各位听好，有脚踏浮艇、滚球场、超大型卡拉 OK！次奖，东芝 DVD 放映机，由福黑木公司热情赞助，我们在此向福黑木公司致上最深沉的谢意。另外还有……"

夏尔将食指放在绷带上，力持镇定，超级 DJ 如果继续大呼小叫，他会立即走人。

"还有格拉顿父子出品的什锦里脊肉拼盘，地址是圣·顾拜旦镇的拉瓦尔路三号，供应各种新鲜猪肉和猪肉制品，招牌产品猪脚和猪血肠，也提供婚丧喜庆以及领圣餐外送服务。此外，大会准备了十余个安慰奖，因为不是每个人都有戴绿帽子的狗屎运，让·皮埃尔，你说不是吗？哈！哈！来，来……请以掌声欢迎我们的艺术家，请以更热烈的掌声！贾克琳请至服务台，有人找您。敬祝各位有美好的一天，待会儿……"

让·皮埃尔的好心情消失了。

亚历克斯伴随一群系着缎带、抱着单簧管的小学生上台，当他在最后一排坐定时，班主任老师安排最年幼、装扮成小鱼的学生在厚纸板制成的波浪之间站好位置。他们随着音乐扭腰摆臀，并随波逐流，因为忙着顺水漂流，他们没空跟妈妈打招呼。

夏尔瞄了凯特的大腿，哦不，是瞄了放在她膝上的节目单一眼：《加勒比海盗复仇记》。

嗯……

他也看出她不再试图让自己引人注目，她的眼神太闪烁，不太诚实的样子，他望向舞台，想看是哪一条沙丁鱼让她看得如此出神。

"你的小孩在台上吗？"

"不，"她笑得透不过气来，"不过，这种只要用几根线来完成的表演，总是让我感动莫名……是不是很蠢？"

她两手掩着鼻子紧紧合拢，想避开他的目光，却发现他目不转睛地盯着她看，让她更加不知所措："哦……别盯着我的手，很……"

"我在欣赏你的凹雕玉戒。"

"啊？"她松了一口气，翻转手掌，很讶异地发现戒指还在。

"你的戒指很美。"

"是呀，而且很古老，是一个礼物，送我的人是……好，"她低声说道，手指着凹雕的波浪，"待会儿再跟你说故事。"

"我会洗耳恭听。"夏尔更小声地嘟囔。

接下来的表演，他一直看着亚历克斯的脸庞。

接着卢卡和他的海盗哥儿们一面发动攻击，一面高声歌唱，一副豁出去的样子：

我们是最恐怖、最残暴的海盗，
在船上做牛做马，
要刷甲板又要洗碗，
船长，我们受够了，快发疯啦！
我们不想再擦铜器，倒垃圾。
船长，你听见没？
找一艘战舰或一艘货轮给我们抢。
船长，我们签了工作合约，

是为了莱姆酒和打架！

起初，亚历克斯并未发觉异样，只是专心弹奏吉他。

接着他突然挺起上半身，对着后台微笑，发现他的儿子，目光又回到琴弦上。

不。

再看看他的儿子。

眯着眼，漏弹了两三个和弦，乌溜溜的眼珠瞪得很大，开始弹得荒腔走板。但是这些都不要紧，观众只注意这群海盗的愤恨不平，谁会注意他的吉他？"为了莱姆酒和打架！"他们扯着喉咙嘶吼，然后消失在大船帆的后方。

炮声隆隆，他们再度出场，全副武装，不同的歌曲，不同的曲调。米丝廷盖特引爆炸弹，亚历克斯完全失态。

他把目光从儿子的肩上挪开，想在观众席找到答案。

皇天不负苦心人，他终于看见旧时同窗挖苦的微笑。他发现，要读懂对方的唇语并不难。

他用下巴指着卢卡：是它？

夏尔点点头。

但，你是怎么……

夏尔微笑地指着天空。

亚历克斯摇摇头，接着又垂下头，一直到分赃的场景才又抬起头。

趁观众鼓掌之际，夏尔不声不响地走开，他不想再哭得死去活来。

任务达成。

回到现实。

当他正要跨过学校大门时，一声"嘿"迎上他的脚步。于是他把香烟放进口袋，回过头。

"你这个骗子！"她叫住他，同时亮出左拳头，"如果你不想理我，干吗说要洗耳恭听？"

他表情渐渐扭曲，她见状连忙补上几句，语气友善许多："不，抱歉……我根本不是想说这个。其实，我想邀请你到……没有啦。"她看着他的眼睛，声音变得更微弱了，"你……你要走了？"

夏尔没有看着她。

"是的，我该……"他说得吞吞吐吐，"我应该向你道别，但是我又不想……对不起，不想打扰你。"

"啊？"

"我原本其实没打算来这里，该怎么跟你说呢……我参观完森林小学，现在得打道回府了。"

"我懂了。"

她又微微一笑，一抹夏尔未曾在她脸上见过的笑容。她射出最后一颗子弹，自己已知道不可能打中："你不参加摸彩了吗？"

"我没买摸彩券。"

"想也知道。好吧……再会……"

她把手递给他，戒指翻转过来，上面的玉石仿佛变得很冷淡。

邀请我什么？夏尔反复想着。不过太迟了，她已经走远。

他又叹了一口气，望着她身上土耳其花纹最纤细的部分逐渐远离……

∽∾

他在找自己的车的时候，正巧发现她的车歪歪斜斜地停在邮局对面的梧桐树下。

后备厢依依敞开，昨晚见到的两条狗同样纯真和善地跟他打招呼。

夏尔打开行事历，翻到八月九日那一页，再次记下回程会经过的城镇。

开了半个小时后，想不出有谁可以清楚表达自己的意见，然后开始找加油站，最后在一家超市的后门找到。想打开油箱的活门，却花了好长的时间才找到该死的按钮，接着打开小置物柜想找本小册子，又弄到火冒三丈，一阵噼里啪啦之后，才终于找到。油箱终于加满后，他又拿错银行卡，按错密码，只好放弃刷卡，改付现金，在下一个环岛处绕了三次，才找到行事历上潦草的路线图。

他打开广播又关上，点了烟又捻熄。摇摇头，又后悔做了这个动作，因为摇着摇着，又开始偏头痛。他看到预期中的路标，于是在白线前停下，看看左方，看看右方，看看对面，然后……

"真是太蠢了！"

5

她正忙着在围裙口袋里翻找。

"你想要什么吗?"

"你好。嗯,我想要一块蛋糕,昨晚大约八点四十五分出现在你家烤炉里的巧克力蛋糕……"

她抬起头。

"对了,"他挥舞着一本残留票根的小册子,"有脚踏浮艇和超大型卡拉OK,要是没参加,我会后悔一辈子。"

她过了几秒才反应过来,皱着眉头,咬住嘴唇,免得自己笑出来。

"有三种。"

"什么?"

"烤炉的蛋糕有三种……"

"啊?"

"是的,"她冷冷地回应,"在我家,我们从不半途而废。"

"我懂你的意思。"

"所以呢?"

"嗯……也许你可以每一种都给我一点儿。"

没有特别热络的样子,她切了三小块蛋糕,把餐盘递给他:"两欧元。请付给你身旁的年轻女孩。"

"凯特,你想邀请我做什么?"

"吃晚餐。不过我改变心意了。"

"啊？"

她跑去招呼别的客人了。

"如果换成我来邀请你呢？"

她挺直身子，婉转地赏他闭门羹。

"我已经答应主办单位帮忙收拾善后了。另外还有六七个小孩等我填饱肚子，方圆五十公里以内也没有半家餐厅。好吃吗？"

"什么？"

"蛋糕好吃吗？"

夏尔没什么胃口了，只想找一句有分量的话来回答她。这时，一位看起来不知如何是好的老兄气急败坏地抢了他的话："咦，下午不是由你的儿子负责'通通打倒'游戏区吗？"①

"是呀，不过你又叫他负责饮料区。"

"啊，对啊！算我糊涂，我去找……"

"等一下，"她一面叫住他一面转向夏尔，"亚历克斯跟我说你是建筑师，是真的吗？"

"嗯，没错。"

"那……这个摊位就交给你了。你应该很擅长叠罐头，不是吗？"她接着又叫道，"杰哈！不用找了。"

夏尔吞下一口蛋糕，正要跟着杰哈走到操场的尽头。

"喂！"

又来了。

他转过身，想知道自己为何又挨骂。

不，没事。

只是往一把大刀子上瞟了一眼。

∽✑

"每个回合会有小孩子给你一张蓝票，他们知道要去哪儿买票。赢的人就能在这个箱子里抽奖，有个学生的家长会来接替你几分钟，让你休息一下。"这位先生一面推开已经你挤我推的孩子们，一面解释道，"还好吗？有没有问题？"

"没问题。"

"那么，祝你好运。这个摊位一直很难找到合适的人来照顾，因为……"他两只手掩住耳朵，"有点儿吵。"

最初十分钟，夏尔只是忙着收票，把装满沙子的袜子递给大家，还有补充罐头。比较上手之后，他就开始整理施工中的工地。

他把外套搁在矮凳上，开始宣布新规定："好，安静两分钟，我们什么都听不见了……你去帮我找支粉笔过来。首先，我不想再看到这种乱哄哄的场面，请你们一个接着一个排成美丽的队形，不遵守规定的人，我会把他安插在罐头堆里，听懂了吗？谢谢。"

他接过粉笔，画了两道白线，然后在木桩上做了记号："这个，是身高标准……低于这个高度的人可以往前走到第一道白线，其他的人则必须站在第二道线之后，听懂了吗？"

他们都懂了。

"另外，小朋友可以从这些箱子里掏出彩券，告诉摸彩人最大的奖品是什么，这些奖品都是厨师捐出来的，有十公斤的什锦蔬菜，还有去皮番茄之类的。大朋友要帮我把罐头的黏胶去掉，虽然罐头比较小，但数量有点儿多。你们每人可以获得四只袜子，当然，想赢得奖品的话，地板要保持得干干净净……你们都听清楚了吗？"

他们很认真地点点头。

"最后，我不想一整个星期六都在替你们捡纸屑，所以我需要一位助手。谁想当我的助手啊？助手可以获得免费的摸彩机会哟……"

在场的每个人争先恐后。

"好极了，"夏尔满心喜悦，"好极了，现在，就让最厉害的人获胜……"

他只能一面计分，一面鼓励年纪最小的小朋友，同时激励其他大朋友。他扶着小朋友的手臂，作势要把眼镜递给傲慢的大朋友，哈哈，"通通打倒"这游戏太简单了，他们却经常丢到墙壁，被淘汰出局……

人潮快速拥入，收款机不停地叮当响。夏尔心想，如果他治好背部的毛病，就能挽回面子，但游戏结束时他大概会变成聋子……

至于他的面子……他偶尔抬起头，瞟她几眼。他真希望她能看到现在的他，神气活现地带领一班精英射手。但她只是忙着卖蛋糕、聊天、哈哈笑，或弯下腰亲吻一群路过的小孩子……完全不理会他，他这么认为。

如果他还能听见，还能心领神会的话……

算了。他很快乐，因为这是自己有生以来第一次有效率地领导大家，而且老实说，管理"罐头城堡建筑"还真是他的未曾有过的体验。

让·普鲁维应该也会以他为荣……

当然，没人来代他的班，他很想暂时离开去尿尿、抽烟。最后他决定不收取蓝票。

"你没票了？"

"嗯，没了。"

"没关系，继续玩吧……"

不用票？消息迅速传播开来，他不得不放弃一走了之的心愿，他才是罐头天王哩，最后他也下海，加入混战，这么多年来第一次懊恼没有随身携带素描本。此情此景，有人轻轻微笑，有人喋喋不休，有人装模作样，都值得化为永恒。

卢卡跑到他的身边说："我把鹦鹉交给爸爸了……"

"做得好。"

"其实它不是鹦鹉，是一只白鸽。"

亚辛也来了。

摸彩救了他。由于开始宣布中奖号码，孩子们高兴得一哄而散。这些无情无义的家伙，他一边想着，同时愉快地吐了一口气，把票根小册子托给男孩们保管，再把散落在操场各个角落的袜子捡起来，把所有罐头都装到黄麻布袋里。他想拾起糖果纸屑，但身子一弯，脸就忍不住皱了起来。

摸一摸他上半身的侧边。

为什么会如此疼痛？

为什么？

拾起外套，找个地方抽烟，避免被校工撞见。

走进厕所，却遇到……麻烦，小便斗很矮，尽可能瞄准，重新回味黄肥皂的味道，那是一种日积月累地待在镀铬黄铜架上而变得又硬又瘪、起不了泡泡的肥皂。

一股乡愁油然而生，隐藏在古老建筑里，吞云吐雾……

啊，真香。

就连涂鸦也没什么改变。同样的心；同样是某个什么加上另一个什么，组成无尽的爱；同样的乳房和阴茎；同样在被抖开的秘密上，做了同样愤怒的涂改……

他把烟蒂丢出墙外，转身朝扩音源走去。

慢吞吞地走，不知该走向哪里。不想见到亚历克斯，也不想听到让·皮埃尔的朋友胡说八道，只是默默计算他离开公司有多久了。

好吧，这一次还是去跟她道别吧……拜拜、再见、后会有期，他并不缺乏词汇，它们就像许多美丽的字眼，就像没有护照的旅人，那样优雅。

就在暗自嘀咕的时候，卢卡急急忙忙跑向他，喊着："夏尔，你中奖了！"

"脚踏浮艇吗？"

"不是，是一大篮肉糜和香肠！"

哦，天啊……

"你不太高兴？"

"不，不，我非常高兴。"

"我去帮你领奖，别走开好吗？"

"太好了，你可以来我家招待我了……"

夏尔转过身。

她正脱掉围裙。

"但是我没带花。"他对她微微一笑。

"没关系，我可以借你。"

有个夏尔前晚见过的男孩跟他打招呼，打断了他俩的调侃："今天晚上杰夫、芬尼、米凯和雷欧可不可以到家里过夜？"

"夏尔，"她说，"这是山姆，高大的山姆。"

真的，他长得很高大，几乎跟夏尔一样高。长头发，青少年的肤质，皱巴巴但款式极为优雅的白衬衫（应该是夏尔父母那一代的衣服），上面绣着无衬线体的 LR 两个字母，牛仔裤上坑坑洞洞，鼻梁挺直，目光坦诚，身形非常消瘦……再过几年就会长成俊美的年轻人。

他们握了手。

"咦，你喝了酒？"她蹙着眉头质问他。

"嗯，我得提醒你，我不是负责蛋糕的摊位。"

"那么，不准你骑摩托车回家。"

"哎哟，我没喝酒啦，只是打翻了啤酒桶，把桶底的酒都洒出来了。看吧……今天晚上的事，怎么样？"

"如果他们父母都同意的话，我就同意，不过你们要帮忙收拾，好吗？"

"山姆！"她叫住他，"叫他们带好睡袋，嗯？"

他竖起拇指，表示听到了。

她转向夏尔："你了解我的话了吧。我刚才跟你说我有六个孩子要填饱肚子，但我总是悲观了点儿，而且我没东西可吃，幸好你买了摸彩券。"

"那倒是。"

"'通通打倒'的摊位还顺……"

他们的对话又被打断。这次是一个叫哈蒂的小女孩，他还记得昨晚凯特这么叫她。

"凯特？"

"现在这位是哈蒂小姐，第三号人物。"

"晚安。"

夏尔亲了她一下。

"卡米尔可以到家里过夜吗？我知道，要准备睡袋……"

"只要你清楚该准备什么，就没问题。爱丽丝呢？她是不是也会带朋友来？"

"我不知道，不过你该看看她在古董店里找到了什么！你得把车子开进来了……"

"该死！不行！你们嫌家里的东西不够多吗？"

"别生气，每样东西都很漂亮！她还帮纳尔逊找到了椅子！"

"我知道了，等等，"她递给哈蒂零钱包，"赶快跑到面包店，把没卖完的面包通通买下来。"

"好，妈咪。"

"真会指挥。"夏尔赞叹不已。

"啊？你真的这么认为？我倒觉得正好相反呢。你也要一起来吗？"

"当然啰！"

"谁是纳尔逊？"

"一只喜欢故作高雅的狗。"

"LR 呢？"

凯特突然僵直不动。

"为什么你会问这个问题？"

"是山姆的衬衫……"

"哦，没错，对不起。是他父亲路易·拉文纳的缩写。依我看来，什么都逃不过你的法眼……"

"不，我忽略了许多事情，不过以年轻人来说，现在很少人会用名字的缩写……"

沉寂。

"来吧，"她打起精神，"把这里打扫干净，然后我们就回家。小鬼们都饿了，我也累了。"

她重新系好头发。

"内德拉呢？"她问亚辛，"她又跑去哪儿了？"

"她得到了一只金鱼。"

"哦，金鱼并不能让她变得健谈……。来吧，工作了……"

夏尔和亚辛花了一个多钟头叠好椅子、拆卸帐篷。其实主要是夏尔在做事，亚辛并没提供实质的贡献，因为他一直忙着说故事！

"看吧，你在解绳结的时候，会不由自主地抬高舌头，知道是为什么吗？"

"是不是因为绳结很难打开，而你又只顾着讲，不来帮忙？"

"答错。那是因为啊，当你全神贯注于某件事情时，所使用的脑半球也会忙着处理你主要进行的活动，刻意锁定身上的某个地方，好让你更集中注意力……所以说，我们要是一边走路一边想复杂的问题，就会放慢脚步。你懂了吗？"

夏尔用手抵着腰背处，挺起身子。

"嘿，百科全书先生，你想不想把舌头抬高？好让我们尽早结束……"

"你知道你全身上下最有力的肌肉在哪里吗？"

"是我的肱二头肌，尤其当我打算把你掐死的时候。"

"错了！是你的舌头！"

"我早该想到……来吧，抓好桌子的另一端。"

夏尔趁他还在想的时候，先丢出问题："凯特是不是你的妈妈？"

"哦。"他以一种尖锐的声音回答。很多小孩都会发出这种声音，特别是当他们想混淆视听、应付大人的时候。"她说不是，不过我知道她是……多少有一点儿，嗯。"

"她几岁？"

"她说她二十五岁，但是我们都不相信。"

"哦，为什么？"

"如果她真的二十五岁，就不能爬树了。"

"当然。"

算了，夏尔心里嘀咕，算了，你越追问，越被搞得糊里糊涂。所以别管什么程序指南，你也演演戏吧……

"我也觉得她应该有二十五岁……"

"你怎么知道？"

"看就知道了。"

场地清理完毕后，凯特问他能不能载那两个小萝卜头。

他让两个小鬼在后座坐定时，有个长腿美女走近："你们要去'莱维斯佩希'吗？"

"对不起？"

"凯特家呀……我和我的朋友能不能搭个便车？"

她指着另一个长腿美女。

"嗯，当然可以。"

每个人都挤进这辆小汽车了。夏尔笑着听他们闲聊。

多年来他不曾觉得自己如此有用。

搭便车的两位少女聊到一家夜店，但她们年纪太小不能进去。

亚辛告诉犹如巴厘岛公主般神秘的内德拉："你的鱼……你永远也不会看到它在睡觉，因为它没有眼皮。它没有耳朵，所以你以为它听不到你说的话。不过事实上，它是在休息，你知道的……另外金鱼拥有最敏锐的听觉，因为水是很好的导体，鱼有一种骨质结构，能将各种声响传到它们那看不见的耳朵里，并产生共鸣。"

夏尔陶醉地听亚辛说话，努力忽略两位美女的咯咯笑声。

亚辛不经意和他四目相接，倾身向前，低声说："她几乎从不说话。"

"你怎么知道？"

"我不知道……"

"所以你是个好学生啰？"

他扮了一个鬼脸。

内德拉的微笑映照在镜子里，镜中的她似乎在往后退。

夏尔试着追忆，这个年纪的玛蒂尔德是什么样子？但是不，他想不起来……他通常什么都记得很清楚，却忘了这些。小孩的童年……

然后，他想起了克莱尔。

想起她原来应该当妈妈……

什么都逃不过亚辛的眼睛，他把下巴枕在夏尔肩上，好像他的鹦鹉，接着又开始转移话题："但是不管如何……你很高兴赢得香肠吧？"

"没错，"夏尔回答，"你无法想象我有多高兴。……"

"事实上，我不能吃，因为我的宗教……不过凯特说上帝才不在乎哩，毕竟他又不是瓦龙太太……你觉得她说得有道理吗？"

"谁是瓦龙太太？"

"那位在食堂监督我们的老师……你觉得她说得对吗？"

"是的。"

他突然想起西尔维前晚告诉他社会救助商店发生的事，于是一时变得很激动。

"嘿，你该转头了！"

---

① "通通打倒"，以皮球或网球对准叠罗汉的空罐头投射，最终的目标是打垮整座罐头"城堡"。

6

"好哇，你还真会利用时间哪！你已经找到这一带最美丽的女孩了！"

最美丽的女孩笑得花枝乱颤，询问其他人在哪里，然后就消失在原野里。

凯特又穿上靴子。

"我要去喂动物，你想一起来吗？"

他们穿过院子。

"通常是孩子们负责喂，不过今天是他们的节日。既然来了，我就顺便带你参观……"她转过身，"夏尔，你还好吗？"

他全身疼痛，头、脸、背、手臂、胸部、大腿、脚踝，而且有一堆烦恼：越来越严重的工事拖延、对劳伦斯的罪恶感，以及该打却迟迟未打的电话。

"很好，谢谢你的关心。"

鸡鸭们全跟上来，还有三条狗和一只大羊驼。

"别摸它，不然……"

"我知道，我知道，卢卡警告过我了，它很黏人。"

"我也一样。"她苦笑着，同时弯下腰抓起一个桶。

不，不，她没有继续说。

"你为什么苦笑？"他担心地问。

"没什么啦，周末的狂热吧。那边以前是猪圈，但是今天变成食物贮藏室……小心鸟巢……这里跟其他的屋舍一样，整个夏天鸟粪如雨而下。我们在此囤积种子、谷粒，真不幸，'食物贮藏室'让我联想到老鼠和山鼠……想象它们对着在鸭绒被上睡懒觉的猫咪说：'老伯伯，你还好吗？日子会不会过得太辛苦了？'"

凯特掀开一块板子，取出一罐罐头，把食物倒入桶内。"你可不可以帮我拿那个浇花器？"

他们从反方向穿过院子。

她转过身说："你一起来吗？"

"我怕把小鸡踩扁。"

"小鸡？别担心，这些都是小鸭……你尽管往前走，别管它们。瞧，那边有个水龙头。"

夏尔不敢把浇花器灌满，怕提不动。

"这是鸡舍，是我最喜欢的地方之一，勒内的祖父对于家禽饲养场的想法非常现代，鸡在这里像活在天堂一样。但这也是他和老婆吵架的导火线，如果我没搞错的话。"

夏尔一闻到鸡舍的气味，就先倒退一步，接着错愕不已。因为这个地方经过巧妙设计……梯子、睡铺、鸡窝等，全都井然有序，削边都有修饰，甚至精雕细琢。

"看那里，他还在木梁对面开了一扇窗子，让这些小鸡姑娘可以欣赏外面的风景解闷。还有那里，请跟我来……有一个鸟笼让它们嬉戏，另外有石子堆、小水塘、饮水槽，也有适当的尘埃够它们有虫吃。光是这幅景象……你看，多么美丽啊！"

他在浇花时，她接着说，"有一天，我不知怎么了，心情跌到谷底……"她笑了笑，继续说，"忽然有个荒唐的念头，带小孩子到'中央公园'度假村，你知道那个地方吗？"

"听说过。"

"我相信那是我这辈子最差劲的决定，把这群野孩子放到一个呵护得无微不至的地方。他们变得凶狠野蛮，甚至差点儿淹死一个小孩……今天，我们把这件往事当作笑话来回忆，不过事发当时，还花了我一大笔钱呢……总之，算了，我只是想告诉你，抵达度假村的第一天，在那里逛了一圈之后，山姆认真地宣布：'我们的鸡被照料得更好呢。'接下来他们整个星期都坐在电视机前，从早到晚，跟僵尸没两样，我也随他们去。毕竟，电视对他们来说更有异国风情呢。"

"你家里没有吗？"

"没有。"

"不过你可以上网？"

"是的，我还是不能让他们跟外在世界完全隔离。"

"他们常上网吗？"

"亚辛最常上网，他是为了搜寻信息。"她笑道。

"这个小鬼真教人惊讶。"

"你说得没错。"

"告诉我，凯特，他是……"

"以后再说。小心，水溢出来了……好，我们不捡蛋，留给内德拉吧，她爱死了。"

"对了，她呢？"

她转过头。

"你喜欢上等威士忌吗？"

"嗯，喜欢。"

"那么，待会儿再聊。"

"这里以前是烤面包的地方，现在变成了狗窝，小心，味道很臭。这里有个储藏室，这里是马厩，后来改建成自行车车库，那边是食物储藏室……别管那些乱七八糟的东西，那是勒内的工作室。"

夏尔从不曾看过这样的建筑。它们累积了多少个世纪？如果想腾空这个地方，需要多少货柜？多少人力？多少时间？

"你看到这些工具了吗？"

他赞叹道："活脱儿出自巴黎通俗传统艺术馆，真令人叹为观止……"

"你真的这么认为？"她皱了一下眉头。

"他们虽然没有电视，不过应该一点儿也不觉得无聊。"

"的确一点儿也不，真不幸啊……"

"那是什么？"

"勒内自制的摩托车，从大战期间开始制造，到现在还没完工，好像是……"

　　"那个呢？"

　　"我不知道。"

　　"真不可思议……"

　　"等等，我们仓库里还有更好的……"

　　回到光天化日之下。

　　"这里是兔棚，是空的，我的能力有限，无法养兔子……这里是囤放干草的仓房，也就是干草房，那边有麦草。你在看什么？"

　　"木工……这些木工师傅的手艺好令人吃惊。你无法想象要造出这样的杰作需要拥有多么渊博的知识……不，"他继续神游，"你无法想象，就连我也做不到，我的工作虽然和木工沾上一点儿边，但还是……他们是怎么办到的？这是秘密……等我老了，我想学木工。"

　　"小心猫。"

　　"还有一只！你到底养了几只？"

　　"哦，数量不太稳定。死了，又来新的。特别是因为这里在河边，这些笨猫把带饵的鱼钩吞下肚，从此倒地不起……"

　　"猫的小孩呢？"

　　"它们哭哭啼啼，直到下一胎出生为止……"

　　沉默。

　　"凯特，你呢？"

　　"我什么也不做，夏尔，我什么也不做。不过我偶尔教兽医的女儿英文，交换他免费帮猫治疗几次。"

　　"不，我是指猫死了以后……"

　　"我跟小孩一样，等待下一胎出生，这是我从生活里学会的一件事……以前我总是封闭自己，拉上一道又一道的门闩……够了。"

　　"你把猫关起来吗？"

　　"哦，猫不会走大门。"

　　他们转过身，来到了"奇迹院"。①

　　五只杂种狗等着吃晚餐，一只比一只更赖皮。

"来吧，丑得吓人的老大哥，轮到你们了。"

回到食物贮藏室，把它们的饭盆装得满满的。

"那边那一只……"

"对。"

"它只有三条腿？"

"而且还瞎了一只眼，所以我们叫它纳尔逊。"

"纳尔逊中将、特拉法加海战……你听过吗？"

"这里是堆木柴的地方，那边有另一座谷仓和顶楼粮仓，专门囤积谷物，没啥特别的，还有一堆杂物，你说得对，简直像一家博物馆。这里也坍塌了……不过有极为美丽的双扉门，以前这里是停放马车的地方，还留下两辆，但只剩下残骸了，真是令人唏嘘……"

惊动了一群燕子。

"不过这一辆依然很美。"

"看到那边的双轮敞篷车了吗？是山姆自己做的，为了哈蒙……"

"谁是哈蒙？"

"他的驴子，"她翻白眼，"一头拗得要命的驴子。"

"你怎么一副很绝望的样子？"

"因为他打算参加今年夏天举行的驾驴拉车比赛。"

"怎么了，他还没准备好吗？"

"唉，他准备好了！他受过非常密集的训练，到时恐怕会吓死人呢。不过我们还是换个话题吧，我不想破坏心情……"

她倚着马车说："你都看到了，这里很凌乱……乱无章法，到处都是裂缝和坍塌，小孩随时都光着脚丫穿雨靴，即便如此……我每年还是得替他们驱两次虫，他们到处啪啪走，每分钟制造一百万件蠢事，他们也可以随意邀请朋友，但只有一件事绝对不能妥协，就是他们的学业。今晚你将会看到，大家围着厨房的餐桌坐下，这绝不能开玩笑……杰基尔博士蜕变成化身博士海德先生！而山姆是我的第一个失败经验，我知道不该说'我的'，不过说来话长……"

"情况没那么糟吧？"

"我想不是太糟，不过……"

"继续说，凯特，继续告诉我……"

"他去年九月上高中，我必须把他送到寄宿学校，在这里我没有别的办法。他在中学的表现已经不怎么样了，上了高中更是一场灾难，我完全没有料到会变成这样，因为我自己以前在寄宿学校的回忆都很美好。我不知道，也许在法国是另一回事吧，每次他周末回到家，都一副如释重负的样子，我也不忍心叫他做功课，最后就变成这样……"

苦笑。

"或许家里会出一个法国驾驴子第一高手。走吧，我们吓坏那些鸟妈妈了。"

的确，他们头上鸟巢里的鸟叽叽喳喳叫得很激动。

"你有小孩吗？"她问。

"没有。有，我有一个十四岁的女儿玛蒂尔德，不是我亲生的，不过……也改变不了什么。"

"是改变不了什么。"

"我知道。对了，我带你去参观一个地方，你一定会喜欢。"

敲了第 N 栋建筑物的大门，终于有人响应："谁？"

"是我和夏尔，我们可以进来吗？"

内德拉来开门。

如果夏尔以为他的惊奇之旅已经画上句点，那他就错了。

缄默了好一阵子。

"爱丽丝的工作室。"她对他轻轻说道。

不知道该说什么。

有太多的东西可看：图画、素描、壁画、面具、羽毛和树皮制成的木偶、木块拼成的家具、树叶编成的花环、各式各样的小模型、一堆绮丽的动物……

"就是她，壁炉过梁上的小东西，都出自爱丽丝的巧手。"

"就是她……"

爱丽丝背对着他们，坐在一张桌子前，头顶上有一扇窗子。她转过头，递给他们一个盒子："这是我在古董店找到的纽扣！瞧，这颗好漂亮……利用镶嵌的手法做的，这是条贝壳做的鱼，这些要送给内德拉，我要为她做一条项链，还要庆祝布洛普先生的来到……"

"请问布洛普先生是谁？"

夏尔知道自己并非唯一有这类蠢问题的人，不禁暗自高兴。

内德拉指着桌子的另一端。

"不过……"凯特继续说，"你们把它放在外婆的花瓶里？"

"对呀，我们正想告诉你，我们找不到鱼缸。"

"那是因为你们找得不够彻底，你们已经赢了十多条鱼回来，而且不曾养活超过一个夏天，我买了一堆鱼'港'……"

"鱼缸。"小小艺术家爱丽丝纠正她。

"谢谢，'鱼缸'。所以呢，你们自己想办法吧。"

"不过它们都太小了。"

"那你们就自己造缸！像加斯东一样！"

凯特关上门，转身面对夏尔，轻声呻吟："我不该用这种语气跟她说话，还说'那你们就'，这代表我很不耐烦……来吧，我们最后来参观马厩，这次的游览会让你毕生难忘。跟我来……"

他们朝着另一个院子走去。

"凯特，我可以问你最后一个问题吗？"

"我洗耳恭听。"

"加斯东是谁？"

"你不知道加斯东·拉加夫？"她失望地说，"加斯东和他的鱼'泡泡'？"

"噢，我当然知道……"

"当我十岁时，我非常认真地学法文，为的就是想看懂加斯东。我吃了多少苦头啊，因为那些状声词……"

"恕我冒昧，你几岁了？你放心，我跟亚辛保证过你只有二十五岁，不过……"

"我以为你问完最后一个问题了。"她笑道。

"我错了，永远也没有最后一个问题，但这不能怪我，是你……"

"我怎么了？"

"我觉得自己很傻，不过我觉得好像发现了一个新世界，所以难免会有一堆问题……"

"得了吧，你不曾到过乡下？"

"其实让我赞叹的并非这个地方，而是你所做的一切……"

"是吗？你觉得我做了什么？"

"我不知道，你创造了一个天堂，不是吗？"

"你会这么认为，是因为现在是夏天，光线优美，学校又放假了。"

"不，我这么说是因为孩子们很有趣、聪明又快乐。"

她整个人纹丝不动。

"你……你真的这么认为？"

她的语气变得很沉重。

"不是认为，而是深深认为。"

她挨着他的胳臂，拨掉靴子上的一粒石子儿。

"谢谢你。"她喃喃地说，表情纠结，"我……我们走吧？"

傻，这个字还不足以形容，夏尔觉得自己简直蠢透了。

他为什么弄哭这么讨人喜欢的女孩？

她走了几步路，再次以愉快的口气说："哦，是的，我大约二十五岁，也不完全是……正确地说，是三十六岁。所以，你看出来了吗？橡林道不属于这个卑微的农庄，而隶属于一个城堡，城堡的主人是一对兄弟……法国大革命期间，他们自行放火烧毁城堡，你能想象吗？根据传说，当这个地区开始把贵族吊死在路灯杆上时，城堡才刚落成，那是两兄弟费尽心血，用馨积蓄的结晶，不过用的都是祖先留下来的家产啦……我很喜欢这个传说中的故事。他们在放火前应该花了不少时间清空酒窖，然后自行上吊。我是从一个很奇怪的家伙的口中得知这个故事的，有一天他来到家里，为了寻找……算了，一言难尽，下次再告诉你……回到那两个兄弟的身上，他们都是单身老男孩，成天只知道打猎，这里的打猎指的是围猎，也就是需要骑马的那种，所以这些马匹养尊处优，你自己看吧……"

"看看这些精致的杰作……"

"你怎么了？"

"没什么，我只是有点儿懊恼，因为我没把素描本带在身边。"

"哦，你还会回到这里的，早晨的时候更美。"

"你们应该在这里体验生活起居……"

"夏天时，孩子们住在这里……这里为马夫打造了许多小房间，你可以看到……"

夏尔两手叉腰，呼吸急促，满心赞赏古代建筑师的杰作。

有一栋矩形的建筑物，墙面刷了赭色的泥浆，看起来有点儿斑驳，只留下巩固墙身的石块和窗户的方石框架，屋顶是复折式的，铺着细致、扁平的瓦片，还有螺旋式天窗和眼洞窗交错着，巨大的拱门两旁围绕着长方形饮水槽……

马厩的造型简单优雅，坐落于世界最荒僻的一角，只为了满足两个等着上法庭受审而不耐烦的贵族，马厩本身已经充分表达上世纪的精神。

"这两个家伙非常好大喜功。"

"似乎并非如此。根据这个怪咖的看法，城堡的平面图其实很扫兴。他们很喜欢马，但如今……"她哈哈大笑起来，"是我们的哈蒙坐收渔利。过来吧，仔细看这些地板，都是河边的鹅卵石。"

"像桥面一样。"

"没错，为了不让木鞋打滑。"

马厩内部非常阴暗。此外，燕子在梁木和小梁上筑了十余个巢，这个地方应该有三十米长、十米宽，共有六个围栏，被攀附着梁木的深色木板隔开，梁木上还嵌了黄铜球。

飞马、神勇、匈牙利……超过两个世纪，经历三次战争，换了五个共和政府，它们的名字仍未磨灭。

沁凉的石头，布满蜘蛛网的驯鹿角，阳光透过眼洞窗洒下，形成明亮的圆圈，投射出鳞光闪闪的尘絮。走在凹凸不平的鹅卵石上，发出迟疑的脚步声，猛然划破四周的寂静……一直有恐马症的夏尔感觉自己走进了宗教圣地，不敢逾越中殿一步。

凯特的咒骂声把他拉回现实："看看这件棉衫，全毁了，被老鼠啃得精光。

操他的，来这里，夏尔……我把那位"历史古迹先生"告诉我的一五一十复述给你听，若不注意是看不出来的，我们现在站在一个超级现代的马厩里，食槽的石子儿都琢磨过，以保护马匹的……前胸？"

"没错，是前胸。"他微笑着说道。

"为了让马过更舒适的生活。石质的食槽都凿成特别的凹槽，以便控制每匹马一天的食量，而那些喂草架足以媲美凡尔赛宫的珍品……以橡木打造，能够旋转，顶端雕了瓶饰。"

"或称为 acrotère（饰座）……"

"好吧，你说了算。不过我想说的不是这些，真正绝妙之处……看吧，每根木条都可以自行转动，以便……他是怎么说的？'不强行阻挡干草料的释出'……干草料经常沾了灰尘和老鼠屎，可能会滋生各种疾病，因此这些木条不同于其他的马厩，不倾斜而几乎垂直，底下还有一个小挡板，以便收集这些该死的灰尘。另外，由于马匹面对的是不透明的墙垣，他们在马栏间装上围栏，让马匹可以跟左邻右舍聊天，不致感到无聊。'哈喽，亲爱的，你今天看到狐狸没？瞧它们多么漂亮呀……'仿佛卷送到赛马起点的海浪……你的头上有数个开口，以便让楼上的干草落下。"

她拉着他的袖子，要他跟过来："这是这里唯一一间封闭的马栏，空间宽敞，还铺了护壁，是怀孕的母马和小马的起居室。抬头看一下，头顶上的小圆窗让马厩工人躺在床上即可监看母马分娩的过程。"

凯特伸出山手臂："你看到吊在天花板上的那三盏灯，肯定会叹为观止。灯本身几乎没什么亮度，而且操作起来极为复杂，不过比起窗台上的手动式照明设备安全多了……我有哪里很好笑吗？"

"没事，我只是太高兴了，好像在参加一场特别为我举行的研讨会。"

"哟，"她耸耸肩，"我的确费了一番唇舌，因为你是建筑师呀，不过如果你觉得我说得天花乱坠，可以叫我闭嘴。"

"告诉我，凯特？"

"告诉你什么？"她转过身。

"你该不会脾气很暴躁吧？"

"没错，"她板起脸，很符合十八世纪的调调。她最后招认，"很有可能，我们继续？"

"我洗耳恭听。"

他把双手背在背后，随时保持微笑。

"那边……"她继续很有学问地说，"就拿这道阶梯来说吧，它不就美得超凡？"

"的确。"

然而这道阶梯毫无奇特之处，只是一般的U形平台楼梯，并非给这些珍贵的小马使用，所以采用平凡的木头。阶梯日积月累散发出石头般的色泽，并被靴子践踏磨损。不过以它的比例来说（我们总是爱讨论这一点），已臻十全十美的境界。夏尔忙着确认梯级的高度和踏板的宽度，忘了欣赏眼前倚着扶手的美丽导游。

木工师傅称踏板的宽度为"giron"，但这并不是重点。

这些高大的正面看起来真愚昧……

"这里是卧房，总共四间。不，应该是三间，最后一间不算。"

"那间的屋顶也倒塌了？"

"不，里面住了一只将要临盆的猫头鹰妈妈，小宝宝叫什么呢？小猫头鹰？"

"我不知道……"

"你不知道的事情很多吧？"她一面揶揄他，一面绕到他前方，打开第二道门。

家具颇为简陋。小铁床上铺着中间破了洞的褥垫，房里还有缺了一只脚的椅子，挂钩上吊着发了霉的皮鞭。这边有个封死的壁炉，那边有……大概是蜂窝吧，远处还有拆了一半的引擎，那边有根钓竿、一摞让每代书虫反复阅读的书籍、缺一角的石膏像、一只猫、靴子、过期的《农耕生活》杂志、空酒瓶、雪铁龙的散热器护栅、卡宾枪、子弹夹……墙上还挂着俗艳的色情海报，是一个玩伴女郎扯着身上比基尼的蝴蝶结，对着斜放的耶稣十字架像频送秋波，一旁是德侯姆肥料公司赠送的一九七二年月历。整个房间里铺着一样的地毯，暗沉又厚重，有些地方还粘着成千上万只的死苍蝇。

"勒内父母那一代的农工都住在这里。"

"你的小孩也睡在这里吗？"

"不。"她的回答让他放心许多，"我忘了带你参观楼梯下的最后一个房间……等一下，既然你那么喜爱木工，过来看看顶楼的粮仓吧。小心你的头。"

"来不及了。"夏尔呻吟道，反正多一个伤口也无所谓。

他用手摸摸额头，但很快就放开。

"凯特，你能想象吗？这些人需要多少努力和智能才能设计出这些结构？你看这些支撑的梁柱多么庞大！屋脊的檩条多长！上面那条最高的梁木……光是把树木砍倒、打磨、搬运就不知需要耗费多少工夫，而每个地方都拴得很牢，连中柱都不需要再钉上金属片来固定。"他向她指出梁木支撑的地方……"这些是复折式屋顶，又叫'孟沙式'屋顶，这样做顶楼就能挑高，所以你才能拥有如此美丽的天窗。"

"你还真有两把刷子。"

"不，我对农舍的建筑一无所知，有个同行的朋友说，这是因为我没经历过'古迹生活'。我喜爱创造，但不喜欢维修。不过想当然尔，尽管我向来喜欢尝试新建材和新技术，也越来越倚重日新月异的计算软件，但当我看到这些建筑时，还是感到……该怎么说呢，觉得自己有点儿落伍。"

"你的'婚姻生活'呢？"当他们走下楼梯时，她抛出这个问题。

"对不起？"

"你刚刚说你没经历过'古迹生活'，但撇开这个不谈，你……你结婚了吗？"

夏尔抓着被虫蛀蚀的扶手。

"没有。"

"你和……嗯，你和玛蒂尔德的母亲一起生活吗？"

"没有。"

哎哟。

没事。只是被一根木刺挡到路，它大概心怀恶意，不让夏尔胡说八道。

他说谎吗？

没错。

不过，他真的和劳伦斯一起生活吗？

"瞧，他们把家当安顿好了。"

堆积如山的枕头和睡袋摆在房间中央，另外还有一把吉他、几包糖果、一瓶可乐、一副塔罗牌和几箱啤酒。

"喝啤酒是合法的，"她吹了声口哨，"我们现在站在鞍具房，它是莱维斯佩希唯一令人感到舒适的地方，唯一有美丽的木质地板和保养得宜的木头家具的地方，也是唯一能取暖的地方。你知道为什么吗？"

"因为管家？"

"老兄，是因为皮件啦！为了避免皮件受潮，为了保养庄园领主的马鞍和缰绳，环境要维持在最佳湿度。庄园里每个人屁股都快冻僵了，马鞭却被暖烘烘地呵护着。是不是很可笑？我一直以为这个房间决定了鸽子屋的命运……"

"什么鸽子屋？"

"那些被乡下人一颗石头一颗石头慢慢拆掉的鸽子屋，以发泄摧毁不了城堡的怨气。这段历史属于你，而不是我，不过，鸽子屋确实是旧政权愤怒的象征，庄园主越是爱炫耀，他的鸽子屋就越庞大，鸽子自然会吃掉越多种子和新芽。一只鸽子一年可以吃掉将近五十公斤麦粒，这还不包括菜园里刚长出的幼苗，那才是它们的最爱呢。"

"你跟亚辛一样博学。"

"嗯，就是他告诉我的。"

她笑了起来。

这股味道……是玛蒂尔德小时候的味道。对了，她为什么不骑马了？她本来如此沉迷……

为什么？为什么他不知道原因？他又忽略了什么事？那一天他到底葬身在哪个会议里？有一天早上，她对他说，你不用再带我去马场了，他甚至没有追问，或试着了解个中原因。怎么会这样……

"你在想什么？"

"我戴着眼罩，仿佛瞎了眼，视而不见……"他喃喃地说。

他转过身背对她，仔细欣赏挂钩、马鞍架、断裂的缰绳、兼做行李箱的长椅、位于墙角的大理石洗碗槽、除蝇剂、捕鼠器、老鼠屎、在窗户底下的脱靴板——可以固定靴子的脚踝处，让穿靴的人方便脱鞋。还有一个保养得宜的鞍辔，八成是驴子的，架子上井然有序的马蹄铁、刷子、清洁马蹄的工具、幼童戴的鸭舌帽、小型马的罩衫，火炉缺了排气管，却多了六个啤酒瓶，还有圆锥形的家具，让他很好奇。

"这是什么东西？"他问。

"长鞭架。"

好吧。

他再去查字典。

"而那个呢？"他用鼻尖指着地板。

"狗笼，或者该说是狗笼遗留的部分。"

"好大啊！"

"的确。而且依照留下的部分看来，狗和马一样备受呵护。你从这里看得见吗？每道门的上方都有圆形浮雕，上面刻了狗的侧面，但现在看不出来了，我得清理清理，必须等到桑葚收成的季节。你瞧瞧，连栏杆都做得很精致哦。孩子小的时候，每次我想要耳根清净，就会把他们放在里面，他们觉得那里好像一座小公园，而我呢，可以去忙别的事，不必担心他们跑到河边去。有一天，我记得是爱丽丝的老师吧，她把我叫到学校，告诉我说：'很不好意思，必须问您这种事情，不过您的女儿告诉班上同学说，您把她和其他兄弟一起关在狗笼里，这是真的吗？'"

"后来呢？"夏尔听得津津有味。

"我问她爱丽丝有没有提到马鞭。总之，我从此恶名昭彰。"

"真有趣。"

"鞭打小孩吗？"

"不是啦，你说的每个故事……"

"哦，但是你呢？你什么都不说。"

"我，我喜欢倾听。"

"是啊，我太聒噪了。因为我们很少有访客。"

她稍微推开另一扇窗，迎着凉风又说了一次："实在太少了……"

凯特转身往回走："我饿得要命，你呢？"

夏尔耸耸肩。

那不是他的答案，但他也不知道该说什么。

他已经乱了方寸。不知道如何拿捏，不知道该离去还是该留下，继续听她说话还是走为上策。不知该聆听故事的结局还是依合约规定将汽车钥匙放到出租公司的信箱里。

他不善于精打细算，不过他的职业就是要把事情看得透彻，还要……

"我也是。"他这么回答，并将笛卡儿主义、数学逻辑以及合约全抛到一边，抛弃制度式的条文规定，舍去妥善安排的生活，也放弃被条款所保障的生活利益。

"我也是。"

毕竟，他是为了寻回阿努克而走了这么远的路，他发现她已经不远了。

她甚至触摸过这个脖子。

就在那儿……

"走，瞧瞧蜗牛给咱们留下了什么。"

她取出一个篮子，他马上接过手。就好像前一晚，在同样白净的天空之下，他们俩并肩离开庭院，淹没在高大的草丛里。

看着荠菜、木春菊、千叶蓍、白屈菜、观音草、雀舌草，夏尔一脸好奇的样子。

"这是什……那边的白茎植物？"

"哪里？"

"就在你前面。"

"'狗的尾巴呀'。"

"啊？"

她的微笑，即便充满嘲弄的意味，也跟四周的景色合而为一。

菜园的围墙摇摇欲坠，不过夹在石柱之间的大铁门，还是勉强撑起了墙垣。夏尔走过时轻轻抚摩墙身，感觉粗糙的青苔搔得他痒痒的。

凯特推开小木屋，木门发出咿咿呀呀的声响。她拿出一把刀子，夏尔跟随她走进菜园里。所有的菜井然有序，被照顾得无微不至，两条垂直交叉的小路把菜园分成四块。菜园中央有一口井，每个角落繁花点点。

不，夏尔并非故意露出好奇的样子，他只是好学罢了。

"这些歪七扭八的小树，沿着小路都是，到底是什么树啊？"

"歪七扭八……"她有点儿不悦，"你是想说被修剪过吧，这是苹果树，如果树没有倚靠着墙面，就要这样种才行。"

"墙上这些美丽的蓝色是什么？"

"那个东西吗？是农药，为了替葡萄藤驱虫。"

"你自己酿酒吗？"

"不，我们也不吃葡萄，味道太苦涩了。"

"这些黄花冠呢？"

"是小茴香。"

"那些毛茸茸的东西是什么？"

"芦笋的尾巴。"

"那些大圆球呢？"

"蒜头。"

她转过身。

"夏尔，你是第一次逛菜园吗？"

"第一次这么近距离……"

"真的？"她的语气充满惋惜，而她似乎真的感到惋惜，"你怎么能活到现在？"

"我也这么问我自己……"

"你没吃过刚摘下来的番茄或覆盆子？"

"小时候可能有吃过。"

"你有没有把醋栗放在舌尖？有没有吃过还有点儿温热的野草莓？有没有因为吃到太涩的榛果而咬坏牙齿，吃到舌头都痛了？"

"恐怕没有，那左边那些大红叶呢？"

"你知道，这些问题你该问勒内，他会很开心，而且他解释得比我好多了。我甚至不准进来。而且，你瞧……"她弯下腰，"我们采几棵做沙拉的生菜搭配你带来的大餐，然后把刀子放回原位就走人，神不知鬼不觉。"

他们就这么办。

夏尔仔细观察放在篮子里的生菜。

"你在烦恼什么？"

"叶子上有一只肥肥的蛞蝓。"

她弯下腰，夏尔看着她的脖子……她捡起蛞蝓，放进小门边的桶里。

"以前勒内把它们打死，不过亚辛不断给他'洗脑'，他再也不敢伤害它们。如今他把它们丢到隔壁邻居的菜园里。"

"为什么是隔壁邻居？"

"因为他杀了勒内的公鸡。"

"为什么亚辛对蛞蝓感兴趣？"

"只对这些大蛞蝓啦，他不知从哪本书上读到，说它们可以活八到十年。"

"所以呢？"

"我的妈呀，你怎么跟亚辛一样，就爱打破砂锅问到底！我不知道……如果大自然或上帝有意创造一种生物，这么微小、这么丑陋却又这么强壮，一定自有他的道理，如果用铲子把它们打得稀巴烂就是对造物主的不敬。亚辛的小脑袋瓜里有很多这类的理论，他常看着勒内工作，对他说好几小时的话，从地瓜的起源聊起，一直讲到生物的现状。小的有听众，很高兴，老的也听得乐陶陶。有一天勒内跟我掏心事，说他死前可以得到一纸文凭，肥肥的蛞蝓也庆幸能逃过一劫，甚至还可以去城里逛一圈呢，皆大欢喜。跟我来，我带你重温几个景观，也看看他们又做了什么坏事。他们闷声不响的时候，才教人担心。"

两人沿着破墙走出去，走过一条泥土路，来到山坡的高处。

高低起伏的草地，一望无尽的篱笆，一捆捆的干草，森林的边缘，开阔的天空，山坡下有一群小孩，他们或多或少穿了泳衣，或多或少跨坐在赤身裸体的伙伴身上，嬉笑，尖叫，沿着河岸奔跑，溪流非常阴暗，不久后消隐在树林里。

"好，没问题。"她松了一口气，"我们也可以休息一下了……"

夏尔站着不动。

"你一起来吗？"

"我们能习惯吗？"

"习惯什么？"

"这些……"

"不，每天都不一样……"

"昨天，"他说，"玫瑰色的天空和蓝色的云，今晚恰恰相反……你，你住在这里很久了吗？"

"九年了。来吧，夏尔，我累了，我很早起床，我很饿，也有点儿冷。"

他脱下外套。

这是个老把戏。他做了一千回。

是的，回程路上把外套披在美丽女子的肩上是很古老的把戏。不过其中的新意，是前一晚他帮她提过电锯，今天晚上则提着一篮的蛞蝓。

"你也是，你看起来好累。"她对他说。

"我太忙了。"

"可以想见。你盖了哪些建筑？"

没什么。

他垂下手臂，突然感到失魂落魄。没有接腔。

凯特垂下头，心里嘀咕着，她也是打着赤脚穿雨靴。

她的洋装沾了许多污渍，指甲断了，双手粗糙，她不再是二十五岁了，她花了一个下午在鸟不生蛋的乡下小学卖手工蛋糕。她撒了谎，其实十五公里外有家餐厅。把一堆石头介绍成富丽堂皇的城堡应该很可笑，而且向他介绍……他八成见过各式各样的建筑，还跟他说了一堆有关马匹、鸡、野孩子的故事……

不错，不过……除此之外她还能告诉他什么呢？

她的生活里还有别的东西吗？

双手可以放进口袋里。

其他就比较难以掩饰了。

他们走下山坡，并肩而行，默不作声，而且相隔一段距离。

在他们的背后，太阳西下，投射出两个巨大的影子。

"我……"她缓缓地轻声呢喃。

"我将给你看的，

不是早晨大步走在你前面的人影，

也不是夜晚苏醒与你相遇的人影，

我将给看你的，

是一撮尘灰里的你的恐惧。"

由于他停住脚步盯着她看，她感到不太自在，觉得有必要说明一下："是T. S. 艾略特。"

不过夏尔才不在乎这是出自哪个诗人呢。他关心的是其他事……她是怎么看穿的？

这个女人……统治这个充满鬼魅和小孩的王国，有一双如此美丽的手，还能在一天将尽之际朗诵看透人心的诗句，她到底是谁？

"凯特？"

"嗯……"

"你是谁？"

"真有趣，我也正在问自己同样的问题……好……像这样远远看去，好像一个穿了骆驼牌雨靴的胖农妇，她为了让自己看起来更迷人，特地朗诵一段小诗，却让一位满脸绷带的家伙悲从中来……"

她哈哈大笑，两人的影子忽然一阵晃动。

"走快一点儿，夏尔！我们来做些厚厚的面包片，好好犒赏自己……"

---

① 中世纪的巴黎市有个称为"奇迹院"的地区，聚集了盲人、乞丐、半身不遂者、侏儒等外形令一般人嫌恶的人，白天他们会到巴黎高级地区乞讨，赚取有钱人的同情心。现在"奇迹院"通常指龙蛇混杂、叫人不敢逾越雷池一步的地方。

7

迎接他们的是一条病恹恹的老狗的埋怨声。凯特蹲在地上，把它的头枕在膝盖上，揉搓它的耳朵，说些温柔的话。接下来，借用玛蒂尔德的说法，夏尔简直"看傻了眼"。她张开双臂，从底下抱住它，然后一咬牙把它抬起来，带到院子里撒尿。

他完全看傻了眼，不敢追随她的脚步。

这只狗有多重？三十公斤？四十公斤？

这个女孩不断地……什么？不断地惊吓他，也吸引他，他回想起十四岁半时，在法语词典学到的"吸引"这个词。是的，他深深地被她吸引。

她的微笑、脖子、马尾、七十年代的洋装、平底鞋，她那群在田野上追逐的孩子、打扫房子的计划、她分工合作的观念、出人意料的眼泪，现在，她还抱起巨型狗长达四秒半的时间，这……

他实在无法消化了。

"你怎么了？"她一边说一边拍掉大腿上的狗毛，"你好像看到'穿短裤的圣母'哦，这是附近小孩发明的形容方式，我很喜欢这样说，'你是看到穿短裤的圣母还是？！'……你想喝啤酒吗？"

他盯着冰箱门。

他的表情大概真的很呆，因为她伸出手把啤酒拿到他的面前。

"你还在吗？"

他的激动并非因为她表现得稀松平常，她想找个合理的解释，于是说："狗狗的屁股麻痹了，这里只有它没有名字，所以我们干脆叫它'大狗'，它是这栋房子最善良的家伙，要不是它，我们可能早就不在了……起码我早就不在了。"

"为什么？"

"嘿，你不会觉得厌烦吗？"她叹了一口气。

"厌烦什么？"

"我的乡野奇谭啊。"

"不会。"

她开始忙着洗菜，他搬了一张椅子走到她身边。

"洗莴苣，这我也会。"他说，"来，坐下吧。喝啤酒，说故事给我听……"

她迟疑了。

夏尔眉头深锁，举起食指，做出训练狗的手势："坐下！"

她坐了下来，脱掉雨靴，顺一顺裙摆，往后一靠："哦……"她呻吟着，"从昨晚到现在，这是我第一次坐下来，我再也起不来了。"

"我实在无法想象，你竟然能用这么不实用的料理台做饭给那么多人吃，这不是乡下宅院该有的装饰风格，而是受虐狂的作风！也许也是一种故作高雅的精神在作祟，不是吗？"

她拿着啤酒瓶，指向壁炉旁的一扇门："那是厨房的后台，里面虽然没有用人，但是有大型洗碗台和洗碗机，如果仔细寻找的话……"

她打了一声响嗝儿。

身为一名淑女。

"太好了，不过，嗯……还是算了，我陪你好了，我来想办法。"

他先消失不见，又再度出现，进进出出，打开柜子寻找能用的东西，将就凑合一下。

一旁的人看在眼里，觉得很逗趣。

他正和蛞蝓作战，同时告诉她："我还在等你说故事呢……"

她转向窗外："我们到达这里的时候，已经……十月了吧。以后再告诉你我们刚搬过来的情形，我现在太饿了，只想赶快做晚餐。那时候，没过几个星期，天就开始黑得越来越早，我开始害怕。那是我生平第一次感受到'恐惧'。家里只有我和小孩，每天晚上都可以从远处瞥见车灯，车子一开始停在小路的尽头，渐渐越来越靠近。其实也没什么，只是停在路边的车子。不过这就也是最糟糕的，因为什么也没有，只有一双黄眼睛暗中窥伺我们。我把这件事告诉勒内之后，他把他父亲的猎枪借给我，嗯，我开始离题了。某天早上，我把孩子送去上学后，我去了二十多公里以外的流浪狗收留保护协会，那也不算什么协会，倒像个临时收容所，也是旧车回收场。那个地方蛮亲切的，老板也很有个性，我待会儿再告诉你，现在我们是好朋友，从那件事以后他经常派人过来帮忙。不过那一天，我怕得一声不吭，我以为会被掐死、被强暴、丢到轧碎机里碾成肉糜。"

她笑了笑，又继续说："我后来想到：'糟了，四点放学谁去接小孩？'其实人不可貌相。勒内虽然是头上秃秃的，又少了手指，身上还遍布色彩奇幻的刺青，但这些只是他的个人风格啦。我一五一十告诉他我的问题，他不作声了很久后，示意要我跟随他。'有了这个家伙，没人敢跑到你家撒野，我跟你保证……'而我当时吓得半死。在一个弥漫着粪便味的笼子里，有一只像狼的动物发狂地撞栏杆，想咬我们。他在吐痰的空当问我有没有带链子。"

嗯……

夏尔把莴苣搁到一旁，笑着转头："凯特，那你有带链子吗？"

"我没带链子，还很好奇要怎么把它抬进车里！眼前摆明了我会被活活吃掉！不过我还是保持冷静，后来他找出一条绳索，一面大喊，一面打开笼子，和那只满嘴唾液的怪物一起走出笼，再把绳索递给我，好像只是交给我一个普通的物品。'通常，我会要客人付点儿东西意思意思，不过，反正我迟早要把它干掉……好吧，我把它交给你，嗯？我还有别的活要干……'他话一说完，就留我一个人戳在那儿，转眼间我已经骑虎难下。此外，那个时候我还蛮女性化的，还没脱胎换骨成西部女牛仔！"

夏尔听得太入迷，没想到要反驳她。

"最后，当我成功把它带到后车厢时，我……"

"你？"

"我突然像泄了气的皮球……"

"你把它还给那个家伙？"

"不，我决定走路回家。我被拖着走了一百多米后，就放开手，我跟它说：'要么你就跟我走，享受老太爷的生活，要么就回去住在破破烂烂的地方。你自己决定。'它穿越田野，一溜烟跑得不见踪影，我以为再也见不到它了。哦不，它经常会出现在我眼前，我看见它追逐乌鸦，钻进灌木丛，绕着我跑出螺旋状的圆圈，圆圈由大逐渐缩小。三小时后，它乖巧地跟着我穿越农庄，看它垂着舌头，我就给它水喝。勒内载我回去取车时，我本想把它关进狗笼，但是它又开始发癫，我跟它说乖乖等我回来，然后把它留在原地。"

她啜了一口啤酒，舒缓情绪。

"我们回来时，我心里七上八下。"

"怕它逃走？"

"不，怕它把孩子吃掉！我永远也忘不了这一幕。那个时候，我把车停在院子里，我不知道那座桥正在崩裂，它趴在大门前，抬起头，我熄掉引擎，走到孩子面前说：'我们有只新狗狗，它看起很凶，不过我想它是面恶心善⋯⋯一起来看看好不好？'接着呢，我抱着哈蒂走在前面，后面跟着另外两个小孩。它站了起来，我试着往前走几步路，但是山姆和爱丽丝揪着我的外套不放。它朝着我们走过来，发出低沉的嚎叫声。我跟它说：'笨蛋，别叫了，你应该看得出来他们都是我的孩子⋯⋯'然后我们一起散步，不骗你，我腿都软了，孩子们也吓得不敢吭声，不过他们还是放开了我的衣服。我们玩荡秋千，狗则趴在小路上。后来我们回家吃晚餐，它在壁炉前找到一块地盘。后来才逐渐出现麻烦，它杀死一只绵羊，两只，然后三只⋯⋯还有一只母鸡，两只，甚至十只⋯⋯我只好赔钱了事，不过透过勒内的腹语，我明白了猎人在咖啡馆里经常提起它，有人想射杀它⋯⋯于是某天晚上，我告诉它：'如果你一犯再犯，迟早会被杀掉⋯⋯'"

夏尔正在跟莴苣脱水器搏斗，这个器皿应该历史悠久。

"然后呢？"

"跟往常一样，它听了我的话。另外，那段日子里有人送我们小狗，我也不知道，也许它想当小狗的好模范吧⋯⋯总之，它后来就没有再犯了。

"来这里之前，我从来没养过动物，我一直觉得一般人对狗太滥情了。不过这只狗，你也看到了，它⋯⋯

"它教育我。

"它是个老太爷，我跟你说过了，没有它，我无论如何也撑不过来……它是我的守护天使，也是我的奶妈、救生员、闺密、信差、抗忧良方……还有好多好多。当我找不到孩子时，它把他们一一遣送回家；当我心情烦闷时，它逼自己做蠢事来转移我的注意力，它追赶母鸡，咬破气球，咬邮差的大腿，偷吃周四的烤牛肉……的确，它费尽心思想让我重新振作！这也是为什么我……我愿意背着它，直到最后一刻……"

"你们的夜间访客呢？"

"它到达的第二天，车灯仍然亮着。我穿着睡衣站在厨房的窗边，我想它感觉到了我的恐惧。它跑到门前咆哮，像是着了魔。我一打开门，它就已经跑到小路的尽头，我想它吵醒了整村的人。后来我睡得很安稳，不仅那个夜晚，其他夜晚也是……

"刚开始时，当地人叫我狼女……说完了。"她伸伸懒腰，"洗好没？"

"我正在调醋。"

"好极了，谢谢你，好好先生。"

⊱❧

"这是我的花园。"

他们站在房子的另一边。夏尔从来没见过那么多花。

也是那么紊乱、狂野、令人震撼。

没有走道、没有边界、没有花圃，也没有草皮，只有花。

到处都是。

"起初，这是一个非常美丽的花园，是我妈设计的。后来，我不知道……随着时光流逝，变得越来越杂乱无章，不过我也没有认真整理，因为抽不出时间。每次她来，她都无法忍受花园变成这个样子，整个假期都趴在地上，想找回植物的标签……就这方面来看，她比我的父亲更像英国人。她是伟大的园艺家，是英国皇家园艺协会、英国皇家玫瑰协会和大英铁线莲协会的会员，总之，你应该能想象吧。"

夏尔以为玫瑰只是带刺的花，当你请花店小姐帮忙挑选玫瑰讨女人的欢心时，最常入选的不外是白玫瑰和红玫瑰，他很惊奇地发现，所有这些树丛，这些藤蔓，这些巨大的花冠，这些攀缘性植物，或是这些单花瓣的花朵，通通都是玫瑰。花园的中央有个棚架，底下有张餐桌，桌子四周的椅子比厨房里的更随性，根本不成双成对。棚架上爬满万紫千红的藤蔓，凯特开始如数家珍："紫藤、铁线莲、忍冬花、凌霄、木通、茉莉，不过八月开得最为灿烂。每到八月，要是忙了一整天，我就会在快累昏的时候来这里坐坐，空气里弥漫着清新的芳香，非常惬意。"

桌巾上有一摞盘子、一大篮肉制品、四个大面包、一瓶酒、十几条餐巾、几罐酸黄瓜、几壶水、十几个平口玻璃杯（原本是芥末罐）、两个高脚杯和一大盆沙拉。

"好啦，我们可以摇铃了。"

"你好像有心事。"当他们回到屋子里时，她这么告诉他。

"我可以跟你借个电话吗？"

他们看着彼此。

凯特低下头。

她感到一阵恐惧。

"当……当然。"她结巴了一下，摆动双手，仿佛抓着围裙，"电话在那边，在走廊的尽头。"

不过夏尔一动也不动。他等她恢复平静。

她恢复平静，笑着咬住嘴唇。

"我必须通知租车公司，你知道的……"

她烦躁地点点头，仿佛在表示"不，我不想知道"。当他走向电话时，她来到屋外，蹲在抽水唧筒边。

你明明知道这是个烂点子。她一面责怪自己，一面任自己淹没在越来越冰凉的水柱里。

你这个小傻瓜，你以为他特地来此替麦迪逊大桥拍照？

这是一种老式的圆形拨号盘，拨完号码需要比较长的时间。他先打给玛蒂尔德，鼓舞自己。

语音信箱。

他亲吻她，要她放心，说星期一早上会送她去机场。

租车公司。

录音机。

自我介绍，解释情况，可以谅解对方会因此而提高价钱。

终于打给劳伦斯。

数到第五个嘟声，思忖要跟她说什么……

语音信箱。

然后呢？

"恭请您留电。"她用一种很高级的口吻央求所有致电者。

谦恭，夏尔的确谦恭有礼。他开始提出暧昧不清的解释，用了"突发状况"这四个字，但是还没说到"我亲吻你"，语音信箱就"哔"的一声结束了。

放下听筒。

观察墙壁因为潮湿起硝以及墙上的裂痕。触摸这些斑斑点点，过了好一会儿，夏尔就像鳞片般剥落。

他听见铃声，于是走出来。

走到院子里和凯特会合。

她坐在第三级石阶上，换上平底鞋，套上厚棉衫。

"坐过来看表演！"她跟他说，"我来帮你配音！"

他有点儿犹豫要不要坐在她的脚边，因为这样她就会看见他的头秃了。

好吧……算了。

"第一位是亚辛。因为他是他们当中最贪吃的，而且从来不做事；亚辛从不参与任何游戏，他既胆小又笨拙，别的小孩会说，那是因为他的头太重了。丑陋和丑毙两条狗会跟在他后面，就像卡通里的笨警探兄弟。瞧，他们来了，由爱丽丝领军，左右护法分别是内德拉与忠心耿耿的纳尔逊。"

工作室的大门微微打开。

"我说到哪儿了？接下来是青年组……这些成天只知道吃的家伙，除了吃饭的铃声之外，什么也听不见。我每两个星期得采买三部推车的食物，夏尔，满满三部推车！和他们一起的还有哈蒙、阿达客船长，最后由山羊垫底。

这些人都是为了晚上的食物而来，哦，食物……"她叹了一口气，"我们家有很多这类愚蠢的仪式，我花了一段时间才适应，不过有一天，我了解到愚昧的仪式有助于生存……最后是东逛西晃的一群狗，刚才我提到的小狗长成俊美的巴吉度猎犬，看，它的耳朵很长。最后是我们的吓死人的弗里基，它前世八成是科学怪人的狗……你看到它了吗？"

"没看到。"夏尔说，他把手支在眉头上，微微一笑，但表情仍是全神贯注，"我想我没看到。"

"你注意看，它很矮小肥胖，伤痕累累，有一只耳朵没缝好，眼珠子很突出。"

沉默。

"为什么？"他问。

"为什么这样？"

"有这么多动物？"

"可以帮我忙啊。"

她指着山坡说："他们来了，我的天哪，人数比我预计的多。她们在那边，在松树附近，我不知道你是否看得见，我们伟大的女骑士哈蒂和她的朋友卡米尔，她们正骑着小母马飞奔过来。这两人一定会问：'不知还有没有吃的啊？'"接下来的大游行证明她完全有理。很快地，院子充满尖叫声、灰尘和聒噪声。

凯特用余光看着访客的反应。

"打从刚才起，我试图从你的角度来想，"她向他坦承，"我扪心自问：'他会作何感想啊？'你跑到了疯人院，不是吗？"

不，他正在想，眼前的一片骚动和先前在走廊尽头难堪的口吃，两者真是强烈的对比啊。

最近，他好像老是对着机器说话。

"你还没回答我。"

"别试着站在我的角度想，"他开玩笑说，语气甜中带苦，"事情没有你想象中……"

"什么？"

他用鞋尖在碎石地上画了一个圆弧。

"没那么生动。"

一时间，他好想跟她诉说关于阿努克的事。

"开饭了！"她一面站起来，一面大声喊叫。

趁她不在的时候问亚辛："告诉我，猫头鹰的婴儿叫什么？"

"鹰婴仔。"爱丽丝笑着说。

亚辛开始变脸。

"嘿，如果你不知道，也没关系啊……"夏尔安慰他。

不，很要紧。

"我知道未成年的小鸟叫雏鸟，不过猫头鹰，我就……"

"那大羊驼的小孩叫什么？"为了解救亚辛，夏尔故意这么问。

他露出灿烂的笑容。

"小羊驼。"

得救了。

然而，"得救了"只是当下的感受，晚餐大部分的时间，亚辛都以这个话题缠着夏尔。小猫、小老鼠、小鹅、小公牛、小鹰、小鸵鸟、小水牛、小驴子、小鲤鱼、小水獭、小猩猩，还有小长颈鹿。

不，对不起，应该叫"长颈鹿仔"。

她坐在餐桌的另一端，看着他像煞有介事地点头附和，觉得很有趣。

共有十二个人坐在茂密的藤蔓下，所有人同时说话，面包和酸黄瓜在桌上传来传去，大家聊起学校园游会的趣事。

谁抽中什么奖品、老师的儿子怎么作弊、贾雷神父喝到第几杯酒后不支倒地。

大朋友想在星空下过夜，小朋友也想学，因为他们长大了。夏尔一只手为凯特斟酒，一只手赶走趴在凯特肩上流口水的不知道什么东西。凯特大叫："可恶，别再喂狗了！"因为她说的是英文，所以没人理她。她叹了一口气，偷偷给"大狗"吃了几片涂满肉酱的面包片。

轮到甜点上场，他们点燃火炬和蜡烛，山姆和他的狐群狗党清理桌面，端出没卖完的糕点。大家起了争执，因为没人想吃图克太太做的苹果派，说是因为她全身发臭。孩子们一边用袖子擦拭他们最新型手机的屏幕，一边聊着钓鱼的好地方、小牛接生的问题，还有最新出品的牧草收割机。一位美丽的少女穿了一件小可爱，左胸口有个黑点图样，后面有个箭头，写着"摸就送耳光"，而她确实送出了几记耳光。

亚辛高声自言自语"小鲸鱼还是鲸鱼仔"，内德拉注视着蜡烛的火焰，而夏尔看着内德拉。

宛如十七世纪法国画家拉图尔的作品。

搭便车的少女离开座位，想找到手机有信号的地方。爱丽丝用蜡和香肠里的胡椒做了瓢虫。

在嘈杂的人声中，我们听得到吹动树梢的微风和小鸟的啾鸣。

夏尔细心留意，为了将来全神贯注。

他们的笑话、笑声，他们的脸庞。

这个夜晚的孤岛。

他永远也不会忘怀。

她的手拉住他的袖子。

"别起身，让小孩子帮忙做点儿事吧。想来杯咖啡吗？"

爱丽丝说她愿意替大家煮咖啡。内德拉送来糖，其他人拿着火把，带动物们回到草原上。

空中充满蜉蝣，这顿晚餐很愉快。

8

只剩下他们。

凯特拿起杯子，她挪动椅子，面对漆黑。夏尔坐在爱丽丝的位置上，想看看她做的小瓢虫。

他扭动腰部，掏出烟盒，递到她面前。

"可恶，"她小声尖叫起来，"我很想陪你抽，不过我费尽千辛万苦才戒掉……"

"听好，我只剩下这两根。我们一起抽完，然后绝口不提此事。"

凯特忧心地东张西望。

"小孩在吗？"

"不在。"

"太好了。"

闭上眼，深深吸了一口。

"我都忘了……"

他们相视而笑，虔诚地一起嗑毒。

"为了爱丽丝……"她说。

垂下头，小声地继续说道：

"当时我自己在厨房里，等到孩子们上床后，我不停地抽烟，而且一个人喝酒，像亚历克斯的妈妈说的……当时爱丽丝哭着走过来，说她肚子痛，那时我们经常肚子痛。她想被人拥抱、抚摩，想听贴心温柔的话，这些都是我再也无法给他们的……她成功地爬到我的大腿上坐好，开始吸吮拇指，但尽管我绞尽脑汁，仍然找不到温柔的话来安抚她，哄她睡觉。于是，我和她一起盯着炉火看。"

凯特继续说："过了好一会儿，她问我'过早'是什么意思？我说'比预期来得早'。她不吭声，又过了一会儿才说：'如果你过早去世，谁来照顾我们？'我抱住她，想起我曾经把香烟盒放在她的膝盖上，当时她刚学会认字……对这句话，我能做何回应？我要她把烟丢进炉火里，然后看着烟盒变形、消失。我开始啜泣，觉得自己失去了最后的支柱。晚一点儿，我把她抱到床上，然后火速跑回来。干吗跑得这么快？为了挖掘灰烬！我已经处在最低潮了，戒烟将让我的情绪变得更糟。那个时候，我对这个冰冷悲伤、剥夺我一切的家深恶痛绝，不过我必须承认它有一个优点：'最近的烟草店位于六公里之外，而且下午六点就打烊……'"

她把烟蒂扔到地板上踩熄，再放在桌上，为自己倒一杯水。

夏尔保持沉默。

他们还有一整个夜晚的时光。

"他们都是我姐……"她的声音变得沙哑，"对不起……是我姐姐的孩子，哦，"她自责了一下，"这也是我不想请你到家里吃晚餐的原因。"

他吓了一跳。

"昨天晚上你和卢卡来到这里，即使你全身都是伤口，或者正是因为这些伤口，我看见你的眼神，而且……"

"而且？"他重复她的话，语气有点儿担心。

"我知道即将会发生什么事。我知道我们会在这个餐桌上用餐，孩子们离开后我们会单独留下来，我将告诉你我不曾告诉别人的事……我不知道该不该向你承认，陌生的夏尔先生，不过我已经知道你就是那个人。刚才在鞍具房我已经说过了，这里访客不多，而且你还是第一位闯进鸡舍的都市人，老实说，我万万也没想到。"

他试图挤出微笑，不过不太成功。

问题还是出在言语，该死的王八蛋。夏尔每到需要表情达意的时候总是力不从心。如果桌巾用的是纸材，他可以画图；一条透视线或水平线，一个透视点或一个问号，但是每当要开口说话，他就没辙了。该如何用言语表达心意？

"你知道，你还来得及站起来！"她又说。

这一次她倒成功地挤出一个微笑。

"你的姐姐。"他喃喃地说。

"我的姐姐……好，听好，"她用比较快活的语气继续说，"我干脆现在大哭一场，一了百了。"

她像摊开手帕般拉开棉衫的袖子。

"我的姐姐，我唯一的姐姐，她叫爱伦。她比我长五岁，她是一个非常……非常棒的女孩；美丽、有趣，又光芒四射。我会这么说并非因为她是我姐，而是她真的如此。她是我的朋友，我唯一的朋友，甚至不只是这样……我们还小的时候，她就非常照顾我。我读寄宿学校期间，她经常写信给我，即便她结了婚，我们还是几乎天天通电话。很少超过二十秒，因为我们之间总是隔了一个海洋或两块大陆，不过一定会花二十秒说话。

"我们的个性南辕北辙，就像简·奥斯汀小说里的姐妹花，你知道吧……姐姐比较理性，妹妹比较感性，她是小说里的姐姐，她文静，我好动；她温顺乖巧，我桀骜不驯；她期待建立家庭，我期盼执行任务；她等候小孩诞生，我等待签证批准；她慷慨大方，我野心勃勃；她善于倾听，我绝不……今晚和你也是。因为她是完美的化身，她给了我无须完美的权利……她是支柱，很坚强的支柱，于是我可以四处为家，而我们的家庭仍屹立不倒。

"她一直都很支持我，给我鼓励，帮助我，给我爱。我们有一对很棒的父母，不过他们俩都不太实际，和社会格格不入。抚养我长大的其实是她。"

爱伦……

我好久不曾人声说出她的名字。

沉默。

"当时我很愤世嫉俗，"她继续说，"但我必须承认，快乐的结局并非维多利亚时代小说的专利品。她嫁给初恋情人，而她的初恋情人和她很登对，他叫皮埃尔·拉文纳，是法国人，很讨人喜爱的家伙，也和她一样慷慨。其实'俊美的哥哥'是比'法律上的哥哥'更有意义。[①]我很喜欢他，但跟法律没什么关系。他是独子，并深受其害。他甚至为此成为妇产学的专家。他就是这种人，很清楚自己要什么，我相信今晚这么一大桌的小孩一定会让他很开心……他说过想要七个孩子，我们从不知道这是不是玩笑话。山姆出生了，我是他的教母，后来爱丽丝和哈蒂陆续诞生。我不常见到他们，不过我一直对他们的家庭气氛留下深刻的印象，那是一种……你知道罗尔德·达尔吗？②

他点点头。

"我很喜欢这个儿童文学作家，在他的《世界冠军丹尼》故事结尾，有一小段特别对年轻读者群说的话，大意如下：'等到有一天你们长大成人，求求你们，别忘了孩子们都希望有一对很 sparky 的父母，而且他们也确实值得拥有这样的父母。'"我不知道该怎么翻译 sparky。闪亮？好玩？亮晶晶？活力四射？像冒泡的香槟？不过据我所知，他们的家真的很sparky，我既惊叹又很困惑，我告诉我自己，我永远也办不到……我不够慷慨、开朗，也不够有耐心，无法让小孩过得如此幸福。我依稀记得，那时我常半开玩笑，顺便自我安慰说：如果哪天我生了小孩，我要托付给爱伦带。但是后来……"

她的脸沉了下来。

夏尔很想抚摩她的肩膀或手臂。

但是不敢。

"结果是，今天是我跟他们的小孩念达尔的故事……"

他拿起她的杯子，倒满了酒，然后递给她。

"谢谢。"

冗长的沉默。

远方传来欢笑声和吉他的乐音，让她有了勇气继续说。

"有一天我心血来潮登门拜访，为了替我的教子山姆庆生。那个时候我住在美国，工作忙碌，还没看过他们的小女儿。我来了几天后，亲家公也来了，就是那件衬衫的主人路易。他这个人有点儿疯狂，豪爽、风趣，是质地精纯的 sparky……他从事卖酒的工作，喜好饮酒作乐，爱把孩子抛到天花板，然后抓住他们的脚倒吊过来，他会把喜欢的人紧紧抱在自己肥胖的肚皮上，直到噎死对方才肯罢休。他是个鳏夫，非常喜欢爱伦。我想爱伦结婚的同时，也算是嫁给了路易。我必须补充说明，我们的父亲在我们出生时已经很老了，他是大学拉丁文和希腊文教授，人很好，不过和我们不太亲，他跟古罗马作家大普林尼相处，大概比和女儿在一起更自在吧。当路易得知我还会住几天，也能帮忙照顾小孩的时候，他请求皮埃尔和爱伦陪他去勃艮第参观酒庄。'一起来，'他坚持说，'这趟旅行会给你们带来许多好处……你们已经很久没出门了！来吧，一起去，我们将参观美丽的酒庄，撞一撞钟，下榻豪华饭店，明天下午你们就可以回家抱小孩了。皮埃尔，为了爱伦，你就答应我吧，让她暂时远离尿布和奶嘴。'

"爱伦迟迟不肯答应，我想她一点儿也不想离开我。但是夏尔，我得告诉你，人生就像一个美丽的荡妇，最后竟然是我坚持要她出门透透气。我感觉到皮埃尔和亲家都很高兴有这次出游……'去吧，'我跟她说，'去撞钟，睡在挂了帷幔的大床上，我们都会很好。'

"她说好，但是我知道她心不甘情不愿。她再一次牺牲小我，成全他人……

"一切发生得很快。我们决定不告诉正在看卡通的孩子们，避免难分难舍的场面。当森林王子重回他的家园时，妈妈也回到家。凯特阿姨能够打理一切，凯特阿姨还没把礼物从行李箱里掏出来呢……"

沉默。

"只是妈妈从此再也没回来，爸爸、爷爷也都一去不回。半夜电话响起。一种很夸张的卷舌音问我是不是路易·拉文纳、皮埃尔·拉文纳或爱伦的家属。'我是她的妹妹。'我说。电话于是转给另一个人，这个人的职级较高，负责这件龌龊的工作。驾驶人喝醉了，还是睡着了？这些疑点尚待厘清，不过可以确定的是他开得太快，而对方，一位载了农耕机器的卡车司机，下车小解前也应该把车子停好一点儿，并在路上放妥警告标志。就在他重新扣好裤子之际，他的背后再也没什么 sparky 的了。"

凯特站起身。她把椅子搬到"大狗"身旁，脱掉鞋子，把脚伸到狗坏死的腋下。直到现在夏尔都还能克制自己，但一旁摇不动尾巴的肥狗严肃地抬头看着女主人，很高兴自己还能对她有所贡献，夏尔看见这个情景，终于忍不住了。

他没有烟了。

把手放在他肿胀的脸颊上。

为什么生命对它最忠诚的追随者如此粗心大意?

为什么?

为什么偏偏是对这些人?

他已经算是很幸运了。他直到四十七岁才了解,阿努克为何以他们还活着为理由,推卸各种责任和应尽的义务,终于懂得她真正想要赞美的是什么。

罚单,他们的坏成绩,电话被切掉,车子又抛锚,拼命挣钱以及世人的疯狂。

那个时候,他觉得太简单了,甚至是懦弱,仿佛这么简单两个字就能原谅她的过错。

"活着"。

当然……不然呢?

显而易见嘛。

再说,这也没什么。

坦白说,她还真难搞……

"爱伦和亲家公当场死亡。坐在后座的皮埃尔则被送到第戎的医院,在他的同事面前离开人世。我经常有机会提起这件事,你可以想见,不过事实上,我一直没向任何人说起……"

"夏尔,你还在吗?"

"我在。"

"我可以向你倾诉吗?"

他点了点头。他太过感动,不敢让她听见他的声音。

好几分钟过去了,他以为她不想再继续说。

"我告诉自己,别相信人家刚才说的话,根本没有半点儿道理,你只是做了一场噩梦,快回去睡觉;但你当然不能,你整夜呆若木鸡,直盯着电话,等那个上尉打电话来道歉。听好,我们认错尸体了……但是不然,地球照样运转,客厅的家具原封不动,新的一天对你展开攻击。

"早晨将近六点,你在公寓里踱步,想评估这个悲剧有多严重。山姆睡在蓝色的小房间里，他昨晚刚满六岁，前额靠着泰迪熊，张开两只手。爱丽丝睡在另一个粉红色的小房间里，三岁半，吸吮着拇指……而哈蒂，睡在离父母亲的床铺不远的摇篮里，八个月大，当你弯下腰俯向她时，她睁大眼睛，你看得出来，当她看到你这张不同于她母亲的陌生脸庞时，已经有点儿失望了……你抱起婴儿，关好其他房门，因为她的肚子开始咕噜叫。说真的，你不希望其他小孩太早醒，也庆幸还记得冲一瓶奶需要多少匙奶粉，你坐在窗前的椅子上，因为无论如何，你还是得面对这该死的一天，与其在吸着奶瓶的婴儿眼前迷失，你……你没有哭泣，你处于……"

"惊愕的状态。"夏尔喃喃自语。

"没错，麻木失去知觉。你把婴儿抱在胸前让她打嗝，你把她抱得太紧甚至弄痛她，仿佛这小小的饱嗝儿是世上最重要的大事，是你还能死命抓住的最后一件事。'对不起，'你对她说，'对不起……'你轻轻摇晃她，想起你的班机明天起飞，好不容易得到期待已久的奖助金，你有一个未婚夫，他和你相隔数千公里，刚睡着不久，你答应他下个周末回去参加米勒夫妇举办的花园派对，你的父亲快要七十三岁了，而母亲还像只无忧无虑的小鸟，从来就不知道如何照顾自己，你看不到任何人能伸出援手。最教人难过的是，你一时间还没察觉，自己再也看不到爱伦了。

"你知道自己应该打电话给父母，有人得去那里，去回答问题、等人拉开袋子的拉链、签署文件。你暗自觉得不能把老爸送过去，他不太适合这类情景，至于妈妈……你注视着路上的行人迈丌大步，责怪他们自私。他们要去哪儿？为什么一副若无其事的样子？爱丽丝把你拉回现实，她问你的第一件事是，妈妈回来了吗？你冲了第二瓶奶，把她安顿在电视机前，和她一起看，感激傻大猫和金丝雀救了你一命。山姆也起床了，他蜷缩在你的怀里，说：'好无趣哟，每次都是金丝雀赢。'你也有同感，这部卡通简直可说是无聊透顶。你尽可能拖延时间，和他们一起看，但是节目总有播完的时候。前一晚你答应过要带他们去卢森堡公园，我们得梳妆打扮一下，对吧？山姆告诉我垃圾该丢到哪里，怎么把婴儿推车搬下楼，你看着他做，你知道这个小男孩还会教你很多生活上的小事……你走在路上，认不出街道的景物，你真的必须打电话给父母，却提不起勇气。不是为了他们，而是为了你自己。

只要只字不提，他们就没有死。上尉还是会向你道歉。

　　"那是一个星期天。星期天没啥大不了，通常不会发生什么事，是个共享天伦的日子。水池里的遥控帆船、旋转门、跷跷板、人偶，每一样都很好玩。有个大男孩让山姆骑到驴背上，他的微笑是一针神奇的舒解剂，当时你并不知道，不过这个经验开启了他对驴子的热情，带领他在十年后参加驴子拉车竞赛……"

　　她轻轻一笑。

　　夏尔笑不出来。

　　"后来，你带他们到苏夫洛路上的快餐店吃薯条，你任由他们在儿童游戏区玩了一下午。你坐在那里，餐盘连碰也没碰，只是看着他们。四月的某一天，两个小孩在快餐店的游戏区玩得像疯子一样，其他事情都不重要了。回家的路上，山姆问说回到家时，爸妈是否已经在家了。你太懦弱，所以回答说不知道。不，你并不懦弱，你只是不知道该怎么做。你不曾有过小孩，不知道该和他们有话直说，还是循序渐进，让他们逐渐接受可怕的事实。先告诉孩子，他们出了车祸，让孩子吃点心，然后再说他们在医院里，帮孩子洗澡时，再补充说情况有点儿严重……如果换作你，你会立即向他们坦白，不过他们并不是你。突然间，你很后悔自己不在美国，在那里很容易找到求救专线，也会有自信满满的心理医师在电话线的另一端指引你。你很彷徨，你站在汉斯路的转角，看着玩具店的橱窗好久好久，想拖延时间……当你推开公寓大门时，山姆冲向闪着红灯的录音机。你因为忙着替哈蒂脱掉小外套而没有注意。就在忙着拆开玩具的爱丽丝的叽里呱啦声中，你听出上尉的声音。

　　"他完全没有道歉的意思，甚至对你大呼小叫。他不懂你为何不回他电话，要求你记下警察局的电话，还有停放遗体的医院地址。他笨拙地跟你说再见，同时再度致上哀悼之意。山姆看着你，而你……你看向别处。你一手抱着哈蒂，一手帮爱丽丝搬玩具。正当你把哈蒂放在她的小围栏里，背后传来一个询问的声音：'谁的遗体？'

　　"于是你把他带到他的房间，回答他的问题。他严肃地听完你的话，你对他的自制能力感到惊愕。然后，他转过身，玩他的小汽车。你万万不敢相信。

你如释重负，不过你觉得很……可疑。算了，任何事都有期限。现在就让他玩吧，让他玩……不过当你准备离开房间，在两个隆隆声之间，他又问了：'好，他们再也不会回来，不过到底要等到什么时候？'你逃到阳台上，很想知道烈酒放在家里的什么地方。你拿起电话，但还是待在阳台上，首先打给你的爱人，好像把他吵醒了，你冷静地向他报告整个情况，沉默良久……像大西洋一样漫长，他的反应竟和小孩子一样令人绝望：'哦，亲爱的，我替你感到非常难过，但是……你什么时候才会回来呀？'你挂了电话，这个时候，你终于哭了。你这一生从不曾感到如此孤单，然而，这只是个开端。这也正是你特别需要爱伦的时候……"

"夏尔？"

"是。"

"你会觉得很无聊吗？"

"不。"

"刚刚我提到烈酒，你喜欢威士忌吗？等一下……"

她把酒瓶凑到他面前："你知道吗，有一款世上最好的威士忌叫作爱伦港？"

"不，我不知道。"

"那是千载难逢的好酒，蒸馏厂好像二十年前就关门了。"

"那就留起来！"他抗议道。

"不，我很高兴今天晚上能与你一起喝这瓶酒。你看吧，这瓶酒很棒，是路易送的，也是少数跟着我们到今天的东西之一。至于味道的变化，他比我更会形容：橘子、泥炭、巧克力、木头、咖啡、榛果，还有其他我不知道的东西，然而对我来说，它只是爱伦港……最美妙的是竟然保存了下来！有一段时间，我需要酒来助眠，而且不太留意标签。不过我从来不敢把这瓶酒当作安眠药。我在等待你的出现。"

"我是开玩笑的，"她说，并把酒递给他，"别听我胡说，你会把我想成是怎样的人啊？我真是可笑。"

他又不知道该如何响应了。她一点儿也不可笑，她……他不知道……她应该是有着木头、盐、巧克力味的女人。

"好，我来把故事说完吧……已经说完最艰难的部分了……接下来必须活下去，不管别人怎么说，当我们应该活下来时总是比较容易。我打电话给我的父母，我的父亲一如往常，保持沉默来掩饰自己的情感，我的母亲则变得歇斯底里。我把孩子们托给门房的女儿，开我姐姐的车到地狱和她相会。手续非常繁杂，我从不知道死亡是如此复杂。我在那里停留了两天，在一家惨淡的旅馆里。我一定是在那里开始喝酒的，在第戎车站附近。午夜过后，一瓶J&B苏格兰威士忌比安眠药更容易找到。我去殡仪馆安排一切，把遗体运回巴黎火化。为何火化？因为我不知道小孩会住在哪里，这个想法有点儿愚蠢，不过我不希望他们埋葬的地方离小孩太远。"

"一点儿也不愚蠢。"夏尔立即回答。

他的语气吓了她一跳。

"路易葬在他老婆的身边，在波尔多附近。"她微微一笑，"不过皮埃尔和爱伦的骨灰在这里。"

夏尔露出惊讶的表情。

"在某个谷仓里……杂物堆中。我想孩子们已经看过不下千次，但完全不知道那是什么东西。总之，等他们长大一点儿，我会告诉他们。我也是后来才学会怎么安顿死人。其实非常简单。一般人以为他们对死人的回忆比埋葬的方式更为重要，显然他们是对的。不过就实际操作层面，尤其当这些死者和你非亲非故的时候，怎么办？对我来说，这会变得很棘手，因为……我花了比别人更多的时间哀悼。她不在了，不过有很长一段时间，厨房里挂了一张他们的照片，我希望皮埃尔和爱伦和我们一起用餐……而且不只是在厨房，我到处贴他们的照片……我很害怕他们忘了自己的父母。事后回想起来，我还真会折磨他们啊。那时客厅有个置物架，上面虔诚地放了他们在学校做的母亲节礼物。有一年爱丽丝带了……我记不得了，一个珠宝盒吧，而且想当然，爱丽丝做的任何物品都美不胜收。我赞美了一番，然后把珠宝盒放在'神坛'上。她一句话也没说，不过当我准备走开时，她抓起珠宝盒，使尽全力往墙壁上扔去。'我是为你做的！'她开始大叫，'为了你！不是为了死人！'我捡起碎片，把厨房的照片拆下来。这些孩子又教了我一件事，好像从那天起，我就不再穿黑衣了。酒很好喝吧？"

"真是太好喝了，好神奇啊。"夏尔一边喝一边回答。

"为了同样的原因，我不准他们叫我妈妈，现在回想起来，我想他们付出很大的代价。山姆还好，但女孩子实在是……尤其在学校里，下课时在操场上……我不断告诉他们说，不过我不是你们的妈妈，你们的妈妈比我好太多了。我常常提到他们的母亲，也提到皮埃尔，但其实我对他认识不多。有一天，我发现他们根本听不进去。我以为我在帮助他们，不过我只是……有病，我想帮助的是我自己。从此以后，'妈妈'两个字笼罩了阴影，变成一句脏话，想想，这实在很可笑，然而我没法怪我自己，我……我太爱我的姐姐了。直到如今，我每天都还会跟他们提起她。我这么做可能是为了……我不知道，可能是向她致敬吧。瞧，"她抬起头，"他们玩得好开心啊。"

山谷中传来哈哈大笑和扑通跳水的声音。

"现在开始夜间戏水……继续说故事吧，是亚辛，有智慧的亚辛舒缓了我们之间的紧张局面。他有天晚上来到家里，安静地聆听我们的对话。当天晚餐坐在餐桌上的时候，他拍了一下额头说：'啊，得了，我懂了。凯特在英文里面，是妈妈的意思！'大家互看了几眼，笑了起来，因为他看穿了我们的心思……

"不过，那个雇用我负责'通通打倒'摊位的家伙，他提到山姆的时候说'你的儿子'。

"哦，也对……他怎会知道'你的儿子'莱维斯佩希的法文指的是'你的外甥'呢……我们去看他们在干吗？"

几只杂种狗跳出狗窝尾随他们而去。

凯特光着脚丫子，小心翼翼地前进。夏尔伸出手臂让她扶着。

他忘了他的伤口，英姿勃勃地抬头挺胸。

好像在护送一位黑夜皇后。

"我们不会打扰他们吗？"他担心地问。

"才怪，他们高兴都来不及呢。"

大朋友在河边嬉闹，小朋友在营火边把糖果烤到融化。

夏尔收下一只融化了一半的小鳄鱼，与他身上别在心脏附近的那枚徽章很神似。

难以下咽。

"嗯，好好吃。"

"还要再来一只吗？"

"那就不客气了，谢谢。"

"你要下水吗？"

"嗯……"

女孩们坐在一角说悄悄话。内德拉蜷着身体靠在爱丽丝肩上。

这个小女孩只对火焰倾诉。

凯特要求他们演奏小夜曲。负责的音乐家满心欢喜执行指令。

他们全都坐在地上，夏尔觉得自己又回到十五岁那一年。

当时头发还很浓密……

他想到玛蒂尔德，如果她在的话，就能教这个音乐家演奏更有趣的曲子。他想到阿努克，孤零零地躺在凄凉的墓园，离她的儿孙数百公里远。他想到亚历克斯，他已经把灵魂放在寄物柜里，拼命向副省会的公共餐厅推销冷藏柜。他想到西尔维的脸孔，想到她是如此温柔而慷慨，与他诉说阿努克的一生。而他好想知道……他又想到阿努克，他追随她来到此处，她应该会和爱伦的小孩打成一片，吃下好几公斤恶心的糖果，绕着营火，鼓掌大跳吉卜赛舞。

而且早就扑通跳下水。

"我需要靠着树干。"他坦白说，脸孔扭曲，手按着胸部。

"没问题，到那边吧。"她顺手拿了火炬，"你不舒服吗？"

"我从不曾感到如此舒服，凯特……"

"但是，你到底发生了什么事？"

"我昨天早上被车撞了，不过不严重。"

她指着一对皮质扶手椅，然后把他们的蜡烛台插在星空下。

"你怎么会被车撞？"

"因为……说来话长。我想先听完你的故事。下次再由我来说我的故事。"

"没有下次了，你很清楚。"

夏尔转头看着她。

"来吧，继续说。"他宁愿说话，甚至发表软绵绵的宣言。

她轻声一叹。

"我一定会告诉你,因为我跟你一样,我……"

可恶,再怎么说,他总不能跟她宣称他已经不抱希望。她把自己的故事说得诙谐风趣,鸡舍啦,征服者啦,乱七八糟的房子啦,而他的故事……

并不闪亮动人……

"你什么?"

"没什么,我下次再说。"

沉默。

"凯特……"

"嗯?"

"我非常高兴认识你。非常,非常高兴。"

"……"

"现在,告诉我在你妈妈的大声尖叫和今天的园游会之间发生了什么事。"

"嘿!亚辛!我的宝贝,听我说!麻烦你把我们留在桌上的酒和杯子拿过来。"然后对夏尔说,"别想太多,我只是照她的话做。"

"谁的?"

"阿努克。我不再独自喝酒。我只是需要我的爱伦港,把你带到这里。你为什么这样盯着我?"

"不为什么,你应该是世界上唯一一直都很信赖她的人。"

亚辛上气不接下气地把酒和酒杯带给他们后,回去融化糖果了。

"所以,回到地狱……第二天我的父母到了。即使孩子们还没察觉自己的生活已经变成一片废墟,外祖母惨淡的脸色也明白地告诉他们了。通过爱伦的一位友人,我找到一个女孩到家里帮忙照顾他们。然后我回到位于伊萨卡的学校。"

"你还是学生?"

"不,我是……其实,我当时是农业学家,该死,我还真不会说谎。"她开玩笑,"我的母亲教我园艺,不过我的愿望是拯救人类,反而一点儿也不想赢得花展的奖牌,我一心希望解决全世界的饥荒问题!哈哈!"她虽然这么说,表情却没有笑。

"我很可爱，嗯？我勤奋工作，研究各种病变，关于这个部分，我以后再说……当时，我刚获得一个奖助金，专门研究木瓜的黑斑。"

"真的吗？"夏尔觉得有趣。

"真的，轮斑病毒。不过现在他们已经把问题解决了。我其实有一间实验室，我刚才没带你去参观。"

"不会吧？！"

"真的。但是现在我不拯救世界了，我制造植物，帮助有钱人过得更好、活得更久……我好像从事一种改善生活质量的医药学，现在我对紫杉很感兴趣，你听过可以抗癌的紫杉醇？没有？好吧，这是另一个话题。我回到公司分配给我的小公寓，和我的未婚夫住在一起。他问我能不能为了米勒家的烤肉会做蔬菜沙拉和意大利面。

"那是一种很荒谬的情境。我有两坛骨灰藏在壁橱里，还有三个孤儿要照顾，两个老人要安抚，我去米勒家干吗？接下来的夜晚显得特别漫长，我了解也谅解他的想法，不过一切为时已晚。是我鼓励爱伦出门散心，我觉得我有……怎么说……这整件事里，我得承担一部分的……责任。"

她咽下一口威士忌后，才把这两个字说出口。

"最糟的是，马修和我深爱着对方，甚至打算结婚。总而言之，有些夜里，几条命可以在几小时内消失不见……我对这件事有着切身之痛。第二天我去了人事部，经过一番深思熟虑后，决定辞职。我在所有文件上除名、删除、撤销，他们睁大眼睛瞪着我，仿佛我只是一个任性自私的小女孩，把玩具弄坏却不认账。

"我卖命工作才有这番成绩，最后却夹着尾巴逃跑，甚至心怀罪恶感……我还请求他们原谅。短短几小时之内，我放弃一切，放弃我所爱的人、我十年的学业、我的朋友、收养我的国家、我刚刚扎好的根、我的 DNA、木瓜和猫……

"马修送我去机场，当时气氛很僵。我跟他说，相信欧洲也有许多有趣的计划，我们是做同一行的……但是他摇摇头，给了一个困扰我许久的答案：'你只顾及你自己。'我哭着登上飞机。我曾经到处旅行，在世界各地的农田上游走，但自从那一天起，我不曾再搭过飞机。

"我偶尔会想起他……当我孤单一人迷失在这个鸟不生蛋的洞穴，穿着雨靴，几乎冻僵，看着山姆驾驭驴子，身旁跟着一群又老又丑的狗，外加老勒内和他满口难懂的方言，看见村里的小孩坐在篱笆上，守候着蛋糕出炉，篱笆承受不了重量而发出噼啪的声响，看到这些，我却只想到他，想起他跟我说的话，响亮的一句'操你的'，比胖阿加更能温暖我的心。"

"胖阿加是谁？"

"我的炉灶，就是我搬到这里后买的第一件东西。其实很疯狂，因为我用尽积蓄，不过我在英国的奶妈家也有一个，我知道要是没有胖阿加，自己一定撑不过来。法文的'厨娘'也有'炉灶'之意思，我觉得这个字义对我更有意义，对我，对其他人而言，它确实是一个人，一个温暖慈祥的老祖母，她随时都在，我们可以藏在她的裙子底下。比方说左边那个烤炉就非常实用……

"孩子们上床睡觉后，我累得全身瘫痪时，我会坐在炉灶前，把脚伸进去，真的很舒服，又能消除疲劳，幸好没人来！狼女把脚伸进烤炉，这个话题能让村民聊上好几个季节了！的确，当时我们只有一辆烂车，不过一套天蓝色的炉灶却花了我相当一辆捷豹跑车的钱。

"好，继续讲我们的绵羊吧，或者应该说被牺牲掉的羔羊才对。我的父母离开了，临时的女佣告诉我，最难缠的是我的母亲……那段时期很辛酸，山姆又开始尿床，爱丽丝做噩梦，又开始问我什么时候妈妈才不会死。

"我带他们去看儿童心理医生。医生要我问他们问题，不断地提出疑问，强迫他们说出内心的痛苦，尤其，别让他们和你一起睡觉。我唯命是从，但是会诊三次后，我全盘放弃。

"我从不问他们问题，不过我变成摩比玩具人、乐高积木和各种彩色贴纸的专家。我关上皮埃尔和爱伦的房间，我们一起睡在山姆的房间里，三张床垫铺在地板上……这么做好像罪该万死，不过我却觉得非常有效。他们不再做噩梦或尿床，入睡前有说不完的故事。我知道爱伦跟他们用法文交谈，用英文读《淘气的诺弟》《彼得兔》和其他我们小时候读过的童书，我接她的棒。

"我也没强迫他们'说出痛苦'，不过山姆经常跟我解释，他妈妈如何念这一段，还会说她模仿小熊维尼的声音比我好听。现在，我继续为亚辛和内德拉朗读《雾都孤儿》原文版，但是我跟你保证，他们在学校的成绩照样惨不忍睹。

"然后，到了第一个母亲节，接着一连串的母亲节尾随而至，我们总是心情波动。后来我去找他们的老师，请他们停止该死的母亲会面时间。有天晚上爱丽丝告诉我……害她哭了很久……'小朋友，现在穿上你们的大衣，你们将和妈妈会面！'我请求他们加上阿姨。不过这个建议没被接受。

"啊！这些可恶的老师……这是我个人的意见啦。你知道亚辛是他们班倒数第一名的学生？他？我所见过最聪明最好奇的小男孩？追根究底只是因为他拿不好铅笔。我想没人教过他写字，我也尝试过，不过没辙，他虽然很努力写，但还是写得很潦草，让人看不懂。几个月前他做了以庞贝城为主题的报告，他花了很多时间，报告非常棒。爱丽丝画了所有的插图，我们甚至在餐桌上做了几个模型，每个人都下海，但是他只得到六十分，老师的理由是文章必须手写。我去见老师，告诉她文章是亚辛亲手打字的。她给我的答复是必须'比照别人'。

"比照别人。

"我痛恨这个说法。

"我觉得恶心。

"比照别人，那我们九年来的生活又算什么？

"一场灾难？

"快乐的灾难。

"现在我忍住不发飙是因为内德拉也得上小学。等我的小孩都毕业，我会去找她，当面告诉她：'您真是个蠢婆娘！'没错，我很粗鲁，但我不会后悔，因为我因而得到一个美丽的惩罚……

"我曾跟不知道谁提过这个插曲。我总有一天要当面痛骂这个蠢婆娘。山姆和他的朋友也在，山姆长叹一声：'我真的母亲绝不会这么做。'那是一个美丽的惩罚，因为那段时间他过得很痛苦，正值传统的青少年叛逆期，不过我们的案例又更加复杂，他不曾如此思念他的父母亲，他只穿父亲和祖父的衣服。显然，凯特阿姨和她的蛋糕以及她在窗台上栽培的胡萝卜，这种生活方式变得有点儿无聊。幸好，这句温柔的话提醒了我，想起这个忘恩负义、好吃懒做、满脸痘痘的家伙还有一点儿幽默感……不过，无论如何我的注意力不会被分散，我说到做到，这个死女人！"

众人哈哈笑。

"你们是怎么来到这里的？"

"我从头开始讲吧，把你的杯子给我。"

夏尔已经醉了，被这些故事迷醉了。

"于是我尽力做好……我经常做不好，但这些孩子都很体贴，而且非常有耐心，就像他们的妈妈。我好想念他们的妈妈啊！事实上，半夜哭泣的是我。当他们不快乐时，我希望她在，当他们快乐时，我更希望她在。我住在她的公寓，和她的物品共处一室，我用她的梳子，穿她的套头衫，我读她的书，看着她贴在冰箱上的字。有一天晚上我太过悲伤，甚至读她的情书。我无人可以倾吐。当我的好友起床时，我睡觉，那个时候没有网络、Skype（即时通信软件）或其他神奇的卫星联机方式，让这个星球变成一个聚会的小地方。

"我希望她教我模仿小熊维尼、跳跳虎、瑞比的声音。我希望她从天上传来信号，告诉我她对于我荒诞离奇的做法有何感想，我们一起淹没在悲伤里，交错地睡在地上真的有那么严重……我希望她告诉我，这个男生不值得托付终身，我没有留给他线索找到我是对的。我希望她紧紧抱着我，为我准备一碗加了橙花水的热牛奶……

"我好想打电话给她，告诉她，替逝世的姐姐扶养小孩很辛苦，而且她离开的时候还故意没说再见，不让小孩难过。我好希望时光能倒流，告诉她：让他们父子俩去喝葡萄酒，我们留在家里喝雪莉酒，我来跟你聊聊木瓜和学校的八卦。

"她应该会爱死我这么跟她说话，而且她最喜欢听的就是这些了……

"我想我有点儿疯了，搬家是比较明智的抉择，不过我不能强迫他们，而且也不是说搬就能搬。我忘了跟你解释技术上的问题：要召集家庭顾问、召见监督法官和书记官，还要使出各种花招，才能获得金钱来扶养他们……你有兴趣听吗？还是我们直接跳到乡村？"

"我很感兴趣，不过……"

"不过？"

"他们这么晚还在玩水，不会着凉吗？"

"哈，这些小野兽死不了的。再过两分钟，男孩会追着女孩跑，大家都会暖和起来，相信我。"

沉默。

"你很体贴嘛。"

在黑暗中红了双颊。

"摸就送耳光"女孩大声尖叫地经过他们的身边，音乐家尾随在后。

"我刚刚说到哪儿啦……对了，你会在鞍具房放保险套吗？"

夏尔闭上眼。

这女人真像一座云霄飞车。

"要是我就会放……我放在马专用的糖果盒旁边……当我跟山姆说这个想法时，他惊慌失措地瞪着我，仿佛我是龌龊的贱女人，不过龌龊的贱女人耳根清净！"

他没有表示意见。两人的肩膀偶尔相碰，这个话题有点儿……

"对了，我对技术问题很感兴趣。"他一边微笑一边看着杯底。

在黑暗中不太能确定，不过他好像听见她的微笑。

"又臭又长哦。"她做了预告。

"我有的是时间。"

"车祸发生在四月十八日，我一肩挑起代理家长的职务，一直到五月底，接着得召集所谓的'家庭顾问'，由三位父系家长和三位母系家长共同组成。我们这一边很快就决定了——爸爸、妈妈和我，皮埃尔那边则复杂多了，他们不止一个家庭。因为他们无法达成共识，于是我们只得取消第一个会议。我看到他们出现时，我突然对路易和他的儿子升起无限的温柔。我终于知道路易为什么再也不想看到他们，为什么他的儿子会疯狂爱上我的姐姐。这些人都很……该怎么说呢？像刺猬一样全副武装，没错，就是这样，在生活上全副武装，包括路易的姐姐、姐夫、爱德华、皮埃尔的舅舅，他们都是这样……你还在听吗？"

"我一直在听。"

"爱德华舅舅满脸微笑，为小孩带了礼物。另外两个，我们称之为'算账专家'，因为那是丈夫的职业，也是妻子整天盘旋在脑袋里的念头。这两个人一开口就问我会不会说法文。我们的会议已经有了很好的开始！"

她笑了。

"我觉得，那是我法文说得最好的一天吧！面对这两个乡下人，我搬出我所知的当地方言和正确无误的语法知识！第一，由谁担任小孩的监护人？全场鸦雀无声，法官看着我，我对他笑一笑，于是就这么定案。第二，谁来担任监护监督人？也就是说，谁来监督我？谁来'掌控我的管理'？这个时候，群情激动，小孩的耳炎、噩梦、缺了手的男子的画像都无关紧要，重要的是他们的祖产，小心啦……"

凯特很努力模仿他们的举止，手肘因此碰到他好几次。

"为了抵制他们夫妇，我还能怎么办？以死要挟？告诉他们我可以从绝望中发愤图强？当路易的姐姐和姐夫对法官胡说八道时，我看着不停记笔记的老爸和扭着手巾哀吟的老妈。我老爸没什么钱，路易倒是还有一点儿现金，他在戛纳有一栋公寓，波尔多也有，除了皮埃尔和爱伦住的公寓之外，那其实是皮埃尔的公寓……专家太太比我更懂卖房子的事，问题是，路易和他的姐姐为了一小块地皮之类的东西打了十年的官司，总之，我省略其他细节……

"我感觉会引爆一场争夺战……最后，由路易的姐夫担任这个职务。'根据民法第四百二十条，'法官朗诵道，'当未成年子女与监护人发生利益冲突时，监护监督人得以代表未成年子女一方。'我们都达成协议，而记录员则忙着做记录。不过我记得我的思绪已经飘到别处。我暗自想着：十七年。要在他们的监控下度过十七年两个月的生活……真是要命啊。

"走出法院，我的父亲终于打开金口说'大势已定'。唉，他的话根本无济于事。他看出我的沮丧，安慰我说没什么好怕的，弗吉尔说：'好事不成双。'……"

"什么意思？"夏尔问。

"小孩子有三个，而老天爷只喜欢单数。"

她哈哈大笑地看着他。

"我刚才还跟你说我觉得孤单呢！接着我和书记订了一堆约会，保证我每季可以收到固定的一笔钱，这些孩子都可以获得良好的教育，前提是我得善尽监护人的本分……不瞒你，这一点让我卸下心中的大石。哎呀，十七年两个月！为了这么一点儿钱，我应该可以熬过来，除非他们一成年就卷款潜逃，到赌场输得精光，不然他们应该都可以过得不错。反正我们走着瞧吧，就像我刚才说的，过一天算一天……来，最后一杯，陪我们走到河边。"

"在这些会面和几千通的电话之间，日子照常过。我弄丢小孩的健康手册③，买了夏天的鞋子，认识其他的妈妈，也常听别人提起爱伦，我淡然一笑。我拆开她的信件、打开她的信箱，回以对方讣闻或死亡证明的复印件。我开始下厨、学着不再用英制单位，不说磅、盎司、英尺、英寸等。第一次以家长身份参加园游会，开始把跳跳虎的声音学得惟妙惟肖，我忍耐、我放弃、我夜里打电话给马修，打扰他进行的实验，他不方便跟我说话，于是答应会回我电话。我一直哭到隔天清晨，赶紧换了电话号码，因为生怕他没有回电，这样我更有理由恢复正常。

"夏天到了。我们到我父母在牛津附近的小木屋度假。那几个星期度日如年，感觉处境很困顿、缺乏生气。我父亲黯然神伤，我母亲分不清谁是爱丽丝谁是哈蒂。我不知道法国的暑假如此漫长，我自觉老了二十岁。真想再穿上白袍，关在我的实验室里，只要和细菌独处……我越来越少讲故事给他们听，不过我还在陪哈蒂学走路，我都快跟不上她的脚步了。这大概是一种反弹吧，只要我们在断头台，还是鹰架？"

"你想说什么？"他有点儿担心。

"和新生活有关……"

"那就用鹰架好了，有了鹰架才能盖大教堂。"

"啊？只要我们站在鹰架上，我就得行动、奋斗，不过现在，一切都画上句点了。我除了熬过十七年又一个月之外，已经没事可做。我必须照顾五个人，提前结束这个要命的假期，我瘦了很多，所以把衣物都留在那里。我越来越常穿爱伦的衣服，我过得很不好……

"在巴黎的生活很窒闷，令人透不过气。小孩成天原地打转，当时，我第一次打了山姆的屁股，接着我心血来潮，在穷乡僻壤租下一间小别墅……

一个叫马兹雷的小镇，我们每天推着婴儿车到镇上，购买生活必需品，并在教堂对面喝薄荷水。

"我学会掷铁球，又开始读书，这些书都在说虚构的悲伤故事。咖啡馆兼杂货店的老板娘告诉我可以在某个农场买鸡蛋和鸡肉，农场的家伙虽然不太随和，不过我可以试试看……

"孩子们的气色变得红润，我们经常散步，在草地上野餐、睡午觉。山姆在一头母驴和它的幼驴面前晕倒，爱丽丝做了有生以来第一朵压花。他们的性向已经展露……"

凯特说到这里，微微一笑。

"我跟她一样，并不是在显微镜底下发现或重新发现大自然。我买了一个拍立得相机，请一位观光客帮我和小孩拍照。第一张现在贴在厨房的壁炉上，它是我最珍爱的宝贝……我们四个人站在喷水池前，离马兹雷面包店不远，这个夏天，我们大病初愈，不太和谐地围着喷水池边站立，也不太敢对着陌生人微笑，不过很……生动。"

她流下眼泪。

"对不起，"她用袖子擦一擦鼻子，"都是因为喝了威士忌。几点了？快要一点了，我得叫他们睡觉了。"

夏尔被这些故事深深吸引，问内德拉要不要他抱。

她拒绝了。

亚辛走在他身旁，沉默无语。他很想呕吐，哈蒂和卡米尔跟在后面，拖着睡袋。

星辰很美，但是太冷。

❧ ❧

凯特抱着"大狗"走到厨房，请夏尔重新点燃壁炉，然后走上楼。

他慌了一下手脚，哦不，他也没那么笨拙……走到棚子里拿些木柴进来，清洗杯子，走回来倚靠着生铁材质的胖奶妈摩擦身体。蹲下身子，抚摩狗，摸一摸珐琅表面，打开每一个烤炉，掀开那两个锅盖。

手掌下，温度不同。

他从中发现了新的事物……

寻找她刚才提到的相片，悲伤地拉下脸。

他们还那么小……

"很美的照片，嗯？"她站在他的背后说。

不，他不会这么形容。

"我没有想到他们那么小……"

"不到八十公斤。"她接腔。

"对不起？"

"那是我们当时的体重……四个人站在公路局的磅秤上，双脚并拢在上头蹦蹦跳跳，外加书本和所有的玩偶，我们还被窗口售票的先生责骂。'太太！管好您的小孩，你们这样乱跳会让机器失灵！'

"好。

"我正打算这样……"

她把缺了一边扶手的藤椅转过来。夏尔坐得比较低，双手抱膝，坐在巧手做成的脚靠垫上，上面绣了许多玫瑰花苞，也布满蛀虫蛀过的坑洞。

静静等一会儿。

"那个不太随和的家伙是勒内，对吧？"

"没错。"她嫣然一笑，"现在我要好好享受，慢慢说……不过我怕你坐得不舒服。"

他调整位置，让背靠在壁炉的柱子上。

这是他第一次与她面对面。

注视着她那张仅仅被壁炉火焰照亮的脸庞，描绘她。

首先勾勒她美丽的眉毛，很笔直，然后……

一片阴影。

"你慢慢说。"他喃喃低语。

"那天是八月十二日，哈蒂的生日，她的第一支蜡烛……是快乐的日子还是悲伤的日子，必须做个决定。我们决定替她准备一个蛋糕，就去买新鲜的鸡蛋。不过这只是借口……前几次散步时，我已经留意这个离村子有一段距离的农场，早就很想走近看一下。

"我记得那天很热。当我们走在橡木道时，我们觉得好多了，有些橡树生病了，我想到，有人大概在找蕈类基因组……

"山姆骑着小单车跑在我们前面，数着这些橡树，爱丽丝寻找有洞孔的橡树果，哈蒂在婴儿车里睡觉。

"即便透过烛光投射出来的远景看去，我还是心情烦闷，不知道我们可以走到哪里。我也被疥癣虫或是其他寄生虫感染了，因此身体虚弱。孩子们白天在野外踏青、呼吸新鲜空气，因此很早就睡了，留我一个人在夜里思考自己的人生。我又开始抽烟，我刚才是骗你的。我带来的小说并没有全看完，不过我读了日本俳句，是我从爱伦床头柜上偷偷拿走的小书，我翻阅折起来的那几页。

"*布满蝴蝶的枯树，繁花盛开。*

"还有，*无忧无虑，躺在绣了花草的枕头上，我的心早已不在。*

"不过那个时候真正让我念念不忘的，是在大学厕所的门上所见：*生命是荡妇，你随时会死。*

"是的，这一首让我很有共鸣……"

"不过，你到今天还能记得这么清楚。"夏尔说，"我的意思是，这些都是日本俳句……"

"我没那么高深啦，这本俳句集现在还放在家里的厕所里。"她笑了。

"我继续说故事。我们走在桥上，孩子们开心得浑然忘我。青蛙、水蜘蛛、蜻蜓，他们看得目不暇接！

"山姆把单车扔到一边，爱丽丝把凉鞋交给我，我任由他们玩一阵子，帮她收集灯芯草和水毛良……不，叫作水毛'茛'才对。然后，被我留在桥上的哈蒂开始哭，我们带着宝藏回到桥上，接下来……我不知道昨晚你和卢卡来的时候有什么感觉，但是我看着这面矮墙、这个庭院、这个藏在葡萄藤底下的小房舍，还有所有建筑物，早已筋疲力尽，而依然勇往直前，因为我对这个地方一见钟情！我敲门没有人应，因为太闷热了。我们走进其中一座谷仓吃点心，山姆急忙扑向那些牵引机，他盯着老马车，深受吸引。两个小女孩弄碎饼干，笑着喂鸡吃。我懊恼自己忘了携带相机，因为我第一次看到他们这么快乐……正是这个年纪的孩子该有的模样。

"有一只狗过来，是狐狸犬，它也很喜爱巧克力饼干，而且它能够跳到山姆的肩上。它的主人稍后来到。我等他放下桶，用唧筒冲凉后，才敢打扰他。

"他寻找狗的途中正好发现了我们，于是慢慢走了过来。我还来不及跟他打招呼，小孩就缠着他问了一堆问题。

"'哟，你们的声音好尖锐啊！'

"他告诉他们狗叫'扒手'。'扒手'跟他做了许多滑稽的把戏，真是一条可爱的狗。

"我告诉他，我们是来买鸡蛋的。'啊，蛋啊，厨房应该还有一些，不过小孩都喜欢亲自捡蛋，对不对？'然后他带着我们到鸡舍。对一个不随和的先生来说，我觉得他算是很友善。我们跟着他走到厨房，寻找箱子。那时我就知道他一个人生活了很久，因为地方非常脏乱，而且臭气冲天，他请我们喝饮料，我们大家围着防水桌巾坐下，但是桌巾油腻腻的，把手肘弄得很黏。他请我们喝一种很奇异的果汁，方糖盒里还有几只死苍蝇，不过孩子们很乖巧，都喝了果汁。我不敢把哈蒂抱出婴儿车，因为地板也很油腻。过了一会儿，我实在受不了了，只好起身打开窗户，他不发一语地看着我，我想我们的友谊诞生在我转过身的那一刻，我说：'啊……这样还是比较好，是吗？'

"他是一位老男孩，似乎很害羞，从不曾如此近距离地和小孩相处。我注定会成为一位老姑娘，不会因为一点点小事就不高兴，毕竟我还有十七年要熬。我们在温暖的微风中相视而笑。

"山姆告诉他说，买鸡蛋是为了帮小妹做生日蛋糕。他看着坐在我膝上的哈蒂，问道：'今天是她的生日吗？'我点点头，他说：'真想送一个布偶给这个小娃儿。'

"太可怕了，我暗自想着，不知他会送出什么恶心的东西…… 一九一二年的园游会射击游戏赢来的粉红兔子？

"他要我跟着他走，并把爱丽丝抱下椅子。他带我们到另一栋建筑物之后，在黑暗中低声说：'它们到底躲到哪里去了？'后来是小孩找到的，我只好放开哈蒂。"

夏尔已经颇熟悉凯特的笑靥，不过这一次更具感染力。

"是什么？"

"小猫，四只小猫躲在一辆破车底下，孩子们都乐疯了。他们问他可不可以把猫抱在怀里，然后我们在屋后的草地上玩。

"当他们把猫当成蛋白松糕般玩耍时，我和勒内坐在长椅上。他把狗抱在大腿上，卷烟，一边微笑一边恭喜我：有一群美丽的小孩。我开始啜泣。我睡眠不足，自从爱伦过世以后就不曾跟宅心仁厚的人说话，我把来龙去脉全跟他说了。

"他久久不发一语，手上握着打火机，然后说：'你看吧，他们还是会过得很幸福……所以呢？她选哪一只？最好笑的？'

"大的帮她做决定，我答应他们出发当天会来把它带走。他陪我们走到橡木道，婴儿车底下载满了勒内菜园里的各种蔬菜，孩子们别过头跟他道别，就这么走了很长一段路。

"回到租来的小厨房，我才发现房子里没有烤箱……我在玛德莲娜糕饼上插了一根蜡烛，孩子们上床睡觉时已经筋疲力尽。啊，这该死的一天已经过去了，我决定过得快快乐乐，但要是没有这栋房子，我永远也做不到。我发现这栋房子的名字有如黄昏般美丽。

"我在外面的院子抽烟时，山姆拖着玩具熊走向我。他第一次这个样子来找我，也是第一次把我抱在他怀里……我们的安全屏障不是火，而是星星。

"他很严肃地说：'你知道，我想还是别把小猫带走。''你怕它在巴黎会很无聊？''不是，我不希望它和它的母亲和兄弟姐妹分开……'

"哦，夏尔，我也哭成泪人儿了，所有事能让我痛哭流涕。他接着说：'不过明天我们就能去看它吧，嗯？'

"当然，我们第二天回去，第三天又回去，最后，我们在农场里度过剩余假期的每一天。孩子们在谷仓里敲敲打打，我则清空厨房，把东西都搬到院子里用水冲干净。勒内先生的鸡、牛和别人委托他照料的马匹、他的小狗和乱七八糟的物品，这一切变成我们的新家园。那是我第一次感到快乐，仿佛找到了避风港，任何倒霉事都无法穿过这面矮墙来伤害我们，护城河把外面的世界隔得远远的。

"离开的那一天，我们都很难过。我们答应勒内说，万圣节假期会回来探望他。他说到时候要去镇上看他，因为他不会住在这里了……他太老了，不想在那里独自过冬。前年他生了一场大病，所以今年决定和刚刚守寡的妹妹住在同一个屋檐下。他打算把房子租给年轻人，只留下菜园。

"你的动物呢？小孩子忧心询问。嗯，他会带走鸡和'扒手'，不过其余的，嗯……

"那一声'嗯'，听起来像是要通通送进屠宰场。

"好，我们会到镇上探望他，我们离开之前又逛了最后一圈，我没法儿把他好心准备的蔬菜全部带走：我们的车子太小了。"

凯特说着站了起来，掀开锅盖，把煮水壶加满。

"公寓变得很狭小，而人行道、花园广场、处理违规停车的女警、天空、哈斯百耶大道的树木都变得微小，我连卢森堡公园都不想去了，因为骑驴散步变得太昂贵……

"每天晚上我都告诉自己，要打包东西、整理公寓，但每天又把这件大工程拖到第二天。通过一位昔日同事，美国栗子基金会委托我翻译一份厚重的论文，讨论栗子树病变。我为哈蒂报名上托儿所，经历了烦琐的行政手续，又受到惨无人道的侮辱，这些就别说了……等到大朋友去上学，我开始跟栗子疫病菌和栗枝枯病搏斗。

"我很讨厌这个工作，整天看着窗外灰蒙蒙的天空，很想知道勒内的厨房里有没有平底锅。接着，又是更阴沉的一天。哈蒂一直生病、流鼻水、咳嗽，夜里鼻涕太多喘不过气。光是跟医生约门诊就折腾了老半天，看个运动治疗师也要大排长龙，真是令人抓狂。山姆已经学会认字，在准备班无聊得要命。爱丽丝的老师，跟去年是同一位，老是要学生的父母在她写下的评语旁签名。当然，我不能为此责怪她，不过如果我是她，我会更关注这位小女孩，她画的图让同年龄的小孩望尘莫及……

"那天还发生了什么事？警卫臭着一张脸，因为我的推车把他的大门弄脏了，我刚刚收到盖电梯的信函和估价单，贵得离谱，真是吓死人。暖气炉故障、我的计算机突然死机、十四页的关于栗子树的论文不翼而飞……真是屋漏偏逢连夜雨，我好不容易和运动治疗师约好看诊时间，车子却又被拖吊……聪明机灵一点儿早就改搭出租车了，但我只是大哭一场。

"我号啕大哭，小孩不敢跟我吵说肚子饿。

"最后是山姆为大家泡了燕麦粥，但是牛奶怪怪的，变酸了……

"别哭啦，他感到很抱歉：'这可以配酸奶吃，你知道吧。'

"现在想想，他们真好。

"我们在我们的'露营地'睡觉，我提不起劲说故事给他们听，于是我们在黑暗中一起说故事。通常我们梦想再回到莱维斯佩希，现在小猫多大了？勒内会把它们带走吗？那头小驴子呢？别的小孩下课后会喂它吃苹果吗？我要他们等一下。

"当时应该是晚上九点，我去打电话，我回到房间，故意踩在山姆的肚皮上，让他呱呱叫。我又爬进被窝，睡在他们身边，我慢慢地说：'如果你们喜欢的话，我们就搬去住……'

"寂静无声，山姆轻声细语说：'我们可以带玩具吗？'

"我们又讨论了一会儿。等到他们终于睡着了，我就从床上起来，开始装箱。"

水烧开了。

凯特把托盘放在炉火前。椴树花飘香。

"勒内在电话中只说房子没租出去，原本说好搬进去的年轻人觉得太偏僻。也许我先前就有了预感……有小孩的本地年轻夫妇不会想住在那里。不过我听到这个消息时仍然欣喜若狂……那个冬天结束许久后，我经常有机会追忆，有些夜里我们几乎冻僵，不过我们养成露营的习惯，我们睡在客厅里，围着壁炉。就生理而言，我们在这里的最初几年堪称我有生以来最凄惨的经验，不过我觉得很坚强。

"接着有了'大狗'，又来了小驴子，这是为了感谢这个小山姆每晚替我挑木柴，后来猫又生了小猫，最后变成你现在看到的样子，快乐又乱糟糟。你需要蜂蜜吗？"

"不用，谢谢。不过，你这些年都是一个人吗？"

"啊，"凯特微微一笑，躲在马克杯后。"我的感情生活……我不知道该不该现在提起？"

"你当然要跟我说啊。"他拨弄着滚烫的木炭。

"是吗？为什么？"

"我得知道这个部分，才能完成这里的地形勘探。"

"我不知道值不值得……"

"说说看嘛。"

"你的呢？"

"……"

"算了，看来又是我得先下海了！我的故事不太光彩，你知道……"

她走近炉火，夏尔翻到看不见的一页。

现在画她的侧面。

"尽管最初几个月非常辛苦，但很快就熬过去了。我有太多的事要做……我学会堵裂缝、粉刷、油漆、劈柴、在母鸡喝的水里倒一滴漂白水——让它们不会生病、磨护窗板、扑灭老鼠、对抗穿堂风、买促销肉——切块后放进冷冻库，还有一堆我以为永远也办不到的事，而且，还有个充满好奇心的小女孩跟在屁股后面。

"那个时候，我和小孩子一起上床。晚上八点一过，我就像死机了一样，这对我也是件好事吧……我从不后悔自己的决定。现在问题变得比较复杂，因为小孩子得去上学，未来问题还会更严重，不过相信我，九年前这种《鲁滨孙漂流记》的生活拯救了我们。然后天气变暖和，房子也算是住得舒服，我开始揽镜自照、梳整头发。我几乎一年没照过镜子了……某天早上我再次穿上洋装，第二天我就坠入爱河。"

她眉开眼笑。

"当然，事发当时，我以为自己的爱情浪漫得要命，丘比特迷失在刚耕犁过的田野，他不小心一箭射中我，使我做出疯狂荒唐的行径。不过现在回想起从前，就故事的结局来看……唉，总之，今天，我赶走了丘比特。

"不过当时春暖花开，我很想谈场恋爱，希望有人把我揽在怀里。我当够了神力女超人，一直在穿脱雨靴，九个月内蹦出三个孩子。我希望有人吻我，说我的身体馥郁柔软，即便完全不是如此……

"于是我穿上洋装，参加山姆班上和另一位老师带领的班级的户外教学，我忘了参观什么东西，游览车回程的路上，我坐在这位老师身边。"

夏尔搁下素描。她的表情变化太大，十分钟前，她好像活了一万年之久，但当她坐上了游览车，却是满脸笑意，像个不到十五岁的女孩。

"第二天，我借故要他过来一趟，然后我把他给强暴了。"

她转向他继续说："嗯……他心悦诚服，哈！心悦诚服、亲切、比我年轻一点儿、单身、当地人、很会自己动手做东西、很会带小孩，很懂鸟、树、星座，也很爱登山，的确是很理想的伴侣……赶快帮我打包，我立即放进冷冻库！

"哦不，我不该那么厚脸皮，我当时恋爱了，爱得发狂，我很爱他，生命变得简单许多。他搬来。勒内从他还是小孩时就认识他，也很替我高兴。大狗没吃掉他，哈蒂两岁生日得到一个真正的蛋糕。接下来的秋天也很美好，他带领我们亲近自然，欣赏它，了解它，他为我们订阅一年出刊两次的《灰林鸮》杂志，介绍我认识许多有趣的人，要是没有他，我永远也不会认识他们。他让我记起自己不到三十岁，是个性情愉快的人，而且喜欢赖床。

"我变成大笨蛋，不断告诉自己：'我找到我的主人了！我找到我的主人了！'

"来年春天，我想要小孩，可能言之过早，不过我很坚持。我以为这样就能把一切联结起来：他、爱伦的小孩，还有这个家。我想生一个小孩，确定自己永远也不会抛弃其他三个孩子。我不知道你是否懂我的意思？"

不，夏尔太嫉妒，无法理解这些。

"我很爱他。"

这个"很"字紧紧咬着鳄鱼底下的心。

他甚至不太明白。

一个乡巴佬儿老师知道如何带小孩和大熊星座位于何方，这没什么好稀奇。

"当然，我了解。"他语气严肃地咕哝。

"行不通的……换作别人可能比较有耐心。一年后，我到市区做整套健康检查。我已经毫无反抗地接受三个小孩，有权自己生一个吧？我满脑子都是生小孩的念头，最后把事情都搞砸了。他不再来家里过夜。他需要安静的空间批改听写的试卷，周日他不再和我们跑遍各个城镇、寻找跳蚤市场，他八成受够我们做的蠢事了，也不再温柔地跟我做爱。不过我也有错，我那些令人厌恶的心机……他觉得小孩子很讨厌？是的，有三个……我对孩子太自由放任？是的，我觉得生命亏欠他们，他们的童年应该像一个'操你的手势'。

我时常跟他们说英文？没错，当我累了，我说自然浮现在我脑袋里的语言。

"还有……还有，还有，他请求下学期外调。

"啊，我没有话要说了。

"我不知道怎么会变成这样。我以为他和我一样，认为只要是承诺过的话，即使没有法官和记录员在场，也有其意义。

"尽管冬天严寒，嫁妆有点儿沉重。

"他被调走了，我变成那个我刚才说过的最后一根烟的女人。

"被抛弃的监护人。

"现在回想起来，当时的我可真难过呀。"

她羞愧地微微一笑："我又做了什么？跑到一栋破破烂烂的房子虚掷人生？把自己当成丹麦女作家凯伦·布里克森？白天躲到树林里，每天傍晚才回家，开车到越来越远的超市采购，希望店员没注意到我放在巧克力饼干和猫罐头之间的酒瓶。

"这次的崩溃暗藏一件更恶毒的事情：自我贬抑。好吧，我们的爱情好景不长，不过，这种事很多人都经历过。重点是，和他分手的三年里，我没有告诉自己'他离开是因为不爱我'，我告诉自己'他离开我是因为我老了'。

"太老了，不能被爱。太丑、太沉重、太好、太蠢、太呆板。

"电锯、嘴唇皲裂、双手红肿以及重达六百公斤的炉灶，这些让我无法成为优雅的女人。

"不，实在不优雅。

"我不怪他离开我，我能谅解。

"如果我是他，也会做同样的事。"

她又倒了一杯，在有点儿热的茶水上吹了一口长气。

"这段爱情其实也有很正面的地方，譬如我们到现在还在订阅《灰林鸮》！你知道制作这本刊物的皮埃尔·戴昂吗？"

夏尔摇摇头。

"他真的很棒，简直是个天才，我很惊讶他如此有毅力，坚持到底，万神殿应该留给他一个位子……虽然我不想追究榛果是被松鼠吃过还是被山鼠啃过，不过我多少有点儿兴趣，否则今晚我们也不会聊到这些……

"松鼠把榛果掰开，而山鼠凿出美丽的小洞，想知道细节的话，请看壁炉过梁上……

"我比较像是被山鼠啃过……外表看起来很完整，内里却很空虚，我的子宫、心、未来、自信、勇气、衣柜……全是空的。我抽烟、喝酒，睡得越来越晚。后来因为爱丽丝开始认识字，我不能太早死，于是我用意志消沉替代抽烟……

"你刚才问我，为什么我养了那么多的动物。这期间我得到答案——为了让我早晨起床，喂猫，开门让狗出去，喂马儿吃草，让小孩有玩伴。动物继续让这个家活下去，让小孩闲不下来……

"动物们在求偶的季节生殖，其余的时间只想到觅食，这是令人赞叹的生活典范。我不再说故事，冷淡地亲吻他们，不过每个晚上，关上他们的房门后，我保证让他们睡得很安稳。

"我不知道会持续多久，直到什么时候……我开始失去信心。他们若被一个真正的家庭收留不是更好？有'正常'的爸爸和妈妈。我最好还是离开这里，去美国。带着孩子？或是不带……

"我是不是……我也不跟爱伦说悄悄话了，而且经常低头，避免面对她的眼神。

"有天早上我的母亲打电话给我。我似乎三十岁了。

"啊？

"已经？

"只有？

"我用伏特加把自己灌醉，作为庆祝。

"我错过我的人生。我希望做到最低限度。每天三餐，载他们上学，就这样。

"如有异议，去找法官。

"我就是在这期间遇到阿努克。她把手放在我的脖子上……"

夏尔仔细描绘着柴架的构造。

"后来，某天我接到一通电话，是几星期前为我做体检的妇产诊所的秘书打来的。他在电话中不愿跟我多说，要我亲自去一趟。我记下约会时间，但很清楚自己不会赴约。现实的问题不在了，至少在眼前并不存在了。

不过我还是去了，为了出门，转换心情，也因为爱丽丝需要水彩颜料，以及其他这里找不到的东西。

"医生和我会面，解释我的 X 光片检查结果。我的输卵管和子宫已经完全萎缩，小得可怜，无法生育。必须做进一步的检查，不过他看过我的基本数据，知道我曾在非洲住过很长一段时间，认为我染上了结核病。

"不过，我不记得自己在非洲生过病，我反驳道。他很平静，应该是该诊所最资深的医生，有跟病人宣布坏消息的丰富经验。他跟我聊了很久，但是我听不进去。这是一种很容易被忽略的结核病。但是我怎么都不记得……我的脑袋跟其他部分一样坏死了吗？我依稀记得，当我走在路上时，触摸棉衫底下的肚子，温柔地爱抚……我彻底迷惘了。

"幸好时间正常运转。如果我想赶在孩子放学前去文具店的话，我必须往前走。我买下全部，全部她想要的美术用品，彩色粉笔、水彩、木炭笔、纸、刷子、画笔、中国书法用品、小珠子……全部。

"然后我去玩具店，为其他两个孩子买了一堆玩具，我什么都买，东西多得两只手都搬不动，不过没关系，人生的确就像个荡妇。

"我很晚才到，还差点儿发生车祸，最后蓬头乱发地赶到大铁门前。天色几乎全黑，我看到他们在等我，蹲在棚子底下。

"操场上没有别人。

"我看到他们抬起头，对我微笑，一种孩子般的笑容，他们了解到，哦不，他们没被抛弃。我扑向他们，把他们紧紧拥在怀里。我又笑又哭，我请求他们的原谅，我告诉他们我爱他们，我们永远也不分开，我们比谁都坚强，哎哟，狗应该等得不耐烦了？

"他们打开礼物，我又重新活起来了。这就是我的故事。"她说着放下杯子。

"你都知道了。我不知道你要对那些派你到这里出差的人做什么报告，不过我的部分，我通通告诉你了。"

"内德拉和亚辛呢？他们来自哪儿？"

"哦，夏尔，"她叹了一口气，"我跟你讲了快……"她伸出手，抓住他的手腕,转过来,盯着他的表,"快有七个钟头了,没有中断,你听得不烦吗?"

"不会,不过如果你累了,就……"

"你没有烟了?"她打断他。

"没有。"

"该死!好吧。再添些木柴,我马上回来。"

她在洋装底下套了一条牛仔裤。

"重新活下来,却不能生孩子,即表示为其他小孩敞开家门。

"房子很大,养了许多动物,藏了许多隐秘的地方,有许多小木棚,而且我有很多时间。我向社会局提出申请,成为儿童社工。我打算在假期接待孩童,为他们安排有趣的儿童营,给他们美好的回忆。其实我并没有明确的计划,不过我觉得附近的居民有这个需要。大家都过得很辛苦,应该相互扶持。此外,我可以贡献一点儿力量。不管如何,我告诉我的小孩这个想法,他们只回我一句话:'但是……我们得把玩具借给别人?'

"暂时没有更令他们担忧的问题。

"我认识了一个全新的世界。我到妇幼局领取申请表,谨慎填满每个空格,我的家庭社会情况、收入、动机,等等。我参考我的哈拉普迷你字典,以免写错字,并附上房子的照片。我以为他们忘了这件事,不过了几星期,一名社工打电话说要来参观房子,看我们能不能获得许可。"

她笑着摸额头。

"我记得很清楚,前一天我们在院子里替全部的狗洗澡,它们都臭得要命!我替女孩编了辫子,连我自己都打扮得很淑女,大家看起来完美无瑕!社工很年轻,满脸笑容,不过她同事中有个保育员,可就没那么亲切了。我先带她们参观环境。我们一群人包括了山姆、他两个妹妹、村里经常来玩耍的小孩、狗和大羊驼,不,那个时候它还没来,总之,你可以想象队伍有多么庞大……"

夏尔的确能够想象。

"我们就像一群公鸡,雄赳赳、气昂昂,这可是世界上最美丽的房子,不是吗?但保育员不断破坏我们的兴致,每三秒钟就问'这些会不会太危险?河流不会危险吗?护城河不会危险吗?那些工具呢?水井呢?马厩里的灭鼠药?还有……这只大狗呢?'我真想回答她:'那么,您的废话呢?是不是

已经造成更严重的伤害？'

"不过我对她很厚道，只是半开玩笑地说：'我的小孩子到现在都活得好好的。'

"接着，我把她们带到美丽的客厅，非常雅致的地方，你还没见过。我把它称为'葬花'，对照弗吉尼亚·伍尔芙和其姐凡妮莎·贝尔创立的艺文团"葬花"。墙垣和壁炉上的壁画不是凡妮莎·贝尔也不是邓肯·格兰特的大作④，而是美丽的爱丽丝画的。其他的则带有吉卜赛的调调——琳琅满目的古董玩意儿和图画。那个时候，客厅看起来比现在更'文明'一些。皮埃尔和爱伦的家具尚具几分姿色，狗也没有权利爬到印花沙发上。

"我搬出隆重的排场——银质茶壶、蕾丝餐巾、英国松饼、奶油和果酱。两位女孩负责招待，在就座前我特意揽一揽裙摆，连真正的皇后都会赞不绝口。

"我和年轻的社工小姐很快就搭上线，她提出很中肯的问题，问我对事情的看法、教育的理念、自我检讨的能力、能否接纳问题孩童、是否有耐心和包容力……

"即使我有自我贬抑的性格，我刚才已经跟你说了，自从那次失恋后，我觉得谁也伤害不了我。我以为我会通过测验，这栋到处流动着穿堂风的房子弥漫着宽容的气息，院子里小孩的尖叫声也具有加分作用……

"但是另一位老太婆根本没在听。她只是惊慌失措地东张西望。看着电线、插头、被啃过的骨头，那是我一时疏忽没藏好。还看到破裂的方砖、墙上潮湿的斑点。正当我们闲适地谈话时，她尖叫起来，因为一只小老鼠钻到小圆桌底下找面包屑。

"去他的，真该死！

"'哦不，这只小老鼠，我们都认得它！'我试着安抚她，'您知道的，它是家里的一分子，孩子们每天早晨喂它玉米片……'

"我说的句句属实。不过我看得出来她不相信。

"她们傍晚离去。我祈求上天当她们的车子驶过桥梁时别让桥塌了才好。我忘了请她们把车子停在对面……"

夏尔微笑了。他坐在第一排，演员表演得非常精彩。

"我没有通过。我记不得驳回的全部内容，不过大意是指我的电不合规定，当时我的确气得咬牙切齿，不过后来也就释怀了……我想要小孩？好啊，我只需往窗外一瞧！到处都是小孩……

"亚历克斯的太太也跟我这么说。"夏尔说。

"什么意思？"

"说你像一个魔笛手，吸引着孩子们，把他们带出村外。"

"然后淹死他们？"她生气了。

"唉，她这个笨女人，你的朋友怎能跟她一起生活？"

"我说过他不是我的朋友。"

"这是你将告诉我的故事，对吧？"

"没错。"

"你来是为了他？"

"不，是为了我自己。"

"……"

"我跟你保证，我一定会跟你说我的故事。现在跟我说亚辛和内德拉吧。"

"为什么你那么感兴趣？"

他能回答什么？

为了能够继续看着你。因为你是那个把我带向你的女人的光明面。因为，如果她的童年不是那么残缺的话，她很可能会变成你。

"因为我是建筑师。"他回答。

"有何关系？"

"我喜欢了解建筑物是怎么撑起来的。"

"是吗？那我们这里是什么东西？动物园？寄宿家庭还是……嬉皮营？"

"不，你们是……我还不知道……我想想看再告诉你。来吧，我等亚辛的故事。"

凯特伸展了一下脖子。她很疲倦。

"过了几星期，我接到社工的电话，就是那位欣赏我的规矩的女孩。她告诉我她是多么抱歉，并开始抨击行政单位以及他们白痴的规定。我打断她，

'没问题，我已经恢复平静。'

"对了，她刚好有个小男孩需要一个地方度假，他现在住在他的姑妈家，不过过得很糟，或许我们可以先把省府的决定搁一边？他只待几天而已，让他看看不同的东西。若是换成别的小孩，她一定不敢这样'占我的便宜'，不过这个男孩，您等着瞧，他真是令人惊叹。她最后笑着说'我觉得他够格过来见你们的小老鼠'。

"那是复活节，我记得。有一天早上她偷偷把他带过来。你知道他是怎么样的一个人，我们立即爱上了他。

"他真是魅力无法挡，问一堆问题，对任何事物都感兴趣，乐意帮忙，跟'丑陋'一见如故，大清早就起床，到菜园帮勒内的忙，知道我的名字的含义，跟我那些从不曾踏出村子一步，仿佛井底之蛙的孩子说一箩筐趣事。

"当社工来接他时，情况很悲伤，他哭得死去活来。我记得，我牵着他的手走到院子一角，我告诉他：'再过几个星期就放暑假了，你可以住在这里两个月。'不过他摇摇头，他想要永永远远住下去。我向他保证我会经常给他写信，这样的话，好，如果我向他证明我没有忘记他，他愿意坐上娜塔莉的车。

"当他爱抚他最爱的那条狗的时候，这位顺着感情行事的小公务员在关上车门前告诉我，亚辛看着他的父亲把母亲活活打死。

"我差点儿没晕倒。这也给我上了一课，应该如何扮演女施主的角色。我当时只想开儿童营，绝不想涉入别人的天伦悲剧。

"总之，太迟了，亚辛已经走了，不过我的脑海里仍盘旋着一个男人在客厅里当着小孩子的面把他母亲揍死的影像。我以为自己不容易动感情了……但是不然。生命总是留给我们美丽的惊喜。

"所以我写信给他，我们大家一起写信给他。我拍了很多照片，有狗、有鸡、有勒内，我每封信里都夹了两张照片。到了六月底，他回来了。

"夏天结束，我的父母到来。我的母亲完全被他征服，对各种花的拉丁文说法，他如数家珍，再请我的父亲翻译。我的父亲坐在大刺槐下看书，高声朗诵：'快乐的堤蒂尔坐在茂密的山毛榉树荫下。'同时教他念美丽的孤挺花的拉丁名字。

"我是唯一知道他的故事的人。我对一个遭受过如此惨痛的天伦悲剧的小男孩能变成这么精彩的人物啧啧称奇。

"其他小孩很爱嘲讽他，因为他胆小，不过他不曾翻脸。他只是说：我在旁边看，因为我喜欢思考你们所做的事。我知道，他不想冒任何风险让自己受伤。他不参加孩子们的'印第安人爱虐待'的游戏，宁愿和祖母待在玫瑰丛里。

"从八月中旬起，我开始担心。

"娜塔莉预计二十八日来接他，二十七日晚上他不见了。

"第二天我们举行盛大的捉迷藏游戏，但还是没用。娜塔莉非常懊恼地离去。这件事会让她被骂一顿。我答应她一旦找到他，会亲自把他交给她。然而第三天晚上他还是不见踪影。娜塔莉非常紧张。必须通知保安队。他会不会溺水？当我在厨房里安抚她时，我看到一种奇怪的东西，我告诉她：'再给我一些时间，如果还是找不到人，我保证会通知保安队。'

"孩子们也都心急如焚。他们安静地吃晚餐，上床睡觉时不断在走廊上呼唤他的名字。

"到了半夜，我到厨房泡茶。我没开灯，坐在餐桌的一角，我跟他说：'亚辛，我知道你在那里。你出来吧，你不想让保安队把你揪出来吧？'

"没有回音。

"当然……

"我要是他也会做同样的事。于是我做了我希望别人对我做的事，如果我是他的话。

"'亚辛，听好，如果你出来，我会跟你的姑丈和姑妈商量，我保证你可以待下来。'

"我冒了风险，当然，不过，从娜塔莉给我的种种暗示看来，他的姑丈并不特别在意是否要把多一张嘴要养的亚辛留在身边。

"'亚辛，求求你。你会被这只狗的跳蚤吃掉！从你认识我以来，我跟你撒过谎吗？'

"我听见他说：'哎哟，你不知道我有多饿！'"

"他在哪里？"夏尔问。

凯特转过头。

"那边那张靠墙、很像箱子的长椅子。我不确定你是否看得见，在它的正面有两个开口，那是我刚搬到这里时在古董店找到的狗窝，我觉得很有创意，不过狗不曾睡在那里，它们比较喜欢爱伦的沙发。而不知何时起，'丑陋'很喜欢窝在那里，晚餐期间也不再对着我们的餐盘流口水……"

"非常简单，华生。"夏尔笑着说。

"我喂他吃东西，打电话给他姑丈，为他办理注册。这就是亚辛的故事。至于内德拉，她也是循同样的模式，以走私的'渠道'来到这里，不过过程更为悲惨。我们对她一无所知，除了她在一栋废弃的空屋里被寻获，当时她的脸孔断成两截。那是两年前的事了，她应该有三岁吧，但是我们不太确定，这一次也是娜塔莉的计谋。

"她也是，本来预计暂时停留，治疗她的下巴，一记重重的耳光甩得她下巴脱臼，所以她来这里，等待伤口痊愈，同时等候社会局找到接待家庭。

"相信我，夏尔，当你的乳牙全长齐了，却没有一纸身份证，那么生活会变得复杂得要命。我们好不容易找到一位医生，愿意暗地替她做手术，不过剩下的就不抱希望了。学校不想收她，我只好亲自开班授徒。总之，我做我所能做到的，因为她不说话……"

"一句话也不说？"

"一点点啦……当她和爱丽丝在一块儿时。不过她经历过狗一般的悲惨人生，哦对不起，和我家的狗不太一样。她也不笨，清楚自己的情况。她知道她随时会被带走，而我什么也帮不了。"

现在夏尔了解为什么前一天她躲到树林里了。

"她也可以躲在那个狗窝底下。"

"不，那是不一样的。亚辛有权住在这里，他是我们接待的寄宿生。我只是对调日期，硬要他回去姑丈家度假。但是她，我不知道，我正在提出申请收养她，不过手续极为烦琐，必须符合各种标准。我看我最好找到在公家机构上班的老公。"她笑着说，"或是大学教授之类……"

弓着背脊，把手伸向壁火。

"好啦，你都知道了。"

"其他三个呢？"

"什么？"

"你也可以去登记收养啊。"

"没错，我也考虑过，比方说为了摆脱我的监督人，不过……"

"不过？"

"我觉得这样好像是再一次杀死他们的父母。"

"他们不曾跟你提起吗？"

"当然提过，而且还变成孩子们的筹码：'好啦，好啦，我会整理房间，不过等你收养我以后。'维持现状也不赖……"

沉默良久。

"我不知道世界上存在这样的人。"夏尔嘟囔着。

"怎样的？"

"像你这样的……"

"你说得对，世上并不存在这样的人。总之，我不觉得自己存在。"

"我不相信。"

"最起码，九年来我们很少出门，我一直试着存点儿钱好让他们到外面旅行，但我就是存不了钱。而且我去年把房子买下来，这是我很执着的念头。我希望我们有自己的家，我希望以后孩子们从别的地方回来，我一定会强迫他们离开家，不过我希望他们把这里当成基地。我经常拿买房子这件事烦勒内，直到他受不了为止。'不管怎样'，他呻吟着说，自从一战以来，他家就拥有这栋房子，为什么改变？再说他在盖荷镇还有几个外甥。

"我早上从学校回到家里后，不再和他一起喝咖啡。五天后，他又受不了了，我好心地骂他说：'笨蛋，你知道你的外甥就是我们呀！'当然，我必须请法官核定，得到我监督人的同意。他们让我很火大。什么？会不会有欠考虑？为什么选择这堆废墟？维修费呢？

"去他的。他们还没在那里过冬呢！我最后跟他们说：很简单，要么你们同意我卖掉一栋公寓买下这栋房子，要么我把孩子还给你们。新的法官太太有更悲惨的案子要解决，另一对夫妇又笨得把我的话当真……

"我和勒内还有他妹妹到书记那里。我用金合欢花住宅区的一间公寓换来这个雄伟壮丽的王国。那天晚上，我们举办超级派对庆祝，我邀请全村的人，包括科琳娜。

"可见我有多么开心……

"现在我靠另外两间公寓的租金过活，那里的管理员很热心……老是在维修、重新粉刷，弄一些有的没的……但或许这样也好，不然我们不在的时候，谁照顾这些猛兽？"

安静。

"生活？试图存活下来？或许吧，但是并不存在。我变得结实，不过我可怜的脑袋不中用了。现在我做蛋糕，在园游会上卖……"

"我还是不相信你……"

"不信？"

"不信。"

"你还是对的。当然，远远看上去有点儿像圣女，是吧？不过千万别相信慷慨人士的善心美意。事实上，他们才最自私……

"刚刚我跟你提到爱伦时，我跟你坦白说过，我年轻时很有野心……

"有野心而且骄傲！我很可笑，不过当我告诉你我想消灭世界各地的饥荒问题时，我绝不是在开玩笑。我的父亲用死掉的语言把我们抚养长大，而我母亲只会注意撒切尔夫人的头发有没有梳好，伊丽莎白女王最新的帽子和洋装配不配，所以……我似乎没什么福气可以梦想更伟大的人生，嗯？

"是的，我很有野心。瞧，这个我一个人原本永远也得不到的人生，因为我连我的模范的脚踝都不及，是这些小孩赋予我这个人生，很渺小，"她皱了一下眉头，"不过，虽然渺小，但也还算有趣，能让你到了凌晨三点还没睡。"

她转过头，笑着注视他。

这一刻，夏尔明白了。

他像一只老鼠。

"我知道你急着要走，不过你不必现在出发。你可以睡山姆的房间，如果你愿意的话……"

因为她双手交叉，所以玉戒清楚地展露在他的眼前。他现在不急着走了。

"还有一件事……"

"什么？"

"你还没告诉我玉戒的故事……"

"哦！我忘得一干二净了！"

他看着玉戒说："好吧……"

她倾着身体弯向他，把食指放在他右颧骨上方。

"你看见小星星了吗？就在鹅脚之间？"

"我看到了。"夏尔回答说。

"那是我父亲给我的第一记耳光，也是最后一记。我当时大约十六岁，他的戒指割破了我的脸颊。可怜的父亲，他很自责，从此再也不戴戒指。"

"你做了什么事？"他问道。

"我忘了……我大概说了一句：'我讨厌普鲁塔克！'

"为什么？"

"普鲁塔克写过探讨儿童教育的文章，你可以想象，这篇文章让我很不爽！不是啦，我跟你开玩笑。我想跟朋友出游晚归有关，不重要。我流了血，当然，我趁机哭闹，从此以后，我再也没有看过他戴戒指。

"我很喜欢这枚玉戒。当我还是小女孩时，它给我灵感，让我编织许多美梦。如此湛蓝，我记不得了，有人说是玉石，它的图案……现在很脏，不过依稀看得见一个年轻人肩上背着一只野兔迈开大步。我很喜欢，他的屁股很漂亮，我经常问我父亲玉戒到哪儿去了，他回答说忘了放哪儿，也许卖了。

"六年后，当我们走出法官的办公室，我们到圣许毕斯广场喝茶。我的老爸假装找眼镜，掏出藏在手帕里的玉戒。'我们为你感到骄傲。'他说，并把玉戒送给我。'拿去，当你想赢得别人的尊敬时，你会需要它。'起初，指环太松，总是在我的中指上滑落。不过，我因为经常砍柴，手指变粗，现在它套得很牢！

"两年前他过世了，又是一件让人哀恸的事，不过是比较自然的……当他夏天来这里度假的时候，我指定要他负责熬煮果酱，这份工作真的非他莫属。他抱着一本书，坐在阿加前，一手翻阅书页，一手用汤匙搅拌。也是在这段调制杏桃果酱的漫长午后时间里，他为我上了最后一堂课。

"他跟我说，他犹豫了许久才决定把玉戒送给我。因为根据他的朋友赫伯·博德曼的说法，这个图案可能和古代宝石学经常出现的主题有关，也就是'乡野牺牲'。

"他搬出长篇理论，讨论提布卢斯的《哀歌》里的牺牲观，并举出许多声音的例子，不过我没认真听。我看着他映在铜盆上的影子，觉得自己在如此细腻的男人的目光下长大很幸运。

"因为你看，牺牲的概念是相对的……

"'放轻松嘛，老爸，'我安慰他，'你知道，这里面根本没有牺牲。来吧，专心一点儿，不然会烧焦哟。'"

她站起来，轻声一叹："故事都说完了。你随便想做什么都可以，但是我要去睡了。"

他从她手中接过托盘，走向厨房。

"最不可思议的是，"他说，"从你的口中，一切都是故事，而且所有的故事都很美丽。"

"本来一切都是故事啊，夏尔，任何一切，对每个人都是。只不过我们找不到人倾诉……"

๑ ๑

她告诉他：走廊尽头最后一间。

这是一间复折式屋顶的房间。夏尔就像在玛蒂尔德的房间一样，仔细观赏这个青少年的墙壁。有一张相片特别吸引他。它用图钉钉在床铺的上方代替耶稣受难像。那对笑容可掬的夫妻给予他这一天最后的抚慰。

爱伦和凯特描述的如出一辙：容光焕发。皮埃尔亲吻着她的脸颊，怀里抱着一个熟睡的小男孩。

他坐在床沿。低着头，双手合拢。

好精彩的旅行！

他这一生中还不曾感受到如此巨大的落差，不过他无怨无悔，他只是……迷惘。

阿努克。

这真是一笔烂账。

你为什么就这么走了，而这些你可能会喜爱的人却这么辛苦地活下去？

为什么你没常来看她？你经常跟我说，真正的家人，会在人生的道路上相遇……

所以呢，这栋房子是你的，这个漂亮的女孩也是。她本来可以抚慰你的……

为什么我不曾打电话给你？我庸庸碌碌这么多年，却没留下任何痕迹。你是唯一重要的理由，指引我来到这个小房间；你值得我全心关注，我却以自私自利和竞赛填满生活。绝大多数的时候，我铩羽而归。不，我不是在自我鞭笞，你不喜欢我这样，只是我……

他吓了一跳，因为有只猫趴到他的手上。

他在盥洗室的墙上看到凯特的笔迹。用原文写的，出自 E. M. 福斯特，大意是："然而我相信贵族政府，如果文字精确，如果民主人士也可以使用之。但不是争权夺利、以阶层与影响性为基础的贵族政府，而是由一群殷实、含蓄、有胆识的人组成的贵族政府。我们可以在任何一国家，各个阶级，每个年龄层找到成员。他们相遇时也能产生心照不宣的默契。他们代表了唯一也是真正的人文传统，我们奇特的种族战胜残酷与混乱，独特而屹立不倒的胜利。

"他们之中有千万人在黑暗中丧命，却极少有人被人冠以伟大的名字。他们倾听别人，仿佛他们就是当事人。他们亲切有礼，却不致过犹不及。他们的骁勇并非装腔作势，而是一种身经百战的力量。另外，他们有幽默感……"

好……夏尔叹息。当他听着凯特描述她的人生时，不禁觉得自己很渺小，把这些话放进脑袋里好好想想吧。不过数小时之前，他读这段文章时只会自问一些翻译的问题，不过现在，他能够理解这些文字的含义。他吃了他们的蛋糕，啜饮他们的威士忌，整个下午和他们一起散步，含着泪笑着看他们发挥贵族的精神。

城堡不再，贵族常青。

驼着背，长裤褪到脚踝边，自觉一塌糊涂。

当他想拿起粉红色的卫生纸时，发现了那本日本俳句精选集。

随意翻开：

慢慢地爬啊

小蜗牛——

你已经登上富士山！

微笑。感谢小林一茶精神上的鼓励。然后，在少男的床上进入梦乡。

෨ ෨

黎明即起。把狗放到屋外。走向车子。绕个圈，为了捕捉洒在马厩赭石墙上的初阳。双手贴着窗，瞥见一群睡得很沉的青少年。去面包店。带走全部的牛角面包。其实是这个睡眼惺忪的店员口中的牛角面包啦……

巴黎佬会说："您这些弯弯曲曲的奶油包子……"

当他回到屋子时，厨房弥漫着咖啡香味，凯特在她的花园里。

他用托盘装好早餐，和她会合。

太阳静静地升起。她没有话要说，夏尔则不知道如何启齿。孩子们猫咪似的在她身上磨蹭。

"你今天要做什么？"他问。

"我不知道……"她的声音有点儿悲伤，"你呢？"

"我有很多工作……"

"可以想象……我们耽误了你的正事……"

"我不觉得……"

由于对话的调子有点儿悲伤，他改用快活的语气说："明天我得去纽约，我终于可以当一次观光客了。为了参加一个晚会，向一位我很喜欢的老建筑师致敬。"

"真的，你要去纽约？"她很开心地说，"真幸运！如果我冒昧向你提个请求……"

"请说，凯特，请说吧。"

她要内德拉到她的床头柜拿一样东西，她把东西递给夏尔。

那是一个小铁盒，盖子上画了一只狼獾，旁边写着：

狼獾

有治疗效果的香膏

为大量劳动的人舒解双手的痛楚

"是用狼獾的油脂做成的？"他开玩笑说。

"不，应该是海狸的，总之我找不到更好的药膏了。以前我都请一个朋友帮我寄过来，不过她搬家了。"

夏尔翻转盒子，高声翻译："有一天保罗·班扬说：'只要给我足够的狼獾膏，我就可以弥补大峡谷的缝隙。'我在哪里可以找到狼獾膏？在药房？"

"你会去联合广场吗？"

"当然。"他撒谎。

"你骗人……"

"当然不。"

"骗子。"

"凯特，我会有几小时没事，能为你服务是我的荣幸。店开在联合广场上？"

"是，是一家小店，好像叫维生素商店。不然超市可能也有卖的。"

"好，我会去找。"

"还有……"

"还有？"

"你继续往百老汇走，会看到斯川德书店。如果你多出两分钟的时间，可不可以为我绕一圈？我一直梦想要这么做……"

"你要我帮你带书吗？"

"不用。只是为了书店的气氛，进去后直走到底向左转，是自传区，注意看，深呼吸，同时想着我。"

深呼吸同时想着你？嗯，我需要大老远跑去纽约？

在寻找浴室的途中，撞见亚辛埋首在一本字典里：

"告诉我，富士山有多高？"

"嗯，等等，'日本最高峰，由一座死火山组成，海拔三千七百七十六米'。"

死火山？才怪。

在莲蓬头下，纳闷儿一个人口如此众多的家庭如何在如此简陋的地方生活。看不见半瓶乳液。经过每个房间，跟小朋友们吻别，并请他们代他跟还在睡觉的大朋友们道别。

到处都找不到凯特。

"她去送花给托泰特了。"爱丽丝告诉他。她托我跟你说再见。

"她什么时候回来？"

"不知道。"

"啊？"

"所以她要我代她跟你说再见……"

所以她也是，宁愿避开不必要的场面。

他觉得这个难以忍受的离去非常突兀。

行驶在有如门拱的橡树林荫下，想起爱伦也曾经穿过这条路，而同一时间大熊巴鲁正在教毛格利⑤跟着它唱：

只要一点点就很幸福。
哦！是！真的一点点就可以很幸福……

吐气，疼痛。右转。回到马路上。

---

① 这里戈华达玩了文字游戏，姐夫的法文为 beau-frère，直译为"俊美的哥哥"，英文 brother-in-law，直译为"法律上的哥哥"。

② 罗尔德·达尔（Roald Dahl，一九一六——一九九〇），英国二十世纪儿童文学作家，其作品带有独特的残酷式的幽默，经常出现残忍的场面或手段，例如把人斩成肉泥、绞成肉酱等。大人眼中血腥恐怖的场景到了小孩子的眼里却变得有趣、夸张甚至令人捧腹大笑。他的作品包括《怪桃历险记》《小魔女》《吹梦巨人》《查理和巧克力工厂》。最后一部作品曾被蒂姆·波顿搬上银幕——《查理和巧克力工厂》。

③ 法国小孩出生时，市政府都会免费发送一本健康手册，登记的是小孩的姓名，交由小孩的父母或权威监护人保管。

④ 邓肯·格兰特（Duncan Grant，一八八五——一九七八），也是"葬花"的一员。

⑤ 《森林王子》里的人物，毛格利是男孩的名字。

第四部分

他感觉到她的手正在寻觅他的手。合上素描本。他
相信，对于未来，他并没有弄错。

1

"巴黎，三百八十九公里。"

这一整段路途中，夏尔一直在回味那段依然温煦的时光。他启动车上的自动巡航装置，让自己沉溺在一连串的影像里：

下巴裂开的内德拉，像只受伤的麻雀，这个名字也很像一匹马。后视镜上面映照出卢卡的笑容，以及他那把用金色的硬纸板做成的宝剑。教堂的钟楼。栗子树上披着一层长方形的粉笔灰印迹。亚历克斯留在皮夹里的情书。爱伦港的滋味。雷欧想掏出他的"喷雾器"，向其中一位长腿美女喷洒发情母猪的淫骚味，好让自己这头公猪追着她跑，而长腿美女尖叫连连。塔加达草莓糖在木棒一端融化的滋味。夜半潺潺流水声。满天星斗。那个她想为他生小孩的男人自称认识这些星斗。卢森堡公园的驴子。他经常带玛蒂尔德用餐的快餐店。卡塞特路上那家让他们父女俩流连忘返的玩具店，店名就叫作"从前从前"。马夫房里的死苍蝇。这个把 DNA 和幸福混为一谈的笨蛋马修。当她坐在他身边，露出浑圆的膝盖以及两人后续的亲密接触。亚历克斯的心慌意乱。这个被他尘封的小号盒子。"大狗"悲伤的笑容。斜着眼睛瞪人的大羊驼。那只跑到他身边替他赶走忧伤、喵喵叫的猫咪。今天早晨从他们盛满咖啡牛奶的海碗看出去的景致。科琳娜为了控制她那个异常脆弱的丈夫，而堆砌出的无形城墙；他们的女儿玛丽昂的笑声，不久之后她的笑声将吹倒这堵城墙。她对着发绺吹气的样子，即便头发系得服服帖帖仍照吹不误。操场棚子底下孩子的尖叫声和罐头撞击声。玫瑰藤倒塌在棚架底下。庞贝城的遗迹。他们追忆尼诺·罗塔的音乐时[①]，像群鸟乱舞，并模仿猫头鹰夹着尾巴扫地。奴努下了最后通牒，命令他们上床睡觉。卡车司机搞不清楚状况。老教授留给他的小女儿一个镌刻了美男子的戒指。他未曾尝过的尚有余温的水果滋味。这件他再也不曾穿过的旧衬衫。勒内的预言。磅秤上乱七八糟的一群人。地毯上的小老鼠。前一晚共进晚餐的十个孩子。熬夜做功课，不准寻欢作乐。这座迟早有一天会垮掉的危桥，他们将因此与世隔绝。优雅的梁木。楼梯的石板上青灰色的苔藓。楼梯边上的木钉。钥匙孔的构图。精致的线脚。旧车的残骸。在殡仪馆附近的旅馆度过两夜。爱丽丝的工作室。污浊的篮球鞋的味道。她颈项上的痣。当她在倾吐心事的时候，这颗痣无时无刻不让他魂牵梦萦，就好像阿努克倒在他的怀里大笑或大哭时对他送出的秋波。亚辛的坚强，他面对任何困境的坚韧不拔。忍冬叶子的芬芳。滴水石天窗。二楼回廊的墙垣，上面写满他们的梦想。她自己的美梦。警方的哀悼。藏在阁楼的骨灰。她姐姐的面容。这个被她遗弃的人生。这些被她拉近的床铺。过期的护照。她丰饶的梦想却导致自己无法生育的结果。厚实的墙壁。山姆枕头的味道。埃斯库罗斯之死。黑夜里的车灯以及它们投射的阴影，她打开的窗户……

旅程最后一公里，穿梭于巴黎市区。根据气象报告，天气将会变得宜人。他体认到，去程满脑子都是死亡的念头，而回程则因为满载生命的力量而震惊得无法言语。

一张脸重叠在另一张脸上，他蓦然发现两人的名字竟被同一个字母串接起来：凯特以 K 起头，阿努克以 K 结束。这另他悸动不已。

依循理性的方法未必可靠，命运就是如此。

---

① 尼诺·罗塔（Nino Rota，一九一一—一九七九），意大利著名的电影配乐家，本章稍后提及的《大路》即罗塔的经典名作。

2

直接把车开到建筑事务所。差点儿因为几盏电灯没关而火冒三丈，决定按捺住怒火，改天再发。将手机充电，取出旅行袋，更换衣服。就在大腿跟裤管打架的当口，发现办公桌上有一沓等他拆阅的信件。系好腰带，眼睛眨也不眨地打开计算机。坏消息抛到脑后，剩下在眼前的都是令人挫败的消息，不过这些挫折再也影响不了他。他们的规范，他们的《格勒内尔环境发展协议》，他们的法令，他们号称为拯救苍白失血的地球而制定的虚伪政策，他们的预算、定价、利润、结论、要求，他们的申请以及他们的要求。泡沫，泡沫，全部只是泡沫。在这个社会中，有些人和他来自同样的地方，彼此相遇有如天涯沦落人，立刻认出彼此。他把这些人视为知己。

然而他并不属于这些人。他缺乏勇气，尽可能避免心碎的痛楚。但是，他再也不能视而不见。阿努克交给他一只死鸟，并指引他来到一间鸡舍……

他虽然千疮百孔地回来，却带回来了如同香料和黄金般珍贵的东西。

这位开疆辟土的勇士，虽然没有被册封爵位，也没有隆重的庆典欢迎他的归来，只是一味要求他改变一切。

震撼他的并非她的故事，而是她对他的影子所说的那一番话。

或许他不会回去，或许他永远也没有机会跟她道别，或许他永远也不知道山姆是否已经得到充分的训练，或许他永远也听不到内德拉的声音。不过可以肯定的是，他再也离不开他们了。

从此以后，无论到哪儿他都和他们在一起，伸直十指向前走。

阿努克不在乎自己葬在哪儿。她什么都无所谓，除了刚从自己身上剥夺下来让予他的。

借用凯特的说法，她永远也到不了"她榜样的脚踝"。他没有自己的小孩，以后会不声不响地死去。但是从现在起到离开人世之前，他必须好好地活着。活着。

隐藏在肉酱、香肠底下的，才是他赢得的头彩。

脑海里回旋着这些香肠、肉酱等日常生活的思绪，却又不失田园抒情的感觉。他开始浏览邮件，投入工作。几分钟之后，站起身，走向书架。取出一本有关色彩的字典。

从回程路上碰到第一个红绿灯起，有个念头一直缠绕着他。

"威尼斯色"：产生棕红色反光的发色。威尼斯美女常拥有一头金黄的威尼斯色的秀发……

果然不出他所料。

顺便翻开拉鲁斯字典寻找"长鞭"一词。

我的老兄，你说得对，你仍然没离开……

耸耸肩，真正开始工作。怎么到处都有问题？没关系。他手里握有长皮鞭，可以叫马儿乖乖地工作。

全神贯注工作直到七点，交回汽车，走路回家。

真希望家里有人开门迎接他。

连续拨了两通电话给她们母女俩，都是转到了语音信箱，无人能回答这个问题。走在这条"担任家长"的漫漫长路上，全身还是有点儿僵硬。

肚子饿了，好希望听见远方开饭的铃声……

3

"我敷了面膜,就不亲你了。"她用嘴角吐出这几个字跟他说,"你无法想象我有多么累……这个周末我都在陪那群歇斯底里的韩国女人……泡完澡我就上床睡觉。"

"你不吃晚餐吗?"

"不了。我们在丽池饭店设宴。我吃得太多了,你呢?还顺利吧?"

她头也不抬,整个人陷在沙发里,翻阅《时尚》杂志美国版。"看看这个,真低俗。"

不,夏尔不想看。

"玛蒂尔德呢?"

"去朋友家了。"

握着门拉手,突然悲从中来。

这是一间特别精心打造的厨房,由劳伦斯的朋友设计,这个朋友号称室内建筑师、空间设计家、体积创造者、光线偷渡客……以及诸如此类不伦不类的头衔。淡枫浆色的墙面,打磨抛光的不锈钢柱,白云石料理台,手拉门,一体成形的洗碗槽,热水管柱,冷水管柱,米勒牌的顶级家电,抽油烟机,咖啡壶,酒柜,烤炉,等等。

哦,是的。很漂亮。

干净、利落、完美无瑕。漂亮得有如太平间。

问题是没东西可吃。冰箱里堆满瓶瓶罐罐,可惜不是伊西尼牧场生产的乳制食品,而是瑞士拉蓓丽美容保养品,还有健怡可乐、零脂肪酸奶、真空包装食品、冷冻比萨。

对了，玛蒂尔德明天出远门……这里只有为了她才偶尔下厨。以前劳伦斯还会邀请朋友到家里用餐，但是由于他上下班时间不固定，又经常到处旅行，这些家宴最后都不了了之。

现在，徒剩一纸家用开支的账单而已。

既然他已经痛定思痛就不再自哀自怜，决定把最新一期《公共工程与建筑周刊》放进公文包，跟她说他下楼到附近的酒吧吃饭。

"哎呀……"她敷了面膜的脸皮扭曲了几秒钟，"你怎么了？"

他大概和她一样满脸惊讶，因为她又追加一句："你和人打架了？"

哦，这个啊？

那是好久以前……几乎是上辈子的事了。

"不，我撞到门了。"

"真恐怖。"

"还有比撞门更惨的……"

"不是啦，我是说你的脸！"

"哦，对不起。"

"你确定没问题吗？你的样子怪怪的。"

"我很饿。你要一起来吗？"

"不。我不是才告诉你，我累死了。"

一面享用牛肋排，一面翻阅他奉为《圣经》的建筑周刊，又点了一杯啤酒，搭配淋了贝亚恩鸡蛋奶油酱汁的炸薯条。以几近全新的眼光浏览营造招标页，不知道是因为在亚历克斯家的一觉好眠，还是因为在莱维斯佩希度过的美好夜晚，现在的他丝毫不觉疲惫。

点了一杯咖啡，起身买香烟。

在柜台前转身走回餐桌。

他回到座位上坐下来，把玩方糖，一根手指掐进白色的包装纸，暗自思忖凯特现在正在做什么。九点四十分……

他们还在用餐吗？他们待在屋外吗？天气像昨天一样温和？女孩们为布洛普先生找到鱼缸了？大孩子让鞍具房保持得整整齐齐吗？草原那边的栅门

是否关上了？大狗依然窝在"奶妈"的脚边？

而她呢？

她是否待在壁炉前？在啃书？在做梦？若是，做什么梦？她会思念……

没把最后这个问题说完。他和一群鬼魂搏斗了六个多月，刚吞下如山高的炸薯条，想弥补失去的时间以及体重，更不想失去赢得的头彩。

他并不疲倦。圈起两三个看起来颇有意思的案子。他身负重责大任，必须在纽约找到狼獾膏。不知她的姓氏，不过他相信只需写上"莱维斯佩希的凯特小姐"，邮差先生一定能够找到她，把药膏交到她手中。

打电话给妹妹克莱尔，提到亚历克斯，她哈哈笑了一会儿。他有好多话想说……"明天早上我有个重大案子要开庭，我现在必须阅卷了。"她向他道歉，"我们改天一起吃午餐？"

就在她打算挂电话时，他叫了她的名字。

"是？"

"为什么男人都那么懦弱？"

"哎哟……你干吗突然问起这个问题？"

"我不知道。最近我遇到一堆这种男人。"

"为什么？"她叹口气，"八成因为他们不能生孩子吧……原谅我，我的回答很老套，不过你问得我有点儿措手不及，我还没搞清楚整件事情的来龙去脉。你是为了我才这么说吗？"

"为了你们女人。"

"你脑袋被撞坏了还是怎样？"

"没错。等等，我传一张相片给你。"

克莱尔摸不着头绪，将电话放在厚厚的卷宗上方。电话振动起来。她从屏幕上看见自己的哥哥鼻青脸肿，忍不住哈哈大笑，然后，回到她的工作上。今天晚上她哥哥的声音听起来如此快活……

所以他找回阿努克喽……她笑得有点儿忧郁，不过她搞错了。

⋙⋘

忧郁？这两个字似乎嫌弱了。当凯特今天早上回到家时，她知道他的车子不可能还停在原地，但是她还是情不自禁地寻觅。

她慵懒地度过这一天，回到每一个带他参观过的地方：阁楼、鸡舍、马厩、菜园、山丘，溪流，棚架；他们共进早餐、四周长满鼠尾草的长椅……每个地方都杳无人迹。

跟孩子们说了好几次，她很累。

从不曾感到如此疲倦。

她做了很多菜，以便待在这间他们俩与爱伦共度一段夜晚时光的厨房里。这么多年来，这是第一次想到即将来临的漫长暑假就忧心不已。待在这个穷乡僻壤两个月，而且只有她和一群小孩子。天哪……

"你怎么了？"亚辛问。

"我觉得自己好老……"她坐在地上，倚着烤炉，大狗的头枕着膝盖。

"才不，你一点儿也不老！很久很久以后，你才会二十六岁……"

"你说得对。"她笑了起来，"要等到非常久以后！"

保持和颜悦色直到燕子归巢。当夏尔在走廊上遇见玛蒂尔德时，她已经上了床。

"哎呀！"她吓了一跳，"你撞到的门是什么做的？"她踮着脚，"好，我该亲哪里？"

他跟随她的脚步走进她的房间，倒在她的床上。她一边打包行李，一边描述她的周末。"你想听什么音乐？"

"酷一点儿的。"

"反正不要爵士乐？"她一脸唾弃的样子。

她背对着他，清点袜子，他问她：

"你为什么不骑马了？"

"你干吗问这个问题？"

"因为我刚跟一群小孩子和一群马一起度过两天美妙的时光，我一直不断在想念着你。"

"真的吗？"她露出了微笑。

"无时无刻不想念你。我不断扪心自问，为什么没把你一起带去。"

"我不知道……因为马场遥远吗？因为……"

"因为什么？"

"因为你一直都很害怕？"

"害怕马？"

"不只如此。你怕我坠马，怕我比赛输了，怕我弄伤自己，怕我太热、太冷，怕会塞车，怕妈妈等我们，怕我做不完功课，我也怕你的周末泡汤……"

"啊？"他喃喃地说。

"不，还不止这些。"

"还有什么？"

"我不知道啦……好，现在你把床还我吧……"

他把门带上，有被逐出天堂的少许惆怅。

公寓的其他地方令他害怕。

往前走，他鼓舞自己，干吗扭扭捏捏的？这是你自己的家呀！你已经在这里住了好几年！这些都是你的家具、你的书籍、你的衣服、你掏腰包买的……快一点儿，走回来。

在客厅里转圈子。煮咖啡，擦拭料理台，翻阅杂志，连图片都懒得看，两眼往书架望去，发现书排得太整齐，想找出一张 CD，不过忘了哪一张。清洗咖啡杯，擦干，放回原位，又擦了一遍料理台，拉出一张高脚椅，摸一摸腋下肋骨处，决定擦鞋子。走到公寓入口处，蹲下，脸扭曲了一下，打开鞋柜，把他每双鞋子都擦得闪闪发光。

挪开抱枕，打开电灯，把公文包放在矮桌上，取出眼镜、文件，看图片，一个字都没看进脑袋。从头开始，往后躺下，注意外面的动静。再度挺直身子，重来一遍，摘下眼镜，揉揉眼皮，合上活页夹，手搁在上面。

到处都是她的容颜。

要是现在累得半死的话，那该有多好。

刷完了牙，轻轻推开房门，幽暗中瞥见劳伦斯的背脊，把脱掉的衣服披在他专用的椅背上，屏住呼吸，掀开他这一边的被褥。

记得他上一次做爱时的表现。觉察她的体香和体温，心神纷乱，想爱人。紧紧依偎着她，探出手，缓缓伸到她的两腿之间。一如往常，被她的软玉温香弄得天旋地转，抬起她的手臂，轻舔腋窝，等待她转过身敞开四肢。沿着腰胯间的曲线舔吻下去，按住她的手肘不让她移动。

"是什么味道？"她说。

他一时会意不过来，拉上被罩，盖住身体。

"夏尔？那是什么味道？"她又问了一次，同时掀开羽毛被。

叹了一口气。和她保持距离。回答说他不知道。

"你的外套，对吧？你的外套发出一种木炭的味道……"

"或许吧。"

"请你拿开，这味道害我睡不好……"

走下床，抱走衣物。

一股脑儿扔到浴缸里。

如果我现在不回去，我永远也不会回去。

他回到床上躺下，背对她。

"现在呢？"她的指甲在他的肩上勾出一个长长的"8"。

然后，没怎样。他向她证明了他仍然勃起，至于其他的，去他的。

长长的"8"逐渐变成小圈圈，然后消失无影。

又是她先睡着。

可真容易。

她在丽池饭店和一群歇斯底里的韩国女人大吃了一顿。

而夏尔数着羊。

母牛、母鸡、猫、狗。小孩。

还有她的痣。

与道路上的公里数……

天一亮他就起床，在玛蒂尔德的房门底下塞了一张字条："十一点楼下见。别忘了带身份证。"

推开大门。

深呼吸。

4

"还有一个钟头，要不要吃点儿东西？"

"……"

这不是他熟悉的玛蒂尔德。

"嘿，"他揽着他的颈背，"你很紧张啊？"

"有一点儿。"她对着他的胸膛吐气，"我连要去哪儿都不知道。"

"你给我看过照片啦，这对迈克夫妇看起来人很好。"

"一个月，好长啊。"

"不长，一转眼就过去；再说苏格兰很漂亮，你一定会很喜欢。走吧，我们去吃午餐……"

"我不饿。"

"那就喝点儿东西，跟我来。"

在行李和推车之间开出一条路，然后在一家粗俗的小餐馆最里面找到空位。全世界只有巴黎的机场可以脏乱到这种地步，他这么想。一周工作三十五小时，是著名的法式慵懒，还是法国人以为只要到得了世上最美丽的都市，管他干不干净？他不知道，不过每每思及这个问题，总是异常沮丧。

她咬着吸管，焦躁地环顾四周，随时留意手机上的时间。她甚至没戴耳机。"我的小亲亲，别担心，我这辈子还没错过飞机。"

"真的！你要和我一起去？"她故意误解他的话。

"不，"他摇摇头说，"不过，我会每天晚上发信息给你。"

"一言为定？"

"一言为定。"

"但是别写英文啊。"

她努力说得一派轻松的样子。

夏尔也是。

这是她第一次去那么远的地方，而且待那么久。

想到这个暑假就头大，整整一个月公寓将只有两个大人在那边大眼瞪小眼，没有这个孩子……天啊……

提着她的背包，陪她走到查验行李的 X 光机旁边。

她走得非常慢，他以为她在看橱窗，因此提议送她几本画报。

但她不想看。

"口香糖呢？"

"夏尔……"她停下脚步。

他不是不曾经历过这种场面；他经常送她出发前往度假营，清楚地知道这个勇敢的小女孩会随着集合时间的逼近而显得心慌意乱。

寻找他的手，对自己的手臂能被她这么紧紧扣着受宠若惊，心底想好几句笃定教她安心的话。

"怎么了？"

"妈妈告诉我说，你们要分手……"

他微微绊了一下脚,感觉像一架巨大的空中客车客机撞进了他的太阳穴。

"啊？"

这一小个碎裂的音节可能意味着："啊？她告诉你了？"或者"啊？我并不知道……"

他不太敢充当好汉，于是说："我不知道。"

"我知道……她想等你好一点儿再说。"

撞进来的是体积超大的空中客车 A 380，不是吗？

"……"

"她说这几个月来你简直变成另一个人了。不过等你好一点儿了，你们就离婚……"

"你们……你们的话题对你这个年纪的小孩来说好奇怪。"他终于找到话能够说出来。

航站就在他们面前。

"夏尔?"

她转过身。

"玛蒂尔德?"

"我要和你住。"

"对不起。"

"如果你们真的分手,我们把话说在前头,我要跟你。"

由于她风度优雅地对他说出这几个字,并操着牛仔女郎吐烟草的语调,他也不让她专美于前。

"哟!我就知道你心怀鬼胎!你想要我替你写数学物理作业?"

"天啊,你怎么知道?"她勉强挤出笑容。

但语调不够俏皮,因为情绪过于激动。

"就算我们真的分手,你也知道不可能……我老是不在家……"

"这样更好呀……"她还在开玩笑。

不过,他没接腔,她又说:"我不管你们之间的事。不过我跟你走。我希望你知道这一点。"

扩音器宣布开始登机。

"我们不会走到这种地步。"他在她耳畔轻声细语,并紧紧把她抱在怀里。她没有说话,应该觉得他很天真。

她走向登机门,转过头,给他一个飞吻。

她童年时代的最后一个。

她的班机在广告牌上消失不见。

夏尔仍然戳在原地。纹丝不动,等待救援。他的手机响了:您有一条新留言。"我爱你。"

手指在按键上游移。他必须在心口上擦一擦手,才能按键回给女儿:"我也是。"

看看表,循原路出去,穿过人群,踢到别人的行李袋,把自己的行李袋放进置物柜，快步跑到出租车站，强行登上别人叫来的车子，却引来一顿臭骂。他这一生再也不想步履蹒跚地赶飞机。

再也不想。

5

　　他来到玛蒂尔德下学期将就读的高中一百余米远处，推开房屋中介公司的大门，告诉对方他想就近找一栋两房公寓。他们翻出照片，他说他赶时间，因此选择最明亮的一间，留下名片，在一张大面额的支票上签了名，希望对方认真处理此事。

　　他两天后回来。

　　来到劳伦斯工作的地点，著名的香奈儿米白色地毯……他想到十余年前穿着一双厚重的鞋子，成为警卫注目的焦点。

　　请人叫她，附加一句有急事。

　　"她没搭上飞机吗？"劳伦斯忧心地问道。

　　"不是。你可以下来吗？"

　　"不行，我正在开会……"

　　"那就别下来。我只是想告诉你我好多了。"

　　听见她漂亮马尾下方，头脑里面的齿轮正在运转的嘎嘎声。

　　"我以为你也要搭飞机。"

　　"我这就去搭机。别担心，我好多了，劳伦斯，我好多了。"

　　"听好，我为你感到高兴。"她不太耐烦地笑道。

　　"所以，你想离开我。"

　　"你又在胡说什么？"

　　"玛蒂尔德把你们之间的悄悄话告诉我了……"

　　"无聊……等一下，我这就下来……"

"我在赶时间。"

"我就来了。"

认识她这么久以来，第一次发觉她整个脸上浓妆艳抹，简直涂成了大花脸。

没有别的话要说。

他已经找到新公寓，现在得走，去赶飞机。

"夏尔，别这样，这些话不能算数，只是女人家的聊天，你也知道这是怎么回事……"

"没问题。"他对她笑着说，"一切都很好。走的人是我，我是烂人。"

"好吧，既然你这么说的话……"

他对她从一而终的高格调叹为观止。

她又说了几句话，但他摇摇头，听不见她到底说了些什么。

不能错过这班飞机，他得赶到纽约"捕猎狼獾"。

ᖍ ᖌ

几小时后，劳伦斯·韦尔纳去了理发厅，她一面对着小洁西卡微笑，一面套上罩衫，坐在镜子前。趁小洁西卡准备染发剂，她拿起杂志，翻阅里面的流言蜚语，抬起头，注视着镜子，流下泪水。

后续的情况如何，现在还不清楚。

她已经不在故事里面了。

6

　　他开始着手研究一份名为"暴露在外的结构"的文件，专心剖析，结果空姐请他收起小桌子。

　　再读一遍笔记。确认旅馆名称。透过舷窗俯瞰纽约，想着自己或许可以好好睡一觉，调整时差。

　　也想到别的事，想到他刚完成的工作，他很快乐，而且他可以在世界任何一地执行业务，在他的办公室，在那栋陌生的两房公寓，在飞机上或是……

　　闭上双眼，微笑。

　　一切将变得很复杂。

　　这样也好。

　　他的工作就是找到解决方法。

　　"廊柱石模之间的接缝细节，显示了……"他在最后一幅素描旁如是写道。地心引力、地震、龙卷风、风雪……我们把这些阻碍称为开发的风险。他忽然想起来，这些麻烦却也带给他许多乐趣。

　　发送短信到苏格兰高地。决定不调整手表上的时间。

　　这样才能和女儿的步调一致。

∱∰

　　一早起床。询问门房是否收到他租借的燕尾服。一边喝咖啡，一边沿着麦迪逊大道散步。一如以往，他特别喜欢在这个城市外出闲逛，呼吸新鲜空气。纽约，对于曾经爱玩积木游戏的小孩子来说，只会引起脖子酸痛吧。

多年来第一次到精品店选购衣物。一口气买了一件西装外套和四件衬衫。四件！

偶尔转过头。左顾右盼、有点儿愧疚的样子。一只手搭在自己的肩膀上。从摩天大楼上降下一个声音："嘿，你，你没有权利这么快乐，你又偷走了什么？你偷偷压在心房上的是什么？"

没什么……只是我，我有根肋骨断了……

请你举起手。

夏尔照办，被潮水般的路人推着走。

摇摇头，觉得自己很白痴。看看表，想知道几点钟。

马上就要四点了，今天是学校放暑假前两天，孩子们应该清空旧书包。她跟他说过，她每天晚上和狗一起走到小路口，也就是校车停车处接孩子回家。他们会把书包等行李放在驴背上；"当我逮到它的时候！"

她又说，一百棵橡树的林子仍不够他们腾空书包。她说他们的……一只手按住他的肩膀，他回过头。

一位身穿深色西装的男人的手，他指着红绿灯：禁止行人通行。夏尔道了谢，听见对方回答说欢迎来到纽约。

找到那家维生素商店，把店里的六罐狼獾膏全部带走，应该可以修补不少裂痕吧。纸袋留给柜台小姐，膏药放进口袋。

他很喜欢这个念头。

感觉它们沉甸甸的重量。

推开斯川德书店的大门。店里打着"长达十八英里的书籍"的标语。他无法跑完全程，不过也待了数个小时。不难想见，他大肆搜刮建筑书区。也犒赏自己一本王尔德的书信集以及托马斯·哈代的短篇小说《同乡人》。只因为他喜欢故事简介："同属威塞克斯布列德港的名流要人，巴内特与道恩亦是多年故友，然而两人命运迥异。富裕的巴内特曾经饱受苦恋，如今则得忍受一场理智甚于柔情的婚姻所招致的结果。道恩虽为身无分文的律师，但在深爱他的妻子和敬爱他的孩子的簇拥下，在他简朴的房子里过着幸福快乐的生活。在机缘的安排下，有天晚上两人重新思索各自的命运……他们迥异的命运。"又买了一本由莉莎·柯温编纂的精彩绝伦的书信集《超乎文字》。夏尔顶着大太阳，坐在台阶上一面吃三明治一面读得津津有味。

这些附上插图的书信是从史密森尼学会收藏的美洲艺术品挑选而来。作者包括画家、青年艺术家、不知名人士，或大名鼎鼎如意大利建筑师庞帝、美国雕刻家加尔德、安迪·沃霍尔，或是卡罗尔等人捎给妻子、爱人、朋友、老板、顾客或知己好友的书信。

这些书信细腻感人，也有一些纯属告知功能。当文字不足以表情达意时，随函附上的素描、草图、讽刺插画或信笺角落的小花饰却更精准地描绘了地方、景物、心智甚至情感状态。《超乎文字》超越了文字可以表达的东西。这位安静不多话的夏尔走向收银台时不小心在一辆运书车上发现此书，让他寻回过去的自己，那个被他连同结了蜘蛛网的画册和迷你水彩盒丢在抽屉里的自己……

他特别喜欢阿尔弗雷德·弗吕的书信，弗吕后来成为《纽约客》的讽刺漫画家。他寄了数百封图文并茂的情书给他当时的未婚妻，描述他在"一战"前夕的欧洲之旅。每封信都巨细靡遗地呈现弗吕停留的地方，当地的风土民情与习俗……腋下夹着一朵干燥的小白花，满脸疲惫地从瑞士带给她；或是告诉她阅读她的信是多么喜悦的一件事；他把她的来信切割成邮票般大小的方块，拼凑成一个故事，他无时无刻不在阅读她的信：泡澡的时候，站在画架前，用餐时，走在路上，被卡车碾过时，在床上，当房子着火或是被一剑刺穿的时候。他也寄给她"私人画廊"，划分成数以千计的镜头并做成三度空间，与她分享在巴黎深受感动的画作。并在一旁写下幽默的文字，这些信因此显得愈加温柔、优雅……

真想成为这个男人：快乐，自得，有吸引力而且才气纵横。

还有这位名叫乔瑟夫·林登·史密斯的仁兄，他以无懈可击的笔触，向他忧心忡忡的双亲描绘他在欧洲大陆担任人道主义画家的沧桑生涯。他画着自己走在金币如雨落下的威尼斯路，或是因为贪吃甜瓜而差点儿赔掉性命。

亲爱的爸爸妈妈，小乔吃了水果！

圣·埃克苏佩里化为小王子，问有人是否有空共进晚餐，以及……好啦，以后再看吧……合上书本前浏览最后一遍，发现一个迷惘男子的自画像：弓着背，双手抱头，望着爱人的相片。啊！要是能和你在一起该有多好。

是啊。

我也这么想。

绕到熨斗大厦。他第一次造访这栋建筑物时曾留下极为深刻的印象。这栋大厦建于一九〇二年，为当时世界上最高的大楼之一，特别值得一提的是，它是第一栋使用钢架的建筑物。他抬起眼睛。

一九〇二年……

他妈的一九〇二年！

真是天才……

他迷了路，走到一家烘焙糕点模型专卖店：纽约烘焙蛋糕器材店。想念她，想念他们每个人，买了许多糕饼模型。

他这辈子从不曾看过那么多模型，各式各样的形状，将想象力发挥到极致。他挑了狗、猫、鸡、鸭、马、小鸡、山羊、大羊驼（没错，有大羊驼形状的蛋糕模型）、星星、月亮、云朵、鱼、青蛙、花、树、草莓、狗屋、小白鸽、吉他、蜻蜓、小篮子、酒瓶以及，嗯……一颗心。

女店员问他是否有很多小孩。

他回答：Yes。

回到旅馆时已筋疲力尽，提了一堆袋子，像极了观光客，但是乐在其中。冲了澡，穿上燕尾服，好像一只企鹅，度过一个美好的夜晚，霍德华把他紧紧拥在怀里，连声说"我的儿子"，并把他介绍给许多精彩的人物，与一位巴西建筑师聊了很久的欧夫·奥雅纳①，巧遇一位曾参与悉尼歌剧院的贝壳建筑的工程师。喝得越多，英文说得越流利，最后甚至坐在面对中央公园、洒满月光的露台上和一位美女打情骂俏。

问她是不是建筑师。

"不是。"她笑得花枝乱颤。

那她是……

虽然他没听懂，但他回答说太棒了，然后听她胡扯，巴黎真是浪漫，奶酪真是好吃，法国男人都是好情人。

留意到她有美丽的贝齿，修剪整齐的指甲，没有贵族味的英文，瘦削的臂膀。他借故为她倒杯香槟离开座位，迷了路，没再回去。

在一家巴基斯坦人开的杂货店买了胶带和白纸，叫了一辆出租车，扯掉硬邦邦的领结，时间已近深夜，他却一点儿睡意也没有。

分别包装狗、猫、鸡、鸭、马、小鸡、山羊、大羊驼、星星、月亮、云朵、燕子、老鼠、牵引机、靴子、鱼、青蛙、花朵、树木、草莓、狗屋、小白鸽、吉他、蜻蜓、小篮子、酒瓶和一颗心。小心包装完毕后，和其他东西放进盒子里，她将什么也看不到。

思念着她入睡。

也稍微想念她的身体。

不过主要还是思念她。

想念她，以及她的身体。

那是一张大型双人床。超大双人床，重量级胖子也睡得很安稳。但怎么可能呢？

这个他还不太认识的女人已经霸占整张床铺？

又一个好问题可以问亚辛。

在饭店院内用早餐。在印了旅馆店名的白纸上画一只狼獾浪迹纽约所遭遇的各种磨难。也就是他的游历。

在斯川德书店闲逛，在络绎不绝的游民和一群叛逆青少年（他费了一番功夫才看清楚其中一位的 T 恤的字样：**继续血拼，情况已在掌控中**）里阅读……在网上找到马兹雷的邮政编码。到邮局寄出包裹，收件人注明"**凯特以及亲爱的伙伴们**"。

飞越大西洋，得知道恩和巴内特的命运。

恐怖。

接着阅读王尔德入狱时所写的书信。

耳目一新。

着陆时，气愤自己因为时差而失去五小时的生命。

准备文件，证明自己是有偿付能力的租赁人。到劳伦斯家，把衣服、CD 和书装进较大的行李箱，把钥匙留在厨房餐桌显眼处。

不，放在那儿她不会注意到。

改放到浴室的小桌子上。

愚蠢的举动。他还有许多东西得搬走，不过，算了……人家会说他受到纨绔子弟的坏影响……那个被亲友抛弃，在痛恨的壁纸前奄奄一息的纨绔子弟，竟然还有勇气咕哝说道："果然，我们之中有一个得先离去……"②

他走了。

---

① 欧夫·奥雅纳(一八九五—一九八八)，英国著名的结构工程师，于悉尼歌剧院建造时期，担任设计工程师。

② 这里的纨绔子弟指王尔德。王尔德生前最后几年住在巴黎寒伦的阿尔萨斯旅馆，死前说过："我和房间的壁纸决斗，其中一个得先离去。"(My wallpaper and I are fighting a duel to the death—one of us has got to go.)

7

这辈子不曾像七月这般忙碌。

事务所有两个计划通过第一轮筛选。第一个是政府行政大楼的建设案，不怎么有趣，但可以让他们糊口。而第二个案子则令人兴奋，不过也复杂许多，菲利普志在必得。那是为新兴郊区所做的城市规划。工程浩繁，夏尔花了很长的时间才被说服。

山坡地建筑。

"那又怎样？"他的合伙人菲利普反问。

"好吧，我随便举个法令……瞧，去年一月十五日通过的法令：为了跨越起伏不平的地势，而有在山坡地兴建建筑之必要时，该山坡地之坡度必须在百分之五以下。若坡度在百分之四以上，须在坡地上由高至低每十米建立一楼梯平台。如有四十厘米以上的高度落差，必须另建护栏以便支撑。万一现有的地形与建筑体等问题无法克服技术问题，坡度可容许在百分之五以上。若长度低于或等于两米，坡度可以达百分之八，而长度最长可达……"

"够了。"

摇摇头，坐在他的制图桌前。这一堆荒诞可笑的数字背后，政府机关想透露的是：可建筑山坡地的平均坡度不得超过百分之四。

啊？

他想到巴黎第五区的木夫塔街，以及勒匹克街、芙维河丘等地狭小拥挤的街道，还有罗马小巷弄可能产生的公共危险……以及位于山坡上的里斯本旧城区阿尔法玛区和希亚多区，还有地势高低起伏的美国圣弗朗西斯科……

算了，专心工作吧，尽力填平、拉平、均匀化吧。既然这是政府官员想要的，就让整个国家变成广大辽阔的郊区吧。你们做的是长期规划吧？！

当然，当然。

他安慰自己幸好有天桥这个法宝。夏尔非常喜爱设计道路天桥与河上桥梁。在这里，他觉得清楚可见人的手迹。

在半空中，工业家必须向设计师俯首称臣。

如果他可以选择，他希望活在十九世纪，那个时代所有伟大的工程师也是伟大的建筑师。他以为，当时最美丽的建筑恰好首度使用新材质。马亚尔的混凝土，布鲁内尔和埃菲尔的钢，特尔福德铸铁①。是的，这些家伙应该玩得不亦乐乎，这些工程师同时也是实际执行者，如有错误，他们亲自出马修正。结果是，他们的错误也都完美无瑕。

海因里希·格贝尔、阿曼或弗雷西内的杰作，德国境内德莱昂哈特的高架桥，布鲁内尔设计的克利夫顿吊桥②……够了，越说越远啦。目前手边有个整治区计划，请专心准备，搬出城市规划法令。

……坡度最高可达百分之十二，长度等于或低于五十厘米。

不过有所犹疑也是好事啦……既然有可能获胜，也代表有可能失败的局面。不计代价赢得合同的同时，也意味着必须采取畏缩保守的手段。避免造成……菲利普和他在这一点上达成共识，他像个疯子般投入这个计划，不过抱着轻松的心情。

而且是温顺的、卑屈的心情。

因为在某个地方，有了新的生命。

他几乎每天晚上与马克共进晚餐，他们在光怪陆离的巷子底发现几家过了午夜仍然营业的廉价酒吧，他们在后厅安静地吃晚餐，品尝世界各地的啤酒。虽然他们累得晕了头，用餐的最后总是互相期勉，未来将合写一本巨著：陡峭坡地的关键地势建筑法，以便让他们的才华获得世人的肯定。

晚餐后，夏尔用出租车载马克一程，然后回到四壁皆空的公寓，在地上的床垫上一躺，倒头就睡。

一张床垫、一套被褥，一块肥皂，一把刮胡刀，这是他目前所有的家当。凯特的话犹然在耳："《鲁滨孙飘流记》般的生活救了我们一命……"光着身子入睡，天一亮就起床。觉得自己在此搭起生命的桥梁。

他和玛蒂尔德通过几次电话，告诉她说他已经搬离了罗蒙街，在对面的圣热内维芙山脚下扎营。

不，他还没决定房间。

等她回来再说……

不曾跟她聊那么久，突然体会到这几个月来她长大了，她跟他提起她的生父、劳伦斯以及她同父异母的妹妹。问他是否看过齐柏林飞船的演唱会，为什么克莱尔不曾生小孩，他真的撞到门吗？

有生以来第一次，夏尔跟不认识阿努克的人谈起她。在夜深人静的时候，亲吻了她许久之后，自然而然地提到她，和玛蒂尔德分享，玛蒂尔德现在的年龄，恰好跟他当年差不多。"你对她的爱是爱情吗？"她最后抛出这么一个疑问。

他没有立即搭腔，他想要找出别的字眼，更精确但又有点儿委婉的字眼。不过这时却听见她嘟囔抱怨，一棒打醒他，他等这一棒等了超过二十年，由于打得太猛，久久无法平复："你对她当然是爱情啰，我怎么那么笨啊。不然我们还能拿什么去爱？"

ﻼ ﻼ

十七日。最后一次握住他的俄罗斯司机的肥大手掌。他刚幽灵似的在工地度过两天，令人绝望到足以拔光所剩无几的头发。帕夫洛维奇不见人影，大部分的人跑了。至于留下来的人则恶言相向，如果没领到钱就当场摧毁一切。二百五十公里的缆线将只剩十二公里，他们起码还有办法这样干……

"这是哪门子的事？"他咆哮起来，"分明是敲诈嘛！可恶，你们到底还要多少钱？那个烂人帕夫洛维奇到底死到哪儿去了？他也跑到敌对集团去上班了吗？"

这个计划从一开始就毫无头绪，而且原本不是他们承揽的案子。是菲利普的朋友，一个意大利人，亲自登门苦苦哀求，希望他们挽救他的名声、财务、公司以及家庭。他只差没手画十字、亲吻他们的手指。菲利普答应了他的请求，夏尔没说话。

他猜出这个协议底下暗藏一盘开仑台球的竞赛，^③而他那无法被收买的合伙人隐瞒了某些秘密没有说出来。拯救这个工地，意味着把某某玩意儿放进口袋，这个某某玩意儿是某某东西的得力助手，某某东西则有一万平方米的权力必须分配出去。总之，夏尔看过计划，以为事情很单纯，只须重新搬出发黄的托尔斯泰小说，像那个小皇帝拿破仑率领六十万大军，展现他们是多么伟大的战术专家……

结果他也跟拿破仑一样，被打得落花流水，从俄国回到法国故乡。

不，其实并不一样。夏尔无所谓。他只是握着维克多的手久久不放。感觉他的手指和两人的笑容都有点儿颤抖，濒临崩溃边缘。上辈子他们应该是穿同一条裤子的好哥儿俩。

把身上所有的卢布递给他，维克多不肯收下："你自己留着，当俄文的学费吧……"

"不必，不必。"

但他继续把夏尔的手指握得咯咯作响。

"那就给小孩吧……"

他接受了，并松开手。

他最后一次回过头，看见的不是荒凉的平野，也不是饥荒落魄的士兵，不是他们缠着破布或羊皮、被冻伤的双脚，而是刺青。一条铁丝网沿着手臂而下，这只手臂高高举起，祝福他很多很多的幸福。

然而归途相当艰辛。当人生仿佛拖着二轮马车跑，老学生似的生活并不沉重。然而，从俄国铩羽而归，在法国又失去家园，又另当别论了。

没有勇气招揽出租车，改搭郊区火车慢慢啃蚀自己的溃败。

难堪的旅途。悲伤与脏乱。左边高楼林立，右边是吉卜赛人的扎营地。为什么叫作"吉卜赛人"？其实大可不必那么伤脑筋，叫贫民窟不就得了，同时向全球化致敬，连法国这种富有的国家也有贫民窟。火车轰隆前进，窗外浮现一幅幅丑陋的景色，一心挂念着阿努克埋葬于此地。

奴努卧倒在小便池里，而阿努克，在她人生的起点……

正是在这般纷乱的心情下，回到北站对面暂居的营地。

径自走进合伙人的办公室，发射子弹。

"Terror belli，decus pacis." ④

"你说什么？"菲利普皱着眉头叹息。

"经历了惨烈的战事，太平时期该论功行赏，获颁勋位了。我交差了……"

"你在说什么？"

"我交回元帅的指挥权杖。我不回去俄国了……"

他们后来的对话充满技术性的名词，围绕着财务问题打转。夏尔满腹苦水关上房门，决定不进自己的办公室，直接离去吧。

情感上溃败了两千五百多公里，生理上却老了两小时，再度感到疲乏。如果明天想有干净的衣服穿，他现在必须到洗衣店一趟。正要跨出大门之际，芭芭拉跟他招手，指着架上一个包裹，一面继续说她的电话。

他心想，明天再看吧。关上门，停住脚步，傻笑起来，倒退回去，认出邮戳。顷刻之间重拾了信心。

没有打开包裹。好像数个星期前，抱着一个惊喜穿越巴黎。

但不那么焦虑。

沿着塞瓦斯托波尔大道而下，踩着轻快的步履，整个人飘飘然，像个年轻小伙子获得生平第一次约会，意气风发，频频对着邮戳呵呵傻笑，趁人行道亮红灯时又仔细读邮戳上的地址。

他想起这条道路正是为了纪念克里米亚战争法英联军的胜利而命名，哈！

走在斑马线上细看一遍，他早就料到她的字迹会是这般模样：松散、歪曲，像她洋装上的花纹。他知道她不会中规中矩地待在空格里，而且会选择美丽的邮票。

她姓彻琳顿。

凯特·彻琳顿。

他被叫成愣小子……

他感到骄傲。

骄傲到了这把年纪还被叫作愣小子。

趁全身轻飘飘之际赶紧填满橱柜。在小超市的收银台前留下一辆装满生活用品的大推车，保证两个钟头后货品送到府上时他会在家。

一手拿着扫帚，一手提着一桶清洁用品走出商店。从交屋清点房子起第一次清洗公寓。冰箱插电。拆开矿泉水，有系统地整理好玛蒂尔德的燕麦、她最喜爱的果酱、她的脱脂鲜奶、她那温和不刺激的洗发精。打开毛巾，旋上电灯泡，自搬到牛小巷以来为自己煎了第一块牛排。⑤

推开餐盘，清除面包屑，拿出礼物。

掀开白色铁盒的盖子，发现里面是各种造型的蛋糕：狗、猫、鸡、鸭、马、小鸡、山羊、大羊驼、星星、月亮、云朵、燕子、老鼠、牵引机、靴子、鱼、青蛙、花朵、树、草莓、狗屋、小白鸽、吉他、蜻蜓、小篮子、酒瓶以及……

好，把它们放在桌上排列整齐，就像他素来就喜欢做的：有系统地分门别类。

每种形状都有好几个，不过心只有一个。

有特别含义吗？的确别有意味……的确别有意味！

称呼他"愣小子"似乎委婉了点儿，不是吗？

亲爱的夏尔：

我负责擀面团。哈蒂和内德拉负责做饼干。爱丽丝为动物和昆虫添了眼睛和胡子，亚辛找到你的地址（是你吗？），山姆到邮局寄出包裹……

谢谢你。

我想你。

我们大家都想你。

署名只有一个字母 K。

没吃半块蛋糕，反而重新排列组合它们的位置，不过这次让它们在房间的壁炉上排队站好，他在这个房间生活、睡觉、思念她。

想象着，如果她像个蛋糕模型压在他身上，他会变成什么形状。

隔天早晨，拿了一张纸画下四周空荡荡的壁炉，并且附上一句话：我也想念 vous。这个 vous 既有"您"也有"你们"的意思。

她曾经以法文的"cuisinière"这个词举例，说明夏尔的母语带有一种模棱两可但非常好用的特质。这个词的意思可以是炉灶，也可以是厨娘。

这个 vous 既有"您"也有"你们"的意思,她可以自行选择……

他应该别那么保护自己,但是不知道该怎么做。

跟劳伦斯的分手,虽然勉强可以接受,却留下懦弱的余味。

他又躲在办公桌后,逃到他的透视法、计算机绘图里。靠这种软件绘出来的东西因为虚拟,都显得完美无瑕。把关注焦点放在别处,以免想到自己。同时跨过这些高低起伏的地势以免摔倒。

再三地计算。

不停地思念凯特,但不曾真正想念她。

这就像……他无法解释。像一线光明……好像光是知道她的存在,即便离他很远,即便在他的生命之外,也足够抚慰他。当然,他偶尔也酝酿一些比较"具体"的念头,但还是有一定的限度。他说他梦想和她一起烤饼干,那是他夸大其词。事实上,他觉得……该怎么说……自己对她印象深刻吧。好,就用这四个字"印象深刻"。她极尽所能不想让人印象深刻也是枉然,独立,流汗,打嗝儿,亮出戒指撵走他,摆臭脸,抱怨,爆粗口,用衣袖擤鼻涕,狂饮烈酒,颠覆国家教育制度,骂社会福利,抨击自己豪爽的性格、双手和自尊,时常自我贬抑,最后弃他不顾,连再见也没有。"令人印象深刻"这个形容词确实适合她。

很愚蠢,很可惜,很压抑,不过就是这么回事。当他想起她,与其说他想象的是一个有如天上星星的女人,他构思的其实是一个世界。

此外,若想得更仔细一点儿,从一开始,她就指定了角色。他来自异域,是访客,是探险家,是迷了路误打误撞的哥伦布。

因为一个小丫头的牙套放错地方,因为她的母亲非常变态。

同时,不说再见任随他重新上路,她已经故意合上圆规的两脚……⑥

所以,又回到一般的游戏规则。这座桥梁,这种尼姑般的生活,这个神圣超凡的结局,到底是什么玩意儿?已经开始想念你的鹅绒被窝啦?

不,而是……

是什么?

我的背痛得要命,非常痛……

买张床呀!

不，不光是床的问题……

那是什么问题？

罪恶感。

哎呀呀呀……夏尔！祝你好运！因为，你走着瞧，这一点是没有什么规则可循的。

没有？

没有。如果你努力寻找，你一定可以找到，因为商人随处都有，连圣殿里面都有人在做生意。不过你最好把钱省下来，买张床较实在。再说，她写信给你，说她想念你。

噢，英文的 miss you 只是平常的客套话，像保重啊、献上我诚挚的情感，等等。

她写的不是 miss you，她写的是 I miss you。

没错，不过……

不过什么？

她住在一个鸟不生蛋的荒郊野地，身旁围绕着一群小萝卜头和动物，这些动物还能活个三十年，她的房子充满狗骚味，还有……

闭嘴，夏尔，闭嘴，发出骚臭味的是你。

由于这种"我思"和"我在"的空泛议论不能达成什么共识，由于他还有很多工作要做，他决定什么也不想，干脆工作去。

真是很蠢……

幸好如此，克莱尔。

---

① 此处提到的十九世纪工程师分别是：马亚尔（Robert Maillart，一八七二——九四〇），瑞士土木工程师，率先将钢筋混凝土用于工程构造上，于十九世纪兴建跨度五十二米的钢筋混凝土拱桥，开启了钢筋混凝土成为建材主流的时代。布鲁内尔（Isambard Kingdom Brunel，一八〇六——八五九），英国工程师，擅长以钢铁建造横渡大西洋的蒸汽船，并在桥梁、隧道的设计上为当时英国的大众交通带来革命性的影响。埃菲尔（Alexandre Gustave Eiffel，一八三二——九二三），法国结构工程师、企业家，长于金属结构，最重要的代表作是埃菲尔铁塔以及纽约自由女神像的钢构骨架。特尔福德（Thomas Telford，一七五七——八三四），英国建筑师、土木工程师，以道路、桥梁、隧道等工程的兴建而著名。

② 此处提到的工程师分别为海因里希·格贝尔（Heinrich Gerber，一八三二——一九一二），德国工程师，于一八六七年发明悬臂桁架桥梁，为桥梁建筑史树立了里程碑。阿曼（Othmar Hermann Ammann，一八七九——一九六五），瑞士裔美国建筑工程师。弗雷西内（Eugene Freyssinet，一八七九——一九六二），法国土木工程师。克利夫顿吊桥（Kochertalbrucke，意为"寇切尔谷之桥"）是德国最高的钢筋混凝土桥，全长一千一百余米，桥面宽三十一米，桥柱高度达一百七十八米，供六号高速公路通过"寇切尔山谷"之用，通往纽伦堡。

③ 开仑撞球是一种球桌没有袋口的撞球运动，有多种竞赛方式，其共同点是使用撞球杆撞击母球，使其在撞球桌上滚动并撞击其他子球，以达成特定目的而得分。

④ 这一段话是铭刻在法国最高荣誉军阶"元帅"之权杖上的拉丁文，意义为"经历战事惨烈，和平时期受勋"。

⑤ 作者在此处透露出，夏尔的新居坐落于"牛小巷"，是巴黎第五区（也是著名的拉丁区）的一条死巷，四周有巴黎大学、万神殿、亨利四世中学等。

⑥ 英国诗人约翰·邓恩在其作品当中以圆规比喻爱情，一方固守原地，一方在外，才能画出完整的圆形。

8

克莱尔告诉夏尔："我一定得带你来看这个地方，不仅食物美味，还有帅哥。"

"哪儿来的帅哥？"

"服务生。"

"你仍然对咖啡店的服务生有性幻想？拇指放到背心里，白色的围裙更能突显腰胯处的曲线？"

"不是啦，才不是你说的。你到时就知道了，他……我也说不上来，我很喜欢他，他有一种高格调的贵族味，是天上掉下来的奇葩，'于洛先生'和'温莎公爵'的混种。"①

夏尔一边在行事历上记下午餐时间，一边翻白眼。他这个小妹真会幻想。

他们八月初见面。届时他们都分别结束手上的案子，向各自的助理道别，互祝假期愉快。克莱尔当天下午将搭火车到中部的佩里格参加音乐节。

"你送我到车站好吗？"

"我们可以搭出租车，你知道我没有车子了……"

"我就是这个意思嘛，你把我送到车站后，可以接管我的车子吗？我没有车位了。"

夏尔又无奈地翻白眼，他很不喜欢跟巴黎的停车定时器搏斗。好吧，他会把车子停到他父母家，他很久没去探望他们了。

"OK！"

"你记下地址了？"

"记下了。"

"你还好吧？你的声音听起来很虚弱。玛蒂尔德回来了吗？"

是的，她回来了，不过他没见到她。劳伦斯去接机，她们直接南下到西南沿岸的比亚里茨。

夏尔没有机会也没有勇气把他的家务事跟他妹妹说清楚。

"我得挂电话了，我和人有约。"他如是回答。

❧ ❧

找不出更恰当的比喻了："于洛先生"的笨拙、诗意与魁梧，加上"爱德华八世"的高贵与胸花。②

敞开双臂，仿佛站在圣詹姆斯宫的阶梯上，站在他那狭窄的小酒馆前迎接他们，以古体诗朗诵诗歌赞美克莱尔的新洋装，然后吞吞吐吐地请他们到靠窗的餐桌旁坐下。

"你在看什么？"她问。

"素描。"

放下菜单，跟着她哥哥的视线。

"你觉得那个人是男的还是女的？"他问。

"哪一个？这个背对我们的人吗？"

"不，那个拿着红蜡笔的人。"

"不知道。我们可以问他。"

服务生为他们斟了红酒，然后转过身介绍黑板上的菜色。这时突然从连接厨房的窗口传来一声号叫："电话！"

服务生请求他们的原谅，迅速退下，接住别人递给他的手机。

夏尔和克莱尔看着服务生的脸一阵红一阵白，感觉他似乎快要魂飞魄散，整个人莫名激动。他的手按住额头，丢开手机，弯下身子，眼镜掉了，又把眼镜歪歪斜斜地戴上，急急忙忙冲向门口，顺手取下挂在衣帽架上的外套，啪地关上门，就在这一刻，衣帽架应声而倒，并波及邻近的一块桌布、一瓶酒、两套餐具、一张椅子以及一个置伞架。

餐厅里寂静无声，大家目瞪口呆，你看着我我看着你。

厨房里爆开噼里啪啦的咒骂声。厨师出现在客人面前，脸色凝重，双手擦拭围巾，捡起手机。

藏在络腮胡里的嘴巴嘟囔个不停，将手机放在吧台上，取出一瓶两公升装的香槟，开始从容不迫地刮搔瓶塞。

原本眉头皱紧的脸庞似乎笑开了。

"好……"他对着全厅的客人说，"我的合伙人似乎刚刚喜获贵子。"酒瓶的软木塞砰一声射出来。他又说，"这瓶香槟由大叔我来请客……"

他把香槟递给夏尔和克莱尔，并请他们随意饮用。他还有工作要忙。

他带着一杯香槟走开，轻轻摇头，似乎惊魂未定，不敢相信所发生的事……转过身子，用下巴指着留在柜台的小册子。

"请你们自行填写菜单，把第一张撕下来放在窗口，"他咕哝道，"也请自行留下复本并算账……"

门旋即关上。他们听见他继续说道："请尽可能使用大写字母！我是文盲！"

然后发出响亮、老饕的笑声。

"去你的，菲利普，去你的！"

夏尔转向他的妹妹："你说得对，这个地方怪有趣的……"他们倒了香槟，然后把酒瓶传给邻桌的客人。

"我不敢相信。"她轻声说，"我一直把他想成没有性欲的家伙……"

"哈哈，你们女生！一旦有个男生亲切和善，你们就把他给阉了。"

"才不呢。"她反驳道。

她喝了一口香槟，说："看吧，你是我所见过最亲切和善的男生，而你……"

"我什么？"

"也没什么啦……你和一个娇艳如花的女人一起生活……"

"对不起，"她又说，"原谅我，这句话很无聊。"

"我离开了，克莱尔。"

"离开哪里？"

"离开我家。"

"不会吧？？"她哈哈大笑地说。

"是真的。"他说，神色凝重。

"太棒了，干一杯！"

不见他有所反应，她接着说："你很难过吗？"

"还不至于。"

"玛蒂尔德呢？"

"我不知道……她说她要跟我……"

"你住在哪儿？"

"卡蒙路附近……"

"我一点儿也不意外……"

"我离开？"

"不是啦。玛蒂尔德会跟你。"

"为什么？"

"因为小孩子都喜欢愿意付出的大人。长大后，他们的皮会变硬，变得无所谓，不过在这个年纪，我们都需要仁慈善心。对了，你要如何兼顾工作？"

"我不知道……我想我得另做安排……"

"你必须改变生活……"

"正好。我厌倦目前的生活。我以为问题出在时差，其实不然，是因为……如你刚才说的……愿意付出的问题。"

"我不敢相信……多久了？"

"一个月。"

"就是你见到亚历克斯之后？"

夏尔微微一笑。这个女孩真机灵。

"没错。"

克莱尔躲在酒单后面才敢说："感谢你，阿努克！"

他没搭腔，只是一味地笑。

"哦，你这个家伙，"她的脸突然从酒单上头冒出来定定地看着他，"你遇见某人了？"

"没有。"

"骗子。你的脸都红了。"

"是因为香槟的气泡啦。"

"是吗？金黄色的气泡吗？"

"琥珀色的……"

"瞧你……等等，我们若不想挨厨房里那个克罗马农人的咒骂就赶紧点菜吧。接下来，我有……"她看看表，"三小时的时间让你从实招来。你要吃什么？

他找出眼镜。

"你从哪里看出这些？"

"就在我对面啊。"她笑吟吟地说道。

"克莱尔？"

"嗯？"

"跟你对簿公堂的家伙该怎么办呀？"

"哭着叫妈妈。我选好了。对方是谁？"

"我不知道。"

"去你的，别跟我来这招。"

"听着，我会跟你从实招来，聪明如你，由你来告诉我她到底是谁……"

"她是变种人？"

他摇摇头。

"那么她有何特别？"

"她有一只大羊驼。"

"？！"

"一只大羊驼，三公里见方的房屋，一条溪流，五个小孩，十只猫，六条狗，三匹马，一头驴子，一群鸡，一群鸭，一只山羊，一群燕子。全身疤痕累累，还有一个凹雕玉戒，好几条马鞭，两坛骨灰，四个烤炉，一把电锯，一台割草机，一间十八世纪的马厩，一栋倒塌的房屋，双语流利，种植了数百株的玫瑰，拥有一个绝世美景。"

"她到底是何方神圣？"她睁大眼睛。

"哎呀，你不比我了解更多。"

"她叫什么名字？"

"凯特。"

他写好菜单，把它放到虎穴边。

"她漂亮吗？"

"我刚告诉你了。"

∽⟨ ⟩∾

夏尔开始用餐。

紧邻焚化炉的坟墓。他对墓碑做出的火暴行为，西尔维，止血带，小白鸽，皇家港大道的车祸，亚历克斯空洞的眼神，他了无梦想没有音乐的卑微人生，演变成一种替代疗法，围着火焰的人影，阿努克的遗赠，天空的颜色，保卫队队长的声音，莱维斯佩希的冬季，凯特的颈项，她的脸庞，她的手，她的笑靥，那些她不断翻搅的创伤，他们的影子，纽约，托马斯·哈代短篇小说的最后一句话，他那满是木屑的新床垫，每天晚上再算一遍的饼干。

克莱尔没有动过餐盘。

"菜会冷掉。"他提醒她。

"没错，如果你只会待在那里玩饼干，不冷掉才怪……"

"我还能怎么做？"

"你是工头啊。"

"但是你没看过工地。"

她把酒杯里的酒喝完，提醒他这一餐由她做东。看看黑板上的价目表，把钱留在桌上。

"我们得走了。"

"这么快？"

"我还没买车票。"

"你干吗走这条路？"他问。

"我送你回家。"

"车子呢？"

"等你把你的旅行袋和素描本放到后座后，我把车借给你。"

"你说什么？"

"你太老了，夏尔，你必须赶紧行动。你不能像对阿努克那样对她，你实在太老了，你懂吗？"

……

"我不是说这次一定行得通，你知道的。不过，你还记得你逼我和你去希腊那一次？"

"记得。"

"好，我们扯平。"

他提着她的行李，陪她走到她的车厢。

"你呢，克莱尔？"

"我怎样？"

"你从不透露你的恋情……"

她挤出一个难看的鬼脸，不想回答他。

"实在遥不可及啊。"他继续说。

"距离什么？"

"一切的一切。"

"的确，你说得没错，滚回劳伦斯身边，继续为阿努克上香，为菲利普端汤，细心呵护玛蒂尔德直到她受不了为止，这些比较不累人。"

亲吻他的脸颊后又补上一句："顺便给鸽子吃点儿面包屑。"头也不回，消失不见。

夏尔路过精品店"露营老鸟"，经过事务所，抱了一堆书和卷宗放进后备厢，关了计算机、桌灯，交代马克长长一列工作重点。他不知道什么时候回来，他的手机将很难打通，夏尔会打给他，希望他好好加油。

　　然后他转弯到安茹路，那里有家店，他确定可以找到需要的东西……

---

① "于洛先生"是法国导演兼演员雅克·塔蒂（Jacques Tati）1953 年的影片《于洛先生的假期》里的主人公，沉默无语，高大、优雅又笨拙，成为影史上的经典人物。该片于法国西部濒临大西洋的圣马克镇拍摄，圣马克海滩后来易名为"于洛先生的海滩"，并特别塑造"于洛先生"的雕像成为该地的地标。

② 本书作者安娜·戈华达在前一部作品《在一起，就好》当中的主人公，就是这一段所描写的服务生和厨师：菲利普和法兰克。

9

他把一切幻想得有如电影般美妙。五百公里的电影画面，把第一幕几乎想象了五百个版本。

跟主题曲像"夏巴答巴答"的电影《男欢女爱》①一样浪漫。他出现，她回过头。他微微一笑，她完全怔住。他张开双臂，她投入他的怀里。他的脸埋在她浓密的头发里，她依偎着他的颈项。他告诉她，我不能没有你，她感动得无法言语。他把她抱在半空中，她开心地笑了。他抱着她走向……嗯……

好，到了第二幕，现场恐怕会出现许多配角……

五百公里，拍了许多胶卷……他想象各种可能的情况，不过，事实完全出乎意料。

当他走过危桥时已将近晚上十点。房子里空无一人，他听见笑声和餐具的声响从花园传来，循着烛光走去，像上一次走到草原的尽头，他看见许多面孔转过来，最后终于看到她的脸庞。

都是陌生的成人面孔和身影。该死，真想倒带。

亚辛扑向他，当夏尔弯下腰亲吻他时，瞥见她站起来。

他不敢相信她跟记忆中一样美丽。

"多么美丽的惊喜！"她说。

"我不会打扰你吧？"

（哎呀！这是哪门子的对话！感情真是丰富！浓烈得令人痛哭流涕啊！）

"不，当然不会，我的美国朋友打算住几天，来，我来给你们介绍……"

咔！夏尔想道。把这些人通通给我赶出去！这些讨人厌的家伙跟我的计划完全无关！

"乐意之至。"

"你手上拿的是什么东西？"她问他，视线落在他手中抱着的东西上。

"睡袋。"

在夏尔·巴兰达的电影中也出现过相同的画面，在阴暗中她回眸一笑，低着头，瞥见她的颈项，她的手搭在他的背上，指引他方向。

我们的男主角本能地放慢脚步。

从他所处的位置，观众恐怕还察觉不出，不过这只手，五根微张的细长手指，其中一根戴着戒指，搁在他的腰际，轻轻压着他温热的棉质衬衫，造成某些……特别的感觉。

夏尔坐在餐桌的一端，有人递给他杯子、盘子、刀叉、面包、餐巾，有人跟他说嗨，很高兴认识你。小孩子、狗鼻子纷纷凑过来亲吻他：内德拉的微笑，山姆友善地跟他点头，意味着外国佬我们欢迎你，你可以在我的地盘上撒尿，这里地大，你永远也射得不够远。花的芬芳，草刚剪过的清香，滑亮亮的昆虫，四分之一的月亮，速度太快的对话，他有听没有懂。一张椅子，左后脚静静地陷入鼹鼠的客厅里，一大块洋梨派，一瓶刚注满的水，在他的餐盘和其他人的餐盘之间形成的面包屑步道，大家针对他尚未理解的话题起争执、质疑甚至提出控诉，经常听见"布什"这两个字，到底指人还是指物？[②] 总之，有一种美味的摇摆不定。

凯特双手环抱膝盖，光着脚，她突然变得快活起来，她说母语时声音变得不太一样。他在咽下两口酒之间从她的眼角捕捉到的眼神似乎在说：所以，你真的回来了？

他对她回以微笑。依旧沉默无语，但觉得自己从不曾跟一个女人如此絮絮叨叨。

接着端来咖啡、余兴表演、利口酒、模仿节目、威士忌、笑声、亲密笑话，甚至来一段建筑话题，既然这些访客都很有内涵……

汤姆和黛比是夫妻，双双在康奈尔大学任教。长发的肯是研究员，夏尔发觉他喜欢绕着凯特打转，不过，美国人这点很难说，他们动不动就跟人打得火热，一下甜心，一下蜜糖，一下拥抱，一下给我亲亲，有各种可能。

夏尔不在乎。生平第一次，他决定随兴生活。

随——兴——生——活。

他甚至不知道自己能不能玩到底。

他正在享受假期。快乐，微醺。他用方糖搭了一座宫殿，献给扑火而死的蜉蝣似的生物，是内德拉把它们装在啤酒罐里带给他的。必要时回答"是"或"一定"，更好的时候回答"不"。全神贯注在刀口上，试图雕刻"多立克柱"。③

不久后联想起手边的案子：整治区、城市局部规划、区域整治计划、土地占用计划。

在两队人马间注意情敌的一举一动。

这把年纪还留着一头长发，真是……可悲。

而且戴了一条镶了名字的大手链，像生怕忘了自己的名字似的。说到他的名字，竟然就叫巴比。

现在就缺了一辆露营车。

不过更值得一提的是，这位头发浓密、穿着夏威夷花衬衫的家伙根本不知道他选择了"喜马拉雅轻盈型"睡袋。

很昂贵，没错，不过填塞了经过"特氟龙"处理的鸭绒毛。

你听见了吗，大力士参孙?

经过"特氟龙"处理，嘿嘿，经过"特氟龙"处理。

不过是想告诉你，我有本钱长期抗战。

攀越喜马拉雅山，不过轻轻松松。

这也是他这个夏天的计划。

当他手持蜡烛离开院子，凯特试图发挥她家庭主妇的潜能，邀请他睡在沙发上。

不过，嗜，他们都醉得一塌糊涂，无法做出合宜的举止。

"嘿，"她跟他说，"别生火，嗯?"

夏尔举起手，表示他还不至于蠢到这种地步。

"已经烤过了，宝贝，已经烤过了。"他傻笑，差点儿在砾石路上跌倒。

哦，的确，他已经烤得像饼干一样酥脆。

在马厩"定居"，花了九牛二虎之力才找到睡袋的开口。在布满死苍蝇的垫子上睡去。

不亦快哉。

---

① 这是法国导演勒鲁什于一九六六年自编自导的影片，主题曲重复唱诵"夏巴答巴答"，贯穿全片。

② 夏尔把 bullshit 这个词误以为是美国前总统布什 Bush；而 bush 一词又有灌木丛之意。

③ "多立克柱"源于希腊，柱身比较粗壮，没有柱基，柱身有二十条凹槽，柱头没有装饰。

10

想当然尔，这一次由肯去买牛角面包，而且跑步过去……

踩着美丽的耐克跑鞋，T恤的袖子卷到肩膀处，因为流汗的关系而肩膀发亮。

好吧，好吧，好吧……

夏尔干咳了几声，收起他愤怒的剧本。

如果这个家伙是个笨蛋也就罢了，但是不然。他长得一表人才，性情可人，既热情，又讨人喜爱，诙谐有趣。他的同伴也是。

氛围已经成形。整个房子笼罩着互助合作，相亲相爱，"当我们同在一起，在一起"的融洽气氛。幸好。孩子们都很高兴身边多了许多大人，孩子开心，凯特也很高兴。

她不曾如此美丽。即便今天早晨半张脸藏在太阳眼镜之后，因为前夜喝了太多酒而口干嘴黏。

像那些了解孤独的代价并知道要放下武器的女人一样美丽。

他获得居留数天的许可。他逐渐远离其他人，不再主动。把房子，小孩，动物，勒内口沫横飞的气象报告，用餐时间都交给别人全权处理。

阅读，做日光浴，睡在太阳底下，连假意帮忙的样子都懒得装。

而且不仅如此。她不再将手搁在夏尔身上，眼角不再对他荡漾笑意，也不再与他四目交接。不再听她说起"你爱说笑"或"我闹着玩的"。麦秆里不再藏有珠宝，传教士的美梦也没啦。

他开始忍受这种显而易见的冷漠。所以，事情演变成这种地步？他万万也没料到。从此以后自己被赋予的角色只是团体的一分子？她不再单独呼唤他的名字，而是对着一群人喊话："你们这些家伙。"

可恶。

难道她爱上了这个大饭桶？也未必。

她爱上的是她自己。

他玩游戏，胡说八道，跟着孩子不见人影，和他们一起挨骂。

她在拖得越来越久的晚餐里向这些成人敬了十几杯酒，而且感到无比快乐。

她胸罩的肩带底下，是否藏着一颗发育怪异的心脏？面对这样的一颗心，夏尔本来可能，应该……怎么说呢…… 被吓倒？退避三舍？不过他却更加爱她。

好吧，别提醒他，他这阵子已经遭受不少打击，他那根倚着脊柱以便保护心脏的肋骨正变得坚强起来。现在还不是随便张开双手的时候。

不。她不是圣女贞德，她只是一只懒惰虫，什么事也不干，酒量惊人，种植大麻（她所谓的"改善生活质量的药学"），连教堂的钟声都听不见！

她没有道德感。

哎哟。

这个发现不用太大惊小怪。

忍耐，小蜗牛，你要忍耐……

但是他到底在干吗，居然还像个胆小的少年似的反刍这些废话？

他赶走苍蝇。

他并不孤单。他的屁股后面跟着亚辛和哈蒂。这两个小不点儿把他们的房间让给美国大军，决定和他一起流亡。

他们用长短不一的麦秆抽签决定房间。他们花了两天的时间清除蜘蛛网以及逛完辽阔如法国家具公司仓库的麦仓。加以评估，大致修补，去锈除垢，重新油漆桌椅、镜子、以及被白蚁和甲虫啮蚀的部位（亚辛对于蛀蚀的语焉不详颇为不悦，于是教他们一课：天牛遗留的杰作是洞孔；至于被白蚁蛀过的东西会腐坏，呈现层状，易碎）。

他们举行派对，庆祝新居落成。凯特发现他的房间空无一物，一尘不染，好像漂白过，洁净朴素，仿佛修道院，床脚边放了数摞卷宗，另外，他在凹进墙壁里的小室底下做了一张很实用的书桌，桌上放了手提电脑和书籍。

"你是为了工作而来这里？"她喃喃说道。

"不，是为了让你对我刮目相看。"

"啊？"

其他人都在哈蒂的房间里。

"有件事我想告诉你。"她朝向窗外说道。

"我……你……其实……如果我……"

夏尔紧紧抓着花生。

"没有什么啦。"她一边说一边转过身子，"这里很舒适，嗯？"

他来到此地三天了，这是他们第一次单独相处。他暂时摘下童子军徽章："凯特，告诉我……"

"我……我和亚辛一样。"她突然说。

……

"我不知道该怎么跟你说，不过我……我再也不会冒任何风险，受到伤害……"

……

"你了解吗？"

……

"是娜塔莉告诉我的，许多寄宿儿童一旦感到生活发生变化，会突然变得讨人厌，为他的接待家庭制造麻烦。你知道他们为什么要这么做？是生存的本能。为了在心理和生理上做好分离的准备。他们变得面目可憎，以便让自己的离去被视为一种慰藉，也为了摧毁爱……他们设计了粗糙的圈套，连自己都差点儿中计……"

她的手指沿着镜子滑落。

"我和他们一样，你知道了吧，我不想再受伤。"

夏尔寻找字。一个字，两个字，三个字，甚至更多，如果三个字不够。但是字啊，求求老天爷，字……

"你从不说话。"她轻声一叹。

正当她朝着隔壁的房间走开时，她说："我对你一无所知，我连你是谁都不知道，也不知道你为什么回来，不过你要知道一件事，我在这栋房子接待过许多人，的确，我从不让人吃闭门羹，不过……"

"我绝不给你机会抛弃我。"

她把头探进门框，宣布比赛结束，叫我们这位被击倒的轻量级选手站起来："回到正题，你知道这里欠缺什么，亲爱的？"

由于他被打得落花流水，只好说："玛蒂尔德。"

两人相视而笑，然后他跟着她走到自助餐台边。

后来他看着她跟别人谈笑风生，举杯畅饮，甚至玩起飞镖，他这才意识到，可恶，她该不会强暴他……

想起那位今晚不在场的玛蒂尔德说过的笑话："你知道蜗牛为何走得那么慢？因为它的口水很黏……"

所以，别流口水了。

11

后来发生的事情，可称之为幸福，而幸福令人困惑。

无法描述。

有人这么说。

他们这么说。

幸福平淡，造作，无聊，而且总是很费力。

幸福令读者无聊。

幸福会杀死爱情。

倘若一个作者还有一点儿良知，他会借用省略的手法，略过幸福不谈。

此书的作者想起这个方法，查阅格氏文艺词典：省略，删除让叙事结构达到饱和的文字，不过举凡被表达者已足以使人理解，所以省略既不隐晦也不会留下疑虑。

为何放弃让叙事结构达到饱和的文字，而这个故事已经如此欠缺文字？为何剥夺这番情趣？

假借书写为由，写下"在莱维斯佩希度过的三星期是他一生中最快乐的时光"。的确"一生中最快乐的时光"这九个字，既不隐晦也不会留下疑虑，"他很快乐，有很多小孩"。

但是作者并不满意。

他和出租车司机吵架，参加讨厌的家庭聚餐，设下圈套的信件，时差，失眠，溃败，设计案落选，泥泞的工地，注射一剂"烦宁／钾／吗啡"，墓园，停尸间，骨灰，夜总会打烊，变成废墟的修道院，放弃，否认，断绝关系，两次吸毒过量，堕胎一次，撞伤，翻太多旧账，司法判决，歇斯底里的韩国女人。

也吸了一点儿"草"……

对不起，不是大麻，是新鲜的绿草啦。

怎么办？

继续往前翻阅这本文学方法指南。

其他定义：*省略（的叙事）遵循动作的一致性，避免无益的章节，将全部的精华浓缩于数个场景。*

于是，我们可以来描绘几个场景……

谢天谢地。

编纂这部字典的法兰西学院太体贴了。

不过该绘出哪些场景呢？

既然到处都是故事。

算了，不要把"场景的取舍"这个责任揽在肩头，不要去判断哪些场景是多余的，哪些场景有必要。

与其忙着取舍场景，不如与这些场景里面的主人公一起享受吧。

他历经许多考验……

翻开夏尔这位建筑师的素描本吧。

在这本素描本里，用"省略"的笔法所呈现的内容，可能会是一栋罗马圆形剧场，可能会是圣彼得广场的柱廊，或是保罗·安德鲁的北京国家大剧院；但素描本里面的"省略"绝不代表着丝毫的遗漏。

第一页有一张 DIY 商店的购物收据。肯、山姆和他前一天刚去过这家商店。大家都知道，购物的收据一定要保留。

因为采购的时候，绝不可能一次买齐全。有时螺帽不合，有时钉子的长度不对……老是遗忘某样东西，玻璃砂纸老是不够，女孩们因为被木屑刺到而发牢骚……

第二页则是设计简图和计算过程。没有特别困难之处，简单如小孩的把戏。

这正是专为小孩子设计的游戏，同时也为了凯特。

凯特从不跟他们一起到河里戏水。

"太多烂泥巴了。"她皱着眉头说。

夏尔出脑袋，肯出双手，汤姆则出后援船，桨叉系了一条绳索，拖着许多的啤酒泡在清凉的溪水里。

那是他们三人共同设计打造的美丽码头。

他们在附近的垃圾场找到一个大油桶，又为油桶加上一层松木板。

夏尔甚至想到设计阶梯以及俄罗斯乡间别墅式的栏杆，以便晾干毛巾，也让观众可以支着手肘，欣赏络绎不绝的跳水比赛……

他思索了一夜。隔天，和山姆爬到树上，从河流的此岸搭了一条钢索拉到对岸。接下来是建筑师夏尔素描本的第三页：

利用旧自行车的车把做成古怪的把手——小孩子的滑吊钢索。

第三次回去 DIY 商店（天啊！），带回两个较为坚固的梯子。然后，和较大的小孩懒洋洋地躺在优美的林间沙滩上，为一群在他们头上滑过的小猴子加油。这群顽皮的小猴子高呼万岁，不到中途就坠入溪流。

"来了多少人？"

"全村的人都来了。"凯特笑着说。

卢卡和他的妹妹也在其中。

不会游泳的小孩失望透顶。

不过，失望不了多久。

凯特无法忍受小孩子失望，赶紧找来一根绳了。

所以不会游泳的只会稍稍呛到一点儿水，立刻就被救回河边，平复情绪，清除泥巴后，再玩一次。

狗乱喊乱叫，大羊驼反刍草料，水蜘蛛忙着搬家。

没有泳衣的小孩只好穿着内裤，湿掉的内裤变得透明可见。

最保守含蓄的赶紧骑上自行车。其中绝大多数带着睡袋回来。

黛比做了点心。她爱上"阿加"烤炉。

接下来数页，可以看到素描如下：水天之间，一群小泰山的身影扣在旧自行车车把上。双手，单手，两根手指，一根手指，正立式，倒立式，烤猪式，赴汤蹈火，在所不辞……

还有汤姆划着小船，打捞跌得头昏眼花的小孩。十几双凉鞋、篮球鞋在岸边一字排开。阳光透过白杨木洒在水面，波光粼粼。玛丽昂坐在第一级台阶上，递了一块蛋糕给她哥哥，一个混小子站在她背后，笑哈哈地把她推到河里。

她的侧面，留给阿努克；凯特的侧面，留给他自己。

迅速打完草稿。不敢对着她画太久。

避开滔滔不绝的社工。

亚历克斯过来领回他的两个小孩。

"夏尔？！你在这里做什么？"

"设计水上游乐设施。"

"你……你还会待多久？"

"看情况……如果在河底勘探到石油，还会再待一阵子……"

"改天过来吃晚餐！"

性情温和良善的夏尔拒绝了。

说他不想过去。

亚历克斯一边走开，一边替他的小孩套上衣物，一边小气巴拉唠叨不停：你的腿上怎么有这么多瘀青？待会儿看妈妈怎么骂你，你的泳衣又破了，你的鞋子呢？夏尔转过身，发觉凯特也都听在耳里。

她的眼神似乎在说：你还没把你的故事告诉我呢……

"我的包包里有一瓶艾伦港威士忌。"他回答她。

"不会吧？"

"真的。"

她又戴上太阳眼镜，满脸笑意。

她从不下水，更不曾穿上泳衣。

她摆了他们一道……

她穿了一件白色棉质及膝衬衫，高开衩，缺了几颗纽扣……夏尔不画她，但画她背后的景物，以便从容不迫地注视她。这几页的许多素描都有她。注意前景，不难发现她的膝盖头，肩膀的一隅，或是放在栏杆上的手……

这个俊秀的男孩是谁？

不，不是肯，是她很久很久以前的男朋友。

接着两页被撕掉了。

那两页也画了同样的码头和同样的吊钢索，不过处理得很干净，也详细标上尺寸。

为了亚辛。他把这两页寄到《科学生活》杂志儿童版的编辑部参加"发明竞赛"单元。这整件事情的来由是这样的：

"看……"有一天晚上亚辛爬到他的大腿上。

"哦，不，"山姆哀叫道，"你又来了……你已经把我们惹火两年了……"

夏尔跟平常一样，搞不清楚状况。凯特替他化解了疑惑，解释说："每个月亚辛都急着先看《科学生活》的'发明竞赛'这个单元，想知道哪个绝对没他聪明的小天才赢得一千欧元……"

"一千欧元……"亚辛说得有气无力，"那些发明都很无聊……看，夏尔，你应该参加，"他手上拿着杂志，"'有创意、实用、聪明以及有趣的设计原型。寄件资料包括设计简图、详细的文字说明。'这不就是你所做的？所以，你要参加吗？你要参加吗？"

这两页就这么寄出去了。信寄出后第二天起至假期结束，亚辛和狗狗"丑陋"每天迫不及待迎向邮差。

其余的时间，他为怎么花这笔钱伤透脑筋。

"那你就可以替你的狗狗做拉皮手术了！"眼红的人跟他开玩笑。

这里出现了几行字……

我亲爱的，我的宝贝，我的小大人，我心爱的下载公主……

你在哪儿？你在做什么？玩冲浪还是交上冲浪帅哥？

我常常想念……

草稿停在那儿。铃声响了，夏尔满脑子都是玛蒂尔德的影子，但还是走到山丘去与其他人会合。山丘是这附近唯一可能接收到移动电话信号的地方，条件是单脚站立，一只手举在半空中，然后面向西方。

听见她说话的声音，她的笑声，模糊的噪声，啜饮鸡尾酒的声音。她问他何时要过去和他们会合，但又不想听完夏尔含混不清的嘟囔。她要挂电话了。她跟他道别，并加了一句："要不要把电话转给妈？"

夏尔垂下手。

"只能拨打紧急电话。"屏幕上显示这个信息。

经历父母离婚的她，假装不了解状况。

以为他的单身公寓只租一个夏天。

这天晚上喝得少，宵禁之前回到阁楼上的房间。

写了一封长信。

玛蒂尔德：

你一天到晚听的这些歌曲……

取出第二个信封。

对于是否能获得《科学生活》的奖，他毫无信心。他并未做出原创性的发明。生平第一次无法提供精确的简图。

马骸、马头盔、马颌、马喉咙，马前脚胳肢窝、球节、马的眼窝。夏尔并不熟悉这些词汇，然而这些可能是这本画册最美丽的素描。

凯特带那一班观光客出游；他整个上午都在工作。

遵照凯特的吩咐吃完午餐：几个从菜园偷偷摘来的番茄，一块奶酪。然后抱着跟她借的书走到树林边缘的草地上：《神奇的建筑》。墨里斯·梅特林克的《蜜蜂的一生》。

寻找一个美丽的景观赶走烦忧。

事实上，他胡思乱想，想到越来越晚，数绵羊数到第十回合，最后在坡度为百分之四的斜坡上跌得头破血流……

他是一个没有家庭的居家男人，四十七岁，尚未在人生道路上找到位置……

他该不会已经走完一半的路程？

不。

是的，没错。

天啊……

现在，他不是在浪费所剩无几的时间吗？

他应该趁早走人？

但走到哪里？

回到空洞的公寓，面对一个封死的壁炉？

怎么可能落到这步田地？辛苦工作了这么多年，在这把年纪落得孤家寡人的下场。

另一个女人说对了……

他像只老鼠，跟随她来到河里。

现在呢？

他需要一条救生索！

有时候，夜深人静时，她跟巴比先生上床，而他则忙着做无聊的土地规划。他的裤裆痒痒的。

（是羔虫在作怪吧。）

在树荫下倚靠着树干。

翻开《蜜蜂的一生》，故事的第一句："我无意撰写蜜蜂养殖的论文。"

出乎意料，他看得爱不释手。这是今夏最棒的侦探小说，所有元素全数到齐：生命，死亡，生存的必要性，死亡的必要性，尽忠职守，大屠杀，疯狂，牺牲，建立城邦，年轻的女王蜂，交配舞，歼灭雄蜂，建筑天才。这些精妙无比的六边形巢室已臻十全十美的最高境界，即便动员全世界的建筑大师也不可能再精益求精。

夏尔点头如捣蒜。用目光寻觅勒内那三个蜂巢的踪迹，并把最后一段重读一遍："蜜蜂必须制造蜂蜜，这个信息已经内化在它们的舌头、嘴里和胃里。同样地，我们生来是为了将我们从大地吸纳的东西转变成特殊的能量，而且是独步全球的质量。这个认知也内化到我们的眼睛、耳朵、骨髓、大脑以及神经系统。据我所知，没有任何生物像我们一样被赋予制造这种奇妙的液体的能力，我们称之为思想、聪明、知性、理性、灵魂、性灵、智力、美德、仁慈、正义、知识，它只有一个本质却拥有一千个名字。我们为它彻底奉献；我们的肌肉，我们的健康，灵活的四肢，平衡的生物功能，平静的生活。火、热、光，甚至生命以及比生命更微妙的本能，还有绝大部分令人无法理解的自然力量，而这些力量早在人类诞生以前就统治这个世界，这一切一遇这股新生的香气就黯然失色。我们不知道会被它带往何处，也不知道会受到什么影响，更不知道如何利用它。"

"可好，"夏尔想道，"这样一来，我们就不会有麻烦了……"他一边傻笑一边沉沉入睡。他完全处在制造这种奇妙液体的最佳状态，随时可以奉献他的肌肉、灵活的四肢、平衡的生物功能。

真是白痴。

当他醒过来时处在截然不同的心理状态。离他不到一米处有一匹马，又大又肥又丑，正在吃草。他被一种前所未有的恐惧感攫获，以为就要昏厥过去。

他丝毫不敢妄动。等到一小滴冷汗流到睫毛时他才敢眨眼。

心里慌张了几分钟后，他轻轻地拿起素描本，在干燥的草地上擦掉手心的汗水，画了几笔。

"你们不了解的东西，"他经常不断跟年轻的同事说，"你们无法领略的东西，超乎你们可以理解的东西，请把它们画下来。即便画得差劲、草率。当你们想把某种东西画下来，你们必须静止不动以便观察它。而做观察的时候，你们会发现，你们已经开始了解了……"

马骸、马头盔、马颌、马喉咙，马前脚胳肢窝、球节、马的眼窝。夏尔并不熟悉这些词汇，在这些因为他手心不断盗汗而鼓得起伏不平的速写底下所出现的浑圆笔迹，则来自哈蒂。

"太厉害了！你画得好棒！可以给我吗？"

又撕掉一张。

走到溪水里冲凉，用潮湿的衬衫擦干身体，决定有样学样跟着其他人出门。他没有好好工作，宁愿淹没在溪流里。

这种双重人生，让他变得很白痴。

决定做晚餐等他们回来。先到镇上采买食物。

重新回到文明世界，趁机听取电话留言。

马克简短地报告所遭遇的一堆挫折，并请他尽快回电。他母亲怪他忘恩负义，并唠叨这个夏天感到的不满。菲利普想知道他人在何处，并说他见了苏杭森顾问公司的人。最后是克莱尔，她站在"二战"亡魂纪念馆前把他臭骂一顿。

他还记得她的车在他那里吗？

他打算何时还车？

他忘了她下个星期要去找保罗和贾克？

而她已经太老，不太适合搭便车？

为什么他的电话打不通？

莫非他成天忙着做爱，忘了亲朋好友？

他快乐吗？

你快乐吗？

说啊！

他坐在露天咖啡座上。点了一杯白酒。按了四次回电。

从最讨人厌的开始，然后像倒吃甘蔗般，听到喜欢的人的声音。

完成一件美妙的任务。

舔一舔木汤匙，重新盖上锅盖，一面哼哼唱唱，一面摆餐具。我们常看见死火山喷出火焰，我们对于这些鬼扯坚信不疑。喂狗，喂鸡吃谷粒。

如果克莱尔看到他这副德行，一边对鸡群发出"吃吃"声，一边威风地抛撒谷粒……

往回走时瞥见山姆和驴子哈蒙在大草原上做练习，正在干草堆间做"Z"字形往下奔驰状。

朝着他们走过去。倚着篱笆跟这群青少年打招呼。他们和他一起睡在马厩，他越来越常和他们一起打牌。

到目前为止，他输掉九十五欧元。不过为了不必在黑暗中胡思乱想，他并未花掉太多钞票……

这头小驴似乎不太提得起劲，山姆经过他们面前时，把这头小驴驹抱怨了一番。米凯告诉他："你干吗不给它几鞭？"

他的回答让夏尔听得津津有味。

"正牌骑士手脚并用，无能之士只会抽鞭。"

这么一句有智慧的话值得写在一页白纸上。

合上素描本。在葡萄棚下备好佳肴与美酒，迎接女主人与她的宾客的归来。

"我不知道你的手艺这么好。"凯特满心喜悦地说。

夏尔又为她添了一盘。

"真的,我对你一无所知。"她脸色一沉。

"耐心等候绝对值得。"

"希望如此。"

他的微笑在桌巾上拖行了一会儿。夏尔觉得他已经走到山口前的最后一间休憩小屋。真糟糕的形容……或者说他即将最后一次使用破冰斧来开路。哈!哈!你觉得这句话就比较高明吗?他又开始醉醺醺,尽管听得见大家的对话,但听得懵懵懂懂。在接下来的四个早晨的其中一个,他将一把揪住她的头发,拖着她穿越庭院,然后让她躺在"特氟龙"鸭绒上,帮她舔伤口。

"你在想些什么?"她问。

"我放太多辣椒粉了。"

他爱上她的微笑。他不急着跟她说,时候到了他自然会不疾不徐地跟她说。

他的年纪已不止二十岁乘以二,而他对面的女人生活经验是他的两倍。他们的未来教人胆战心惊。

因为这个美妙的玩意儿的确很美妙,就把素描本放在一旁数天吧。

仅有一幅素描可以见证……而且残留茴香酒的杯垫的痕迹……

有天晚上,他们聚集在镇上的广场上。前一天他亲爱的巴黎亲友才惊天动地驾到(这个白痴克莱尔驶过橡树林大道时不断按喇叭)。山姆和他的狐朋狗友正在打电子弹珠,较小的小孩在喷水池边嬉戏。

夏尔、马克和黛比一组,他们被打得落花流水。但是凯特一开始就警告他们:

"你们等着看吧,那些老爷爷会先让你们赢第一回合,给你们一点儿信心,然后……他们就开始狠狠地踹你们的屁股!!"

他们的屁股的确被狠狠地踢爆了。他们只好闷着头用力吸吮茴香酒寻求慰藉,并由他的妹妹、肯、凯特使出浑身解数扳回面子。

汤姆负责计分。

他们输得越多，就敬越多的酒，酒喝得越多，头越眩晕，他们就更难瞄准目标。克莱尔替这个红光满面的周末的素描，留下了茴香酒杯垫的印记。

克莱尔没有全力以赴。她对着巴比，说着最简单的英文，但令人想入非非。"我英俊的猛男，你射还是不射，你要是再不射准，我们就坐在粪便堆上了，你知道吗？来，拿出你的本事，好好利用你那两粒球，做番大事业……"

这位超级天才兼原子研究员完全听不懂她的话，只道是这个女孩疯了。她大刺刺抽起大麻，如果当他奋力扳回最后一城的危急时刻，她仍继续缠着他啰里巴唆，他会把她扔到喷水池里，好吗？

稍后，夏尔用比较正确的英文告诉他，克莱尔的职业是什么，以及她如何变成法国甚至欧洲最令人闻风丧胆的律师之一。

他用英文问："但是……她工作的内容是什么？"

夏尔用英文答："拯救世界。"

"不会吧？"

"真的。"

肯抬起眼睛望向克莱尔，她正跟一个老爷爷聊天，同时把橄榄核吐到亚辛的头上，肯更是疑惑。

"你到底跟他说了什么？"她忧虑地问夏尔。

"你的职业……"

"没错！"她对着这个目瞪口呆的家伙说，"我的专长是全球暖化！其实，我有本领让任何一切都变得热乎乎，你知道我的意思……你仍住在父母家吗？"

凯特哈哈大笑。马克也是。克莱尔搭了马克的便车和他们会合，根据马克的说法，她是一个超级大路痴。

不过有很棒的音乐……幸好如此，因为他们迷了六次路。

他们在比赛的空当大谈腌猪胸肉和油渍渍的炸薯条。靠着笑话和笑声，他们坐在椴树下跟镇上的居民言归于好。

这是凯特的天赋。夏尔这么想。

她随时随地为周遭创造生活。

"你还在等什么？"第三天晚上克莱尔问他。他们走到桥的另一边。她的小车也塞满水果和蔬菜。

看到他的哥哥忙着擦风挡玻璃，她忍不住往他的屁股踹一脚。

"你是一只呆头鹅，夏尔·巴兰达。"

"哎哟。"

"你知道为什么你永远也成不了大器？"

"不知道。"

"因为你是一只呆头鹅。"

她忍不住爆笑起来。

汤姆刚刚出现，拎着冰激凌给小孩。马克捡起出界的铁球。凯特大声宣布："来吧，再一轮'空索郎特'，然后就走人……"

老爷爷们从口袋里掏出手帕，颔首同意。

"这是什么玩意儿？烈酒吗？"

她对着发梢嘘气："你没听过'空索郎特'？"

"没有。"

"哦，铁球游戏可分成第一回合，漂亮的第二回合，扳回一城的第三回合和'空索郎特'。'空索郎特'是一场不计输赢的游戏，没有赌注，没有竞争，没有输赢，纯粹为了玩而玩。"

夏尔抛球抛得很好，他的团队因此赢……哦不，他的团队因此将这个游戏的名称发挥得淋漓尽致。

"空索郎特"，意思是安慰赛。

当他打算睡觉，跟大家道晚安，留下他妹妹上一对一的英文课（他怀疑她的英文其实说得没那么糟，她是故意给自己的舌头找麻烦），她告诉他："没错，去睡觉，明天早上十一点你得赶到利摩日车站。"

"利摩日？为什么我要去那里？"

"那是我替她找到的最好方式。"

"她？谁呀？"

"你是怎么叫她的？"她故意眉头深锁，"好像是玛蒂尔德，没错，是玛蒂尔德。"

这一生中让他感到最快乐的名字。

这就是为什么。

夏尔和玛蒂尔德回来，大家都在，而且又围在餐桌四周。

他们互相靠拢，让出一些位置。他们拿出应有的排场，欢迎新成员。

接下来在溪边消磨午后时光。

到此以来，夏尔第一次没把素描本带在身上。这个世界上他最钟爱的人都聚集在他的身边，他已经心满意足了，再也没什么值得他去想象、捕捉或画下来。

完全没有。

❧❧

翌日，他们在集市上巧遇亚历克斯和他的太太。

克莱尔迟疑了数秒钟，决定和他做亲吻礼。

她亲了他。

愉快地、温柔地、残酷地。

当科琳娜探问这个女孩是谁时，夏尔和克莱尔已经走远。

"夏尔的妹妹……"

"啊？"

科琳娜转身面对乳酪老板。

"对了，你们不会像上次一样没有干酪丝吧？"

然后对着她老公的影子说："你晾在那里干吗，还不赶快付钱。"

没有，他没晾在那里，他不是在付钱了吗。

第二天他现身莱维斯佩希，借故要借工具，其中一个小孩跟他说克莱尔已经走了。

夏尔和马克在客厅里工作。他甚至没有起身招呼他。

汤姆、黛比、肯三人一再延后起程前往西班牙的日期，现在是该离开的时候了。

凯特的母亲前一晚抵达，接收哈蒂的房间。

哈蒂玩扑克牌开始玩上手，友善地将她第二个房间让给玛蒂尔德……

过了两个晚上。

玛蒂尔德把床垫搬到鞍具房。

夏尔原本有点儿担心，城市鼠小妞和乡下鼠小子如何相安无事，但是很快就放下心中的石头。第二天她重新坐上马鞍，把他们通通都比下去了。

然而他很清楚，她最会虚张声势了，他应该事先提醒他们的。

当他上床睡觉时，听见她响亮的笑声凌驾在其他人之上，他觉得心里有点儿不太舒服。

有一天早晨他们两人独处。她问他："这到底是什么家啊？"

"没错，这才称得上一个家……"

"凯特呢？"

"什么凯特？"

"你恋爱了？"

"你真的这样认为？"

"严重啊。"她一边说，一边翻白眼。

"该死，会不会讨人厌？"

"这我就不知道了……那栋我还不曾看过的公寓呢？"

"照原计划不变。对了，我有个问题想问你……"

他问了，也获得满意的答复。他想起克莱尔对于慷慨付出的见解。

这个小律师总是能做出好结论。

并丢出几句铿锵有力的辩护。

"夏尔，你有一封信！"亚辛在底下楼梯口大叫。

他看出是他妹妹的笔迹，里面装的应该是一张 CD。

"如果你的计算机还没被山羊吃掉，把 CD 从头听到尾，别中断，歌词不会太复杂，很适合你洪亮的嗓音……"

祝你好运！

把封套转过来，是柯尔·波特的音乐剧原声带。

标题是《吻我，凯特》。

"这是什么东西？"玛蒂尔德问。

"你姑姑开的玩笑。"他憨笑着说。

"哦，你们两人好幼稚。"

稍晚，他阅读随附的小册子，得知这出剧其实改编自莎士比亚的《驯悍记》。又一个没译好的剧名。英文原剧名"The Taming of the Shew"的Taming 应有驯服、训练的意思，而法文的译名不怎么精准……

接下来的四页是小木屋的目录。

有一天早上，夏尔跟经常在鸡舍后面的灌木丛单独玩耍的内德拉说，要为她盖一栋真正的房子。

得到的唯一一响应：睫毛拍打了好一会儿。

"规则一：在盖任何东西之前，得先找好地点。跟我来，告诉我你希望把房子盖在哪里。"

犹豫了几秒钟后，内德拉和爱丽丝交换了眼神，站起来，顺一顺裙子。

"从你的窗户望出去，你希望看到太阳上升还是下沉？"

他很不忍心让她承受这种酷刑般的询问，不过没办法，这是他的工作。

"要上升？"

她点头。

"你是对的。南方，嗯，东南方，比较好。"

他们很严肃地绕着房子走了一圈。

"这里不错，你会有一些树荫，小河又不太远。水源很重要。"

看到夏尔这么跟她开玩笑，她也渐渐露出笑容。有一次，为了跨过一丛荆棘，她甚至牵了夏尔的手。

确定地基了。

吃完午餐，跟往常一样，内德拉为他送上咖啡，依偎着他的肩膀，看着他设计"巴兰达公司"提供的各种别墅。

他了解她，他和她都觉得图画比文字更能表情达意，因此，他为她画了各种组合。窗户的大小，门的高度，小阳台的数量，露台的长度，屋顶的颜色，在护窗板中央的装饰——菱形或心形？

他应该猜出她会选择哪个模型……

夏尔本来已经打算离开，不过玛蒂尔德来了。于是，在凯特疯癫的母亲和玛蒂尔德之间，凯特又变成他世界的屋脊。这也是为什么他投入这个孩子气的计划。

和马克解决了一堆工作，让他回他父母家，并带走绝大部分的卷宗。现在必须找别的事来做，让两只手有的忙。

再说，他做的房屋模型一直很成功。翻找一下，一定可以从旧仓房里找到一些大理石。他前几天好像瞥见一个断裂的壁炉台……

凯特知道他付钱给山姆和他的朋友做事，刚开始时有点儿气恼。但是所有的劳动都该获得报偿……

山姆的朋友们其实很懒惰，不太容易被钱收买，很快就不理他们，给他们认清彼此的机会。也让他们相互欣赏起来。譬如当他们在小棚子里干活的时候，几瓶啤酒和满手水疱之间，经常为了一些不顺或挫折，大声咒骂……

第三天，当他们在浮桥上宽衣解带时，他用问过玛蒂尔德的问题问他。

夏尔比任何人都了解山姆的犹豫不决。他跟他处在一模一样的情境。

接下来，素描本夹了一张相片。夏尔回到巴黎时打印出来。这张相片搁在夏尔的办公桌上好几星期后，被收拾到这本素描本里。

房屋落成的成果验收说明会。

简单来说就是落成大会。

相片是奶奶拍的。光跟她解释只需按下快门，别理其他，已经是一件浩大的工程。奶奶不善跟这种数码玩意儿打交道。

大家都到齐，站在内德拉的房子门槛上。凯特、夏尔、小孩们、狗、阿达客船长以及全部家禽。

大家都笑眯眯，有的英俊有的美丽，定格在摆出过气女伶架子的老太太颤抖的手里，不过大家都对她信心十足。

他们又不是刚认识她一两天……最后要拍的时候，她一定会摸到快门的按钮。

爱丽丝负责房子的装饰（前一天她回去房间拿书，给他看当代雕刻家德维列的雕塑作品……这正是夏尔很欣赏这些小孩的地方：他们总是带他进入完全陌生的领域，譬如山姆的驯驴原则、爱丽丝的才华、哈蒂挖苦人的幽默、亚辛每分钟说出五十个小故事……而且，他们和一般小孩子没什么差别：烦人、予取予求、不知尊重他人、背信忘义、大声喧哗、好吃懒做、滑头滑脑、无时无刻不你争我吵，不过他们有其他孩童所没有的东西……

他们自由、温柔、活泼有朝气（甚至是一种勇气，只消看他们如何接受各种粗活，以便让这个庄园继续运转下去，没有抗议也没有怨言）、热爱生命以及知道如何与这个世界亲密相处，这一点深深吸引着夏尔。

想起亚历克斯的妻子提到这些孩子时，说了一句"这些摩门教的小鬼……"，夏尔一点儿都不同意。首先，他看他们沉溺在计算机游戏的时候，像疯子般打打杀杀，或是一整个下午跟朋友聊 MSN，修改博客，观赏 YouTube（美国视频网站）最受欢迎的影片（逼得他也不得不看"最热门"，而且他看得无怨无悔，因为他这辈子还不曾笑得那么开心呢），他一点儿都不觉得他们因为那座桥而与世隔绝。

而且恰恰相反……他们让人心怦怦跳。他们的快乐、勇敢以及……高贵，随时在他们的院子里、餐桌上、草原上、床垫上上演不同的戏码，每天都带给他的生命不同的面貌。

最后一张超市的收据，竟然有一米这么长（是他结的账，也让别人误会他是度假中的巴黎佬）。尖峰时段，沙滩差点儿崩溃。

他们哪里跟别人与众不同？凯特。

这个对自己不太有信心的女人，而且按照她自己的告白，她每到冬天都会变得郁郁寡欢，而且持续好几天，在这段日子里，她没办法起床。尽管如此，她却给予这些小孩这么多的安全感，一人身兼父母双职，就像她在申请表格上必须特别强调的，他觉得神奇不可思议。

"十二月中旬你再来吧，"她干笑道，想让产生幻想的夏尔平静下来，"当客厅的温度降到摄氏五度的时候，我们每天早上必须把水面上的冰敲碎，才能拿水给鸡喝。我们餐餐吃麦片粥，因为我提不起劲做菜。接着是圣诞节……这个美好的家庭节庆若只剩下我单独一个人追溯家族渊源，届时你再告诉我你看到什么奇迹吧……"

不过有一次，在一顿特别低潮的晚餐期间，她开始倾诉："我给孩子的生活是如此特别……甚至可能与众不同……这是我唯一可以觉得宽慰的事情。今天，这个世界握在商人的手里，但是明天呢？我常告诉自己，那些认得蘑菇或知道如何播种的人才能得救……"

接着，很优雅地，她哈哈大笑并胡说八道一会儿，为自己看得如此透彻寻求原谅。

爱丽丝负责装饰房子，内德拉邀请大家参观她的皇宫。

这样讲不太正确。我们有权观看但无权进入。她甚至在门外围了绳索。其他人都不甚高兴，但她不为所动。这是她的家，在这个不要她的地球上的她的家，除了纳尔逊和它的女主人，别人都休想在这里找到庇护。

你们只要拥有一纸居留证不就得了……

夏尔和山姆把房子建造得很坚固。狼没辙了，碉堡屹立不倒，门窗两侧直立的边框牢牢嵌在混凝土的地板里，护板的钉子比她的手掌还要长。

由这张相片，我们看得出来她有点儿紧张……

当他们获得奶奶解散的许可时，凯特转向她："告诉我，内德拉，你跟夏尔说声谢谢了吗？"

小女孩点点头。

"我听不见。"她弯下腰，不肯罢休。

小女孩的头垂得低低的。

"好啦，"他说，有点儿尴尬，"我听到了……"

他第一次看见凯特动怒。

"你实在是……内德拉，你实在是……用两个字交换这栋房子，应该不至于咬断你的舌头吧？"

她咬着嘴唇。

合法的权威，像她的衬衫一样洁白。凯特离去之前撂下一句话："你知道我心里在想什么吗？我才不想走进这么自私的人的房子里……我好失望，非常失望。"

她错了。

如此教人期待的声音将出现在下一页，并且以一种令所有人瞠目结舌的形式出现。

这张图不是夏尔画的。它画在跨页上，但称不上素描。

是山姆凭印象大略画下的比赛路程，以兹纪念。

正方形、十字形、虚线以及指向四面八方的箭头……

我们终于来到这场著名的比赛，也因为这场比赛，他才终于解套……

八月进入第三周……他还不敢在玛蒂尔德面前提起，不过他们的假期已步入尾声。他的语音信箱塞爆各种威胁留言，这个狡猾的芭芭拉不知从哪儿找到凯特的电话。公司等他回去。有十几个约会等着他，开始感觉巴黎的颈箍已经套在脖子上了。

但现在，先回到我们关心的赛事……

几个钟头前，山姆轻易赢得最后一轮淘汰赛。他们在马场的对面扎营。

阵容浩大的远征队……

驴子哈蒙和它的主人山姆已于前一天出发。他们为了从容应战，也为了热身，于是先到现场过夜。

"如果你通过第一回合，"凯特一边把装满食物的篮子放在山姆的座席底下一边说，"我们就带着睡袋和你一起露营，'support'你的比赛……"

"英文的support到法文会变成忍受的意思，你是想说'支持'吧？"

"谢谢你，甜心，不过我知道自己要用哪个词……我们将'忍受'你们，你和你的驴子，而且我们忍受了十年。夏尔，你同意吗？"

噢，他啊，他都好啦。他已经准备为拖延工程而遭受处罚了，再说，这也提供给他一次难能可贵的机会，能在距离她一百米以内的地方睡觉……

他不过是随口说说罢了，他早已放弃那个难如攀登马拉雅山的梦想。这个女人需要朋友甚于男人，好吧，谢了，他完全明白。嗯，朋友比较不易变质。他会躲在自己的小房间里啜饮艾伦港威士忌，为自己变成"和她一起度假的哥儿们"这个身份而干杯，祝福自己身体健康。

笑一个。

想当然尔，孩子们莫不雀跃万分，火速回到房间，打包行李，装好厚棉衫和饼干。爱丽丝画了一条美丽的红布条。"冲啊！小乖驴哈蒙！"不过山姆要她赢得冠军时才可以亮出来。

"免得它分心，你了解吗？"

每个人都很无奈地翻白眼。的确，哈蒙这头驴子会为了长得歪歪斜斜的一丛草或苍蝇放的一个屁而赌气不跑。

我们并没有获得冠军……

现在，他们围着营火席地而坐，开始烧烤香肠、棉花糖、佳蒙贝尔奶酪、面包片，他们的笑声和故事笼罩在这股南辕北辙的味道里。其他各路人马也都来了，巴布·迪伦在做音阶练习，大女孩替小的看手相，亚辛向夏尔解释那些靠近地面的蜘蛛网是为了捕捉像蚱蜢之类的跳跃类昆虫，而那些织得高高的蜘蛛网是为了捕捉飞行类的小虫……有道理吧？ 有道理。夏尔对他的朋友很客气。为他做了一个三明治后，偷来一捆干草当作背垫……

叹息。

凯特自从她母亲到达以后就变得神经紧张兮兮的。

"我们今晚跑到这里寻欢作乐是为了逃离你妈吗？"他问。

"或许吧，说来很无聊，对吧？年纪一把了竟然还那么在意老妈的脾气。那是因为她让我回想起过去的时光……那个时候，我比较年轻，比较无忧无虑。我有点儿难过，夏尔，我很想念爱伦……为什么今天晚上她不能跟我们一起？我以为生小孩就是为了享受这一刻，不是吗？"

"她和我们在一起，因为我们提到她了。"他喃喃地说。

"为什么你没有？"

"……"

"自己的小孩……"

"那是因为我还没遇见小孩的母亲……"

"你们什么时候走？"

他没想到她会问这个问题。

"等到山姆得胜……"

我的主人公，你回答得真好。他曾经朝思暮想凯特此刻露出的这个笑靥……

❧ ❧

已经将近十一点了，他们紧紧裹着睡袋，像西部牛仔般小心留意炭火四周的动静，试着猜出夜间摇篮曲的主唱者。是什么叫声？谁发出嘘嘘声？谁发出摩擦声？什么鸟？什么昆虫？又是谁在远处大吼大叫？

"同伴们，加油！再过几个钟头，我们就不必娱乐这些人了！"

然后，有个声音，八成是雷欧的，震颤地说："你们知道吗……说鬼故事的时间到了……"

几声老鹰的惨叫让他更是兴致勃勃。他开始说一个血腥暴力的故事，充满内脏，血流成河，凶狠的火星人和变种的雄蜂……但害他们睡不着的还不是这个故事……

凯特突然把鬼故事的水平提升一大级："黑利阿迦巴鲁斯？你们听过这个名字吗？"

现场只听见火苗的噼啪声。

"罗马皇帝里有许多烂人，而他是暴君中的暴君……他十四岁登基时就驾着由裸体女人拉的战车进入罗马城……这个开始已经很不得了，但他还是个疯子，疯到最高点。相传他在各道菜肴里撒宝石粉，在饭里掺了珍珠粉，他的口味诡奇残忍，对卤夜莺舌、卤鹦鹉舌和刚刚撕下的公鸡冠情有独钟。他让他豢养的马戏团猛兽吃鹅肝，他叫人砍掉六百只驼鸟的头，只为了吃温热的脑浆，他超喜爱某种雌性动物（哪一种我忘了）的阴部……好，我不再举例。不过这些都只是故事的一开头。"

现在连火苗都不敢动一下。

"以下是雷欧想听的小故事：黑利阿迦巴鲁斯更以举办狂欢宴闻名，每次宴会他都要求要比前一次办得更盛大，或者说更凄惨。他要求更剧烈的屠杀，更吓人的场面，强暴得更残酷，杂交得更凶猛，更丰盛的佳肴，更美味的佳酿……总归一句话，什么都要更多。问题是，他很快就觉得索然无味。于是有一天，他命令一位雕塑家做一头金属猪，里面掏空，只在腹部开一扇小门，并在嘴巴处留一个小洞，以便听见从里面传出的声响。当愉快的宴会开始不久后，小门被打开，一个奴隶被丢进去。当皇帝开始感到无聊时，便命令第二个奴隶在金属猪的底下生火。这个时候，所有的宾客笑嘻嘻地围过来。真的，是很好笑，因为猪开始嚎叫。"

现场只听见大家吞咽口水的"咕噜"声音。

死寂一片。

"是真的吗？"亚辛问。

"真的。"

当孩子们惊恐地抖着身体，凯特把脸转向夏尔，轻声说："当然，我不想跟他们说得那么直白，不过我从这个故事里看到人性的象征。"

我的天哪，她越说越要命了……得想法子补救……

"没错，不过，"他说得很大声，想止住他们的恶心感，"这个家伙不出几年就死了，好像只活到十八岁，而且死在小便池里，被一条擦屁股的毛巾噎死。"

"是真的吗？"凯特问。

"真的。"

"你怎么知道？"

"大文豪蒙田告诉我的。"

一边眯着眼睛一边拉上睡袋。

"你太厉害了……"

"没错。"

但是他的厉害维持不了多久。轮到他说故事，他说他们在开工时，工地老是会发现一堆骸骨，但是他得保守秘密，不然警察的调查会毁掉已经准备好要灌浆的混凝土，公司将损失惨重。这个故事吓不到任何人。

演出失败。

山姆回忆他唯一一堂没有打瞌睡的法文课："这个故事的主人公是一位年轻农夫。他拒绝征召进入拿破仑的军团，不想像俎上肉任人宰割……当时称之为'血税'。入伍时间长达五年，你迟早会赔掉性命。不过，如果你有几个钱，可以买到替死鬼……而他，他是个穷光蛋，所以他选择跑路。

"省长找到他的父亲，把他痛揍、侮辱一顿，但是这个可怜的老头儿确实不知道儿子的下落。后来，他发现儿子活活饿死在森林里，嘴里还咬着草。他背着儿子的尸体不说一句话地走了三英里路来到省府……

"这个可恶的省长参加舞会去了。当他清晨两点返回官邸才发现可怜的老农站在门口。老农告诉他：'省长先生，您不是在找他吗，好，我亲手给您送来了。'他把尸体放在墙边就离开了。"

　　这个故事比较清爽可口……他不是很确定，但认为应该出自巴尔扎克的小说……

　　女孩们没有故事可说。克莱普顿想延续气氛，咯铃、咯铃，弹出几个阴森森的间奏……

　　亚辛紧跟在后："我先做个预告，故事很短……"

　　"你又要说蛞蝓的灭门惨案？"大家忧心地问。

　　"不是啦，我要说的故事其实和弗朗什孔泰及阿尔萨斯的庄园贵族有关……其实更正确地说，是关于蒙茹瓦子爵和梅施埃的庄主。"

　　这群男生开始粗声粗气地抱怨起来。如果想要把故事讲成像是连篇的道理，那就敬谢不敏。

　　可怜说故事人的兴致突然被打断，霎时间不知该不该继续。

　　"说啊，"哈蒂说，"再告诉我们一次骑士封号如何授予和盐税的典故。我们很爱听。"

　　"不，我要说的故事和盐税无关，而是关于'休憩的权利'。"

　　"是呀，好把蛞蝓堆在城墙上的雉堞之间吗？"

　　"也跟蛞蝓无关啦，"他绝望地说，"你们都好蠢。寒冷的冬夜期间，这些庄主，以下的话我加上引号：'有权宰杀两头公鹿以便把脚伸进热腾腾的内脏取暖'，这就是我要说的故事。"

　　亚辛这次说了毫无冷场的故事。"好恶心！""不会吧？""你确定！""令人作呕！"此起彼落，也很有效地温暖他的心……

　　"够了，睡吧，"凯特宣布道，"我们今天晚上也好不到哪里去……该睡觉了……"

　　就在大伙儿跟睡袋的拉链展开一场激战的当口，突然冒出一个微弱的抗议声，把大家吓了一大跳："我也要说一个故事……"

　　不，不是吓一大跳，而是完全怔住。

　　总是很从容优雅的山姆故意揶揄她，让气氛变轻松。

　　"内德拉，你确定你的故事很恐怖？"

　　她点点头。

"如果不是的话，"他接着说，"你最好闭上嘴巴……"

嘻嘻哈哈的笑声给予她说下去的勇气。

夏尔看着凯特。

前几天她是怎么说的？麻木失去知觉。

她已经麻木失去知觉。

麻木失去知觉，同时露出浅浅的酒窝，窥伺一举一动。

"这个故事是关于一只'球引'……"

"哇？"

"什么？"

"内德拉，说大声一点儿！"

火苗、狗狗、老鹰、风都悬宕在她的唇边。

她清一清喉咙。

凯特跪在地上。

"有一天早晨，蚯蚓先生走出门，看见第二只蚯蚓先生。他跟他说：'天气很好，嗯？'不过第二只蚯蚓先生没回答。他又说了一遍：'天气很好，嗯？！'对方还是没有搭腔。"

大家都听不清楚，因为她说得越来越小声，但没人敢打断她。

"第一只蚯蚓继续问：'你住在附近吗？'同时尴尬地扭来扭去，不过第二只蚯蚓先生仍然不吭声，于是第一只蚯蚓先生一边钻回洞穴，一边说：'哎哟，我又跟我的尾尾尾。'"

"什么？"大家失望地尖叫起来，"咬字清楚，内德拉！我们没听到啦！那只蚯蚓先生说了什么？"

她抬起头，露出有点儿困惑的表情，她一边把咬在嘴里的一绺头发拿出来，一边勇敢地再说一遍："哎哟，可恶，我又跟我的尾巴说话了……"

这是一个很可爱的故事，其他人不知该笑还是装出被吓坏的样子。

为了打破沉默，夏尔轻轻地鼓掌，其他人也跟进，热烈鼓掌叫好。霎时间，惊醒的狗开始狂叫，驴子哈蒙也大声喊叫。一时间，营区所有的驴子都央求它闭嘴。粗话、喧闹、尖声乱叫，鞭子抽打的声响，来自四面八方的人的叫嚣声，一个晚上络绎不绝，只为歌颂一只彬彬有礼的蚯蚓。

凯特太感动，无法参加这场盛会。

晚一点儿，夏尔睁开眼睛，想确定郊狼是否在附近出没。他探向灰烬的另一边，寻觅她的脸庞，试着看清她的眼皮，他看见她睁开眼睛，并转过脸向他道谢。或许他在做梦……管他呢，他整个人陷在巨大的鸭绒里，露出幸福的笑容。

以前他以为自己总有一天会建造出伟大的东西，受到同行的肯定。不过，他这辈子真正放在心上的建筑物，如果真的必须做抉择的话，其实是娃娃屋……

ॐ ॐ

因为一个不明的原因，驴子哈蒙永远也没有穿过终点线之前的最后一个浅滩。然而，稍早前它曾在这片水池嬉戏不下十次……

发生了什么事？没人知道。也许突然漂出一叶浮萍，也许一只调皮的青蛙踹了它的鼻子一脚……不过它在离冠军头衔数米处停顿不前，等到其他的驴子都通过后才心甘情愿追随它们的步伐。

天才知道它是如何被捧在手里，被精心打扮啊……女孩们每天早上抚摩它，为它梳理、磨亮鬃毛。"你们有完没完啊，"山姆不高兴地嘟囔道，"它又不是洋娃娃。"

他们没有拉布条，没有拍照，也没有为了避免刺眼的阳光而戴上太阳眼镜，他们含蓄谨慎地为它加油，紧张地缩着小屁屁，但是最后还是功亏一篑……它或许宁愿给它的主子来个教训，不要只知道参加这种愚蠢的障碍赛，在学校里认真求学更重要。

它的主人穿上曾祖父的礼服，所有参赛者中唯独他没有手执皮鞭。

他才是最厉害的嘛……

当他们急忙冲到山姆身边时，一个比一个难过，他只是说："我就知道，它是个感情用事的小伙子。嗯，我的宝贝？来吧，我们走吧……"

"你的奖赏呢？"

"哎呀……凯特，你去拿好吗？"

"好。"

山姆用英文对凯特说："谢谢你的大力相挺，我很感激。"

凯特也用英文回答："别客气，亲爱的。"

接下来还是英文："我们度过了一个非常美妙的夜晚，不是吗？"

"的确，非常美妙。今天，我觉得我们都是冠军。"

"我们确实是。"

亚辛听不懂，于是开口问："他们在说什么？"

"我们都是冠军。"爱丽丝回答说。

"哪方面的冠军？"

"嗯，就是驴子冠军嘛！"[②]

夏尔提议陪他一起回去。谢谢你的好心，不过他太沉重了……再说，他想独处……

他非常喜爱这个孩子。要是他有儿子的话，真希望跟他一模一样……

接下来是这本素描本里唯一一幅没完成的素描。

而且沿着装订处夹了一些发屑。

当他打包好全部的家当，打算把这本画册收进公文包的时候，他兴起的头一个念头是吹掉这些发屑，但又改变了主意。他合上画册，决定任由发屑留在原位。

就当成便利贴吧。

让他马上翻到此页。

当天上午和前一天他都和亚辛泡在一起，试图制造马铃薯枪。他们还差点儿回 DIY 商店一趟，因为塑料管的尺寸不合，必须找到金属管才行。

至于它的化学威力……只要可乐加曼陀珠能产生恰到好处的反应，就能把马铃薯块投射到土星上（小苏打加红酒醋的威力只能射到月球，没那么好玩……）

老天才知道他们为了这支马铃薯枪付出多少精力。他们偷了勒内的马铃薯，把用掉的红酒醋折成现金还给凯特，却被大骂一顿，因为那瓶醋不值几个钱。火速赶回杂货店，因为那些可恶的女孩把曼陀珠吃掉了。他们不准山姆喝可乐，又拜托大羊驼把嘴里的活门吐出来，做了许多次的试验，回到杂货店买易拉罐可乐，原因是塑料瓶可乐产生不了那么多的气体。避开其他人。跑到河边洗手，因为手太黏滑，无法将瓶盖拧紧。第四度回到杂货店，老板娘开始起疑（尽管很久以前她就觉得这家人的精神有问题），原因是健怡可口可乐可能比一般的可口可乐效果更佳……

"我的小亚辛，你知道吗，和谢尔盖·帕夫洛维奇一起在俄罗斯盖购物中心都比较容易。"②夏尔最后哀叹说。

他们返回屋子，神情窘迫。他们浪费了足足可以炸成十公斤的薯条的马铃薯，现在还得上网查询。

凯特正在院子里给山姆剪头发。

"亚辛，下一个轮到你……"

"不过，我们还没做好马铃薯枪……"

"就是呀，"她一边说一边挺直身子，"等我把你乱七八糟的头发通通剪掉后，你就会有比较清晰的想法，而且，也让夏尔耳根清净一下。"

他笑了一下，他不敢说，不过他的喉结下已经长出两个硕大的马铃薯。他找出画册，搬来一把椅子，坐在他们附近，开始素描。

亚辛的头发被刮得干干净净。女孩们也是，剪短或削薄，视凯特的情绪和莱维斯佩希的流行风尚而定。长短不一、色泽各异的发绺纷纷掉到地上。

"你真是多才多艺，什么都会。"他惊叹地说。

"差不多……"

当内德拉站起身，理发师抖一抖那条亦可拿来当作罩衫的大毛巾，转向正在涂鸦的夏尔："你要剪吗？"

"我？"他回答说，但没抬起头。

"你不想我顺便帮你理个头？"

敏感的话题。他的脸色瞬间沉下来。

"夏尔，你知道，"她继续说，"我对这个世界没有什么原则或理论。你也看到我们是怎么生活的。对于男人，唉，我的原则更少。不过有一件事我却很确定……"夏尔有火烧屁股的感觉，玩弄着手中那支铅笔。

"一个男人的头发越少，则该剪掉的头发就越多。"

"对不起，你说什么？"他哽咽着说。

"理光头！"她笑着说，"一次彻底解决所有的问题！"

"你真的这么以为？"

"我十分确定。"

"嗯……你知道的，头发象征了男性雄风。当大力士参孙的头发被大利拉剪掉了之后，参孙同时丧失了力气和头发……"

"得了吧，夏尔！你会比现在性感一千倍！"

"好吧，就冲着你这句话……"

可悲啊！这二十年来，他像鸡妈妈保护小鸡般对顶上稀疏的毛发呵护备至，而现在，这个女人要在两分钟内把他的头发全部剃光……

当他朝着砧板走过去时，他听见有如外科医生般冷漠无情的声音说："山姆，去拿电动推剪。"

要命。

"凯特，请准许我面对牧神的雕像坐好，这样我便可以画它一环环的鬈发，寻求慰藉。"

她的助理提着"刑具箱"走回来。孩子们都兴奋不已，搬出各种大小的马蹄铁："你会留多少？五厘米吗？"

"不，太长了，二厘米就好。"

"你疯了，这样他会顶着大光头！留三厘米，凯特……"

这个罪犯不敢吭声，但毫无困难地露出笑容，就像他对面牧神脸上的讪笑。

接着他开始画牧神雕像颈部的线条，一直到达他……的地衣，闭上眼睛。

感觉她的腹部顶到他的肩胛骨，他则尽可能小心避开它。他低垂下颌，就在这个时候她的手碰触他，轻抚他，帮他拍掉发屑，梳平头发，压着他。他是如此意乱情迷，赶紧把素描本放在大腿最上方，紧紧闭着双眼，不再担心推剪的声响。他倒希望头发永远也理不完，他已经准备丧失所有的男性雄风，但愿如此愉快的痉挛永远没有停歇的时候。

她放下推剪，拿起剪刀，做最后修饰。当她站在他的面前，全神贯注于头发的长度，上半身微倾，霎时间他感觉到她的体温、体味、香水味，他的手探向她的腰际……

"我弄痛你了吗？"她担心地问道，并往后退一步。

睁开眼睛，发现观众仍在围观，至少最小的，他们等着看他的反应。他觉得抛锚丢出最后一条绳索的时候到了："凯特？"

"快剪好了，别担心。"

"我不担心这个。你知道，我在想一件事……"

她又站在他的背后，用剃刀刮他的颈项。

"我洗耳恭听。"

"嗯……你要不要暂停一下？"

"你怕我割了你的喉咙？"

"没错。"

"哦，天哪，你到底想跟我说什么？"

"是这样的，九月以后我和玛蒂尔德住在一起，我想……"

"想什么？"

"如果山姆不想寄宿在学校，我愿意接待他。"

剃刀安静下来。

"你知道，"他继续说，"我住的区域有一堆好中学……"

"为什么是九月以后？"

"因为……这就是藏在艾伦港威士忌的故事结尾。"

剃刀又开始温热他的颈背。

"不过……你有多余的房间？"

"一个非常美丽的房间，镶木地板，精致的线脚，甚至还有一个壁炉哩。"

"真的吗？"

"真的。"

"你跟他提过这个想法？"

"当然。"

"他有什么想法？"

"他觉得很好，但是他怕丢下你。我可以理解。不过你可以再见到他……"

"放长假的时候？"

"不只如此，我打算每个周末带他回来。"

她再度静止不动。

"对不起？"

"每个星期五傍晚，我可以到学校接他放学，然后一起搭火车南下。我打算买一辆小汽车，停放在车站以便……"

"但是，"她打断他，"你有你的生活呀！"

"我的生活，我的生活，"他假装不耐烦起来，"就算我活该好了！你不该一个人霸占牺牲奉献的权利！另外，如果你想领养内德拉，我不想落井下石，不过，如果你可以提出证明你有丈夫，即便造假，申请起来会容易得多。我怕这些行政体系的公务员都很老派……也就是说，心态上还是厌恶女人。"

"你这么相信？"她装出很难过的样子。

"嘻……"

"你会为了她这么做？"

"为了她，为了他，为了我……"

"为了你？"

"嗯，为了洗涤我的灵感，为了可以和你一起上天堂……"

凯特默默继续未完成的工作，夏尔的头垂得越来越低，准备接受判决。他看不见她，不过刽子手的微笑映在剃刀上。

"你……"她终于喃喃说道，"你话不多，不过当你说起话来，却是……"

"令人懊恼？"

"不，我不会这么说……"

"你会怎么说？"

她用毛巾的一角擦拭他的颈背，然后轻轻地、缓缓地吹他领口的接缝处，他整个脊柱轻轻震颤起来，发屑掉落在画册的装订缝隙。接着她挺直腰杆说：

"去拿这瓶该死的酒，我和你在大狗窝前会合。"

夏尔有点儿狼狈地走开。凯特上楼往爱丽丝的房间走去。

玛蒂尔德和山姆也在那里。

"喂，我要带夏尔去认识植物，你们要看好房子。"

"你们会去多久？"

"直到我们找到为止。"

"找到什么东西？"

她还来不及回答他们，已经两级阶梯一跨地冲到楼下，准备粮食。

就在她忙进忙出，忘记厨房的方位、开门、转身、噼里啪啦打开又关上房门和抽屉的时候，夏尔吃惊得说不出话来。

是他错不了，但他认不出自己了。

他看起来比较苍老，比较年轻，比较粗犷，比较阴柔，也或许比较温柔，但是摸起来却是那么粗糙……甩甩头，不必担心甩落头发。把手放在脸孔前，找回以前熟悉的比例，抚摩太阳穴，眼皮，嘴唇，试图对着镜子微笑，接纳自己。

把艾伦港威士忌放进上衣的口袋里（像电影《龙凤配》的亨弗莱·鲍嘉一样），另一个口袋则放了素描本。

他把她手里提着的篮子接过来，然后顺着她的食指望过去。她说："你看到那边的小灰点儿了吗？"

"应该有。"

"那里有一间小棚屋，专门给农忙的人休息的，我现在带你去……"

他忍着不问去那里做什么。

她忍不住把话说得更明白："那个地方很适合准备领养小孩的文件，如果你希望知道我的想法……"

这是最后一幅素描。

画的是她的颈项……

阿努克曾经短暂摸过，而他却抚摩了好几个钟头。

天还早。她仍在睡梦中。趴着睡。一缕阳光穿过城墙的枪眼，照亮在黑暗中他看不清楚的景象。

比他的手掌所得到的暗示更为美丽。

将被褥拉到她的双肩。取出素描本。轻轻地拨开她的发丝，禁止自己亲吻这块如此瑰丽的地区，生怕惊醒她。开始着手描绘世界的屋脊。篮子翻倒，酒瓶空了。在两次的翻云覆雨之间，告诉她说他是如何来到她的庄园，从弹珠游戏开始，一直讲到米丝廷盖特。但暂且保留从沥青到那个清晨仍教他心跳不已的珍贵东西。

也告诉她阿努克、他的家人、劳伦斯，他的工作、亚历克斯、奴努，坦承对伫立在火焰旁的她一见钟情。他一直没把那天穿过的长裤送洗，因为裤袋里一直保留着她跟他问好时送到他手中的木屑。

而且不只是她而已……还有她的小孩。"她的"小孩而非"这些"小孩。尽管她宣称这群孩子大异其趣，但他们个个都反映她的形象。完完全全的"晶莹闪耀"，令人叹为观止。

他原本以为自己会因为太震撼或太激动，无法跟她做爱，像他梦里对她做的。还好有她的爱抚、她的告白、她柔情的话语。还有艾伦港威士忌对两人产生良好的效果，提供蜂蜜、柑橘的情调。

她毫无保留地接受他的人生和故事。因此他爱上她。诚恳地，长期地，首先是笨手笨脚的青少年，接着是瞻前顾后的大学生，再来是野心勃勃的年轻建筑师，后来是有创造力的工程师。现在，他处于最佳状态，一个四十七岁的男人，从容，光头，惬意，而且达到一个高远的目标，而他从没想过更不曾有过期待。他没带旗帜以便据地为王、留下证据，只是在上面布满数以千计的吻，一个接着一个，形成最精确的蛋糕模具。

她的身体，是要一点点地啃，还是一口口地咬，或是大口大口狼吞虎咽，由她全权做主。

他感觉到她的手正在寻觅他的手。合上素描本。他相信，对于未来，他并没有弄错。

"凯特？"

他刚刚打开门。

"是？"

"它们都在下面。"

"谁？"

"你的狗……"

"该死……"

"还有大羊驼……"

"哦……"被窝传来呻吟声。

"夏尔？"她倚着他的背说。

他坐在草地上。咬了带着天空色泽的水蜜桃一口。

"嗯？"

"会一直都是这种样子，你知道的……"

"不，会更好。"

"我们永远都不得安……"

她还没说完。已经咬住他带着水蜜桃滋味的嘴唇。

---

① 法文驴子常有笨蛋、愚蠢之意，所以这句话意味着"笨蛋冠军"。

② 谢尔盖·帕夫洛维奇（Serguei Pavlovich，一九〇七——一九六六），苏联的太空工程学之父。

12

"你找到了四片叶子的幸运草？"

"你为什么这么问？"

"不为什么。"玛蒂尔德笑了起来。

她坐在窗台上。

"我们明天出发吗？"

"我一定得回巴黎，不过你可以多待几天，如果你想的话。凯特会送你去车站。"

"不了，我和你一起走。"

"你……你没有改变心意？"

"关于哪方面？"

"你的监护和探视的模式……"

"没有。边走边瞧吧，我适应得来……我想最容易被忽略的是我老爸，不过没关系……我认为他说不定察觉不出来有什么变化……至于妈妈，这样做对我们俩都好。"

夏尔放下他的文件，转向她："我一直不知道你什么时候认真，什么时候胡说八道。这阵子我感觉你藏了很多心事，你的快乐有点儿可疑……"

"你希望我怎么做呢？"

"我不知道……责怪我们……"

"没错，我怪你们怪得要死，真的！我觉得你们无趣、自私、没有希望，跟普天下的大人没两样。而且我眼红。现在你接收了一大堆小孩，以后你会老是待在乡下。不过生命中有些东西是不能下载的，是吧？"

"山姆要和我们住，你不高兴吗？"

"不，他很酷，再说我非常想看这个家伙站在亨利四世中学的操场上的模样……"

"要是我们处不来呢？"

"那你就有的烦了。"

哈哈哈。

全屋子的人陪他来到车站。凯特这下不需逃避道别的场面了：他下星期就会回来接他的寄宿生。

给小孩子一些零钱，要他们去找自动贩卖机买糖果吃。搂着他爱人的颈项，准备亲吻……

四面八方传来模仿亲吻的"滋滋滋"的声响。赶紧合上嘴巴好让这些小孩闭嘴，但凯特一边打开他的嘴，一边把戒指亮给那些八成忘记这枚戒指的人看。

"没意思。"亚辛嘟囔道，"根据金式纪录的记载，有一对美国人长吻三十小时五十九分钟，不曾停止。"

"别担心，马铃薯先生，我们会多练习……"

13

夏尔的大光头在事务所造成轰动。他晒黑了，长胖了，整个人变得魁梧起来。每天早上更早起。工作得得心应手。邀请马克到事务所担任正式员工。为山姆注册，买床铺，买书桌，两个房间让给小孩子，自己睡在客厅里。

躺在九十厘米宽的床铺上，自责占据了如此庞大的空间。

与劳伦斯谈了很久。最后，她为他加油，并询问他何时到她那里搬走他的书。

"怎么？听说你从事大量养殖业？"

不知如何接腔，挂上电话。

飞往哥本哈根，回程经过里斯本。为转型成建设顾问公司迈出第一步，不再局限于竞图、营造、责任。每天给她写画满素描的信。她也改变了习惯，开始接电话。

这天晚上，接电话的是哈蒂。

"我是夏尔，你好吗？"

"不好。"

这是他第一次听到这个成天嘻嘻哈哈的女孩的抱怨。

"发生了什么事？"

"大狗快死了。"

"凯特在吗？"

"不在。"

"她在哪里？"

"我不知道。"

他取消约会，跟马克借车，半夜抵达，看到她蜷缩在炉灶前。

大狗只是发出嘶哑喘气的声音。

他走到她的背后，紧紧抱住她，她握着他的手，没有转头："山姆马上就要离开了，你又不在，而它，它也要离我而去……"

"我在。我就在你的背后。"

"我知道，对不起。"

……

"明天得带它去看兽医。"

"我会去。"

这个夜里把她紧紧抱在怀里，甚至弄痛她。

她是故意的。她说，她不想为一只狗哭泣。

夏尔看着针筒里的液体消失，想起阿努克。感觉它干涸的鼻子在他的手心里死去。让山姆把它抱进车里。

山姆哭得像个婴儿似的，跟他倾诉它如何救起溺水的爱丽丝，如何咬死全部的鸭子，还有它如何每天晚上守护着他们。当他们在客厅里扎营时，它守在门口，挡住冷风。

"对凯特会是很大的打击。"他喃喃地说。

"我们会照顾她。"

沉默。

跟玛蒂尔德一样，这个男孩对大人的世界不抱太多的幻想。

如果山姆不那么悲伤，夏尔会告诉他，我是有血有肉的"自然人"，也是遵循法律规范的"责任人"。他将接受法律的约束，负起十年的责任。他会笑着对他说这些话，而且还会附上一句，他打算每十年修一次桥，以免他们漂走，离开他。

不过山姆不断回过头，看他儿时的玩伴是否舒适地躺在后座，然后用他认识不多的老爸的衬衫擤鼻涕。

为了慎重起见，他闭上嘴。

当他们挖墓穴的时候，女生为它写诗。

凯特挑选了埋葬的地点。

"让它睡在山丘上，这样的话，它可以继续保护我们……对不起，"她哭着说，"对不起……"

所有的小孩都来了。勒内也在，他甚至特别穿上西装。

爱丽丝朗诵一首非常动人的小诗，大意是，你让我们尝尽各种苦头，不过我们永远也忘不了你。接着轮到的是……

大家转过头。亚历克斯和他的孩子爬上山丘，朝他们走来。

哈蒂上场。她写了满纸的赞美，但情绪过于激动无法念到最后一个字。她把信纸折好，痛哭流涕地吐出一句话："我讨厌死亡。"

孩子们把方糖扔进墓穴里，然后山姆和夏尔把墓穴填平。当他们用铲子支撑着身体时，亚历克斯·勒芒吹起小号。

到目前为止，一直很尊重也能理解其他人的悲伤，但没法感同身受的夏尔，暂时停止了掘墓人的身份。

他把手放在脸上。

好几滴的……汗水模糊了他的视线。

他不记得亚历克斯可以哭成这副德行。

多么动人的音乐会啊……

只为他们演奏……

在夏末的一个夜晚……

归巢的燕子飞过他们的头上……

他们处在一座山丘上，山丘的一面俯瞰着锦绣大地，另一面俯视着一个侥幸未被法国大革命蹂躏的农庄……

音乐家双眼紧闭，身体轻柔地前后摆动，仿佛小号的乐音回送他自己的气息，然后才消失在乌云里。

昔日一个操你的手势。一首抒情诗。一个男人的独奏。这个男人自从用火加热小汤匙的时代起就不再吹奏，现在借由一只老狗的死亡为他生命中的死者哭泣。

是的。

多么动人的音乐会啊……

"你刚刚演奏的是什么曲目？"当他们一个接一个走下山坡时，夏尔问他。

"我不知道……《安魂曲：献给一只咬破我裤脚的恶狗》……"

"你是说这是你自己创作的……"

"没错，我的曲目太傻了，要不即兴表演都难！"

夏尔若有所思，跟在他后面走了几米后，拍拍他的肩膀：

"怎么了？"

"亚历克斯，欢迎，欢迎……"

亚历克斯用手肘往他那根脆弱的肋骨撞了一下。

顺便教训他，耳朵那么差劲儿的时候，别搬出小提琴。

"你们一家三口一定要留下来吃饭。"凯特说。

"不，谢谢你。我得……"

眼神和他幼时的邻居相遇，扮了一个鬼脸，然后笑着说："我得……打个电话！"

夏尔认得这个笑容。那是准备大展雄威的超级弹珠王所露出的微笑。

他为这群眼睛红肿的人继续吹奏。他们儿时干的坏事以及惹火奴努的一千零一种方式。

"'大路'呢？"

"下次吧……"

他们站在车子旁边。

"你什么时候走？"亚历克斯担忧地问。

"明天一早。"

"这么快？"

"是啊，我来只是为了……"

原本打算说只是为了突发状况。

"挖掘天才少年。"

"你什么时候回来？"

"星期五晚上。"

"你可以来我家一趟吗？我想给你看一个东西。"

"一定。"

"再见啰，亲亲！"（奴努以前常用的话）

"你说的是什么……"

凯特没听清楚他跟她咬耳朵的悄悄话。

你在做什么？你想让我神魂颠倒？你好像是仙女？

不，他应该在说别的，仙女不会有那么丑的手。

14

于是他又站在榆树园八号的对讲机前。

老天才知道，在这栋无趣的房子里牺牲住在莱维斯佩希的宝贵时光，他有多么不爽。

"我来了！"亚历克斯说。

卢卡扑到他的怀里。

"我们去哪儿？"夏尔问。

"跟我来。"

"就是这里……"

"要看什么东西？"

他们三人站在一座墓园的中央。

亚历克斯没接腔。夏尔示意说他明白了："我觉得这个地方很理想，这样一来，她刚好位于你家和凯特家的中间。当她需要宁静时，她可以去找你，如果她想来点儿娱乐，可以去凯特家。"

"哦，我很清楚她会往哪里跑……"

夏尔瞥见亚历克斯忧伤的笑容，还以悲伤的微笑。

"没问题。"他抬起头，"我受够了娱乐……"

他们去找卢卡，他正在跟死人玩捉迷藏。

"你知道我……当你第一次打电话来的时候，我说的是真心话……我一直在想……"

夏尔要他别再说下去。他不需要自我辩解。

"后来，当我看到他们对他们的狗所做的……"

"巴兰达？"

"我希望你可以陪我一起完成这趟旅行……"

他的朋友点了点头。

∽ ∾

他们沿着马路走。

"说真的……你和凯特是认真的？"

"不，不，一点儿也不。我只不过打算娶她为妻，收养她的小孩，也顺便收养她的动物。大羊驼是我们的伴娘。"

他没忘记这个熟悉的笑声。

沉默无声地走了几步路后，亚历克斯问道："你不觉得她很像妈妈？"

"才怪。"夏尔保护自己。

"不，我觉得很像。好像来自同一个模子，不过比较坚强……"

15

夏尔在车站和亚历克斯会合，然后两人直接前往焚化场。

都穿了白衬衫和浅色西装。

当他们抵达时，两个肥胖的家伙正在凿开坟墓。

双手放在背后，没有交换一句话，注视着棺木被抬到地面。亚历克斯哭了起来，夏尔没有。想起前一晚在字典里查到：挖掘，及物动词，从遗忘中汲取、获得，追忆。

葬仪社西装笔挺的男人接手后续的工作。他们把松木棺木抬到厢型货车里，关上门，里面只有他们三人。

夏尔和亚历克斯面对面坐着，中间隔了一个奇怪的松木玩意儿。

"早知道，我就带扑克牌了。"亚历克斯开玩笑说。

"千万使不得，她还是会使诈！"

如果遇到起伏的路面和转弯，他们本能地按住棺木，棺木其实绑得很牢，不会打滑。他们的手趁机顺着棺木的麻花纹路游走，偷偷地抚摩她。

他们鲜少交谈，话题也不甚有趣。他们的职业，背痛，牙齿，大城市和乡下齿桥的价格落差，夏尔打算购买的汽车，信誉良好的二手车店，车站停车场的租金，亚历克斯家里楼梯间的裂缝……夏尔提出专业的意见，日后会寄一个申请表格给他，以便申请房屋保险的理赔。

显而易见地，除了他们俩都深爱的阿努克之外，他们并不想挖掘其他东西。然而，到底还是他（必须是他，因为一直都是他带动气氛，使光线变得柔和）追忆起奴努的过往。

不，不是追忆过往，而是重现活生生的奴努，他充沛的生命力，散播的欢笑。一个戴着珍珠项链的人，总是在放学时带着巧克力面包到校门口给他们……

"奴努，巧克力面包，我们吃得快吐啦……下次带别的东西好吗？"

"我的小猴子，神话呢？神话呢？"他一边回答一边替他们拍掉领子上的面包屑。"如果我带别的东西，你们会把我忘了。这样一来，你们等着瞧，我会让你们一辈子都忘不了这些面包屑！"

他们的确忘不了。

"哪天，我们该带孩子去看他。"他开玩笑说。

"嘻……"夏尔发出感叹，并强调"嘻"这个字（他是很差劲的演员），"你知道他葬在哪里？"

"不知道，不过我们可以问人……"

"问谁啊？"他绝望地反问他，"问前荣誉军团勋章协会吗？"

"他叫什么名字？"

"奇奇·卢比罗萨。"。

"真有你的……你还记得？"

"不记得。自从接到你的信我就一直在想。我现在突然想起来。"

"他的本名呢？"

"我一直都不知道他的本名。"

"奇奇，"亚历克斯若有所思喃喃地说，"奇奇·卢比罗萨……"

"没错，奇奇·卢比罗萨，也是知名演艺人员欧兰达·马莎和杰克·拉牧尔最好的朋友……"

"你怎么记得那么清楚？"

"嘻，我什么也忘不了。"

一阵沉默。

"夏尔……"以前的毒虫轻声说。

"闭嘴。"

"但是我们应该把话说开……"

"好，不过改天吧？大家轮流来……这是真的，"他假装生气，"勒芒母子，你们俩的心理剧已经演了四十年，烦不烦啊！不该让活着的人恢复平静的生活？！"

夏尔提起公文包，放在他的面前，取出笔记，靠在阿努克身上给阿努克看，不，你看他"完全都没变，我一直是这款脾气古怪的少年……"[①]

奴努最爱这首歌了……

瞧，使用指南总是有一大堆，回忆和悔恨也是……而人生让那些啦啦啦的人分离……轻悄悄地，一声不响……[②]

科拉·沃凯尔[③]是另一回事，他了解她……

"你在哼什么？"

"没什么。"

          ∽ ❧

他们到达镇上时已将近中午一点。亚历克斯想请葬仪社的人上小馆子吃午餐。但是他们有点儿犹豫，因为赶时间，也不想让"货物"暴晒在太阳底下。

"来吧，快吃快走。"他继续说服他们。

"那就点'吃先生的火腿奶酪烤吐司'啰。"夏尔笑道。

"你是想说'吃女士的火腿奶酪烤吐司再加一个荷包蛋'吧。"亚历克斯说。[④]

两人捧腹大笑起来，很蠢的样子，他们一直都是如此。

喝完最后一口啤酒，回到各自的工作岗位。

          ∽ ❧

当棺木放进阴凉处，亚历克斯走近墓穴，纹丝不动，低着头……

"先生，您可以让开一下吗？"他们打断他。

"对不起。"

"哎，我们在赶时间呀……还有一个要埋……先让我们把她放下去，你们再去追忆好了……"

"还有一个？"亚历克斯惊跳了起来。

"对，还有一个……"

他转过身，看见临近瓦内松·马尔尚德家族坟墓的三脚架上，还摆着另外一具棺木。他吓了一跳，却发现夏尔满脸笑意。

"是谁？"

"哟，猜猜看。你没看到把手上的大蟒蛇和夸张的玫瑰花雕饰？"

安葬后，亚历克斯崩溃了，夏尔花了好一阵子才让他平静下来。

"你是怎么办到的？"亚历克斯问得结结巴巴，而葬仪社的人开始收拾工具。

"买的。"

"嗯？"

"首先，我记得很清楚他叫什么名字。其实，我这几个月来一直抱头苦思。后来我去找他的外甥，我买下他。"

"我不了解。"

"也没什么好了解。我和他的外甥坐下来一起喝酒。我提出这个想法，那个诺曼底家伙不肯，他说他感到很震惊。而我，我觉得很可笑，这些人在他生前那么瞧不起他，只会扯他后腿，现在却那么宝贝他的尸骨。我决定痛击他们，掏出支票簿。

"实在绝呀，亚历克斯，非常精彩，根本是莫泊桑的短篇小说嘛。这个混账东西故意装出高不可攀的神气模样。不过，过不了多久，这个诺曼底家伙的老婆走来跟他说：'嘿，让诺，不管如何我们的锅炉也该换了。莫利斯埋在哪里干你屁事？我们至少为他办了祝圣的圣事……哇，圣事哟，很高尚呢！'⑤于是我问他们一个全新的锅炉需要多少钱？他们给我一个数目，我不吭声地写在支票簿上。用这么大笔钱，我想全诺曼底的居民都有暖气热水可用了。"

亚历克斯听得津津有味。

"最精彩在后头……我从容不迫地填写支票存根、日期、地点，不过就在我打算签名之际，我停下笔说：'看在价格这么高的分上，你们得再给我……'我停了半晌……'六张相片'。对方反问我：'对不起，你的意思是？''我要六张奴……莫利斯的相片。'我说：'不然，我不付钱。'

"你该亲眼看他们跑上跑下的模样。他们只找出三张！打电话问马辛姑妈！她只有一张！问问蓓纳黛特，她可能会有！他们的儿子快马加鞭赶到蓓纳黛特家！这个时候，他们又把每本相簿翻找一遍，情绪激动地和半透明保护纸搏斗。哦，这下终于由我来让大家注意他了……"

他从口袋里掏出相片："看，他多么可爱，最容易认出他的是这张婴儿照……全身光溜溜……躺在虎皮上，是的，我们可以感觉他如鱼得水！"

亚历克斯笑着看了每一张相片："你不想保留吗？"

"不了，你留着吧。"

"为什么？"

"他是你唯一的家人……"

……

"也是阿努克唯一的家人。这也是为什么我去把他找回来的原因。"

"我……"他一边说一边揉揉鼻子，"我不知道该说什么，夏尔……"

"那就别说。我这么做也是为了我自己。"然后他突然弯下腰，做绑鞋带状。

亚历克斯把他抱在怀里，一副兄弟情深的样子，不过夏尔不太喜欢这样抱来抱去。

他确实为亚历克斯做了这笔交易。至于其他的，比方说他们的默契，则跟这笔交易并没啥关系。

亚历克斯看着夏尔朝载灵柩的卡车走去很惊讶，叫他："你去哪儿？"

"我搭他们的便车回去。"

"但是……"

夏尔没有勇气听完他的话。他明天七点还得开会，害怕晚上睡眠不足，精神不振。

在两只秃鹰旁边坐定，看着印了一个红色叉号的马兹雷的地标在他的右手边消失不见，那是他当天唯一感到悲伤的一刻。

已经来到她的身边，却没亲吻她，这是很残忍的酷刑。

　　幸好他同行的旅伴都善于散播欢乐。

　　葬仪社的人卸下为了应付丧礼场面而做的衣装打扮，解开领带，脱掉西装外套，完全放松。他们告诉夏尔的笑话一则比一则凄惨、淫秽。

　　放屁的死人，响得时机不对的手机，死人的那一根翘得老高，人家以为棺木里躲着情妇；或是开玩笑装死，却真的一命呜呼。举丧的人老爱讲死人生前的奇谈趣事，许多故事生动有趣，仍是葬仪社员工退休后茶余饭后的笑点。

　　逸闻趣事说完了，改听广播节目《大头》。

　　油腻、大胆、好极了。

　　夏尔接下他们递过来的香烟。趁着将烟蒂抛出窗外的时候，也扔掉黑纱。

　　微微一笑。请让·克劳德调高收音机的声音，专心思索节目里面由住在洛什的贝尔珀太太所提出的问题。

---

① 这句话是西班牙歌王胡里奥的《我还是没变》的歌词。

② 这几句话是模仿法国经典老歌《枯叶》（英文版为《秋叶》）的歌词内容"枯叶成堆，回忆和悔恨亦然"。原来的歌词是"人生让那些相爱的人分离"，作者在此用"啦啦啦"替代相爱。

③ 科拉·沃凯尔（Cora Vaucaire），出生于一九二一年，法国女歌手，是法国诗人、编剧贾克·普莱维尔所写的歌曲的最佳代言人，《枯叶》即为她的代表歌曲之一。

④ 夏尔与亚历克斯在此仿佛回到了青少年时期，开始故意耍嘴皮子开玩笑。法文中，葬仪社的人是 croque-mort，字面的意思是"吃死人"。而"火腿奶酪烤吐司"的法文是 croque-monsieur，字面的意思是吃先生。由于他们要重新安葬的阿努克是女性，因此把"吃先生"改成法文"吃女士"，也就是 croque-madame，但实际上这个词的意思是火腿奶酪烤吐司外加一个荷包蛋。

⑤ 法国 RTL 广播电台的趣味问答节目《大头》，自一九七七年开播至今甚受欢迎，曾被选为法国世纪最佳广播节目。

16

接下来的故事发生在九月中旬。前一个周末，他采了二公斤的黑莓，重新包装二十四本教科书（二十四本！），帮凯特给山羊修剪羊蹄。和他一起南下的克莱尔坐在凯特父亲的老位置：熬煮果酱的大铜盆前面，和亚辛叽里咕噜地聊天。前一天，她看上一位马蹄铁匠，觉得自己愿意为伊人改头换面，变成查泰莱夫人。

"有没有看见他皮围裙底下的壮硕胸膛？"她说，整日为情所困，无精打采的模样，"凯特，你看见了吗？"

"我劝你算了，他会揍人。"

"你怎么知道？你试过？"

等她的哥哥走出房间后，凯特扮个鬼脸表示没错，她以前曾被当成铁砧揍。

"哦，不过不管怎样，"她口水直流地说，"他这个胸膛。"

几个钟头后，愉悦地躺在枕头上，凯特问夏尔他会去过冬吗？

"我不懂你的意思……"

"就当我没问好了。"她咕哝道，同时转身背对他，挣开他的手臂，以便趴着睡觉。

"凯特？"

"嗯？"

"法文这句话的意思很模糊……"

"……"

"你害怕什么，我的爱人。怕我吗？怕冷？还是害怕时间节气？"

"都怕。"

能给她唯一的回答是：抚摩她良久良久。

头发，背脊，屁股。

不必跟言语作战了。

此时无声胜有声。

她呻吟起来。

然后沉沉睡去。

现在他在办公室看分析图表的结果，试着找出圆拱负载量不均的原因……

"这是什么东西？"菲利普突然现身，递给他一份资料。

"我不知道。"他回答，仍然目不转睛地盯着计算机屏幕，"应该由你来告诉我……"

"是报名该死的联谊厅建筑设计竞图案的核准信，而且在一个鸟不生蛋的地方！这就是这份资料的内容！"

"我的联谊厅才不该死呢。"夏尔一边冷静反驳他，一边倾身向前，想看清楚屏幕上的图表。

"夏尔……你到底在胡思乱想什么？听说你上个星期跑到丹麦，你大概想回去替那个老西萨工作。现在……"

现在，他关掉计算机，坐在计算机椅上往后退，抓起西装外套："有空一起喝咖啡吗？"

"没有。"

"那就腾出时间。"

菲利普朝着小厨房走去，夏尔马上说："不在这里喝。下楼吧，我有事告诉你。"

"你还要告诉我什么？"他的合伙人叹息说。

"我们的合伙契约。"

꠵ ꠵

五个空的咖啡杯把他们两人隔开。

当然，夏尔并不想告诉他抓着受惊山羊的羊角以便替它修理指甲时，场面多么惊心动魄，不管如何他还是说得够多，足以让他的同事了解他到底上了多么奇特的动物方舟。

沉默。

"你干吗跟这群人牵扯在一起？"

"好让我搁浅。"夏尔笑着说。

沉默。

"你知道乡下人有句谚语？"

"说吧……"

"大白天无聊透顶，夜里担惊受怕。"

他不改笑容。他实在难以看出在那栋房子里怎么会感到无聊，也看不出会害怕什么；尤其当他受到幸运之神的眷顾，与超级美女同床共眠，而且蜷缩在她的怀里……

枕着如此美丽的胸部……

"你，你都不说话，"菲利普觉得气馁，说，"只会坐在那里傻笑……"

……

"你在自找麻烦。"

"才不。"

"当然是。现在你沉入爱河，漫步云端，不过……该死！我们都很清楚人生是怎么回事，不是吗？"

菲利普正在办理第三次离婚。

"不，我，我就不太清楚……"

沉默。

"嘿！"夏尔拍着他的肩膀说，"我并不是要通知你，一个月后我们将分道扬镳；我只是要告诉你，我打算换个方式工作。"

又是沉默。

"而所有这些变动，只为了一个你还不太认识，住在五百公里远，带着五个穿羊毛袜小孩的女人，是吗？"

更漫长的沉默。

"你想要听听我的想法吗，夏尔·巴兰达？"

啊……他又操着大家长的语气说话，令人厌恶……

他的合伙人转过头招呼一位服务生后，继续没说完的话："这个计划糟透了。"

当他拉着大门，以便让夏尔先走出去时，他又说："你身上是不是发出牛屎味？"

17

生平第一次没看到他的父亲到大门口迎接他。

夏尔在酒窖里找到他，失魂落魄，想不起到酒窖里找什么东西。

夏尔亲了他，搀扶他上楼。

当他在壁灯的照射下瞥见父亲的五官和皮肤都变了，他更觉难过。

他父亲的皮肤变厚，变黄。

而且……刮胡子的时候把下巴刮得伤痕累累，吓坏人……

"下次我送你一把电动刮胡刀……"

"哦，我的儿子，把钱省下，别担心我。"

陪他走到他习惯坐的扶手椅，然后在他对面坐下，注视着他被划破的脸孔，寻找鼓励性的话语。

亨利·巴兰达，这位亲王，也感觉到了，并试图分散他儿子的注意力。他提到花园的喧哗以及厨房最近发生的大事，夏尔仍然情不自禁地分神。

所以，他也快死了……

死亡永远没有停歇的时候？

但是不是明天，也不太可能是后天，不过迟早有一天……

阿努克的话仍然回荡在空气中。

他把米丝廷盖特送给亚历克斯。为了怀念她，他只为自己留下"生命"这个特权。

他的母亲大呼小叫地走进来，把他从愁绪中拔出来。

"那我呢？你不跟我亲吻了？在这栋房子里只有老人才有权利吗？"接

着摇摇头。

"天哪……你这个发型……我看不惯……你有一头那么美丽的头发,你为什么傻乎乎地笑不停?"

"因为你这个想法,效果简直等于是鉴定了你和我的 DNA!竟然说我有一头美丽的头发……能发出这种胡说八道的,准是我妈没错!"

"要是我真是你妈,"她咆哮道,"我拜托你相信,你不会到了这把年纪还没大没小……"

然后任由她环抱着他的光溜溜的脖子……

晚餐一结束,其他人上楼看电视,夏尔留下来帮他母亲收拾餐桌,而他父亲则忙着整理文件。

他答应他父亲下星期找个晚上回来帮忙填写报税表格。

他嘴上这么说,心里打算每年报税期间的每星期,他都会回家。

"你不想来点儿白兰地?"

"爸爸,谢谢你,我不喝,你知道我待会儿要开车……对了,你的车钥匙呢?"

"在前厅的小桌子上。"

"夏尔,这么晚回去很危险啊。"玛多叹息道。

"别担心。有两个多嘴多舌的年轻人陪我……"

"对了……"他朝着回廊走去,当他一脚踩在第一级阶梯时,他对他们大喊出发的时间到了。

"嘿,你们听见了吗?"

钥匙……小桌子……

"哎哟!"他很震惊,"镜子呢?"

"你大姐拿走了。"他母亲从远远的洗碗机旁回答,"她很在意那面镜子……所以先拿走她该继承的遗产。"

夏尔看着镜子因为长期悬挂而残留在壁垣上的印迹。

他想道,就是在这里,将近一年前,他完全失神。

在这张桌上,亚历克斯的信等着他……

如今夏尔定睛注视的,不再是那个被"阿努克死了"五个字打得无力招架的男子所发出的恍惚眼神，而是从灰扑扑的墙壁浮现出来的白色长方形。

再也没有比这个影子更像他的了。

"山姆！玛蒂尔德！我再叫一次，你们要怎样，随你们便，但是我，我要走了！"我吻了父母双亲，两级一跨走下屋前的台阶，跟我当初还是十六岁的少年攀墙去会见亚历克斯·勒芒一样亢奋。

他带领我接触了比波普爵士乐，教我抽烟、喝酒、追美女，不过美女们不曾待久，因为爵士乐是"讨人厌"的音乐。然后，听他尽情演奏查尔斯·帕克，而且一次听个够，自我慰藉被女生抛弃……

我按喇叭。

邻居嫌吵，跑出来抗议……

我的母亲应该也在咒骂……

我再等两分钟，然后，算他们活该。

这两个小鬼太得寸进尺了！我包下两人份的数学作业和三人份的物理作业，负责收拾散落在厨房的哈蒙的照片和沾满巧克力酱的刀子。上周四我甚至捉刀写了一篇"拉莫的侄子"读后感，而且直到午夜一刻才写完！

每天傍晚下班，我都带一根刚出炉的棍子面包回家。我努力让他们摄取足量的蔬菜、蛋白质、淀粉，获得均衡的饮食。每当我替他们洗牛仔裤时，我检查他们的口袋，总会发现一堆该死的玩意儿。不管他们啪地关上房门，还是在半夜嘻嘻哈哈，我都尽力忍气吞声。我也得忍受他们难听的音乐，而且因为把 techno（电子音乐）和 tecktonik（深受法国年轻人喜爱的现代舞蹈）混为一谈而遭奚落……这些活受罪我都甘之如饴，只要他们别延迟我和凯特相会的时间。

一秒钟也不行。

他们，他们的人生还长哩……

我终究狠不下心，开得很慢，他们俩终于在下一个红绿灯口追上来，上气不接下气，而且暴跳如雷。

上演老戏码。他们你挤我推，抢着坐到前座。

这次轮到我啦。

轮到我，才怪。

继续把车往前开几米，终止他们的争夺。这时，他们对着车子拳打脚踢，因为全心全意地辱骂我，而把争夺位置的事情忘得一干二净。最后留我一个人跟死人待在前座。①

"去你的，夏尔，你真让人受不了！"

"没错，你让人受不了！"

"你该不会谈恋爱了吧？"

我微笑。原想回呛这两个笨蛋，顺便把他们数落一番。还是算了吧，谁叫他们青春无敌……

过了青春无少年……

（全文完）

---

① 在法语中驾驶座旁的座位被称为"死亡位置"，这句话大意为"留我一个人坐在前座"。不过在这部小说中"死人"占有很重要的地位，故保留原文直译。